Mansal
Ágasu
Hamare

CRISTINA BOMFIM

OS DRAGÕES ORIGINAIS · LIVRO UM

A GUARDIÃ DE PEDRAS

Thomas Nelson
histórias

RIO DE JANEIRO, 2025

PRODUÇÃO EDITORIAL E COPIDESQUE Leonardo Dantas do Carmo
REVISÃO Auriana Malaquias e Maurício Katayama
MAPA E ILUSTRAÇÕES INTERNAS Felipe Freitas
ILUSTRAÇÃO DE CAPA Mari Morgan
PROJETO GRÁFICO, DIAGRAMAÇÃO E CAPA Mayara Menezes

Dados Internacionais de Catalogação na Publicação (CIP)
(BENITEZ Catalogação Ass. Editorial, MS, Brasil)

B695c
1.ed. Bomfim, Cristina
A guardiã de pedras / Cristina Bomfim. — 1. ed. — Rio de Janeiro: Thomas Nelson Brasil, 2025.
304 p.; 15,5 × 22,6 cm.

ISBN 978-65-5217-402-4

1. Ficção de fantasia. I. Título.

08-2025/38 CDD B869.93

Índice para catálogo sistemático:
1. Ficção de fantasia: Literatura brasileira
B869.93

Aline Graziele Benitez – Bibliotecária – CRB-1/3129

Os pontos de vista desta obra são de responsabilidade de seus autores e colaboradores diretos, não refletindo necessariamente a posição da Thomas Nelson Brasil, da HarperCollins Christian Publishing ou de suas equipes editoriais.

Rua da Quitanda, 86, sala 601A - Centro
Rio de Janeiro/RJ - CEP 20091-005
Tel.: (21) 3175-1030
www.thomasnelson.com.br

Para meus pais, que me levaram em uma viagem onde esta história nasceu. Obrigada por cultivarem em meu coração os princípios dos nove dragões. A magia que existe em mim veio de vocês.

“EU DESEJO, EU DESEJO, DE TODO
O CORAÇÃO, VOAR PARA LONGE,
PARA A TERRA DOS DRAGÕES”

DRAGON TALES

Prólogo

Cabelos trançados, vestimenta aprovada por todos os membros da família e sapatos limpos. A Cerimônia da Centelha merecia tais cuidados, e, aos nove anos, toda criança já sabia que esse seria o evento mais importante de sua vida. Cada clã realizava a cerimônia à sua maneira, de acordo com sua cultura; afinal, não se tratava de como era realizado, mas sim de a Chama Eterna estar presente para abençoar os novos membros do Único Dragão.

No clã de Ekrateia, uma menina já um pouco grande para sua idade beliscava o pulso até que ficasse vermelho. A dor que causava em si mesma a ajudava a afastar a tensão que sentia ao pensar no drigon que receberia naquela noite. Eles eram a herança familiar com que a Chama Eterna presenteava os novos membros da sociedade. E, embora normalmente a linhagem fosse respeitada, havia casos em que poderes especiais surgiam, o que aumentava a expectativa do público por presenciar algo excepcional. Poder dizer que seu clã tinha sido abençoado com o incomum era uma grande prova de favoritismo, e os clãs tinham um perigoso costume de competir entre si sobre quem a Chama Eterna amava mais. Isso só aumentava o nervosismo da menina pelo que estava por vir.

A Cerimônia da Centelha acontecia em todos os clãs, na mesma data e no mesmo horário. Apesar de não simpatizarem entre si, respeitavam determinadas tradições. Maila se olhava no espelho, apreensiva. Sua pele estava um pouco mais escura que de costume; no dia anterior, ela havia passado muito tempo brincando no quintal com os enormes e esbeltos dragões de seus pais, e o dia havia sido bem ensolarado. As manchas brancas de sua pele acabaram ficando mais evidentes e avermelhadas e, apesar de não a incomodarem, era inevitável sentir-se um pouco diferente dos demais. A trança em seu cabelo já estava desmanchando; nenhum penteado durava mais que dez miseráveis minutos em sua cabeça, culpa do quanto seu cabelo era liso. Mesmo sabendo das circunstâncias capilares da menina, sua mãe insistia em tentar trançar os fios escorridos, o que causava um efeito e tanto: Maila tinha metade do cabelo azul, da mesma cor de um céu sem nuvens, e a outra metade era branca como a lã de um jovem carneirinho. Não dava para negar que ela tinha uma aparência incomum. Isso contribuía para a expectativa de todos e para a certeza da família de que sua única filha seria o grande espetáculo da noite. Também aumentava a pressão que vinha crescendo no interior da menina.

Seus olhos lacrimejavam com o nervosismo. A água salgada das lágrimas ressaltava seus olhos azuis, característicos de todos os membros do clã de Ekrateia. Uma vela grande com a chama azul reluzia nas pinturas na parede do cômodo em que ela se encontrava sozinha. Sua mãe, seu pai, seus tios, avós, bisavós, tatara... Todos serviram ao templo, foram guardiões. Ela sabia que também seria, que dedicaria sua vida toda a servir aos profetas que protegiam a única casa da Chama Eterna.

Apesar de a cerimônia tratar-se dos drigons recebidos, a menina não ligava muito para os poderes em si; só conseguia sonhar com o dragão que ganharia ao final da formatura. Ela finalmente teria um que seria apenas seu. Não precisaria mais seguir as agendas lotadas dos pais nem ser abandonada com os dragões idosos de seus avós, que mal tinham energia para brincar.

Batidas frenéticas na janela interromperam seus pensamentos. Ela olhou para a esquerda e sorriu ao ver seu melhor amigo.

— Ardan! — Ela saiu correndo da frente do espelho para abrir a janela para o menino de cabelos dourados e sorriso aberto. — Não faça tanto barulho, você é agitado demais.

— Eu sei, me desculpe. — Mas ela sabia que ele não estava realmente arrependido. — Está pronta?

— Claro que estou, não vê? — indagou enquanto rodopiava para mostrar seu vestido cerimonial.

— Vamos juntos?

— Hum. — Maila pensou um pouco e deu uma breve olhada no espelho para checar se estava tudo certo com sua aparência. — Mamãe disse para esperá-la buscar algo novo para meu rosto, mas ela está demorando tanto que logo vou me atrasar. É melhor irmos.

O menino abriu um sorriso largo, pegou a mão de Maila, e assim que saíram escondidos pela janela a chama azul da vela perto das pinturas se apagou.

Não estavam fazendo nada errado — na verdade, estavam justamente tentando ser pontuais —, porém Maila desconfiava que levaria uma pequena bronca mais tarde. Os dois caminhavam pela estrada até o templo. Tinha nevado muito no dia anterior, então o trajeto estava com uma grossa camada de neve, dificultando a caminhada junto ao clima gélido característico da região ocupada por aquele clã.

— Qual você acha que será seu drigon? — Ardan perguntou, curioso.

— Provavelmente o mesmo que meus pais e avós, exorcismo de escarlate — respondeu com um suspiro.

O exorcismo de escarlate era muito útil para guardiões. Da mesma forma que existia a boa Chama Eterna, também existia o oposto dela: a chama escarlate, que diziam ser a própria personificação do mal, com poder suficiente até para destruir o templo. Existiam alguns seguidores da chama escarlate, mas eram poucos, pois, quando usada, feridas horrendas tomavam a pele do usuário, e esses sinais apontavam quem se apossava da magia proibida.

— E você? — ela perguntou de volta. — O que acha que receberá?

— Sendo bem sincero, não me importo muito. Não ligaria de ficar sem drigon nenhum.

— Ardan, não fale assim. Drigons são sagrados, presentes da Chama Eterna. A Chama pode te castigar se você continuar dizendo essas coisas — alertou.

— Maila, por favor. — O menino revirou os olhos tão azuis quanto os dela. — Me castigar? Não seja tola!

— Não sou! — Ela interrompeu a caminhada para bater o pé no chão. — É verdade! Quando você for punido, vai se lembrar das minhas palavras.

— Que Chama é essa que se ofende tão facilmente? — Ele riu com deboche.

— Por isso meus pais não deixam mais você dormir lá em casa — ela lamentou. — Deveria ter mais respeito pela Chama Eterna.

— Eu tenho, Maila — Ardan se defendeu enquanto tentava tirar a neve de dentro do sapato. — Só pensamos diferente, eu acho. Quando eu receber meu dragão, quero trabalhar como guarda na fronteira igual à minha mãe — falou animado. — Eu amo a Chama Eterna tanto quanto você, mas às vezes parece que sua família a trata como se ela fosse... — teve de pensar bem antes de dizer — maldosa, sempre querendo castigar por qualquer coisinha. E eu só acho que a Chama é muito mais que isso.

— Não é isso que meus pais querem dizer. — Ela virou o rosto, irritada, em direção às montanhas cobertas de neve ao longe. — Eles dizem que a Chama Eterna é a justiça, e nada está acima da justiça!

— Quem disse isso?

— Não está me ouvindo? — perguntou, irritada. — Meus pais.

— E quem mais?

— Ora, os profetas!

— E de onde eles tiraram isso?

— Do Livro da Eternidade, é claro. — Maila estendeu os braços e fechou os olhos ao imaginar.

— Um livro que só eles leem. — Arqueou a sobrancelha.

— Ardan! Os profetas já fazem o papel de ler e interpretar os escritos para nós, a gente não precisa ler.

— Minha mãe disse que não tem como saber se tudo é verdade.

Imediatamente a menina parou de caminhar ao lado do amigo e soltou sua mão.

— Por favor, a gente pode falar de outra coisa?

Ardan já esperava. Sempre que ele questionava a honestidade dos profetas, Maila ficava irritada. Talvez porque ela fosse muito próxima de um dos profetas do templo, seu tutor e conselheiro, que a guiaria na jornada como futura guardiã.

— Muito bem. Como eu dizia, não me importo com os drigons, só quero finalmente me tornar um drameth!

Maila sorriu novamente. Quando não discutiam sobre questões relacionadas ao templo, tinham muito em comum. A obsessão em ter um dragão, por exemplo. Todo mestre de dragão era nomeado drameth, o que concretizava a ligação de um dragão e seu humano.

— Já escolheu o nome do seu? — Maila perguntou ao avistar a entrada do templo e os dragões esculpidos em mármore que ficavam no topo da fundação.

— Sim, mas não vou contar.

— Por que não? — indagou, chateada.

— Quero que ele seja o primeiro a ouvir seu nome.

Maila se emocionou, mas rapidamente se recompôs para não deixar transparecer. Uma característica forte do clã do domínio próprio era o orgulho.

— Bom, não vou ficar de frescura: a minha se chamará Lipath.

— Bonito, combina com você.

Maila concordou com pulinhos alegres e um sorriso largo. Ardan a admirava enquanto ela expressava sua empolgação. Percebeu como o vento balançava de forma graciosa os fios lisos dos quais a menina sempre reclamava. Inclusive, se existira alguma trança naquelas mechas, certamente não estava mais lá — o cabelo já estava livre e solto. Ardan gostava de quando ela estava assim. O menino ainda era muito novo para perceber o que sentia, mas algum dia entenderia por que seus olhos brilhavam quando estava com a melhor amiga.

Os dois chegaram à entrada do templo. Duas tochas de fogo azul sinalizavam a entrada; as colunas de mármore eram esculpidas com desenhos que contavam a história do clã, e os dois dragões estavam no topo, assim como Maila tinha visto antes. As crianças se deram as mãos novamente e se encararam com ternura.

— Pronto para receber seu dragão? — Maila perguntou.

— É tudo que eu mais quero.

E assim eles entraram no templo, prontos para receber suas estimadas feras de fogo.

Ardan não tirava os olhos da pequena jaula que carregava os dragões recém-nascidos de Ekrateia. As feras desse clã tinham tons diferentes de azul, eram grandes e robustas. Em alguns clãs, dragões eram compridos e finos; em outros, tinham duas cabeças. E ainda havia os que pareciam esferas felpudas. Nem todos os dragões estavam relacionados ao poder de fogo, somente Hamare e Ekrateia tinham criaturas dessa categoria. As crianças da cerimônia se reuniam em um círculo ao redor do local da bênção, e o templo já estava lotado.

— Eu nem acredito que finalmente vou chegar perto de um dragão — o menino comentou, animado.

— Nunca entendi isso de a sua mãe não deixar você brincar com Nolbag. Você pediu com educação igual eu te ensinei? — ela perguntou arqueando a sobrancelha.

— Fiz tudo que você falou, mas não adiantou nada — ele respondeu enquanto acenava para a mulher que o observava de longe. A mãe de Ardan era extremamente bonita, e o garoto havia herdado essa característica. — Ela disse que os dragões são agressivos com crianças que não passaram pela cerimônia. Tanto que Nolbag nem fica muito em nosso quintal; minha mãe sempre manda ele para as montanhas.

— Isso não faz sentido — argumentou enquanto avistava mais pessoas chegando ao local da cerimônia e tomando seus lugares. — Dragões não são agressivos, eu brinco com os de meus pais quase todos os dias.

Ardan ficou pensativo com a afirmação da amiga.

— Uma vez Nolbag me atacou, então acreditei no que ela disse.

— O quê?! — exclamou, abismada. — Isso é impossível, drag...

A conversa foi interrompida, o profeta que Maila tanto amava se levantou para iniciar a cerimônia. Era um homem alto, forte e com os fios grisalhos preenchendo seu cabelo. As pequenas rugas abaixo dos olhos entregavam sua idade, mas, apesar da aparência, ele tinha um espírito jovem.

— Cidadãos de Ekrateia, este é mais um ano em que traremos novos membros ativos para nossa comunidade; em que cada um, com seus respectivos drigons, fortalecerá o nosso templo, a casa da Chama Eterna. A história da formação de nosso mundo vocês já conhecem; porém, como tradição, eu a contarei mais uma vez, assim como fazemos todos os anos — finalizou com um sorriso e uma piscadinha para sua pequena pupila. Maila sorriu de volta. Já ouvira a história do mundo centenas de vezes, mas nunca se cansava dela. — No princípio, criou a Chama Eterna os céus e os dragões. Os nove dragões, porém, eram vazios e sem poderes definidos, e uma escuridão infinda se apossara de suas almas. E, então, no primeiro dia, dois dragões foram ao encontro da Chama Eterna, implorando por luz e calor. A Chama ficou sensibilizada e, portanto, deu-lhes o fogo, que os guiaria nas noites escuras e os aqueceria nos dias congelantes. Ela chamou o primeiro de Ekrateia, o dragão do domínio próprio, e o segundo de Hamare, o dragão do amor.

Sempre que Hamare era mencionado, burburinhos se espalhavam pelo templo. Mesmo tendo sido abençoados juntos, os dois eram rivais. O clã do domínio próprio se sentia ameaçado pela instabilidade que Hamare provocava em seus habitantes, e os profetas de Ekrateia não gostavam do que não podiam prever. Mesmo sendo o dragão do amor, Hamare não era muito amado pelo clã dos olhos azuis. Poucos povos faziam negociações com Hamare. Não por não apreciá-los, mas porque Ekrateia não escondia sua rivalidade — e ninguém queria ter inimizade com o povo que carregava o dever de proteger a casa da Chama Eterna. Maila ainda não conhecia muito sobre o mundo, mas sabia que Hamare era inimigo de seu povo. Nunca, em hipótese alguma, ela poderia ter contato com algum habitante dessas terras. Seus líderes diziam que o sentimentalismo excessivo do clã do amor poderia desestabilizá-la e afetar seus poderes repletos de domínio. Qualquer criatura com os olhos vermelhos como rubis deveria ser evitada a todo custo.

O profeta continuou, pois, apesar de também não ter simpatia pelo clã inimigo, prezava por contar a história verdadeira.

— No segundo dia, outros dois dragões foram ao encontro da Chama Eterna e pediram controle sobre o ar, e assim foi feito. A Chama os nomeou como Mansal, o dragão da mansidão, e Eiral, o dragão da paz. De todos os nove, esses dois se tornaram os mais velozes e ágeis.

Os dragões do ar eram conhecidos por sua calmaria e plenitude, portanto, os habitantes desses clãs também apresentavam essas características. Mas até mesmo os dragões tranquilos tinham seus limites, por isso todos sabiam que precisavam tomar cuidado ao irritá-los, pois uma brisa suave poderia facilmente tornar-se, a qualquer momento, um tornado destruidor.

— E então, no terceiro dia, um único dragão, humilde de coração, não solicitou poderes magníficos nem domínio sobre elementos naturais. Esse curioso dragão pediu apenas uma rosa. A Chama, encantada com o pedido singelo, deu-lhe a floresta e toda a vegetação nela presente. Ela o chamou de Ágasu, o dragão da bondade.

Maila sempre se emocionava ao ouvir a história de Ágasu. Em seu íntimo, ela sonhava em um dia conhecer a terra do coração humilde.

— No quarto dia, mais dois dragões foram fazer pedidos à Chama Eterna. Eles eram mais racionais, apresentaram argumentos plausíveis para seus desejos. A Chama ficou admirada com as habilidades de comunicação dos dragões, portanto, deu a eles o poder do conhecimento. Ela os chamou de Chrestos, o dragão da benignidade, e Makothu, o dragão da longanimidade. Por conta do tamanho conhecimento que lhes foi concedido, a Chama Eterna dividiu os dragões em duas faces; afinal, duas cabeças sempre pensam melhor que uma — o profeta finalizou com uma brincadeira.

Esses eram os dragões favoritos de Ardan, que gostava do fato de eles não terem medo de argumentar com a sagrada Chama e gostava ainda mais de que ela até os havia agraciado com poderes pela ousadia. Com a história dos dragões do conhecimento, Ardan tinha mais certeza de que a Chama Eterna era muito mais ouvinte do que acusadora e de que ela admirava as particularidades de suas criações.

— No quinto dia, um dragão um tanto eufórico, ao perceber que o ciclo estava chegando ao fim, pediu para a Chama Eterna um lugar onde pudesse se expressar livremente. A Chama então lhe deu as águas agitadas do mar, onde aquele dragão amarelo viveria e teria controle sobre todas as outras criaturas que habitavam nela. Ela o chamou de Chariã, o dragão da alegria.

O povo de Chariã era o único que vivia submerso. Já os povos de Eiral e Mansal se alocavam suspensos no ar. Todo o restante vivia em terra firme, em florestas, montanhas e campos. Ekrateia vivia nas montanhas.

— E no sexto dia... — O profeta estava quase chegando ao fim. — O último dragão apareceu. A Chama estava ansiosa para saber o que ele solicitaria. O dragão pediu uma promessa. A Chama ficou surpresa, mas continuou bastante atenta ao que viria a seguir. Ele queria que a Chama prometesse que os dragões jamais ficariam sozinhos e também que nunca seriam extintos. Ele a fez prometer que sempre teriam companhia e alguém com quem dividir suas dores. E assim a Chama Eterna criou a nós, uma família representante para cada clã, junto a nove pares de ovos de dragões, dois de cada espécie. Essas famílias guiariam seus dragões e teriam poder sobre eles. A Chama fez a família do último dragão extremamente fértil, dando a garantia de que ninguém ficaria sozinho. E então a Chama o nomeou Piston, o dragão da fidelidade.

Já era popularmente conhecido que todos os habitantes de Piston tinham muitos filhos. Não existiam famílias pequenas, qualquer habitante de fato tinha pelo menos cinco irmãos. E, se alguma família de outro clã estava tendo dificuldades em ter filhos, precisavam viajar até Piston para receber a bênção do dragão deles.

— No sétimo dia, todos os dragões estavam com seus respectivos presentes, e então a Chama Eterna decidiu dar um presente que coubesse a todos, inclusive a nós, humanos. A Chama nos deu o Livro da Eternidade e o confiou aos dragões de fogo, por terem sido os primeiros corajosos a irem ao encontro dela. E, assim, passaram aquele dia em descanso e apreciação, unidos, como um só Dragão. A Chama nomeou aquele dia sagrado de Unamis, e é por isso que nos sétimos dias nós nos reunimos no templo, para nunca nos esquecermos da origem do mundo.

O profeta suspirou devagar antes de continuar. A história estava chegando ao fim.

— Mas, um dia, o dragão Hamare começou a ter inveja de Ekrateia e queria ter o Livro da Eternidade somente para si. Influenciou sua família a roubar o Livro, e a Chama Eterna parou de habitar nele. Sem a magia da Chama, o dragão enlouqueceu, achou que estava sozinho, mas outra chama surgiu. A chama escarlate, inimiga da Chama Eterna, lhe prometeu todos os poderes e a interpretação correta do Livro da Eternidade. Achando que agradaria a Chama Eterna, ele aceitou ser dominado pela escarlate. Quando viu tamanho poder, o dragão foi até Ekrateia para convencê-lo a ser dominado também. Porém, logo as feridas começaram a aparecer nas escamas de Hamare, e ele percebeu o erro que havia cometido. O Dragão da alegria, Chariã, o encontrou ferido e o levou até a presença da Chama, clamando que ele fosse perdoado, mas já era tarde. A Chama Eterna, então, dividiu os dragões e estabeleceu sua casa em Ekrateia, o único clã que não rogou pelo perdão de Hamare e dominou seus sentimentos. Nosso Original sabia que seu irmão precisava ser punido com justiça.

Aplausos tomaram todo o templo. Os habitantes se orgulhavam de ser o clã do domínio próprio.

— Nosso mundo hoje está dividido. A Chama Eterna nos confiou a missão de guiar aqueles que se perderam na história muito tempo atrás. Por isso, todos os anos, abençoamos qualquer pessoa, de qualquer clã, que venha fazer oferendas em nosso templo, fortalecendo assim nossa autoridade como guardiões da palavra da Chama Eterna. O dia da bênção do templo é o evento mais importante entre todos os outros clãs, é a nossa chance de apresentar as escrituras de forma verdadeira para tantas pessoas e culturas diferentes, assim espalhando a sua mensagem. Por isso, somente nós, os profetas, temos acesso a esse Livro: para que nenhuma família seja enganada ou se sinta tentada a roubá-lo novamente e ser dominada pela magia proibida da escarlate. Hoje ganharemos novos líderes de Ekrateia e torcemos para que eles continuem o legado de honra que nosso primeiro dragão começou.

O profeta fez o sinal, e a primeira criança se posicionou no centro do desenho do símbolo de Ekrateia, rodeado por doze hastes de fogo. Depois que a criança recebesse seu drigon, uma haste se acenderia, revelando ao povo com o que ela teria sido presenteada.

Um pequeno menino de olhos azuis e cabelos vermelhos aguardava ansioso.

Alguns segundos se passaram até que um raio de fogo o atingiu, mas ninguém se assustou. A Chama Eterna não queimava, mas aquecia as almas das crianças para receberem o calor de seu drigon. Assim que o fogo cessou, uma haste acendeu: a profecia. O povo aplaudiu, orgulhoso. Já era a época de nascer um novo profeta no templo; agora todos sabiam que ele seria o sucessor de Nemac.

— Você não conhece aquele menino? — Maila perguntou.

— Ah, sim, é meu vizinho. Ele não gosta muito de mim, não nos damos bem — Ardan respondeu, desconfortável.

— Qual o nome dele? — ela perguntou, interessada.

— É Therkov... Mas por que quer saber? — Mudou o tom para algo ligeiramente irritado.

— Ele é bonito, não é? — a menina comentou, com o olhar encantado.

Ardan não respondeu, incomodado com a observação da amiga mesmo sem entender o porquê.

O garoto de cabelo vermelho saiu satisfeito do centro das hastes e lançou um sorriso de canto para Maila quando percebeu que ela o encarava. Ela disfarçou colocando uma mecha de cabelo para trás, e o pequeno Ardan coçou a garganta, incomodado. O profeta, então, chamou Maila para o meio do círculo sagrado. Ela se moveu ansiosa, imaginando o que receberia. Estaria satisfeita com o que quer que recebesse, cumpriria seu papel tentando não decepcionar ninguém. Seus olhos percorreram a multidão em busca de rostos familiares; logo avistou sua mãe ao lado de seu pai, ambos sem esboçar um sorriso sequer — principalmente sua mãe, que não devia estar nada feliz por ela ter saído mais cedo de casa. Maila engoliu em seco, já arrependida de ter procurado por eles na plateia. No centro do símbolo, ela aguardou um tempo até que o raio a atingisse com velocidade. Todos estavam com os olhos vidrados na haste de "exorcista", mas, ao perceberem que ela não se acendeu, correram os olhos para as outras. Todos soltaram um som de espanto ao verem que a haste com fogo não era acesa havia muito tempo; por milênios ela se mantinha apagada para o clã de Ekrateia. Gritos escandalosos, principalmente da família da menina, irromperam no templo aberto. Maila se mantinha quieta, sem acreditar. O profeta foi correndo ao seu encontro.

— Povo de Ekrateia! — ele gritou, entusiasmado. — O excepcional aconteceu! Temos uma forjadora de armas!

Maila sorriu ao perceber o tamanho do drigon que havia recebido. Acenou para as pessoas, animada com o que se tornaria, mas também preocupada. Sabia que, depois dessa cerimônia, precisaria ser excelente em absolutamente tudo; altas expectativas surgiriam a partir dali, e todos vigiariam a vida daquela que a Chama Eterna escolhera para receber um drigon tão especial. Um formigamento subiu pela garganta, e ela se sentiu sufocada. A partir daquela noite, não haveria mais espaço para falhas. Apenas para a perfeição. Maila não conhecia outros forjadores; era mesmo possível criar uma arma perfeita?

Ela correu de volta para seu lugar. A família se abraçava e acenava, orgulhosa da filha. Era uma vista rara; Maila devolveu um sorriso torto, apreensiva, enquanto tentava aproveitar a sensação de ser o orgulho da família. Ardan seria o próximo.

Um desânimo parecia tomar todas as crianças. Depois do espetáculo, nada superaria o que Maila havia recebido, mas Ardan não estava apreensivo: qualquer coisa estava de bom tamanho, desde que ele saísse de lá com seu dragão.

Os olhos azuis do menino brilhavam enquanto ele admirava o céu estrelado. Ao longe, avistou o raio de fogo. Olhou ligeiramente para sua mãe e estranhou quando a viu chorando de olhos fechados, como se estivesse fazendo uma prece. Não teve muito tempo para pensar. O fogo o atingiu com força, mas com tanta força que pela primeira vez o público se assustou. Ardan caiu no chão e começou a gritar. A dor era dilacerante, algo estava errado. A Chama Eterna não deveria queimar. Ele olhou para sua pele e realmente não estava se ferindo, mas a dor era real, como se algo estivesse sendo destruído por dentro. O olho esquerdo começou a arder, arder com tanta intensidade que ele acreditou que não poderia mais enxergar. Quando o fogo cessou, ele estava jogado no chão. Parecia morto. Maila tentou correr para perto dele, mas um dos guardas a impediu. O profeta se aproximou, preocupado.

— Ardan? Está bem? — Tocava nas costas do menino, que se recuperava aos poucos.

Ardan se ajoelhou, sua mão cobria o olho esquerdo, que ainda doía. Ele olhou para o profeta sem entender.

— Isso não deveria ter acontecido, né? — sussurrou.

— Certamente não. Deixe-me ver seu olho. Você se queimou?

— Não sei, está doendo — disse enquanto tirava a mão.

Um grito de horror ecoou no templo quando o menino de cabelos dourados revelou o olho vermelho como os rubis.

— UM MESTIÇO! — um homem ao fundo gritou.

O profeta se afastou, atordoado, como se Ardan fosse uma aberração, e de fato era. Se aquele garoto tinha um olho azul e outro vermelho, significava que era fruto de um dragão Ekrateia com um dragão Hamare. Não existiam mestiços, nunca existiram. A regra entre os clãs era clara: somente podiam manter relações dentro de seus próprios clãs. Aquele menino era a prova viva de que a regra fora quebrada. A sentença para o descumprimento da lei era a morte. Ardan avistou Nemac fazendo um sinal para que escoltassem sua mãe, ela sofreria um julgamento. Guardas foram em sua direção também, mas, antes que pudessem tirá-lo de lá, uma haste acendeu. Mais uma vez, um forjador de armas; todos ficaram em completo silêncio. Maila o encarou, assustada. Compartilhavam o mesmo raríssimo drigon. Quem era aquele menino? Ela não sabia mais se o conhecia.

O profeta fez outro sinal para que tirassem Ardan de lá. Agora que todo o povo já sabia o drigon do menino, não tinha mais motivos para mantê-lo no círculo cerimonial. Os guardas o seguravam pelo braço quando despontou mais uma surpresa: outra haste acendeu. Exorcismo de escarlate. Não deu tempo de pensar. De repente, mais outra, o conhecimento. Mais uma, a força. O profeta levou alguns segundos para perceber o que estava acontecendo e, como um reflexo, fez um sinal para seu dragão — que, ao ser chamado por seu drameth, levantou-se do meio do povo e se ergueu no céu. Seu rugido foi alto o suficiente para conseguir assustar a todos. Era um dragão imponente e de um azul-marinho intenso. Ele se posicionou e, com um voo rasante, passou suas asas em cima das hastes, destruindo-as de imediato.

Mesmo em meio aos destroços, o fogo foi aceso mais algumas vezes; porém, como tudo estava destruído, não era possível descobrir quais novos poderes o menino havia recebido. Apesar de não saberem com exatidão, o povo havia contado quantos foram. Ardan havia recebido sete drigons. Aquilo teria sido excepcional de várias maneiras... se ele não fosse um mestiço.

O templo ficou agitado, os pais correram até suas crianças para protegê-las. O resto da cerimônia com certeza seria adiado.

O profeta correu enfurecido até a mulher enquanto mandava os guardas trazerem Ardan para junto deles.

— COMO ESCONDEU SEU LADO HAMARE? — ele gritou de um modo que Maila nunca havia visto.

A menina conseguiu desviar de todos e segurou na túnica do homem.

— Nemac... — sussurrou seu nome. — Deve ter sido um engano, liberte Ardan — implorava com a garganta apertada enquanto continha o choro. A boca e as mãos tremiam.

Pela primeira vez em sua vida, estava desafiando um profeta.

— Não se intrometa agora, Maila! Ele é um mestiço, não é seu amigo! — alertou o profeta.

A mãe de Ardan o fitou com um olhar cortante.

— Ele é meu filho, metade Ekrateia, metade Hamare. Façam o que quiserem comigo, mas não culpem a criança — disse enquanto via seu filho chorar.

— Ele sabia que era Hamare? — perguntou Nemac cuspindo as palavras.

A mulher negou com a cabeça.

— Nunca permiti que descobrisse.

— Ainda assim, trata-se de um mestiço. Pior, um mestiço de Hamare — completou, com nojo. — Você traiu nosso povo, Rieda! Você sabe a punição. Os dois serão sentenciados à morte.

— NÃO! — Maila gritou.

O pai da menina surgiu por trás e a agarrou. Maila tentava se desprender com chutes e socos violentos. Sim, ele era um mestiço, mas antes era seu amigo.

— ARDAN! — ela gritava enquanto lágrimas rolavam pelo seu rosto.

— MAILA! — o menino respondeu aos berros. — MAILA, EU NÃO SABIA! ACREDITE EM MIM!

— EU ACREDITO, ARDAN! — E, então, sumiu, levada por seu pai no meio da multidão agitada.

Rieda usava uma vestimenta que cobria até mesmo seu pescoço, o que era particularmente suspeito, por não ser o tipo de roupa que ela vestia com frequência. Nemac se aproximou e puxou a gola para baixo, e lá estavam as marcas da chama escarlate.

— Então era assim que fazia, escondia a identidade do menino através da magia proibida.

Ardan sentiu um peso no estômago; muita coisa começou a fazer sentido. As roupas de tecido longo que ela usava, que a cada ano ficavam cada vez mais compridas. Os olhos cansados, as canções de ninar que agora ele percebia que não eram músicas, mas rituais da escarlate para esconder seu olho esquerdo. Agora ele compreendia por que tinha propensão ao caos; uma parte sua pertencia ao dragão do amor, o mais instável e imprevisível de todos os nove. O dragão que havia condenado todos os outros à divisão e ao governo eterno de Ekrateia.

— Levem-nos! — Nemac ordenou. — Amanhã já serão sentenciados.

Com um movimento brusco, Rieda criou um escudo azul e elétrico, atirando todos para longe do seu filho.

— Fuja, Ardan — ela instruiu.

— Mãe, eu não posso...

— Ardan, essas pessoas vão te matar. Você não é bem-vindo aqui, fuja. Vá para os clãs vizinhos, busque refúgio e faça aliados.

O escudo não duraria muito tempo. Rieda tinha usado a magia proibida por anos para esconder o lado Hamare de seu filho; por consequência, seu drigon fora enfraquecido.

— E meu dragão?

Era o momento de dar a notícia. Rieda sabia como ele era importante para o menino.

— Me perdoe, meu filho. — Uma lágrima escorreu de seu olho esquerdo. — Você nunca terá um dragão. Nem em Ekrateia, nem em Hamare, nem em lugar nenhum.

— O quê? — sussurrou, incrédulo.

A mãe o puxou para si.

— Mas me escute: a Chama Eterna te abençoou com sete drigons, isso me surpreendeu. Ela sabia que a falta do dragão seria imensa, mas te deu habilidades poderosas para você se defender.

— Por que usou a chama escarlate, mãe? — perguntou tentando entender.

Rieda deixou outra lágrima escapar.

— Porque a Chama Eterna só trabalha através da verdade.

O menino compreendeu. Um guarda investiu contra o escudo e ele rachou.

— Vá! — Rieda gritou enquanto lutava para manter o escudo funcionando. — Ficarei segurando por mais um tempo para você fugir.

— E se me encontrarem? O que eu faço?

Rieda não pensou muito antes de responder:

— Mate-os. Mate todos — respondeu com firmeza. — Não tenha piedade de ninguém, pois eles não terão piedade de você.

O menino apenas concordou, assustado ao tomar consciência desse fato. Rieda sorriu enquanto tentava reforçar o escudo.

— Você tem sete drigons, nunca se esqueça disso. E, é claro, também tem a Chama Eterna. Eu errei, mas você não precisa fazer o mesmo. É tentador, mas em hipótese nenhuma se deixe ser dominado pela magia escarlate. Não siga o meu exemplo.

Outro guarda se aproximou e golpeou o escudo com uma espada. Agora a rachadura havia ficado mais exposta, não demoraria para alguém alcançar os dois.

— Vá! — exclamou Rieda ao empurrar o filho.

Em um reflexo de sobrevivência, o menino correu, correu como nunca. Notou o drigon da força pela resistência em suas pernas. Ao longe, ouviu os gritos da sua mãe ao ser capturada. Sem diminuir o passo, permitiu que lágrimas quentes e amargas tomassem seu rosto. Não queria tê-la deixado. Tinha vontade de voltar para salvá-la, mas ainda não sabia usar seus drigons. A falta de habilidades o tornava incapaz de defender sua família, e isso dilacerava seu coração. O menino não desacelerou o passo até ter certeza de que estava longe o suficiente do lugar que achava ser seu lar. Sua mente estava confusa. Sua mãe tinha mandado que fugisse, mas para onde? E como se apresentaria? A qual clã pertencia? Ele estava mesmo dando adeus para toda sua vida ali? Em um instante, ele estava aguardando para ter seu dragão e dividir novas aventuras com Maila; no outro, estava fugindo da morte, sem nem conseguir salvar a própria mãe.

Em dado momento, Ardan finalmente parou para descansar perto de um lago; ele encarou seu rosto no reflexo da água e pela primeira vez se viu com um olhar rubi. Era como um novo rosto, uma nova identidade. Era incapaz de se reconhecer. Ele era Ardan de Ekrateia? Ardan de Hamare? Não. Ele era apenas Ardan. Ardan de lugar nenhum.

CAPÍTULO 1

O clã do domínio próprio

As manhãs eram sempre iguais. Aliás, não somente as manhãs, mas as tardes e as noites também. Desde o dia de sua cerimônia, que tinha acontecido havia mais de treze anos, Maila nunca mais fizera outra coisa a não ser aperfeiçoar seu drigon para se tornar a próxima guardiã do templo. Ela possuía algo raro em mãos e, portanto, deveria ser eternamente grata à Chama. E, é claro, a melhor forma de demonstrar a gratidão que sentia era não desapontando sua família. Jamais.

Maila se olhava no espelho enquanto sua mãe penteava seus fios escorridos. Mesmo passado todo aquele tempo, sua mãe ainda não desistia de fazer penteados, o que continuava sendo em vão. Na verdade, Maila queria parar com aquilo, era uma perda de tempo, mas não tinha coragem de dizer essa verdade dura para a mãe. Seu cabelo estava comprido, muito comprido. Os fios alcançavam o final de sua cintura e sempre atrapalhavam sua visão e seus movimentos. Mas o pai de Maila não permitia que ela o cortasse. A família toda havia chegado a um acordo de que ela deveria permanecer com os fios longos — e, quando a família decidia, Maila obedecia. Sempre.

A jovem de pele escura e manchada era alta demais, comparada às garotas de sua idade, e um tanto magra demais também. Seus dedos eram finos, compridos e delicados. Seus olhos eram grandes, assim como seus cílios. Os lábios eram como morangos num ótimo dia de colheita. Maila era uma mulher bonita, mas sua altura e seu peso a deixavam insegura. Ela não sabia reconhecer os belos traços de sua aparência. A mãe pegou no punho da filha e envolveu os dedos nele.

— Precisa comer mais — instruiu, quase como uma ordem.

— Eu... — Algo travou sua garganta momentaneamente. — Eu já como bastante.

Maila não mentia, ela já tinha perdido as contas de quantas vezes vomitara no quintal por ter comido além da conta. Precisava comer muito na frente da família, eles tinham que ver que ela estava tentando. Às vezes era exaustivo.

— Vou pedir para seu pai preparar sopa de batata e carne esta noite — a mãe completou, ignorando totalmente o comentário de Maila. — Pretende ir ao salão de treinamento hoje?

— Sim, e amanhã também.

— Amanhã também? Bom, esteja aqui no horário certo, combinado?

— Sim, senhora.

Maila se levantou para ir ao treinamento, mas a mãe a segurou pelo ombro.

— Você ainda não está pronta.

É claro que não estava, havia se esquecido. Suas manchas ainda apareciam.

— Isso eu gostaria de fazer sozinha — ela teve coragem de pedir.

— Não seja tola! — exclamou a matriarca. — Vamos, me dê sua mão.

O traje de Maila continha mangas compridas, o tecido era azul e branco com muitos detalhes em dourado. Seus finos dedos foram cobertos por luvas que harmonizavam com o que ela vestia. A gola escondia todo o seu pescoço. As pernas tampouco estavam à mostra, protegidas por uma camada generosa de linho. Só restava o rosto, que não havia como ser escondido por um pedaço de pano. Por isso, a mãe tirou do bolso um vidro com um líquido rosa.

— Isso arde na minha pele. — Maila tentou impedir o que viria a seguir.

— Pare de drama — a mãe rebateu sem dar atenção ao alerta da filha.

Com um pedaço de algodão, ela passou o líquido nas manchas, e aos poucos elas foram desaparecendo. A ardência incomodava, bastante até, e a sensação durava o dia todo — o que ela considerava um desperdício, já que o efeito não durava muito tempo. A ardência cessava à noite, um alívio para a jovem.

— Agora, sim, está perfeita. — A matriarca sorriu, orgulhosa. — Vou verificar o que seu pai preparou para o café, direi para colocar o dobro em seu prato.

Após esse aviso, a mãe saiu do quarto, finalmente deixando a jovem sozinha. Maila levou a mão ao rosto e resmungou:

— Ela passou perto demais do meu olho dessa vez.

◈◈◈

O vento estava um pouco mais rasante que o normal, e Lipath parecia um pouco agitada. O dragão de Maila era enorme e azul, como todos os outros. Suas escamas brilhavam tanto que lembravam a superfície gelada de um lago no inverno. Combinava com o clima de Ekrateia. Os momentos com seu dragão eram os únicos instantes em que a garota sentia ser ela mesma. No alto das nuvens, montada em Lipath, Maila poderia falar qualquer coisa, pensar qualquer coisa e sonhar em ser tudo o que quisesse. Ela não tinha mais ninguém com quem dividir seus pensamentos mais sinceros. Já tivera, mas agora só tinha Lipath. E, como seu dragão não falava, os diálogos não passavam de longos monólogos.

— Não vejo a hora de me tornar guardiã, Lipath. Já te contei que terei minha própria casa assim que isso acontecer?

O dragão não respondeu, mas resmungou, o que Maila entendeu como uma resposta.

— Acho que já havia te contado. — Deu de ombros. — Você vai ter um quintal todinho seu, não precisará mais ficar apertada com os dragões de papai, mamãe e vovô.

Dragões de um mesmo clã tinham tendência a se darem bem, ainda mais quando pertenciam à mesma família, mas, por alguma razão, Lipath não gostava de dividir espaço com outras criaturas — sempre ficava rabugenta quando estava em casa.

Maila apoiou a cabeça no corpo de seu dragão para descansar.

— Só mais um pouco — sussurrou. — Eu só tenho que aguentar mais um pouco, ser perfeita só mais um pouco. Logo serei guardiã. Só... Só mais um pouco.

Lipath começou o processo de pouso. Já estavam perto do templo, seria mais um dia exaustivo de preparação, porém Maila se sentia mais feliz com a alta demanda física dos treinos do que em casa. Quando aterrissaram, ela desceu e avistou seu instrutor, o profeta Nemac. Maila sorriu ao vê-lo; ele era um dos seus únicos amigos. Ela só podia contar com ele, e o profeta considerava a menina como se fosse sua filha.

— Hoje não vamos treinar — ele falou antes que Maila sequer perguntasse sobre o treino. Isso a surpreendeu.

— O que faremos hoje, então?

Nemac estava pronto para responder, mas algo chamou sua atenção.

— Onde estão suas manchas? — Ele se aproximou da menina para examiná-la.

— Ah! — Deu de ombros. — É só aquela...

O profeta suspirou, frustrado.

— Quantas vezes terei de falar para sua mãe que esse remédio afeta seu desempenho no treino? Você fica se coçando e com a visão debilitada.

— Você a conhece, Nemac. Está tudo bem.

— Não está, não. Mandarei um comunicado a ela. Você não vai mais treinar se continuar vindo assim.

— Não! — ela pediu, quase gritando. — Ela... Ela vai achar que fui eu que pedi e não vai me deixar em paz. Por favor, Nemac. Eu aguento até me tornar guardiã, falta pouco.

O profeta esfregou os olhos, irritado, mas tentou respeitar a vontade de sua aprendiz.

— Vamos ver. Por hora, alguém quer conhecer você.

— Quem?

— Alguém que está abaixo apenas da Chama Eterna.

Maila ficou curiosa e animada. Quem seria tal pessoa? Até que entendeu de quem se tratava e congelou com a constatação. Nemac parou quando notou que andava sozinho. Virou-se para a menina e percebeu que ela estava claramente aterrorizada.

— Vai ficar tudo bem. — Segurou na mão de Maila com ternura. — Isso é uma grande honra, você não sabe?

— E se eu não estiver à altura?

— Isso é impossível. Eu que te treinei.

— Por que ele está aqui? Ele não aparece pessoalmente nem nas Cerimônias da Centelha — ela observou.

— Nosso Original só considera sua presença necessária para coisas extraordinárias. No caso, você. — Apesar da boa intenção do elogio, o comentário só deixou Maila ainda mais nervosa. — E, como sua iniciação de guardiã está chegando, ele quer te conhecer.

— Mas ele não fez isso na vez dos meus pais — ela acrescentou.

— Seus pais não são forjadores de armas, Maila.

O caminho até o salão começou a ficar muito longo. Seus pés estavam pesados e o coração, acelerado como nunca. A respiração ficou ofegante e as mãos, trêmulas. Pela primeira vez, Maila conheceria um Original.

As portas do salão se abriram, e uma figura que remetia ao divino aguardava sentada em uma poltrona. Lá estava o Dragão Original Ekrateia, aquele que existia desde o princípio de tudo. O dragão que vira a formação de todas as coisas, que fora traído por Hamare e que havia sido escolhido para proteger o Livro da Eternidade. Os Dragões Originais não eram como os outros, eles tinham o poder de se transformar em uma imagem muito semelhante à humana, e essa era a forma do Original Ekrateia naquele momento. Era uma imagem tão bela que Maila não conseguia descrever o que sentia ao admirá-lo.

Eles se curvaram no mesmo instante. O Original azul se levantou com firmeza e foi em direção ao que aguardava. Parou em frente a Maila e fez um sinal para que ela se levantasse. Ela obedeceu. O dragão a analisou com frieza e então fez uma careta.

— O que é isso em seu rosto?

Maila levou as mãos à bochecha. O efeito do remédio havia sumido? Suas manchas estavam aparecendo? Nemac se levantou para tentar explicar, mas o dragão sinalizou que não deveria dizer nada. Com um simples gesto da mão esquerda, ele removeu o que cobria as manchas brancas de Maila e sorriu.

— Bem melhor — afirmou, satisfeito. — Quando for se apresentar a mim, mostre apenas a verdade.

A forjadora acenou com a cabeça, sem acreditar.

— Mande um comunicado à família — o dragão instruiu, direcionando-se a Nemac. — Não devem mais aplicar substâncias ilegais na menina.

— Eu já ia fazer isso, senhor — o profeta informou, um tanto nervoso.

— Me surpreende que ainda não o tenha feito — o dragão rebateu.

— Perdoe minha negligência.

O dragão acenou com a cabeça para Nemac, então segurou as mãos de Maila e as acariciou.

— Você foi abençoada com algo grandioso, certamente já deve estar cansada de ouvir isso. Quanto mais valioso o drigon, mais expectativa colocam no portador. Está se sentindo sobrecarregada, não está?

Maila nunca havia admitido a ninguém o quanto estava cansada de ser a única forjadora de armas de Ekrateia e de carregar o peso de ser a escolhida para tamanho privilégio. Ela instintivamente negou com a cabeça.

— Querida — o dragão começou —, não tenho o poder de ler pensamentos, isso somente a Chama Eterna pode fazer; mas eu tenho muitos anos, muitos anos mesmo, de existência. Sei quando alguém está mentindo, principalmente quando está mentindo para mim.

Maila sentiu a garganta apertada.

— Agora me responda, minha menina. Está cansada?

— Eu não... — Ela não conseguiu completar por conta dos lábios trêmulos.

Não percebeu quando uma lágrima escapou de seu olho, mas, assim que a primeira se revelou, várias outras desceram por sua face. Ela não estava cansada, estava exausta. As palavras do dragão soaram acolhedoras, como uma lembrança bonita. A única pessoa com quem ela poderia chorar havia partido, e desde aquele dia ela nunca mais se sentira confortável para mostrar suas vulnerabilidades. Mas o dragão ofereceu seus braços e a abraçou enquanto ela soluçava baixinho. Nemac ficou boquiaberto com a cena, parecendo preocupado e arrependido de não ter prestado a atenção de que sua aprendiz necessitava.

O dragão azul a afastou para que pudesse vê-la melhor. Maila esfregava as mãos no rosto um pouco inchado. Ao mesmo tempo que estava aliviada, ela se sentia confusa. Não chorava daquele jeito havia anos, e bastara um abraço para que ela mostrasse toda sua vulnerabilidade? Parecera muito fácil tirar dela a verdade. Já tinha ouvido falar sobre o poder da verdade dos Originais, mas não imaginava que fosse tão intenso. Qualquer um que tentasse mentir para um deles certamente era um tolo. Se antes ela já admirava os Originais, agora eles tinham toda a sua devoção. Certamente a Chama Eterna os amava muito.

— Aqui, pegue isto. — O dragão lhe ofereceu um colar, muito semelhante ao anel que ela usava.

— Espera, isso é uma... — Ela arregalou os olhos ao perceber do que se tratava.

— Sim, é a minha escama de dragão. Sabia que nunca dei minha escama a ninguém antes?

Nemac observava a cena como um pai orgulhoso; aquela era a maior das honrarias. Todo cidadão carregava a escama de seu próprio dragão. Ao final da Cerimônia da Centelha, as crianças ficavam ao redor dos dragões recém-nascidos, esperando que eles as escolhessem. Era sempre o dragão que escolhia seu drameth, nunca o contrário. Obrigar um dragão a servir a um humano que não fora eleito por ele mesmo o fazia se comportar de forma rebelde e violenta. Muitos deles haviam sido mortos por conta da maldade e da incompreensão do homem. Dragões eram criaturas sagradas. Ter domínio sobre eles não significava impor sua vontade sobre as deles, mas sim tratá-los com o mesmo amor e cuidado com que a Chama Eterna cuidava de suas criações.

Quando um dragão escolhia seu drameth, oferecia a ele uma de suas escamas, e essa escama mágica tinha o poder de chamá-lo onde quer que estivesse. *Não importa a distância, um dragão sempre ouve seu drameth quando chamado*. Assim que recebiam sua escama, os dramethis faziam o que quisessem com ela: às vezes a transformavam em anéis, colares, enfeites de cabelo, brincos... qualquer coisa que pudessem usar junto ao corpo. Maila transformara a pequena escama da recém-nascida Lipath em um anel, e agora ela recebia um colar de um Dragão Original. O que isso significava? O que ele pretendia com aquele presente?

— Se a Chama Eterna escolheu você, eu a escolho também — o dragão explicou, como se tivesse ouvido os pensamentos de Maila. — Você tem um poder grandioso demais, é natural que também seja alvo de grandes tentações. Por isso quero estar ao seu lado quando precisar de mim. É só me chamar — disse ao colocar o colar em Maila —, e eu irei até você.

— Não consigo me imaginar tendo poder sobre um Original — confessou.

O dragão gargalhou.

— Mesmo que tentasse, minha querida, humanos não conseguem ter poder algum sobre os Originais. Nenhum jamais conseguiu. Além disso, essa minha pequena ajuda é apenas temporária, não se preocupe — disse, enfim.

— Oh! Por quanto tempo?

— Quando eu considerar que está pronta, poderá devolver minha escama.

Maila encarou o colar em seu pescoço com os olhos brilhantes e sorriu. Sorriu como não sorria havia anos. Era essa uma felicidade genuína? Ainda sorrindo, ela levantou a cabeça e focou o dragão azul.

— Muito obrigada, meu senhor.

A ternura de suas palavras aqueceu o coração do dragão. A gratidão sincera de Maila lhe despertou um sentimento esquecido há muito tempo. O Original a olhou mais uma vez de relance enquanto ela admirava seu presente. Teve de se concentrar para retribuir o sorriso.

— Você é uma mulher muito bonita, minha querida. — O elogio do dragão fez Maila voltar à realidade de seus pensamentos. Ela virou-se rápido para ele, sem entender aonde o dragão de Ekrateia queria chegar. — Com certeza pedra tão preciosa quanto ela já tem um pretendente.

O comentário foi direcionado a Nemac, que logo explicou:

— Sim, meu senhor. Ela já está prometida em casamento. A celebração deverá acontecer logo após sua iniciação como guardiã.

— Perfeito. E qual o nome do rapaz?

Dessa vez foi Maila quem respondeu, com o olhar faceiro e o coração apaixonado:

— É Therkov, meu senhor.

CAPÍTULO 2

A jornada dos noivos

A luz que vinha de fora atravessava a janela da principal loja de trajes de Ekrateia. Era preciso meses de antecedência para conseguir um horário com eles, mas, como a notícia de que Maila era a escolhida do Original se espalhara, o dono do estabelecimento dera um jeito de encaixar a menina e seu futuro noivo para escolherem os trajes da sua cerimônia de iniciação como guardiã. Era de manhã bem cedo, e a cerimônia ocorreria à tarde com uma grande festa para anunciar a nova guardiã. À noite ela passaria pelo ritual da iniciação e teria sua primeira noite como uma guardiã de verdade. Havia se preparado a vida toda para isso e, apesar de ser insegura em relação a muitas coisas, não duvidava de seu poder; confiava plenamente em seu treinamento.

A costureira ajustava a bainha do vestido cerimonial. Maila estava acostumada a usar azul, mas o Original Ekrateia lhe pedira que usasse amarelo — a cor do seu irmão da alegria —, porque, segundo ele, toda celebração deveria conter felicidade. Surpreendeu-a como o amarelo ficava bom com seu tom de pele. Assim que terminou os ajustes, Therkov apareceu atrás dela. Estava com os cabelos penteados para trás e vestia um terno azul-marinho. A costureira se retirou para buscar mais acessórios e acabou deixando-os a sós. O coração da futura guardiã acelerou e ela sentiu seu rosto corar. Era perdidamente apaixonada por aquele homem, ansiava por casar-se com ele. A ideia do casamento havia partido dele, o que deixava claro que o sentimento era recíproco. Só o que faltava era a proposta formal de noivado, mas ela sabia que isso logo aconteceria.

— O que achou, Therkov? — Maila rodou em volta de si mesma para mostrar o vestido.

— Nunca te vi usando essa cor — ele respondeu enquanto colocava abotoaduras na manga.

— Foi um pedido especial do Original — ela contou, orgulhosa.

Ele soltou um risinho abafado.

— Às vezes eu acho que você inventa esses pedidos do Original só para finalmente usar o que gosta. Vai me dizer que ele pediu também para você não esconder mais suas manchas? — Therkov provocou, com a sobrancelha arqueada.

— Na verdade, foi isso mesmo. — Sem perceber, ela abaixou o tom de voz.

Ele se aproximou dela, chegou muito perto, quase como se fosse beijá-la.

— Espero que você se arrume como eu gosto também — ele sussurrou com um sorriso provocante. — Quando estiver comigo, cubra suas manchas. — Ele pegou em sua mão e a beijou. — Por favor, só para me agradar.

Maila apenas acenou com a cabeça firme e o rosto ruborizado.

— Será que a gente não consegue escapar um pouco antes de ir para a cerimônia? — Ele tocou em seu pescoço, fazendo-a estremecer.

Ela deu alguns passos para trás e tossiu três vezes.

— Em breve nos casaremos, Therkov. Não precisamos mais fazer isso. Podemos esperar, não é mesmo?

— Que diferença faz? — ele reclamou. — Se já fizemos antes, por que não podemos fazer agora?

— Porque eu não quero! — Maila respondeu, firme. — Já provei o meu amor a você, não era isso que queria? Então agora prove o seu por mim e espere nosso casamento.

O rapaz bufou e se atirou na poltrona com as pernas abertas. A costureira voltou com dois belíssimos pares de sapatos: uma sapatilha dourada e um salto razoavelmente alto com diversas pedrarias de cristal. Os olhos de Maila brilharam pelo sapato de salto, mas, antes que pudesse falar a sua preferência, Therkov tomou a dianteira:

— A sapatilha.

— Mas eu... — ela foi interrompida antes de conseguir argumentar.

— Você já é muito alta, Maila. Se usar esse sapato, vai ficar mais alta que eu. Você pode não ter amigos, mas *eu tenho*, e eles com certeza vão tirar sarro de mim depois. Ou por acaso o Original foi específico a ponto de opinar sobre qual sapato deve ser usado?

Maila acenou negativamente com a cabeça e sorriu para a costureira enquanto pegava as sapatilhas douradas. Tudo bem, ela poderia ceder um pouco.

Todos estavam com grande expectativa em relação à festa da nova guardiã. Parte disso era porque o próprio Original Ekrateia fizera questão de organizar cada detalhe para sua escolhida. A prataria e a decoração na mesa eram de um azul profundo, semelhante à cor de um mar aberto. Havia os pequenos elementos em dourado disfarçados — por exemplo, os talheres eram de ouro puro, e as velas, enfeitadas com folhas douradas. As cadeiras azuis pareciam um céu estrelado, acompanhavam respingos de tinta pintados à mão. Quem chegava e parava para analisar a decoração como um todo percebia que a temática da festa se tratava da apreciação de um céu iluminado pelos luzeiros — se o observador fosse particularmente perspicaz.

O Original Ekrateia aguardava a chegada da forjadora em um trono de ouro, alocado alto o bastante para lembrarem-se de que aquele era o dragão que originara o clã do domínio próprio. Ao seu lado direito estava Nemac, o tutor da próxima guardiã. Qualquer Original era proporcionalmente maior que os súditos de seus clãs; não era difícil reconhecê-los, já que até em sua forma humana eles se pareciam com dragões.

— Conte-me mais sobre o pretendente de minha protegida — ordenou o dragão a Nemac.

— É claro, meu senhor. — O profeta fez uma breve mesura com a cabeça. — Therkov é de uma família renomada de nosso clã, composta por grandes colaboradores do templo.

— Quer dizer que eles têm dinheiro — o dragão observou com um sorriso dúbio. — Imagino que a opinião dessa família deve pesar bastante nas decisões do conselho.

— Certamente. — Nemac sentiu a gola de seu colarinho apertar. — Mas... não é apenas por isso, eles de fato...

— Quais os drigons da família? — o dragão interrompeu.

— A maioria são exorcistas de escarlate, só o rapaz tem a profecia.

— Imagino que a ideia do casamento tenha partido da família dele.

— Sim, meu senhor.

O dragão azul coçou a cabeça e passou os dedos pelos fios de seu cabelo liso e comprido. Ele franziu o cenho e colocou o dedo indicador nos lábios.

— Maila se tornará a guardiã mais jovem da família. Acha que ela está pronta para o serviço... com toda a lealdade que ele exige?

Nemac pensou um pouco antes de responder.

— Vamos esperar ela se acostumar com o posto; Maila é muito fiel ao clã, mas bem rígida com a verdade. Deixe-a entender primeiro como funcionam as coisas por aqui.

O Original nada disse, apenas assentiu.

— E a moça está feliz com essa união?

As portas se abriram. Foi anunciada a entrada daqueles a quem a festa estava sendo dedicada. Therkov e Maila avançaram lado a lado, de mãos dadas. Nemac sorriu ao vê-los e virou-se para sussurrar ao Original:

— Veja por si mesmo, meu senhor.

O dragão Ekrateia focou sua atenção na forjadora, que tinha os olhos fixos em seu noivo. Parecia encantada ao pensar que logo seria sua esposa; nada poderia estragar aquela noite para ela. Dava para notar de longe que Maila o amava, mas, para o dragão, era difícil dizer se tamanho amor era correspondido. Não conseguia enxergar nada através de Therkov; os passos ensaiados e os olhos frios e distantes davam a impressão de que ele não queria estar ali.

O casal se apresentou e se curvou na presença do Original. Era uma grande honra tê-lo presente na festa de iniciação da guardiã. O dragão sorriu e a fitou com atenção.

— Maila, minha querida, eu não proibi sua família de usar essas substâncias em sua pele? — Ele sinalizou a falta das manchas da garota.

Imediatamente ela levou a mão aonde as manchas deveriam estar, desconcertada, e olhou de relance para Therkov, que desviou o olhar. O dragão percebeu o que havia acontecido.

— Pois bem, espero que não se repita. Verdadeiros amores só são verdadeiros quando acompanhados de verdadeira aceitação.

Maila abaixou a cabeça, arrependida, mas logo a levantou, surpreendida pela voz de Therkov.

— Achava que amores verdadeiros estavam ligados a fazer o outro feliz.

A forjadora apertou o braço do noivo, inconformada com a irreverência dele, mas Therkov se manteve imóvel, sem piscar enquanto encarava o dragão. O Original riu.

— Por acaso o senhor se considera um infeliz à espera de que sua esposa cure a dor que o assola?

Therkov abriu a boca para falar, mas a fechou logo em seguida. Era feliz, mas já sabia que se falasse isso o dragão viria com outra palavra de sabedoria que o deixaria mais uma vez sem argumento.

— Eu abençoo a união de vocês — o Original disse de modo despretensioso.

Maila abriu um sorriso largo, e seus olhos azuis brilharam como em um dia sem nuvens. Therkov, por sua vez, não se mexeu.

— Espero, meu garoto, que um dia reconheça o amor que o rodeia. Porque, se sua felicidade depende de as manchas serem cobertas, ela é muito frágil.

O rapaz apertou o punho, com raiva, mas sabia que não poderia demonstrar tal sentimento na frente de um Original. Nemac fez um gesto para ele conter suas emoções, e ele obedeceu.

— Essa festa não é sobre você, muito menos sobre a união que aguardam. Essa festa é para a minha próxima guardiã. — Ele se levantou e ofereceu a mão a ela. — Me daria a honra de uma primeira dança?

— Sim, meu senhor, com prazer.

Maila nem percebeu que havia soltado o pretendente de forma um tanto quanto brusca na ansiedade de aproximar-se do Original. Therkov, que já estava irritado, ficou ainda mais.

Só havia uma coisa que Maila amava mais que seu futuro marido: a Chama Eterna. E ninguém além dos Originais havia visto a face da Chama. Estar na presença do dragão Ekrateia a fazia sentir-se mais próxima dela.

Therkov observava Maila e o dragão dançarem enquanto esperava sua vez ao lado de Nemac. Mordia o lábio, inconformado e impaciente.

— Parece até que ele gosta dela — ele disse, um tanto irritado.

Nemac o fitou de cima a baixo e lançou um sorriso de canto.

— Todos gostam de Maila. — Fez uma pausa. — Menos você.

— O quê?! — Therkov se virou, revoltado. — Eu gosto dela, sim!

— Então quando fará o pedido oficialmente? Estamos aqui nos planejando para a união, mas ainda não vi nenhum anel no dedo dela.

O rapaz cruzou os braços e virou o rosto.

— Você pode mentir para ela, meu rapaz. Mas não pode mentir para mim, muito menos para o Original. Você gosta dela? Ótimo, isso é o mínimo, se pretende se casar com ela. Porém Maila *ama* você. E não tenho certeza de que você consegue corresponder à magnitude desse sentimento.

— Se duvida de minhas intenções, por que aprovou esse matrimônio?

— Eu? Meu jovem, nunca aprovei nada. Quem deu a permissão foi a família da noiva. Como um mero tutor, não tenho poder de mandar e desmandar nas decisões pessoais de minha pupila. Agora, com a bênção do Original, tenho ainda menos poder de opinar nessa relação. Ela é feliz por amar você, por isso decidi aceitar. Quero que Maila sempre esteja assim, sorrindo — o profeta disse, admirando-a enquanto ela dançava com o dragão —, mesmo que seja ao seu lado. Mas você não é digno do amor dela.

— E por acaso existe outro homem em Ekrateia digno de tal amor? — Therkov perguntou, irritado.

Antes que Nemac pudesse responder, o dragão trouxe a forjadora de volta da primeira dança. O profeta deu um passo à frente para que fosse o próximo, mas o rapaz de cabelos vermelhos tomou seu lugar depressa, levando Maila para bem longe. A garota achou a atitude amorosa e sorriu ao pensar na possibilidade de ele estar com ciúmes. Ele a segurou com firmeza em sua cintura e eles começaram a valsar.

— Quando você for guardiã do templo, seus treinos com Nemac se encerrarão? — Therkov perguntou de modo despretensioso.

— Não é o que planejo — ela respondeu em meio a um rodopio.

— Então nós vamos nos casar e você continuará com as mesmas atividades no templo? — Ele levantou levemente o tom de voz.

— Tenho obrigações com o templo.

— E as obrigações com seu marido?

Maila lhe ofereceu um sorriso tímido.

— Gostaria que eu passasse mais tempo com você?

— Eu gostaria que você me incluísse em seus planos. Às vezes você é muito egoísta.

A forjadora abaixou a cabeça, acatando o que ele dissera. Precisava se esforçar para ter mais momentos agradáveis com o futuro marido. Por sorte se lembrou de algo que poderiam fazer juntos.

— Quando faremos a jornada dos noivos? — ela perguntou, animada.

— O quê?

— A jornada — Maila começou a explicar. — Você conhece a tradição. — Ela limpou a garganta para ditar o que havia aprendido. — "O noivo que buscar o lírio das cachoeiras, do ponto mais alto ele avistará o arco da promessa e a flor que simboliza o amor que não se desfaz. Com ela, ele presenteará sua escolhida, jurando-lhe amor eterno. Assim como o sol se põe, mas também renasce, assim é o amor do noivo que busca o lírio para sua amada. Já a noiva que adentrar a floresta, encontrar uma rosa da mesma cor da mansidão e levá-la ao homem que escolheu seu coração, então trará ao seu matrimônio respeito infindo. Porque, assim como uma rosa cor-de-rosa nunca deixa de ser bela, assim é a noiva aos olhos de quem a admira. E, se a Chama Eterna já ama e cuida dos lírios e das rosas, ainda mais cuidará da união do casal que completar a jornada gloriosa."

Maila finalizou a citação entusiasmada com a ideia, mas seu sorriso se desfez quando viu Therkov rindo de tudo que acabara de dizer.

— Você realmente acredita que, se eu buscar um lírio em uma cachoeira e você me trouxer uma rosa da floresta, isso garantirá que nosso casamento durará para sempre?

A pergunta quase a fez pisar no pé de Therkov sem querer no meio da dança.

— Na verdade é só uma tradição e...

— Acreditar nessas superstições, além de ser tolice — Therkov interrompeu —, deve desonrar a Chama Eterna. Não devemos acreditar nessas besteiras, apenas nela. Até me surpreende você, a próxima guardiã, colocar a fé em nosso casamento em uma rosa em vez de na Chama.

— É... — Ela colocou o cabelo atrás da orelha. — Talvez nada disso seja necessário para termos um casamento próspero.

— Fico feliz que tenha entendido meu ponto, isso mostra maturidade da sua parte. Com certeza tenho muito a te ensinar quando nos unirmos. Na verdade, talvez você nem precise mais treinar no templo; poderá treinar em casa, comigo. Direi a Nemac que sua rotina mudará depois do casório.

— Mas...

A dança foi interrompida com o barulho de um metal batendo em uma taça de vidro. Era o Original a dar seu pronunciamento. Todos pararam no mesmo instante o que estavam fazendo para ouvirem suas palavras.

— Eu agradeço imensamente a presença de todos. — Os convidados ouviam atentos. — Nesta noite teremos a iniciação de nossa guardiã, um momento especial e solene que aguardamos com expectativa há muito tempo. Esta família — ele disse sinalizando aos pais e avós de Maila, sentados à mesa — protege o Livro da Eternidade há décadas, geração após geração, e pela primeira vez teremos uma forjadora protegendo nosso mais estimado e sagrado livro.

Os cidadãos de Ekrateia aplaudiram, a família se levantou para agradecer. Eles gostavam dessa atenção, do prestígio e do reconhecimento, ainda mais quando vinham de um Original. Nem sempre Maila entendia o que a família esperava dela, mas se esforçava para atender com perfeição às expectativas. O dragão prosseguiu:

— Como sabem, somente os profetas de Ekrateia e os Dragões Originais leram o Livro da Eternidade. Após... — Ele fez uma pausa, era difícil dizer. — Após o rompimento do Único Dragão e, por consequência, a separação dos clãs, a Chama escolheu esta terra para guardar sua palavra. Verdadeiros profetas foram abençoados pela Chama com as mesmas habilidades dadas a mim e ao meu irmão Hamare: a profecia. E é por isso que hoje podemos ler o Livro para vocês e espalhar a verdade descrita nessas páginas. — Ele se virou para

Maila. — E para você, minha escolhida, lerei pessoalmente palavras desse Livro para abençoar sua iniciação.

Nemac tomou a iniciativa e entregou o Livro ao dragão com certa dificuldade. Maila observava atenta enquanto o dragão folheava as páginas. Era um livro grande, tão grande que até o Original Ekrateia ficava um pouco menor perto dele. A capa era repleta de escamas de dragão. Diziam que, lá no início da formação dos céus, cada dragão doou algumas escamas para que a Chama pudesse terminar de costurar o Livro. A Chama Eterna havia recortado e costurado o Livro inteiro com as próprias mãos, por isso se tratava de um artefato tão especial. As folhas eram douradas e pareciam reluzir a cada página virada; pessoas ficavam hipnotizadas com facilidade pela beleza dele. Por um minuto, Maila entendeu o Original Hamare; era mesmo tentador querer aquele livro somente para si. Por ser o dragão do amor, suas emoções o controlaram, o que acabara condenando todos os dragões e os humanos a uma separação dolorosa e a uma longa espera até o retorno das brasas da Eternidade. Ainda bem que Hamare não havia sido o único dragão a receber o poder de fogo. Graças ao domínio próprio de Ekrateia, o povo ainda tinha uma luz para direcioná-los.

Um livro tão valioso com certeza não poderia ser lido por qualquer pessoa, muito menos pelo povo; interpretações diferentes do que a Chama havia escrito poderiam gerar desentendimento. Por isso, somente os profetas podiam ler e contar ao povo o que estava escrito. Não existiam profetas em outros clãs, o drigon da profecia era exclusivo do clã de Ekrateia, o que só reforçava o valor que ele tinha para a Chama Eterna. Ele fora o escolhido para guiar os outros povos após o rompimento, era notável. Somente o clã do domínio próprio poderia salvar os dragões e a humanidade da desgraça na qual o amor os havia colocado. Isso era o que Maila havia aprendido. Era nisso que ela acreditava.

O Dragão Original terminou de folhear o enorme livro e sorriu ao encontrar o trecho que procurava. Olhou para Maila e se preparou para ler.

— Preste atenção nestas palavras, minha guardiã. — Ele respirou fundo antes de prosseguir. — "Digo aos meus filhos que nem todos são bons, assim como nem todos são maus. De quem esperamos bondade e alento pode vir a ruína, e de quem esperamos uma espada nas costas pode vir o abraço. Não se engane, até mesmo um pai pode ser negligente à sua criança, até mesmo uma mãe pode se esquecer de quem gerou. Mas não tenha medo de quem porventura te esquecer, porque eu, todavia, jamais me esquecerei de você." — O dragão fechou o Livro e fixou seus olhos em Maila. Ela enxugava uma lágrima que insistira em escapar. — Essa é a mensagem que a Chama Eterna pediu que eu lesse para você. Quando se sentir indigna como guardiã, quando não se achar merecedora do drigon que recebeu, não se esqueça do poder da Chama que corre em você. É nítida a sua devoção a ela, por isso eu te escolhi. Você nunca estará sozinha. E, qualquer coisa que precisar, é só me chamar. — Ao terminar o discurso, fez um sinal apontando para o colar que Maila usava.

Os habitantes bateram palmas. A bênção fora dada, agora era só Maila fazer tudo certo e não desapontar ninguém. Ela seria uma guardiã, precisava ser perfeita.

— Muito bem, não é possível proteger um templo com a barriga vazia, certo? — indagou o Original, o que acabou arrancando risadas do público. — Por favor, sirvam-se, comam à vontade. Logo minha guardiã começará sua iniciação.

A família de Maila e a família de Therkov se sentaram juntas, falavam animados a respeito da união que em breve aconteceria. Nemac os observava um tanto de longe, de outra mesa. Percebia como Maila abraçava o braço do noivo, feliz em pensar no casamento, mas que o rapaz parecia desconfortável; não sorria para ela, mal conversava direito.

— Está pensando no mestiço, caro profeta?

Nemac se assustou com a pergunta do Original.

— Tem certeza de que não pode ler pensamentos, meu senhor?

O dragão soltou os talheres e pensou um pouco antes de responder.

— A experiência, meu amigo. — Seus olhos ficaram vazios por um instante. — Reconhecemos o sentimento de culpa de longe. Do que se arrepende?

O profeta coçou um pouco a garganta; não se sentia confortável em falar sobre os remorsos que atormentavam seu coração. Nunca havia falado disso com ninguém antes.

— O senhor sabia que o mestiço era o melhor amigo de Maila?

O Original acenou positivamente. Não era segredo para ninguém. Toda Ekrateia sabia das duas crianças travessas que não se desgrudavam — sem nunca imaginar que o destino as separaria.

— E como ela reagiu quando ele partiu?

Responder isso doía ainda mais em Nemac. Maila era como uma filha para ele. A menina passava mais tempo com o profeta do que com os próprios pais, que costumavam colocar expectativas absurdas em cima da criança.

— Ardan... — Ele não dizia esse nome havia anos, e soou estranho quando saiu de seus lábios. — Ele era a felicidade dela. Às vezes acompanhava Maila até o templo e ficava esperando-a terminar o treinamento para buscá-la na saída e enfim irem brincar no restante do dia. Maila não podia ser ela mesma em casa, nem mesmo se sentia à vontade para se abrir comigo, mas Ardan tinha esse poder acolhedor. Não sei explicar, mas ele era...

— Ele era um Hamare, afinal.

— Sim. — O profeta levou a mão à boca, sentia a garganta presa. — As manchas de Maila aumentavam a cada dia, mas Ardan gostava delas. Uma vez o peguei tateando o braço dela, dando um nome para cada marca em seu braço direito. Era bem infantil, mas engraçado de se ver. — Nemac percebeu que estava sorrindo e logo desfez a expressão, retornando à seriedade. — Os nomes não eram muito criativos, é claro. Se uma mancha lembrava o formato de orelhas de um coelho, ele a chamava de Sr. Dentuço.

O dragão se preparou para dizer algo, mas um servo se aproximou e cochichou em seu ouvido. Mudando de postura, o Original anunciou:

— Está na hora.

Nemac olhou para Maila. Ela o olhava também, sinalizando que estava pronta para sua iniciação.

CAPÍTULO 3

Que arma desobediente!

Maila se ajoelhou em frente ao Livro da Eternidade. O posto de guardiã ficava no alto do templo, onde a luz da lua refletia sobre as escamas de dragão que protegiam o Livro sagrado. Sua família, o Original e Nemac pacientemente aguardavam-na forjar a arma que protegeria o Livro. Fazer isso não era fácil como acreditavam, e, como ela era a única forjadora de Ekrateia, precisara criar suas próprias técnicas. Não havia ninguém para ensiná-la. Era sua primeira grande arma. Para sua iniciação, ela queria confeccionar algo especial — afinal, aquela seria a arma que protegeria o Livro da Eternidade; precisava ser seu melhor trabalho.

Da ponta de seus dedos, como uma sinfonia harmoniosa, Maila traçou uma linha no ar. O brilho em seus olhos entregava quando uma arma estava sendo forjada: a parte branca desaparecia, e eles ficavam completamente azuis.

Armas eram feitas de memórias e sentimentos. Quanto mais sincero fosse o forjador consigo mesmo, mais poderosa era sua criação. Sentimentos confusos poderiam gerar armas frágeis; intenções puras de coração, no entanto, podiam forjar o invencível.

Maila havia aprendido tudo isso nos livros dos antigos forjadores. Era disciplinada e tentava aplicar cada ensinamento nas suas confecções.

Agora, sentimentos e lembranças começavam a tomar forma diante dela. A ponta da lâmina surgiu fina, alongada, como um sopro de vento solidificado. Uma memória doce a conduzia: o céu acima das nuvens, ela e Lipath voando juntas. O metal flutuava e dançava no ar, lembrando uma asa em curva.

A jovem tentou manter-se concentrada. Desceu o braço com precisão, como os livros ensinavam. A lâmina ganhou um contorno mais firme, mas uma nova memória a invadiu: um dia de treino com Nemac. Dor. Queda. A pele ardente. A lâmina tremeu e, em seguida, se partiu em três partes.

Maila arfou, buscando conter o dano apenas com a força do pensamento. As partes flutuavam, próximas, mas sem se unir. Ela fechou os dedos com força. Um tremor percorreu seu punho. Outra memória irrompeu: Lipath dormindo no quintal. Maila se aproximava devagar e a acariciava. No cabo da arma, surgiu a cabeça robusta de um dragão adormecido, os olhos fechados em paz. A cauda da criatura subia, enrolando-se ao longo do punho da arma.

Maila mal teve tempo de manter aquela lembrança. Foi empurrada para outra. Uma árvore cheia de maçãs. Ela escalava. Um galho se partiu. Maila se preparou para a dor. Afinal, feridas costumavam produzir suas armas mais afiadas. Mas não caiu. Um garoto de cabelos dourados segurava sua mão.

Uma longa fita dourada se prendeu ao cabo da arma. Maila chacoalhou a cabeça. Não era a memória que queria. Correu para longe dela, buscando outra. Viu-se diante de um espelho, segurando o pente de cabelo que sua mãe tanto gostava. A janela foi atingida por pedrinhas. Vozes. "Seu cabelo é muito bonito."

A fita dourada entrelaçava-se, agora, a uma fita azul e branca. Juntas, serpenteavam como fitas de presente ao longo do cabo. *Não!*, pensou Maila. *Não é pra ser assim!*

Mas a memória seguinte veio como uma enxurrada. A Cerimônia da Centelha. Seus pais de costas. Um garoto distante. Um olho azul. O outro, vermelho. Três lágrimas escorreram pelo rosto de Maila. Três pedras rubras nasceram no ar e se fixaram em cada um dos segmentos partidos da lâmina.

O azul de seus olhos se apagou. A luz sumiu. Ela voltou a si, ofegante.

Para sua infelicidade, a arma estava pronta. Uma lâmina curva, dividida em três, com pedras de rubi suspensas sobre cada parte. O cabo era adornado por um dragão em repouso. As duas fitas permaneciam entrelaçadas, impossíveis de arrancar.

Era uma foice, mas também não era.

Era algo único. Algo dela. Algo que ela não havia planejado, mas que, de algum modo, havia nascido de suas mãos. E, mais ainda, daquilo que ela guardava no coração.

— Eu... — Ela nem sabia o que dizer. — Eu acabei. Acho que podemos continuar.

— Muito bem — Nemac disse, desconfortável. — Agora todos nós precisamos ir, e deixar que Maila cumpra sua função em sua primeira noite guardando nosso Livro.

O pai da forjadora se aproximou da menina.

— Será tranquilo. O máximo que pode acontecer é algumas pequenas criaturas possuídas pela chama escarlate surgirem, mas não é difícil eliminá-las. São criaturinhas travessas, mas muito frágeis. O poder do Livro as atrai. Elas são como pragas, então você precisa exterminá-las assim que elas aparecem, para não se multiplicarem rápido.

— Certo, pai.

O homem a abraçou. Ela não entendeu o que estava acontecendo, seu pai não era muito carinhoso. Não que fosse violento, nunca tinha levantado um dedo contra ela, mas também nunca fizera muita coisa para ajudá-la. Ele era indiferente, ou ao menos parecia ser, por isso o abraço a surpreendeu.

— Você ficará bem — ele disse com a voz um tanto embargada.

Maila segurou nas mãos dele e compreendeu algumas coisas: a mesma pressão que ela sentia em ser a guardiã, seus pais também haviam sentido. O medo de falhar com a Chama Eterna era de família. Talvez eles fossem rigorosos porque era a única forma que conheciam de amá-la.

A família se despediu. O Original nada disse, apenas fez novamente o sinal do colar e se retirou. Ela já sabia, poderia chamá-lo. Ficou sozinha com Nemac e o viu retirando de uma caixa um tipo de capacete. Lembrava que aquilo fazia parte da armadura; o corpo todo ficava coberto, dos pés à cabeça. Um silêncio constrangedor se instalou enquanto Nemac colocava o artefato nela. Maila desconfiava que ele sabia como a sua arma havia sido forjada.

— Você era mais tagarela quando criança. Hoje em dia, quase não te ouço falar nada. Está sempre quietinha — ele observou.

— Acho que não tenho muito a dizer ultimamente. Minha vida já está toda traçada mesmo, não tenho sobre o que opinar.

Mais uma vez o silêncio se estendeu entre eles.

— Sabe... — Nemac deu uma risada forçada. — Sempre achei que você se casaria com Ardan.

— Como eu poderia? Ele foi expulso. — Maila retrucou mais rápido do que ela mesma esperava.

— Sim — ele observou ao tocar as fitas na arma. — Parecem vocês dois, fico feliz que...

— Já estou pronta! Obrigada, Nemac, agora é por minha conta.

O profeta não contestou, apenas tomou a direção para deixar o local. Mas, antes de partir, Maila o chamou uma última vez.

— Nemac, eu não me casaria com ele. Éramos somente amigos.

Ele sorriu.

— Eu sei — ele disse antes de se retirar.

Quando Maila ficou sozinha, pegou-se admirando as fitas que se entrelaçavam. Tentou separá-las, mas elas se recusavam a ficar distantes.

— Que fitas infantis, hein — ela reclamou enquanto ria baixinho.

Instantes após a saída de Nemac, uma pequena criatura possuída entrou voando do teto. Era desengonçada e muito feia. Maila nunca havia visto uma de perto e achou engraçado o jeito bobinho da criatura enquanto tentava se equilibrar com aquelas perninhas horrendas e as asas rasgadas. Diziam que criaturas possuídas pela chama escarlate não tinham mais alma; eram apenas um corpo vazio, ninguém precisava ter piedade delas. Com um golpe rápido, Maila lançou a fita dourada na criaturinha, que foi agarrada e, com a ponta da lança, cortada no meio. Imediatamente o corpo se desfez em pó. De fato, não tinha nada dentro. Apenas uma fagulha escarlate escapara, mas ela não podia fazer nada, já que não tinha o drigon de exorcismo. Acabou deixando a faísca fugir, desesperada.

Maila se sentou em um banquinho abandonado perto de uma coluna empoeirada enquanto o tempo passava. Balançava as pernas um tanto entediada. Parou para pensar que não tinha nada de muito especial em ser guardiã, parecia um trabalho fácil. Por que tanta pressão? Começou a caminhar pelo salão iluminado pela luz do luar e, quando deu por si, estava de frente ao Livro da Eternidade. Era fácil se perder na beleza dele. A garota se aproximou mais um pouco e tocou as pontas dos dedos no Livro. As escamas eram grandes, tinham uma textura peculiar: algumas lisas, outras mais fofinhas, e algumas deixavam a sensação de uma pedra áspera contra a pele. Maila olhou para os lados, um tanto desconfiada. Tomada pela curiosidade, após um pouco de relutância, ela abriu o Livro com força. Correu os olhos pelas páginas e não reconheceu o idioma.

— É claro que eu não conseguiria ler.

Maila voltou a caminhar pelo salão até que, de repente, foi interrompida por uma voz:

— Estão na língua original, o idioma da fundação do mundo. Ninguém consegue ler.

A guardiã olhou para os lados, assustada. Não havia ninguém ali.

— Aliás, você deveria ter mexido no Livro? Não é proibido?

Ela continuou sem entender de onde vinha a voz. Posicionou sua arma recém-forjada com mais firmeza nas mãos. Talvez fossem saqueadores, seus pais já haviam dito que eles aparecem ocasionalmente. Já fazia tempo que não ouvia relatos a respeito de invasões desse tipo, por isso não esperava que eles viriam justo no dia de sua iniciação. Corria o boato de que tais saqueadores usavam a magia proibida por ser de mais fácil manuseio; porém, apesar de poderosa, era também mais frágil e poderia ser quebrada quando posta contra a magia da Chama Eterna. Logo, não deveria ser complicado para uma guardiã eliminar os saqueadores em uma possível invasão; seu treinamento árduo fora feito exatamente para esse fim.

Maila olhou para cima e lá estava a silhueta de um homem marcada contra a luz do luar. Ela se preparou para um possível ataque, mas o homem desceu devagar, por uma corda que desapareceu assim que seus pés tocaram o chão. Seus olhos estavam ocultos por uma máscara preta, somente os lábios eram visíveis. Ela não conseguiria identificar a qual clã ele pertencia.

— Você não quer fazer isso, saqueador — Maila disse apontando a arma para ele.

— Guardiã... — falou o mascarado sem conseguir conter a risada. — Não sou um saqueador, sou um rebelde.

As pernas de Maila ficaram bambas. Já tinha ouvido falar deles, os rebeldes eram os piores; Ekrateia conseguia odiá-los mais que ao clã de Hamare, se é que isso era possível. Os rebeldes eram um clã ilegal, agiam contra o sistema de governo de Ekrateia. Não havia muitas informações sobre eles, mas seus feitos começaram a ganhar fama e popularidade entre os clãs havia um tempo. Não se sabia ao certo o que eles faziam nos clãs que visitavam, mas, por todo lugar que passavam, alguns habitantes simplesmente desapareciam. Parecia que os rebeldes já haviam deixado sua marca em todos os clãs, menos em Ekrateia. Pelo menos até aquele momento.

— Melhor ainda — Maila afirmou, tentando não mostrar nervosismo. — Quando eu te capturar, você será interrogado, e seu clã ilegal acabará.

O homem se aproximou dela batendo os pés com força no chão. Como um reflexo, Maila deu um passo para trás, receosa. O rebelde riu.

— Você parece um inseto assustado — caçoou. — Vamos fazer um acordo.

— Eu não faço acordos com rebeldes.

— Ouça minha proposta, guardiã: permita-me fazer o que eu quero aqui; finja que não me viu, e eu não mato você.

Um silêncio feroz tomou o espaço entre eles. Maila começou a se sentir sufocada dentro do capacete.

— Ou?

— Ah... — Ele deu de ombros, descontraído. — Era só isso. Acordo fechado?

Ela riu, não conseguiu evitar.

— Me perdoe, mas terei que declinar.

Imediatamente, Maila levou a lâmina partida em três até o pescoço do mascarado. Ele desviou com tanta rapidez que a forjadora sequer viu quando ele a chutou com um golpe certeiro na barriga, jogando-a para longe. Ela se apoiou na parede gemendo de dor.

— Muito bem, não vou pegar leve com você — Maila avisou enquanto segurava sua arma outra vez.

— Espero que não — ele respondeu sem olhar para ela.

Maila correu e atirou a fita azul de sua lança no homem, na intenção de prendê-lo, mas a fita se recusou a tocá-lo. O mascarado bufou, segurou a fita e puxou a guardiã para si.

— Não está saindo como planejado, né? — ele a provocou.

— Eu sou boa com improviso! — A guardiã lhe deu uma cotovelada no rosto, fazendo-o cambalear para trás.

O rebelde ficou alguns segundos com a mão no queixo, sem se mexer.

— Tudo bem. — Ele cuspiu sangue no chão ao se voltar para ela. — Agora você conseguiu me irritar de verdade.

Através da máscara escura, ainda era possível ter um vislumbre de luz, como se algo tivesse ligado e desligado depressa. Com um movimento ágil, o rebelde sacou uma espada vermelha.

— Fique quieta aí, não vai doer. Prometo ser gentil — afirmou ao se aproximar dela novamente.

— Que cavalheiro! — Ela deu uma risada amarga, sem acreditar na ousadia dele.

O homem correu em sua direção, ele era rápido. Golpeou-a tão depressa que Maila só pôde contar com seu instinto para bloquear a espada com a haste de sua foice.

— Então você é um forjador — ela grunhiu enquanto tentava afastá-lo.

O rebelde não respondeu, apenas continuou pressionando a espada contra a arma dela com uma das mãos, enquanto, com a outra, fez surgir uma pequena adaga. Ele a lançou contra o rosto coberto de Maila, mas ela desviou com agilidade, de modo que a lâmina a atingiu apenas de raspão.

— Como faz armas tão rápido? — ela perguntou, genuinamente surpresa, mesmo em meio ao combate.

Com a fita dourada, Maila prendeu o pé do homem e o puxou, fazendo-o cair de modo um tanto quanto desengonçado. Pela forma como ele agitava os braços para tentar se equilibrar, ela percebeu que ele havia ficado constrangido. Maila já havia sido alertada sobre o ego do homem, principalmente pelo seu futuro noivo. *Nunca faça um homem de bobo.* Mas, ao contrário do que esperava, o rebelde riu.

— Preciso admitir, você tem bons truques na manga. Mas agora eu cansei de brincar, o que é uma pena, pois gostei de você.

— Lamento não poder retribuir tão singelo sentimento — Maila respondeu com um sorriso de canto.

— Não tem problema, guardiã. Não sou o tipo de homem para se gostar, apenas para se temer.

Maila não percebeu quando ele se soltou da fita e a atacou com a adaga. Ela morreria ali mesmo, em seu primeiro dia como guardiã. Fechou os olhos, assustada com o que estava por vir, mas nada sentiu. Quando os abriu de novo, havia apenas destroços, pequenos pedaços da lâmina da adaga partidos no ar. O artefato simplesmente se recusou a atacá-la, partiu-se por completo quando tocou sua pele.

— O quê? — O homem pareceu tão surpreso quanto Maila ao olhar para o cabo da adaga, o que restara em suas mãos.

Ela não permitiu que ele ficasse muito tempo distraído pelo acontecido e o socou com força no rosto, fazendo a máscara rachar.

— Não está saindo como o planejado? — Maila ironizou.

— Eu também sei improvisar, guardiã — ele disse enquanto subia uma das duas escadas que circulavam o salão até o topo do templo.

Os olhos do homem brilharam novamente. Maila sabia que ele estava forjando uma arma enquanto subia; dessa vez, um arco e flecha.

— Seu covarde! Vai me atacar a distância?

— Não quero perder meu tempo com você, tenho um objetivo. — Sem demora, atirou nela.

Maila desviou com um salto e correu na direção da outra escada. Usava sua arma como um escudo enquanto as flechas do rebelde tentavam acertá-la.

Com um gesto rápido, a guardiã lançou as três pedras vermelhas contra ele, e elas cravaram com força na parede quando o homem se inclinou para o lado.

— Interessante — ele comentou enquanto forjava outra flecha. — Quem fez essa arma para você?

— O quê? Quem fe...? — Não teve tempo de concluir a pergunta: uma flecha acertou seu capacete, que acabou rachando, assim como a máscara do inimigo. — Maldição!

— Que linguajar é esse? — satirizou. — Estamos em um lugar sagrado, esqueceu? Comporte-se à altura, guardiã.

Por mais incrível que parecesse, tal provocação afetou Maila mais do que ela mesma esperava. Como alguém que nem a conhecia também se achava no direito de ditar seu comportamento? Estava farta. Quando voltou seus pensamentos para o rebelde, viu que ele não estava mais na escada: já se encontrava perto do Livro. Sem pensar muito, Maila lançou sua arma na direção dele. A lâmina partida em três cravou em seu casaco preto, prendendo o tecido contra o chão.

— Agora foi pessoal! — ele ralhou. — Eu gostava desse casaco.

— Assim como gosta de mim? — Ela sorriu ao correr até ele.

— Talvez eu tenha mudado de opinião. — Ele tirou o casaco para conseguir escapar.

Quando ela se aproximou, o homem já havia criado outra arma — um chicote afiado. Maila desviou do golpe enquanto pegava a sua outra vez. Com dois toques no chão, as três pedras vermelhas cravadas na parede voltaram para a arma.

— Já chega, rebelde. Vá embora! — ela gritou apontando sua foice para o invasor.

— É ingênua ao julgar que eu desistiria tão facilmente de um plano que estou arquitetando há anos.

— Hum... — ela ponderou. — Tanto tempo planejando e ainda não me derrotou?

Agora, sim, ela tinha conseguido irritar o homem. *De verdade.* Ele a prensou contra a parede; a colisão fez seu capacete rachar ainda mais. O rebelde havia forjado outra arma, uma corda aparentemente inofensiva, mas que conseguiria imobilizar Maila por completo.

— Eu estava tentando te dar uma morte tranquila, mas parece que você quer sofrer, não é?

A corda começou a sufocar o pescoço de Maila, mas ela percebeu que não passava de um desconforto. Estava apertada e até doendo um pouco, mas não a ponto de matá-la. Se a intenção era enforcá-la, ele havia falhado miseravelmente.

— Vamos! — o rebelde gritou, frustrado ao perceber que a arma não o obedecia.

Sem que ele previsse, Maila lhe golpeou com a cabeça. O homem deu alguns passos para trás com a mão na testa até chegar ao breu abaixo da escada e virou-se de costas para que não fosse visto. A guardiã notou que a máscara dele havia se despedaçado e caído no chão, mas, por infortúnio, seu capacete também. Ela precisava matar o rebelde antes que ele a visse, porque ela sabia que seria morta se descobrisse sua identidade.

— Acho que você já sabe o que vai acontecer agora — o homem disse, quase como um sussurro.

O golpe mais rápido seria o vencedor. Ela correu até ele. Ele correu até ela. Ambos com suas armas em punho. Quando enfim saíram do escuro, a luz da lua alcançou a face dos inimigos e o tempo parou. Ela conhecia aquele rosto. Ele a conhecia também. Em vez de atacarem um ao outro, acabaram se trombando por conta do choque. Caíram no chão e ficaram imóveis por alguns segundos, encarando-se, totalmente estarrecidos. Os lábios de Maila tremiam, e o homem estava tão pálido quanto o mármore em que o Livro da Eternidade se apoiava.

— Ar... — Maila sentiu a garganta flamejar. — Ardan?

— Maila — ele exclamou, ainda sem acreditar no que via.

O rebelde se levantou devagar, e Maila o acompanhou. O rapaz desviou o olhar. Por alguma razão, não se sentia à vontade para revelar seu olho rubi na frente dela.

— Eu ainda prec...

Ardan não conseguiu completar sua fala, havia sido interrompido por um abraço caloroso de sua amiga de infância. Ela começou a chorar.

— Você voltou! — dizia enquanto lhe oferecia um sorriso largo em meio às lágrimas. — Voltou para mim!

As pernas do rapaz oscilaram. Com as mãos ainda um pouco hesitantes, retribuiu o abraço que recebera; porque, apesar dos anos, o abraço dela ainda era o seu favorito.

— Eu voltei — conseguiu dizer enquanto a apertava ainda mais.

CAPÍTULO 4

Eu a declaro culpada

Os dedos foram se soltando e o abraço se desfez. Maila encarou o amigo; seu olho rubi brilhava ainda mais que o celeste. Ela não estava acostumada com seu lado Hamare, mas sabia que ele não tinha culpa de ter nascido assim. Contudo, ele era culpado por suas atitudes, e a situação em que estavam não o favorecia.

— Ardan... — disse ao enxugar as lágrimas.

Ele não respondeu.

— Por que está tentando roubar o Livro da Eternidade?

O rapaz se afastou um pouco, ainda sem dizer nada. Segundos depois, com a garganta apertada, conseguiu proferir algumas palavras.

— Sinto muito, Maila.

Após se desculpar, ele a trancou dentro de uma redoma azul — parecida com o escudo que sua mãe fizera para protegê-lo da morte na Cerimônia da Centelha. Maila começou a bater nas paredes da redoma. Ao contrário do que esperava, elas não eram firmes, mas flácidas e um tanto molengas. Claramente aquela não era a especialidade de Ardan.

Maila procurou sua arma e percebeu que ela acabou ficando do lado de fora da redoma quando a jovem correu para abraçar seu amigo. Não daria tempo de forjar uma nova, por isso, numa medida desesperada, ela começou a morder a redoma na esperança de fazer um rasgo. Ardan se aproximou do Livro sem olhar para trás. Pela primeira vez na vida, estava com vergonha de suas ações. Ao contrário de Maila, ele pegou o objeto com facilidade. Tendo o drigon da força, aquela não era uma tarefa difícil.

A guardiã só tinha uma saída: apertou seu anel e gritou alto, tão alto que desconfiava que sua garganta doeria por pelo menos duas semanas.

— LIPAAAAAAAAATH!

Ao lembrar-se daquele nome, o desespero tomou Ardan de assalto. Não teve tempo de reagir: um enorme dragão entrou pela passagem do topo do templo e foi até ele. A conexão entre um humano e um dragão talvez fosse algo que Ardan jamais conheceria. A pata de Lipath o prendeu contra o chão, fazendo-o soltar o Livro. O dragão azul estava prestes a matá-lo com fogo quando Maila gritou novamente.

— NÃO, LIPATH!

No final das contas, dragões eram animais e agiam por instinto. Ardan carregava um olho rubi, logo, era natural que Lipath não se desse bem com ele — afinal, ele tinha sangue Hamare e ela era um dragão Ekrateia.

— POR FAVOR, LIPATH! NÃO FAÇA ISSO!

Maila havia se arriscado ao chamá-la, sabia que ela poderia perder o controle e matar Ardan por acidente. O assassinato era um dos pecados proibidos; mesmo o de inimigos era um grande crime e uma desonra à Chama Eterna. Por outro lado, ele queria roubar o Livro, e foi preciso invocar Lipath.

O dragão pareceu confuso com o pedido, mas, após alguns segundos de relutância, decidiu obedecer. O rebelde conseguiu ver de relance o olhar suplicante da amiga e percebeu a pata do dragão afrouxar. Ele começou a procurar o Livro e notou que havia ficado preso nas garras do dragão. Em um ato de improviso, tentou puxá-lo para si, mas só conseguiu rasgar algumas páginas. Imediatamente o templo começou a tremer. Causar danos a tão sagrado objeto poderia gerar sérias consequências àquele lugar. Lipath soltou Ardan e correu até Maila na intenção de livrá-la do escudo, o que não foi difícil para suas garras afiadas.

A guardiã cambaleou um pouco, tentando equilibrar-se em meio ao tremor do templo. Tudo ia desmoronar a qualquer momento. O Livro ainda estava preso à garra do dragão, e no mesmo instante Maila o tirou dali. Mesmo com a dificuldade do peso do artefato, ela montou nas costas de Lipath, equilibrando o Livro em seus braços. Olhou ao redor para procurar Ardan, mas ele já estava pendurado em uma corda amarrada a outro dragão, conduzido por um rapaz desconhecido. Pelas formas do dragão, com certeza não era um Ekrateia; era um cúmplice de outro clã. Lipath a levou para fora daquele setor do templo, que já estava todo destruído; só restavam os escombros.

O dragão a deixou em terra firme em total segurança. Só então Maila percebeu que uma multidão a aguardava, completamente chocada pelo que havia acontecido com o setor que protegia o Livro da Eternidade. Nemac se aproximou, apavorado, empurrando todos sem educação alguma.

— MAILA! O QUE HOUVE AQUI?

Ela desceu do dragão com as mãos trêmulas.

— Me perdoe, Nemac — falou com a voz embargada. — Um rebelde apareceu.

Gritos espantados tomaram conta do ambiente. Maila havia falhado na sua missão de proteger o templo.

— Não conseguiu se livrar de um mísero rebelde? — gritou alguém no meio da multidão.

Todos começaram a protestar juntos, questionando-a. Acuada, com todos se voltando contra ela, Maila gritou de volta:

— Era Ardan! O mestiço!

No mesmo instante a multidão silenciou-se, processando a informação.

— Todos vocês sabem que ele ganhou sete drigons. SETE! Ele é um forjador de armas, assim como eu! Além disso, tem a força, tem o escudo, tem o conhecimento! E mais outros que nem sabemos quais! Eu nunca fui treinada para lutar contra um receptor de sete drigons. E duvido muito que qualquer outro guardião teria conseguido combater alguém assim!

Nemac inclinou a cabeça para o lado. Parecia prestes a ser convencido de que a situação de fato era incomum, mas seus olhos se estreitaram quando percebeu que havia algo de errado com o Livro.

— O que é isso? — ele perguntou ao tomar o objeto das mãos da guardiã.

Aquele seria o momento difícil.

— Ardan conseguiu roubar algumas páginas — Maila contou de cabeça baixa.

Mais uma vez gritos desesperados soaram pela multidão. O profeta não conseguiu dizer nada, mas seus olhos deixaram claro que estava aterrorizado pelo que o Original faria quando descobrisse o que havia acontecido — e logo saberia, ainda mais com tantas testemunhas. Rumores se espalhavam com facilidade e logo chegariam aos ouvidos do Original.

— Eu... — Maila tentou falar alguma coisa para acalmá-lo. — Ele só conseguiu pegar as primeiras páginas do Livro, a história da fundação do mundo, que todos conhecem. Acabou sendo um desperdício para ele.

Nemac colocou a mão no rosto ao saber disso, angustiado com o que via.

— Maila, não importa quantas e quais páginas foram levadas. Nem mesmo um mísero pedaço da ponta de uma página deveria ter sido rasgado. Nada. Sua função era proteger o Livro a todo custo, mesmo que te matassem. Era sua única missão.

A guardiã abaixou a cabeça, frustrada.

— Onde está o Original? Quero me desculpar e ser punida apropriadamente.

O profeta bufou na tentativa de esconder os olhos que tremiam e as mãos que suavam.

— Ele já partiu para sua toca de dragão, ninguém consegue localizar as tocas dos Originais. Nem mesmo os profetas.

Antes que Maila pudesse falar, Nemac a impediu:

— Maila, primeiro vamos sair daqui. Tem muita gente, e precisamos conversar sobre o que ocorreu.

A guardiã apenas assentiu enquanto tentava desviar dos olhares julgadores. Mas, quando estava prestes a se retirar, seus pais chegaram, atordoados, juntamente de seus futuros sogros e, por consequência, de seu futuro marido.

— O que você fez, Maila? — a mãe da menina gritou.

— E-eu? — Ela havia perdido a firmeza na voz fazia muito tempo. — Não fiz nada.

— Talvez esse tenha sido o problema — a mãe de Therkov opinou.

Maila ficou aguardando o apoio de seu parceiro, mas em vão. Ele parecia tão desapontado quanto todos os outros.

— Haverá um julgamento, certo? — a mãe do rapaz continuou.

— Julgamento? — Maila se assustou com a perspectiva.

— Achou que sairia impune dessa situação? — A mulher se virou para os pais de Maila. — Deveriam tê-la ensinado melhor a respeito da justiça.

Eles abaixaram a cabeça, envergonhados.

— Eu respeito a justiça! — ela tentou se defender ao perceber o constrangimento de seus pais.

— Não é o que parece, Maila. — A voz de Therkov ecoou pela madrugada, pegando-a de surpresa. Ela não esperava que ele também apoiasse o julgamento. — Você falhou. E, se não for julgada por não cumprir obrigações de seu ofício, o que vai acontecer com suas obrigações no matrimônio? Vai continuar achando que seus erros passarão impunes em nossa relação? Você precisa ter disciplina quando estiver comigo. Deve começar a aprender por aqui. Concordo com o julgamento.

Maila perdeu a fala. Quis chorar, mas não na frente de todos. Se já a tratavam como uma criança que merecia um canto do castigo, caso chorasse, seria pior. Lipath, no entanto, não segurou a raiva que sentia no lugar de sua mestra e rosnou alto para Therkov. Imediatamente o dragão dele apareceu, fazendo o chão estremecer e devolvendo o rosnado para Lipath, que em momento algum perdeu a postura.

— Vamos ter que começar a educar o seu dragão também, pelo visto — o rapaz observou.

Nemac os interrompeu; aquela discussão já estava saindo do controle.

— Não vejo necessidade de um julgamento, ela não cometeu crime algum. — Então se virou para Therkov, irritado. — E pare de encenar o homem honrado só porque o Original não está aqui. Ser valente em sua ausência não é valentia, é covardia.

Os olhos de Therkov queimaram de ódio. Teve mais certeza que nunca de que proibiria os treinos de Maila com Nemac após o casamento.

— Não fale assim com meu filho, profeta! — Doanne, a mãe do rapaz, alertou.

— Falou bem — o idoso respondeu com serenidade. — *Eu* sou o profeta, o próprio Original me escolheu. Cabe a mim decidir o que vai acontecer. Digo que um julgamento é inútil, mas concordo em abrirmos um conselho com os membros.

Mesmo insatisfeita, Doanne concordou e partiu pisando com força no chão, as solas dos seus sapatos fazendo barulho ao se afastar. Therkov, por sua vez, subiu em seu dragão e se retirou, sem nem olhar para sua futura noiva.

Era o dia da iniciação de Maila, e ela já passaria pelo conselho. Não era bem assim que imaginara sua jornada como guardiã.

◈◈◈

— Essa notícia não pode se espalhar! — um homem grisalho berrou após um soco na mesa.

— Todos viram o que aconteceu, logo os outros clãs saberão que invadiram nosso templo — Nemac retrucou.

A sala do conselho estava abafada. Não por conta do clima, que era costumeiramente frio em Ekrateia, mas por causa da tensão. Os líderes do clã se reuniam em conselho sempre que algo importante acontecia, tanto festas e cerimônias como emergências. A última vez que se reuniram para gerenciar uma crise fora quando o mestiço havia sido revelado. Agora que ele tinha retornado ao seu lugar de origem, o conselho se reunia de novo para especular o motivo. Tinha sido por vingança? Eles debatiam, na esperança de chegar a uma conclusão.

— Temos de anunciar que o clã rebelde, além de ilegal, agora também é inimigo da Chama Eterna. Quem o abrigar perecerá — exclamou a mãe de Therkov.

Nemac riu enquanto balançava a cabeça.

— Ele pode ser ilegal, mas tem o apoio de diversos outros clãs. Não sei se essa briga ainda vale a pena.

— Mas somos os mais poderosos! — Doanne tentou argumentar.

— Não, somos os escolhidos! O clã mais forte é Piston, o que mais oferece apoio aos rebeldes. Quer mesmo comprar briga com o exército de Piston?

A mulher se recolheu, irritada. Piston era o clã da fertilidade. Com o grande aumento do número de membros, eles conseguiram montar um exército populoso. Alguns clãs, aliás, emprestavam batalhões de Piston para seus eventos anuais. Além disso, muitos cidadãos de outros clãs — inclusive de Ekrateia — inscreviam-se no treinamento militar que Piston oferecia. Somente um louco se atreveria a mexer com eles. Seu Dragão Original, apesar da aparência fofa por conta da penugem, era bem ameaçador quando queria.

— Mas não podemos ficar aqui parados, algo deve ser feito — outro membro do conselho prosseguiu.

— Já mandei espiões atrás dos rebeldes para que recuperem as páginas roubadas. Enquanto isso, Ricsa e Calel, os primos de Maila, protegerão o templo agora.

— Ah, claro, toda essa família está envolvida com as funções do templo. — O pai de Therkov revirou os olhos. — Posso saber o motivo para mantê-los mesmo após tamanha desgraça?

— Eles sempre serviram ao templo com excelência — Nemac respondeu. — Os guardiões oficiais sempre foram os primogênitos, por isso o pai de Maila foi um guardião e seu avô também. Os que vieram depois treinam como reservistas e ajudam em outras funções de guarda, mas os principais sempre pertenceram à linhagem de Maila. Nunca tivemos motivos para mudar isso.

— Até agora — alguém comentou com sarcasmo, arrancando risadas maldosas dos membros do conselho.

— Queremos o afastamento de Maila das atividades — outra pessoa argumentou. Todos acenaram em concordância.

Nemac respirou fundo antes de dizer qualquer coisa; estava segurando a raiva.

— Temporariamente? — ele conseguiu perguntar em um tom mais ou menos controlado.

— Talvez. Ela terá que merecer o cargo agora.

— Ela merece.

— Não mais.

O profeta levantou, frustrado. Permaneceu de costas para todos por alguns momentos, depois começou a dar passos lentos enquanto olhava para cada um com desprezo. Doanne bufou.

— Não adianta nos intimidar, profeta! Tomamos uma decisão.

Ele deixou escapar uma risada abafada.

— E eu respeito a decisão. Ela será afastada.

Todos se olharam satisfeitos. Nemac já estava perto da porta de saída quando decidiu passar um último recado.

— Mas, se de fato foi Ardan, o mestiço, que organizou essa invasão, teremos problemas. Ele tem sete drigons, um deles é o de forjador. Lembrem-se de que somente um forjador pode derrotar outro. E, por conta dessa decisão precipitada de vocês, teremos de afastá-la e deixar nosso templo já fragilizado sem um forjador enquanto tem outro à solta. Espero que saibam que ela pode ter uma parcela de responsabilidade na destruição do templo, mas, se Ardan retornar e roubar o Livro, a culpa será de vocês.

Nemac fechou a porta com força, deixando-os sozinhos com seus pensamentos — além de, é claro, bem à vontade para que pudessem falar mal dele. Assim que se retirou, deu de cara com Maila, seus pais e Therkov, que, do lado de fora, aguardavam a decisão do conselho.

O profeta olhou para sua menina com pena, e ela entendeu o recado.

— Certo — ela disse, magoada. — Tem alguma previsão de quando poderei voltar?

— Sinto muito, Maila — foi só o que ele conseguiu falar.

Therkov se afastou e chutou a parede, irritado, deixando Maila envergonhada. Ele costumava controlar esse lado hostil na frente dos pais dela, mas, nos últimos tempos, estava ficando cada vez mais à vontade para mostrar quem era o chefe da relação.

Os pais de Maila apenas ignoraram. Também eram membros do conselho, mas, como o assunto os envolvia, foram proibidos de participar da sessão. As portas do salão se abriram, e os membros saíram com o nariz empinado, sem sequer olhar para a garota. Os pais de Therkov foram os únicos que se aproximaram deles, caminharam na direção de Maila com um sorriso cínico estampado em seus rostos.

— Então, minha querida — a mãe começou —, temo que o casamento não poderá mais acontecer.

— O quê? — Maila perguntou, sem acreditar no que ouvira. Levou seu olhar para Therkov, esperando que ele contrariasse os pais, mas ele apenas se desencostou da parede e se aproximou dela sem nenhuma expressão no olhar.

— Está acabado.

Era possível ouvir uma folha caindo no chão. Ninguém se atreveu a dizer uma só palavra. Maila tinha seus olhos meigos e gentis vidrados em Therkov. Ela não estava triste; na verdade, estava furiosa.

— Como ousa...? — As palavras saíram sussurrantes entre os dentes cerrados.

— O quê? — O rapaz estava prestes a lhe dar as costas e ir junto de sua família.

Maila o puxou pela manga. Não gritou, mas também não falou nem um pouco baixo.

— Como ousa tomar minha virgindade sem se comprometer comigo em casamento?

Ele não esperava por aquela reação, ninguém esperava. Os membros do conselho que estavam mais afastados de repente pararam de caminhar para ouvir a conversa. Agora eles tinham testemunhas. A garganta de Therkov se apertou, todos o olharam esperando que desmentisse a acusação — coisa que ele não perdeu tempo em fazer:

— Do que está falando, Maila?

A guardiã deu dois passos à frente quase colando seu corpo ao dele. Pela primeira vez Therkov se sentiu intimidado por aquela mulher, que antes parecia tão sensível e obediente.

— Você prometeu pedir a minha mão se eu me entregasse a você. Teria coragem de negar essa verdade em nome da Chama Eterna?

O rapaz cambaleou para trás. Um cavalheiro que tomava uma donzela não era considerado digno por ninguém; ele precisava de uma desculpa para limpar sua imagem. Seus pais o olhavam, esperando uma resposta, mortos de vergonha pela situação na frente dos outros membros.

— Eu fui seduzido! — ele bradou.

E dessa vez, apenas dessa vez, todos tiveram uma reação de espanto. A mãe de Therkov se apressou em abraçá-lo.

— Pobre menino, sendo manipulado por uma guardiã que nem soube cumprir seu papel! É claro que ele não poderia se casar com alguém assim! É claro que ele foi convencido!

As pessoas ao redor concordaram através de gestos e olhares enojados para Maila.

— Seu covarde — ela falou enquanto levantava sua arma, pronta para atingi-lo.

— Filha!

Maila olhou para sua esquerda, de onde a voz vinha, e lembrou-se de que seus pais ainda estavam lá. Não conseguia identificar se estavam decepcionados ou não.

— Vocês não podem continuar defendendo essa mulher! — Doanne disse enquanto segurava o braço do filho. — Mesmo que seja sangue do seu sangue, ela falhou! O noivado está cancelado!

Maila soltou a arma, furiosa e pronta para dar um soco em sua futura sogra. No meio do percurso até aquela mulher, foi impedida de prosseguir por sua mãe, mas a contenção física não a impedia de gritar.

— Como um noivado será cancelado se eu nem fui pedida em casamento? — Maila berrou, irritada.

— Então se deitou com um homem sem uma aliança no dedo. Quão dada você é, sua cretina vulgar?

Foi muito rápido, e Doanne agora estava com a bochecha vermelha também. O tapa havia sido tão preciso que levou alguns segundos para perceberem que o ato não havia partido de Maila, mas sim de sua mãe, que, ao perceber o que fizera, imediatamente se desculpou.

— Você bateu em minha mãe! — Therkov constatou enquanto ajudava Doanne a se levantar. A mulher tinha a mão pressionada contra o rosto.

— Você desonrou minha filha — a mãe de Maila rebateu, implacável.

— Ela desonrou o templo! — o pai de Therkov gritou, pronto para partir para a agressividade. Ele parecia ser do tipo que não se importaria se precisasse espancar uma mulher. — Aposto que ela permitiu que Ardan fugisse. Eles eram amigos de infância, todos sabem disso!

— Chega! — Nemac bradou, voltando-se com toda a sua fúria na direção de Therkov. — Assuma suas responsabilidades! Você está proibido de treinar no templo novamente.

— O quê? Você não pode me impedir! Eu sou o próximo profeta! — o rapaz reclamou.

— Eu sou o atual! Eleito pelo nosso Original Ekrateia! Não vai mais profanar a imagem de Maila aqui, não mais!

O homem se virou para falar com sua protegida, mas ela já havia corrido para longe. Tudo o que conseguiram avistar foi sua silhueta dissipando-se no horizonte. Nemac se aproximou de Therkov e teve de se segurar para não perder o controle.

— Você me dá nojo.

Therkov ficou mudo, e todos que estavam assistindo também. Era difícil decifrar o que tinham interpretado do caso, mas, pela expressão das pessoas, Therkov não seria bem falado por um bom tempo. O profeta, então, precisou respirar fundo para dirigir algumas palavras aos pais de Maila.

— Vão atrás dela antes que ela faça alguma besteira.

Eles assentiram e saíram correndo na direção que a filha tinha seguido.

— Em uma coisa Maila tinha razão — Nemac voltou a falar para quem ainda estava ali. — As páginas roubadas continham apenas a história da formação do mundo, não é nada que não tenhamos ouvido centenas de vezes. Infelizmente os rebeldes perderam o tempo deles aqui. Com certeza foi uma batalha acirrada; ninguém nunca foi treinado para isso, mas ela protegeu o Livro como pôde. Vamos fazer de tudo para recuperar as páginas roubadas, mas sem desespero, pois não temos nada a esconder. Por hora, precisamos reconstruir o que foi destruído do templo e dobrar a segurança de nossa barreira, porque, assim que os rebeldes perceberem que a missão não teve êxito, sem dúvida tentarão voltar.

Os membros presentes concordaram com as palavras do profeta. Seria uma semana agitada tanto pela reconstrução do templo quanto por terem de reorganizar os turnos da segurança. Com certeza ouviriam muitas reclamações, mas eram medidas necessárias.

Therkov ainda dava apoio a sua mãe. O tapa não havia sido tão forte. Ela estava mais atordoada que ferida, cheia de rancor daquela família esnobe.

O profeta lhe lançou um olhar de reprovação, fazendo-a ranger os dentes. Em seguida, ele deu as costas e se distanciou com passos resolutos enquanto os membros do conselho se dissipavam em meio aos cochichos. Precisava agora fazer um acordo desagradável.

CAPÍTULO 5

Ninguém gosta dos filhos de Ekrateia

Elliot desceu do seu dragão com medo do que viria a seguir, enquanto Ardan se desprendeu das cordas que o haviam salvado. Alguns rebeldes se aproximaram agitados e ansiosos para saber como fora a missão. Ouviram falar que tinha sido um sucesso.

O grupo estava acampando perto de um riacho e aguardava o retorno do líder para darem sequência ao plano. Para a decepção de todos, Ardan não estava no melhor humor para contar sobre a missão. Na verdade, eles já estavam acostumados com o temperamento do chefe; diziam que ninguém nunca o tinha visto sorrir genuinamente. Alegria era um sentimento um tanto desconhecido pelo rapaz.

Ardan continuou andando até sua tenda com os pés pesados, sem dirigir a palavra a ninguém. Jogou as folhas rasgadas em cima da mesa e gritou de ódio.

Do lado de fora da tenda, os rebeldes cochichavam sobre o plano:

— Você não viu o que aconteceu, Elliot? — um deles perguntou.

O rapaz apenas acenou negativamente.

— Ele roubou o Livro, pelo menos?

Mais um aceno negativo, seguido de gestos rápidos com as mãos para tentar explicar que ele roubara apenas algumas páginas. Nem todos conseguiram entender.

— Ele disse que Ardan rasgou o Livro — um deles comentou.

Os rebeldes pareceram surpresos; não era esse o plano.

— Mas por quê? O que houve?

Elliot pensou um pouco antes de responder. E com as mãos ele foi direto ao ponto: "Tinha uma guardiã protegendo o Livro."

— Tinha uma guardiã — um rebelde disse aos outros. — Mas desde quando isso é problema para o Ardan? Não era só ter se livrado do obstáculo como já fez outras vezes?

O rapaz de olhos violeta respirou fundo e coçou a garganta para explicar o que ele deduzia. Sua voz era um tanto anasalada e as palavras saíam com mais pausas que o comum. No entanto, apesar de não falar como os outros, era completamente possível entender o que dizia.

— Temos de lembrar que Ekrateia já foi a casa dele. Talvez essa guardiã fosse alguém do seu passado — explicou enquanto sinalizava.

Todos se olharam, pensativos.

— Quem diria... — comentou outro dos rebeldes. — Até mesmo o coração de pedra já se apaixonou.

— ELLIOT! — o grito veio da tenda.

— Ele está te chamando.

— Eu senti a vibração — respondeu, revirando os olhos.

Ele abriu as cortinas da tenda e viu que Ardan estava de costas; parecia reclamar de alguma coisa. Elliot bufou.

— Não consigo te entender se não ficar de frente para mim!

— Ah, claro. — Ele se virou para o rapaz. — Eu tenho aqui comigo nove páginas do Livro da Eternidade. — Agora ele também complementava sua fala com sinais. — Não sei nem de que trecho do Livro essas páginas são. Eu ficaria mais motivado para tentar traduzir a língua original se pelo menos soubesse o que estou tentando ler. Sem uma base, posso ficar para sempre aqui!

"Vamos ter que voltar para pegar o Livro?", perguntou em silêncio.

"Não dá!", Ardan respondeu na mesma altura. "Ela vai estar lá e não vou conseguir."

"Quem é ela?" Elliot sinalizou com as mãos trêmulas, um pouco temeroso de concretizar a indagação. Sabia que poderia estar tocando em um ponto sensível de Ardan.

"Uma antiga amiga", Ardan respondeu, virando-se para a mesa de novo. Elliot entendeu que a conversa estava encerrada ali, por isso se aproximou da mesa e voltou a atenção para as páginas à sua frente. O Livro era repleto de gravuras, e, pelos detalhes contidos nos desenhos, ele pensou ter entendido do que se tratava.

— Ardan... Essas páginas são sobre a formação do mundo.

Imediatamente o mestiço pegou as páginas e fixou o olhar nelas.

— Tem certeza?

— Sua boca está tampada pelas folhas.

Ardan as abaixou sem paciência alguma.

— *Tem certeza?*

— Veja as ilustrações. No começo tem a Chama, depois o fogo, depois o céu, e então a floresta, os luzeiros, a água e por fim...

— Nós — Ardan concluiu com um sorriso. — Se aqui tem a história da formação, também tem a história da queda.

— Provavelmente.

Ardan começou a guardar as folhas em sua bolsa. Estivera angustiado todo aquele tempo por achar que tinha arruinado a missão por completo — afinal, não seria fácil voltar para Ekrateia, já que o clã azul certamente dobraria a guarda —, mas, depois de constatar o que tinha roubado, ele recuperou as esperanças na missão.

— Avise ao acampamento que vamos partir. O plano continua.

Maila voava pelas estradas fora de seu clã. Havia fugido. Não tinha mais nada a perder. E não aguentaria ter de começar tudo de novo. Estivera tão perto... Faltava só um pouquinho mais para ela ter sua própria casa e servir ao templo sem a pressão de seus pais. Faltava tão pouco para alcançar a liberdade que ela se recusava a ter de rebaixar-se de novo. O orgulho de um filho de Ekrateia falava muito mais alto. E, com seu afastamento, ela tinha voltado à estaca zero. Perdera a casa, o noivo e seu espaço como guardiã. A única forma de conseguir recuperar tudo isso seria trazendo as páginas de volta, por isso escolhera partir.

Só retornaria com as páginas roubadas em mãos, estava decidido. Não deixara nenhuma carta nem avisara ninguém; havia apenas corrido para casa, colocado alguns suprimentos na bolsa e ido embora junto de Lipath. Precisava ser rápida, pois sabia que seus pais poderiam encontrá-la na região e obrigá-la a voltar para se humilhar diante dos líderes na tentativa de recomeçar seu treinamento. Mas Maila não queria recomeçar. Nem precisava. Ela iria até o fim para reconquistar o que era seu por direito.

Do céu, ela podia observar muitos alojamentos, bares e restaurantes que se alocavam na estrada para atender aos viajantes. Em volta deles sempre tinha muito espaço para abrigarem seus dragões. Ela não conhecia muito aquela área, mas sabia dos boatos de que havia um homem que sempre tinha informações sobre os clãs, inclusive os rebeldes. A guardiã aterrissou com Lipath e a colocou junto dos outros dragões.

— Nada de brigar, ok?

Lipath fez uma cara feia, mas logo se ajeitou em um canto para tirar um cochilo. Ela precisava de um descanso, porque, dependendo do que Maila conseguisse ali, a viagem poderia ser longa.

Maila colocou um capuz e se preparou para achar quem queria. O bar tinha uma aparência peculiar; era feito de madeira vermelha e pedras de ouro, com um formato estranho, parecido com um enorme chapéu pontudo. Sem querer perder muito tempo analisando o local, ela adentrou o ambiente logo de uma vez. O sino da porta tocou e, por alguns segundos — que para Maila pareceram uma eternidade —, alguns bêbados a encararam. Ela se apressou até a bancada, onde um homem alto, com uma barba cheia e ruiva, os dois braços fechados de tatuagens e o peitoral musculoso, enxugava um copo.

— Preciso falar com Oseias — Maila pediu com a cabeça baixa.

— Antes, mostre os olhos, garotinha — o homem ordenou sem tirar a atenção do copo.

— Minha roupa já não entrega? — ela perguntou, sem muita paciência.

— O que não falta por aqui são pessoas que fingem pertencer a clãs que não são os seus, principalmente os de Hamare.

Maila então tirou o capuz e ergueu a cabeça para revelar o olhar azul brilhante. O homem arregalou os olhos, intrigado, revelando a cor laranja do seu próprio olhar. Ele era um filho de Chrestos.

— O que uma filha de Ekrateia faz aqui? A última vez que vi um bichinho assustado e solitário com a íris celeste no meu bar foi há muitos anos, uma pobre criança de cabelos dourados.

Maila sentiu a pele arrepiar. Ele se referia a Ardan.

— *Você* é Oseias.

— Interessante como não perguntou. — O homem soltou o copo. — Sim, está certa. Como posso servir você e o seu dragãozinho hoje?

— Sabe para onde os rebeldes foram? — Maila foi direto ao ponto; não queria perder tempo.

— Ah, não acredito que agora Ekrateia quer se meter com os rebeldes. — Ele ria enquanto falava. — Deixe-os em paz, eles ajudam a comunidade mais do que você imagina.

— Eu duvido muito! — Maila afirmou com convicção.

Era por essas e outras que Ekrateia era conhecida por ser um clã soberbo, esnobe, repleto de riqueza e regalias, que se achava melhor que os outros por carregar o Livro da Eternidade. Maila concordava com tudo isso, considerava-se melhor mesmo. Afinal, apenas o clã do domínio próprio poderia carregar objeto tão valioso.

O homem revirou os olhos e se curvou para frente para sussurrar bem perto dela:

— Essa é a maior prova de que você não sabe nada sobre nosso mundo.

— Tudo que eu preciso saber já está em Ekrateia.

Uma gargalhada alta e grossa saiu da boca do homem ruivo.

— Então por que está aqui?

Maila não conseguiu responder.

— Sabe ou não aonde eles foram? — Ela decidiu retornar ao verdadeiro foco do assunto.

— Eu poderia te dizer, mas estou intrigado por que você está aqui há quase cinco minutos e ainda não consumiu nada do meu estabelecimento.

Ela levou as mãos ao rosto, irritada.

— Muito bem, me dê um suco de qualquer sabor.

— Não temos isso aqui.

— Eu não bebo álcool, atrapalha meu domínio.

— E eu não sirvo filhos de Ekrateia.

— Me dê logo o que tiver aí, então. — Ela gesticulou na direção de onde várias garrafas estavam alinhadas.

O homem se virou dando risada e encheu um copo de cerveja. Colocou-o na frente de Maila e enfim começou a falar:

— Eu só vou te falar o que precisa porque já percebi que você não veio como uma oficial; está fazendo isso por conta própria.

— Como sabe? — perguntou, curiosa.

— Habitantes de Ekrateia são orgulhosos demais para virem aqui sozinhos, sem toda a pompa que uma entrada merece. Para ter decidido enfrentar uma jornada assim sozinha, você deve ter passado por muita humilhação.

Ele conseguiu tocar em sua ferida. Ela abaixou a cabeça, envergonhada.

— Você vai me contar para onde eles foram? — perguntou com os lábios trêmulos.

O homem percebeu a tensão em sua voz e, por um momento, sentiu uma leve empatia.

— É perigoso falar disso aqui, sabia? Paredes têm ouvidos.

— Logo perderá suas orelhas se não me falar!

Ele aplaudiu enquanto se afastava.

— Aí está a verdadeira face do dragão azul! Fazia tempo que eu não conversava com seu clã, ainda bem que veio para me lembrar de como são. Muito bem, mocinha, a conversa termina aqui.

— O quê?! Mas...

— Vamos, isso custou um lúdrio.

Maila queria gritar, mas de nada adiantaria. Ela estava sozinha. Se atacasse o homem, provavelmente seria atacada pelos bêbados e Lipath, pelos dragões deles. Mesmo relutante, tirou uma moeda de prata do bolso e a jogou na bancada.

— Ah, não, docinho. Um lúdrio de ouro.

— Hã? — ela soltou, indignada. — Isso não vale um lúdrio de ouro!

— Minha cerveja, não, mas minha informação merece um lúdrio. — Ele se aproximou dela para ajudar na entonação do que viria a seguir. — Especificamente o amarelo.

— Você não me deu nada! E você, mais do que ninguém, deveria saber que o ouro é dourado, não amar... — Num estalo, ela percebeu.

O homem piscou para ela e voltou a enxugar os copos de vidro da bancada. No mesmo instante, Maila tirou a moeda dourada do bolso, jogou-a na direção dos copos e saiu com a respiração acelerada. Os rebeldes estavam em Chariã.

CAPÍTULO 6

O clã da alegria

Não era fácil entrar em Chariã, o único clã que vivia submerso. A única maneira de um estrangeiro usar sua passagem era através de um veículo feito exclusivamente para tal fim. Mas, para ter acesso a esse veículo, era preciso autorização dos guardas da entrada, e essa não era uma tarefa simples.

Os rebeldes estavam a alguns metros da passagem, escondidos entre as folhagens, apenas observando os guardas que protegiam o portal para Chariã. A entrada era em um riacho que desaguava no mar centenas de metros à frente. Ao topo era possível enxergar uma bela cachoeira que caía com força onde os guardas estavam, mas eles nem se mexiam com o impacto dela. Todos eles faziam um círculo ao redor do que era o verdadeiro portal, um enorme redemoinho de água agitado que nunca parava de girar. Só mesmo monstros marinhos sobreviveriam a tal fenômeno.

Ardan fez um sinal a Elliot para que chamasse a rebelde de Chariã, Alba.

— Talvez não dê certo, Ardan — a mulher avisou.

— Precisamos tentar — ele resmungou enquanto coçava a cabeça. — Sabe como filhos de Chariã são exclusivistas, só conseguem confiar em seu próprio povo.

— Mas eu fui banida.

— Ainda assim, nossas chances são melhores com você, que conhece a cultura e o idioma, do que com qualquer outro. Se eu chegar lá com esses olhos, não conseguirei acordo nenhum.

Alba tinha as características de um filho de Chariã: sua pele era esverdeada e escamosa, com os dedos grossos, compridos e seguidos de unhas firmes e pontudas. Os pés tinham a mesma forma, e, um pouco acima dos quadris, surgia uma cauda grande que se afinava na ponta. O cabelo de Alba era ondulado, de um tom azul-esverdeado. Suas orelhas se assemelhavam a barbatanas, e, logo abaixo delas, pequenas guelras ajudavam na respiração submersa. Seus dentes eram tão pontudos quanto suas unhas, e seus olhos eram amarelos, como todos de seu clã.

Os filhos de Chariã não usavam roupas — as escamas, apesar de esconderem boa parte de seu corpo, não cobriam tudo. Por causa disso, alguns rebeldes não ficavam à vontade perto de Alba. Antes de ela entrar no clã rebelde, Ardan tivera de passar uma semana inteira preparando os homens para que se comportassem. Ela era a primeira de seu clã a se juntar aos rebeldes; deveria sentir-se acolhida.

Alba respirou fundo antes de prosseguir e saiu das folhagens com os rebeldes atrás de si. Sua cauda estava agitada — não era para menos.

— Alto lá! — um oficial gritou, apontando uma lança para ela.

A rebelde Chariã levantou os braços, mas sem interromper a caminhada, e todos os rebeldes atrás dela repetiram o gesto. Ardan permaneceu atento. Um outro oficial apertou os olhos e percebeu quem era. Ele sorriu e saiu de seu posto correndo em sua direção.

— Alba! — exclamou, agitado.

A garota não pôde evitar retribuir o sorriso.

— Kali — respondeu, aliviada por estar com seu povo outra vez.

O rapaz com a aparência semelhante à dela abriu os braços para recebê-la, mas foi impedido por uma lança colocada bem à sua frente.

— Ela é uma exilada — o primeiro oficial apontou.

Kali concordou com a cabeça e obedeceu, mesmo diante da frustração por não poder abraçá-la. O oficial se virou para Alba.

— O que quer aqui?

Alba olhou de relance para Ardan, esperando algum sinal. Ele acenou com a cabeça para que ela prosseguisse com o plano.

— Solicito uma audiência com seu líder. Eu e uma pequena quantidade do grupo queremos entrar. Peço que disponibilizem um de seus veículos aquáticos para eles.

O oficial riu.

— Só pode estar brincando. Acha que é fácil assim? Onde está sua autorização? Ao menos tem um convite?

Alba apertou as unhas com o nervosismo. Até mesmo sua cauda estava retraída.

— Não tenho autorização, muito menos um convite. Ainda assim, solicito uma audiência.

Kali bufou, encarou todo o grupo e abriu um sorriso astuto ao mirar o rosto de Ardan. O rapaz sentiu o olhar afiado.

— Então você é o famoso mestiço, quem diria... É real. Mais repugnante do que eu imaginava — o homem disse, cuspindo as palavras. Ardan não respondeu; ele sabia que só pioraria as coisas. Era sempre uma cena quando o viam pela primeira vez, já estava acostumado com os pequenos insultos e olhares de desprezo. — Você vem aqui com um bando de exilados e uma aberração. Audiência negada — o oficial completou com frieza.

Kali se aproximou dele timidamente.

— Max, eles não se veem há anos. Não acha que ele pode ficar irritado se souber que ela esteve aqui, mas não a deixamos passar?

O oficial apertou os lábios, insatisfeito, e Kali se encolheu de volta em seu lugar. O oficial levou um tempo analisando a situação enquanto resmungava. De súbito, enfiou a mão na água e retirou um peixe alaranjado que se debatia.

— Diga que a exilada está aqui e quer entrar com seus amigos rebeldes.

E jogou o peixe agitado na direção do portal.

Alguns minutos de completo silêncio se passaram. Os rebeldes estavam como estátuas, apenas esperando a resposta do líder. Kali e Alba se encaravam de modo constrangedor. Às vezes desviavam o olhar, mas sempre voltavam um ao outro. Max estava prestes a dizer o quão enojado estava com a cena quando o peixe retornou pelo portal com certa dificuldade; eram águas muito violentas. Max o pegou sem cuidado algum. O pobre peixe laranja apenas conseguiu repassar a mensagem, quase como um gravador de voz:

— Dê a ela o que lhe pede.

Max apertou o punho, fazendo o peixe se desesperar, mas logo o soltou, para o alívio de todos.

— Muito bem — o oficial falou, inconformado. — Mas os dragões ficam. Não temos veículos para eles, e duvido que sobrevivam à passagem do portal. É muito tempo sem respirar.

— Mas precisamos deles — um rebelde falou ao fundo.

— Nossos veículos para dragões de terra estão indisponíveis no momento. Se a permanência de vocês for autorizada, aí então liberaremos o veículo e transportaremos os dragões aos poucos para chegarem até vocês.

Dessa vez foi Ardan quem se pronunciou.

— Como pretendem fazer isso sem seus dramethis por perto? Isso não vai causar um extremo estresse a eles?

O oficial respondeu com um sorriso cruel:

— É, vai, sim.

Alba sabia que não conseguiria muito ali com Max no comando dos oficiais. Era quase como um aviso: "Se decidirem ficar muitos dias, colocaremos seus dragões em jaulas claustrofóbicas, onde haverá brigas e tumulto; mas se partirem cedo não precisaremos fazer nada com eles."

Ardan se virou para os rebeldes e logo tratou de organizar dois grupos, um para entrar em Chariã e outro para ficar cuidando dos dragões. Nenhum deles gostava de ficar do lado de fora cuidando de dragões que não lhes pertenciam, ainda mais por serem de clãs diferentes. Com muita frequência os dragões brigavam entre si, incomodados por suas diferenças. Não era fácil mantê-los tranquilos o tempo todo, mas sob o olhar de seus respectivos dramethis eles pelo menos tentavam se comportar. Sem eles, o lado de fora de Chariã viraria um caos até que cada drameth retornasse.

— Não poderemos levar muitos rebeldes para dentro. Quanto mais dragões sem seus dramethis, pior. Por isso, levarei apenas quatro comigo. Alba, é claro. — Ela assentiu. — Elliot. — O que não foi surpresa para ninguém, já que ele era seu fiel escudeiro. — Usara e Oscar. O restante fica.

Ardan lhes lançou um olhar ameaçador antes de falar:

— Comportem-se. Voltaremos logo.

Os oficiais prepararam o veículo para todos entrarem. Os rebeldes se ajeitaram em fila para subirem as escadas, pois o transporte era gigante. Usara acabou tropeçando no meio do caminho e, quase que por reflexo, Elliot a segurou. Assim que percebeu o que havia feito, ele tentou ficar em completo silêncio.

— Ah, muito obrigada, Oscar — Usara agradeceu, mas, como não obteve resposta, compreendeu que se enganara. — Entendi, é você, Elliot. Você sempre está me salvando, não é?

Ela entrou no veículo ainda rindo da situação. Ardan observava a cena com uma sobrancelha arqueada. Quando Elliot notou a reação do líder, ficou um tanto desconcertado. Antes que fechassem o veículo, Alba se pronunciou:

— Quero que Kali venha conosco.

Max bufou.

— Ele não pode deixar seu posto.

— O peixe disse que você deve fazer o que eu pedir.

O oficial sorriu, mas não foi um sorriso gentil; foi um aberto e asqueroso, que revelava todos os dentes, ainda mais pontiagudos que os de Alba. Ele colocou o rosto bem perto do dela.

— Você é mesmo a filhinha do papai. Sorte a sua.

E fez sinal para que liberassem Kali, que entrou apressado no veículo. Max fechou a escotilha com força e liberou a passagem deles.

Elliot se sentou ao lado de Ardan, que já estava se recostando para tirar um cochilo. Todos os outros se sentaram afastados deles. Kali e Alba deram as mãos enquanto se olhavam apreensivos. Usara e Oscar conversavam sobre seus dragões. Elliot beliscou Ardan. O líder dos rebeldes não reagiu, continuou sua soneca. Inconformado, o rapaz o beliscou mais forte, dessa vez embaixo do braço. Imediatamente Ardan acordou, assustado. Elliot recostou a cabeça para fingir que estava dormindo também. Todos o olharam sem entender o que estava fazendo. Ardan, irritado, deu um peteleco na testa do rapaz, que grunhiu com a dor, mas logo se conteve quando percebeu que Usara estava atenta a eles. Ele se virou para Ardan enquanto coçava a cabeça e sinalizou:

"Por que trouxe Usara?"

Ardan revirou os olhos e respondeu igualmente.

"Ela é de Mansal, o clã da mansidão, esqueceu? Seu dragão é o mais tranquilo de todos. Fiz isso porque ele daria menos trabalho para quem ficou lá em cima."

Elliot teve de concordar, era mesmo um bom argumento.

"Por que trouxe Oscar, então? O dragão dele é o mais agitado!"

"Ele pode ser o mais agitado, mas é o mais..." Fez uma pausa antes de prosseguir. "É o mais benevolente, como todos de Hamare. Perdoará os outros dragões com facilidade se lhe fizerem mal enquanto Oscar estiver fora."

A conversa terminou ali. Sem permitir que Elliot se alongasse no assunto, Ardan se recostou novamente para cochilar. Elliot suspirou enquanto olhava para fora do veículo. A enorme janela de vidro permitia admirar a vista. Era linda. A água azul, peixes coloridos e outras criaturas maiores. Conseguiu ver outros filhos de Chariã nadando ali; pareciam livres, quase como se pudessem voar. Também viu Oscar pegar Usara pela mão para levá-la até a janela, o que o deixou desconfortável. Sabia que não podia fazer nada para impedir, por isso precisou se conter enquanto os observava divertindo-se juntos.

— Tem um tubarão-martelo ali, Usara! — Oscar comentou.

— Sério? — ela perguntou, animada. — Mas "martelo"?

— Ah, sim — ele confirmou. — Igual àquele objeto que a gente usa para bater em pregos.

— Sei! — ela exclamou enquanto voltava a cabeça para a janela. — Que incrível! Tantos animais com formatos diferentes, queria poder tocá-los.

— É, eu também.

Elliot sorriu ao contemplar a cena. Usara era como uma brisa leve e divertida, sua presença era sempre um deleite para as pessoas. Ela tinha a pele escura como a terra molhada e o cabelo tão encaracolado que fazia um volume arredondado ao redor de seu rosto. Seus olhos carregavam a cor de seu clã. O rapaz de Piston não se lembrava de quando acontecera, mas sabia que já fazia um tempo que sua cor favorita era o rosa, pois aquela era a cor de Usara.

◈◈◈

O salão principal do clã Chariã parecia uma enorme redoma, com várias passagens que davam para outros espaços. Os rebeldes aguardavam sentados em um sofá no qual caberiam facilmente todos os outros do grupo. A cauda de Alba estava agitada, como um movimento involuntário de uma perna ansiosa. Kali tentava acalmá-la, mas em vão.

O barulho de uma porta se abrindo chamou a atenção de todos. Lá estava o chefe de Chariã, o pai de Alba. Ele tinha a mesma aparência que os demais do clã, mas era um pouco maior e também tinha uma protuberância razoável na região abdominal.

No mesmo instante, Alba se levantou para cumprimentá-lo e falou em seu idioma original.

— Líder Calum. — Dava para perceber que ela tremia em meio à sua reverência. — Quanto tempo!

O homem nada disse, apenas se aproximou dela e a abraçou. Com lágrimas nos olhos e a voz embargada, conseguiu proferir algumas palavras:

— Sim, muito tempo.

A filha se juntou ao pai.

— Me desculpe.

— Está tudo bem — ele disse enquanto enxugava as lágrimas que caíam do rosto da garota. — Veio para ficar?

— Você sabe que não.

O velho líder assentiu com tristeza, se virou para os outros rebeldes e ajustou seu idioma para que todos o entendessem.

— Muito bem, quem é o chefe desse clã?

Ardan se levantou, revelando o olhar rubi e celeste.

— Oh! — O chefe Chariã arregalou os olhos. — Uma coisa é ouvir falar, outra é ver pessoalmente. Não é à toa que a fama de vocês não é boa em Ekrateia. Seus olhos revelam a vergonha deles.

— Me atrevo a dizer, líder Calum — Ardan deu um sorriso enviesado —, que clã nenhum tem uma boa fama em Ekrateia.

O homem riu.

— Certamente. Mas me digam: se não vieram para trazer minha Alba de volta, para que vieram?

Ardan não queria perder tempo — aliás, não *podia* perder tempo; sabia que em breve viriam atrás dele. E é claro que começariam por Chariã primeiro, pois eles eram os mensageiros de todos os clãs. Ele *precisava* ir direto ao ponto.

— Viemos solicitar um intérprete.

— Para que precisam de um intérprete se já traduzimos o Livro da Eternidade em todos os idiomas originais? — o líder perguntou, desconfiado.

— Não quero um intérprete dos idiomas originais dos clãs. Quero um intérprete do idioma da fundação do mundo. A única e verdadeira língua, antes que os dragões se dividissem após a queda de Hamare.

O líder Chariã demorou para processar aquele pedido; inclusive, não soube como responder.

— Não temos esse tipo de intérprete aqui — ele disse, tropeçando nas palavras.

— Como, então, traduzem as páginas do Livro para os outros idiomas?

— Nosso Dragão Original é quem faz isso! — o líder explicou, contrariado. — Ele recebe os escritos de Ekrateia, traduz para nosso idioma e, então, traduzimos para todos os outros. Somente os Dragões Originais conhecem o idioma da fundação.

Ardan começou a bater os pés depressa enquanto pensava. Olhou para Elliot, que sinalizou algo para ele ao mesmo tempo que o líder dos rebeldes prosseguiu com seu pedido:

— De qualquer forma, precisamos de mais um intérprete em nosso clã. Vai nos ajudar em nossas missões.

— Mais um? A interpretação é típica de Chariã. Não me lembro de nenhum dos nossos outros filhos, além de Alba, fazer parte do clã rebelde.

Ardan percebeu que havia deixado escapar uma informação proibida; seus olhos já chamavam atenção o suficiente, portanto fazia o máximo para esconder que possuía mais de um drigon. Logo tentou se corrigir:

— Apesar de a interpretação ser típica de Chariã, não é exclusiva deles. Esse drigon pode ser concedido a outros clãs se a Chama Eterna assim desejar, mas admito que a força da interpretação mora nas águas, por isso gostaria de solicitar um intérprete nascido nesta casa.

O homem ficou encarando-o por um tempo com a sobrancelha arqueada.

— Qual o seu drigon, filho de Hamare?

— É... — Qual dos seus sete drigons Ardan deveria mencionar ao responder? Ele costumava dizer que seu drigon era a força, típica em Hamare, mas talvez ali precisasse usar uma estratégia diferente. — A interpretação.

— Ah! — Ele apontou para o rapaz. — Eu desconfiava. Você sabia que o drigon da interpretação pertencia tanto a Chariã quanto a Hamare lá no início do mundo?

— É sério? — Usara indagou, mas logo se desculpou pela empolgação contida na pergunta.

— Sim, linda jovem. — O elogio do pai de Alba fez Usara corar. — Diziam que as palavras da Chama Eterna sempre precisavam ser passadas adiante, principalmente através da alegria e do amor. Por isso, esses clãs trabalhavam juntos.

— Mas não era Ekrateia o responsável pelo Livro da Eternidade? — Oscar perguntou.

— Ekrateia de fato era responsável pela administração do Livro, mas a disseminação das palavras contidas nele... era incumbência de Hamare! O domínio próprio é importante para a razão, mas é o amor que nos constrange e é a alegria que nos une. Infelizmente, após a queda de Hamare, só restou Chariã. Os intérpretes em Hamare foram diminuindo, cada vez mais os habitantes eram abençoados com a força em Cerimônias da Centelha. Talvez a Chama Eterna já soubesse que, com a falta de um Dragão Original, o povo precisaria de muita, mas muita força mesmo. Por isso, hoje somos os principais intérpretes de todos os clãs. Você, meu jovem, é uma raridade.

— Não é fácil carregar esse fardo — ele desabafou. — Por isso preciso de mais um intérprete.

O homem ficou observando-o. Poderia confiar um de seus intérpretes a um rebelde? Ao mesmo tempo, foram eles que haviam acolhido sua filha quando precisara exilá-la, mesmo que contra sua vontade. Sem os rebeldes, ela seria uma sem-clã, algo infinitamente pior.

— Pois bem. O melhor intérprete sou eu, é claro, mas não posso abandonar meu posto. E Alba não possui o drigon de que precisam; aliás, vocês sabem qual é o drigon de Alba, não sabem?

— Papai! — a garota gritou, temerosa.

O homem levantou a mão pedindo que ela se calasse.

— Se não sabem, fiquem cientes de que podem estar correndo grave perigo no futuro. Eles sabem, Alba? — o pai insistiu com a filha. A garota abaixou o olhar, temerosa, então o líder Chariã ponderou. — Claro que não, jamais a teriam aceitado se soubessem.

— Eu sei o que ela é! — Ardan afirmou. — E eu não me importo, ela é bem-vinda em nosso clã.

— Você... — Alba estava perplexa. — Você sabia?

— Só existe um drigon mais raro que o de forjador de armas: o da destruição — ele falou ao se aproximar de Alba. — Chamam-no de drigon azarão, pois tudo em que toca é arruinado. — Agora ele olhava para Calum. — Não deve ter sido fácil controlar esse tipo de drigon no clã da alegria, não é?

O homem sentiu a garganta arder. Somente ele sabia o sofrimento e os olhares julgadores pelos quais havia passado durante a criação de sua filha. Ele precisou criá-la sozinho, já que sua esposa não sobreviveu ao parto. Quando, na Cerimônia da Centelha, Alba ganhara o drigon da destruição, passaram a dizer que a morte de sua mãe já havia sido um presságio do que a menina se tornaria. *A filha que destruiu a mãe.* Era assim que Alba era chamada.

— Não, não foi fácil. Principalmente quando precisei expulsá-la por... — Ele se conteve enquanto segurava as lágrimas. — Se precisam de um intérprete, podem levar Kali.

— O quê? — O rapaz, que passara o tempo todo quietinho no canto do sofá, agora era o alvo da atenção de todos.

— Mas ele não é um guarda da passagem? — Ardan questionou.

— Ele está lá como castigo, pois foi ele quem ajudou Alba a fazer o que fez. Até hoje estava pagando por esse erro; talvez esteja na hora de dar a ele uma chance de ser perdoado. Costumava ser um de nossos melhores intérpretes. — O líder se virou para Kali. — Aceita ser o primeiro embaixador de Chariã no clã rebelde?

O rapaz não pensou duas vezes.

— Sim! Eu aceito! — Sorriu para Alba, que tentava não se emocionar.

— Obrigado, líder Calum — disse Ardan enquanto apertava a mão escamosa do homem. — Pode ter certeza de que cuid...

— ARDAN! — Uma voz retumbou pelo salão.

Ardan não gostava de quem se atrevia a interrompê-lo. Qualquer um dos rebeldes sabia que isso era terminantemente proibido. Não era difícil irritar Ardan, mas ele sabia se controlar diante dos líderes de outros clãs. Porém, dessa vez, tinha sido diferente. Ele fora interrompido por uma voz que lhe causou arrepios de medo. Uma voz cuja fonte ele conhecia muito bem.

— COMO PÔDE, SEU MISERÁVEL? — Maila gritou da entrada principal da redoma, completamente ensopada.

Ardan permaneceu paralisado, e todos os outros ficaram confusos com a situação. Menos Elliot, que já sabia quem era ela.

Maila caminhou até Ardan com os pés pesados e os sapatos cheios d'água, mas ainda com pressa. Chegou tão rápido à frente do rapaz que nem lhe deu tempo de reagir contra o enorme tapa que recebeu no rosto. Sua bochecha ficou tão vermelha quanto o olho esquerdo. Instantes de tensão e silêncio se seguiram.

— Isso foi um tapa? — Usara perguntou, assustada.

— Foi — Oscar respondeu, aterrorizado.

Todos ficaram com a boca aberta e sem reação. Oscar, particularmente, ficou desesperado. Não conseguia imaginar as crueldades que Ardan faria com a pobre moça. Uma vez ele próprio havia pisado no pé de Ardan sem querer e, por conta desse simples acidente, fora obrigado a limpar o cocô de todos os dragões dos rebeldes por três meses. O rapaz estava quase chorando por pena da garota de Ekrateia.

Mas, para a surpresa de todos, Ardan não fez nada. Apenas colocou a mão em sua bochecha dolorida e virou de costas para Maila, ignorando-a por completo. Essa reação deixou todos ainda mais chocados.

— Então vamos levar Kali — Ardan informou a Calum.

— Ah... — Nem mesmo o líder Chariã sabia o que dizer. — Mas e...?

Não conseguiu terminar sua fala. Maila havia pulado no pescoço de Ardan, furiosa. Isso o mestiço não poderia ignorar. Tentava tirá-la de cima de si, mas em vão. Ardan sequer poderia usar seu drigon da força, pois havia acabado de afirmar que era um intérprete. Os dois ficaram se debatendo como duas crianças por alguns segundos, até os presentes no salão saírem do transe e perceberem que precisavam intervir. Elliot e Usara correram para conter Maila, enquanto Oscar e Alba seguraram Ardan.

— PEÇA DESCULPAS! — Maila gritou com a garganta embargada.

— Eu não me arrependo de nada! — Ardan vociferou com o olhar feroz.

— Seu cretino — ela disse com os dentes cerrados.

A bagunça foi suspensa quando outra porta da redoma se abriu.

— Por que esse alvoroço todo? E por que temos tantos clãs diferentes aqui? Por acaso os rebeldes chegaram?

Ali estava o Dragão Original Chariã, mas em sua forma quase humana. Ele era maior que os humanos, assim como o Original Ekrateia, mas sua aparência era bem mais amarelada e escamosa. Num ato de desespero, Maila se soltou de Elliot e Usara, correu até o Original e se prostrou ao chão.

— Meu senhor, vim para alertá-lo de um roubo.

— Merda — Ardan sussurrou.

— Um roubo? Vocês tiveram autorização para entrar aqui? — o Original perguntou olhando para Calum.

— Sim, meu senhor, eu autorizei. Estamos negociando um embaixador de nosso clã para viajar com os rebeldes temporariamente.

— Certo.

— Eu não estou com eles! — Maila anunciou.

— Então como entrou? Nosso guardas não deveriam tê-la proibido?

Maila relutou em dizer, sentia-se envergonhada. Isso era tudo culpa de Ardan. Chariã riu.

— Claramente precisamos reforçar nossa guarda! — disse com um sorriso aberto. — Uma mulher sozinha conseguiu passar por eles e pelo nosso portal. Não consigo nem imaginar como ela chegou até aqui viva.

— Como guardiã do templo, fui treinada para as piores adversidades, até para uma situação com pouco oxigênio.

— Juntamente a seu dragão?

— Sim.

— Onde ela está?

Maila apontou para a entrada. Lipath estava deitada ali, de olhos fechados e ofegante, claramente exausta.

— Não devemos maltratar nossos dragões. Sabe que o maltrato dessas criaturas tem uma das piores penalidades? Ela é universal em todos os clãs.

— Eu a amo e só faria isso em um caso extremo de necessidade — Maila explicou, temerosa. — Não confie no rapaz de vestimentas pretas.

O Original Chariã observou Ardan e caminhou até ele.

— O que veio fazer aqui, meu rapaz? Acredito que seja o líder dos rebeldes. Quando cheguei, vi alguns dragões abrigados na beira do portal.

— Vim buscar um intérprete, meu senhor — Ardan respondeu ao se curvar.

— Para qual finalidade?

— Não recebemos os trechos do Livro como os outros clãs, por isso um intérprete nos ajudaria quando visitássemos outros povos. Adoraríamos ter acesso a alguns trechos. Espero que o senhor, junto à graça de Ekrateia, possa disponibilizar pelo menos algumas partes — respondeu com classe. Ardan poderia ser irritadiço, mas era um excelente político.

O Original se virou para Maila.

— Não tenho nada a contestar em relação a esse pedido.

— Ele está mentindo, meu senhor!

— Humanos não conseguem mentir para Originais, minha querida.

Maila olhou para Ardan, que sorria de canto. Ele não estava mentindo, aquele era mesmo um dos objetivos, mas ele estava omitindo parte da história.

— Ele é um rebelde, meu senhor! — ela acusou, indignada.

— Querida... Por suas íris e seus trajes, vejo que você é uma filha de Ekrateia. Somente vocês não apreciam o trabalho dos rebeldes.

— Trabalho? — ela questionou. — Ele roubou páginas do Livro da Eternidade! Rasgou o Livro e deixou o templo de Ekrateia destruído!

Agora ela havia capturado a atenção do Original. Até mesmo Calum ficou atento a essa informação.

— Isso é verdade, líder rebelde?

Ardan não podia mentir, mesmo se quisesse.

— É, sim — cuspiu as palavras.

— O que pretende fazer com essas páginas?

— Traduzi-las.

— Elas já foram traduzidas, por mim. Duvida de meu veredito?

Ardan tentou segurar a resposta que insistia em sair, mas não conseguiu.

— Sim, acredito que algo esteja sendo escondido de nós.

— Viu, meu senhor!? — Maila disse, apontando para Ardan. — Não pode confiar nele. Obrigue-o a devolver as páginas! Nós precisamos proteger o Livro!

— Nós? — o dragão indagou enquanto tirava o excesso de água das mãos. — Chariã não protege o Livro. Chariã *traduz* o Livro. Ekrateia protege, e falhou. De novo.

— Mas...

— Como eu disse, nosso dever é traduzir. Sinto desapontá-la, mas não tenho nada a ver com a falha de meu irmão.

Aquilo havia sido como uma facada no coração de Maila. A falha era ela.

— Como pode negligenciar assim nosso Livro? — ela perguntou, arrasada.

O Original Chariã respirou fundo antes de responder:

— Antes o Livro da Eternidade era responsabilidade de Ekrateia e Hamare. Eles tinham os profetas e os intérpretes, não precisavam de mais ninguém. E, acima de tudo, a Chama os havia colocado nesse posto. Mas um dia me convidaram para participar das traduções como ajudante, queriam uma terceira opinião. Eu era como um auxiliar, mas não demorou muito para que eu virasse oficial na equipe. Imagino que já tenha contado essa história a eles, Calum.

— Contei, sim, meu senhor.

— Ekrateia administrava com sabedoria, eu traduzia com alegria e Hamare distribuía com amor. Éramos distantes em dias de criação, eles foram os primeiros dragões e eu, o quinto; mas éramos muito próximos em devoção, unidos pelo propósito que nos guiava: a Chama Eterna. Éramos três, os pilares que fortaleciam os outros clãs. Naqueles tempos, éramos apenas nós. Iguais, sem rivalidade alguma. Permaneciam, então, o domínio, a alegria e o amor. Mas todos nós sabíamos, inclusive os outros clãs, que dos três o maior deles era o amor.

— Hamare se foi — Maila frisou. — Fugiu de seu povo após ter sido condenado pela Chama, deixando-os sozinhos. O amor é um covarde.

Chariã a olhou com tristeza e logo se virou para Calum.

— Quem será o embaixador?

Kali levantou a mão.

— Faça uma boa viagem, jovem — o Original disse enquanto deixava algo na mão de Kali sem permitir que ninguém visse do que se tratava. — Estão convidados para assistirem à nossa corrida de dragões. Saí de minha toca apenas para isso.

— É verdade! — Calum se animou. — Vieram na época certa! Tivemos muitas apostas neste ano.

— Em qual apostou, papai? — Alba perguntou, animada, parecendo bem à vontade.

— No de sempre, minha filha. Em Sadraque.

— Ele ainda compete? Nossa, é um dragão veloz! — Ela se virou para Ardan. — Podemos ficar para a corrida?

Ardan estava pronto para negar o pedido, quando olhou para Chariã.

— Eu insisto, líder dos rebeldes. Podem ficar no camarote. Até sua degoladora favorita poderá ir também. — O Original indicou Maila enquanto falava.

Ela estava com o rosto completamente abismado. Por que não levavam a sério a gravidade da situação? Não conseguia acreditar que todos decidiram simplesmente ignorar tudo que ela dissera.

— Está certo, podemos assistir a algumas corridas. Mas não podemos demorar, logo seus dragões ficarão estressados.

Todos concordaram.

— E, Maila... — Ardan chamou-a, olhando para a guardiã. — Vai querer nos acompanhar?

— Não — ela respondeu, curta e grossa. — Preciso ficar com Lipath.

— Não é necessário — o Original se intrometeu —, já a levaram.

— O quê? — Maila se virou para onde o dragão descansava e comprovou que agora o lugar estava vazio. — O que vocês fizeram com ela?

— Só a levaram para um abrigo apropriado para dragões terrestres. Não se preocupe, poderá buscá-la na sua saída. Pedirei um veículo exclusivamente para ela. Precisa deixá-la descansar, aproveite para se divertir e apostar um pouco com seus novos amigos.

— Filhos de Ekrateia não apostam! — Maila bradou com orgulho.

— Hum — Chariã murmurou. — Por isso que ninguém parece alegre por lá.

Então ele se preparou para se retirar do local.

— Em qual dragão me recomenda apostar, meu senhor? — Ardan perguntou.

O Original se virou com um sorriso tão largo que pareceu quase assustador.

— Eu apostaria no dragão de duas faces.

E saiu do recinto.

— Que dragão é esse? — Alba perguntou. — É novo?

— Deve estar se referindo a Echo, ele tende a mudar de temperamento do nada no meio da corrida. Às vezes muito irritado, às vezes muito alegre. Falamos que ele tem duas caras em termos de personalidade. Seu humor pode definir a vitória na corrida. É meio arriscado apostar nele, por ser muito oscilante, mas pode valer a pena.

— Interessante. Estou ansiosa para vê-lo com meus próprios olhos.

— Então basta me acompanharem por aqui.

Todos seguiram o líder de Chariã, deixando Ardan e Maila para trás. Antes que Elliot se retirasse completamente, Ardan sinalizou algo, que, pelo olhar, certamente o deixou desconfortável. Mesmo assim, o rapaz confirmou com a cabeça antes de se retirar. Quando ficou sozinho com a guardiã de Ekrateia, Ardan decidiu falar primeiro:

— Acho que precisamos conversar, Maila.

— Discordo — ela negou com firmeza.

— Venha conosco e aproveito para esclarecer tudo que fiz.

— Nada justifica o que você fez.

— Não vou me justificar. Repito, não me arrependo de nada.

— Mas sabe que foi errado.

— Eu sei.

— E não se arrepende nem um pouco? — ela perguntou, indignada.

Ardan se aproximou de Maila sorrateiramente. Ela era alta, mas ele era mais. Pela primeira vez, ela precisou levantar a cabeça para falar com alguém da sua idade.

— Não tenho uma gota de arrependimento pelas decisões que tomei — ele sussurrou. — Até porque isso não muda nada do que aconteceu. Você vai mesmo ficar aí se lamentando, me colocando no papel de vilão da sua desgraça, ou vai se juntar a nós?

O corpo de Maila estremeceu. De repente percebeu que Ardan não era mais uma criança.

— Como assim, se juntar?

— É óbvio que você veio para cá de forma clandestina. Por um acaso virou uma sem-clã?

Ela chutou sua canela, fazendo-o gemer e curvar-se para frente.

— Continua travessa. — Ele riu entredentes ao tentar esconder a dor.

— Nunca mais repita isso. Eu pertenço a Ekrateia. Só preciso das páginas de volta!

— Para quê?

— Para recuperar tudo que perdi depois de sua visita.

— O que você perdeu? — Ardan perguntou, revirando os olhos. — Seu posto de guardiã?

— Fala como se isso não fosse importante! Você sabia o quanto isso significava para mim! Eu treinava todos os dias, você me esperava na entrada do templo e... Espera.

Ela percebeu que algo não batia.

— Você sabia do meu treinamento para guardiã. Como não desconfiou que eu estaria lá desde o início? Você sempre planejou me matar?

— Não! — Ele se apressou em negar. — Você só deveria ser oficializada depois dos vinte e cinco anos, não agora. Esperava encontrar um dos seus primos por lá.

— Estava disposto a matar minha família?

Ardan abriu a boca para responder, mas nada saiu. Então ele ergueu os ombros e sorriu de canto. Maila franziu o cenho com o olhar decepcionado.

— Eu nem te reconheço mais.

— Claro que não, se passaram treze anos, Maila! Queria que eu permanecesse igual?

Sem perceber, Maila já estava beliscando seus pulsos, procurando as palavras certas para dizer ao homem à sua frente.

— Eu estou igual — ela confessou.

Ardan se aproximou mais um pouco e lhe lançou um sorriso terno.

— Não, acho que está mais bonita agora.

O estômago da guardiã deu um nó. Ela demorou para processar o elogio, não estava muito acostumada a recebê-los. Olhando com mais atenção, ela percebeu que Ardan tinha se tornado um homem atraente, mas chacoalhou a cabeça na tentativa de afastar esse breve pensamento sabotador.

— Não achei que você estaria assim — falou, balbuciando as palavras.

— Como você achou que eu estaria, então? — ele perguntou levantando um pouco o tom de voz.

— Eu achei que você tinha morrido, Ardan! — Maila gritou, seus olhos se enchiam d'água.

Ele se espantou com a resposta e ficou mudo.

— Como eu adivinharia que você tinha sobrevivido totalmente sozinho? Eu achei que tinha perdido meu melhor amigo para sempre — falou enquanto segurava a garganta.

— Maila... — ele murmurou ao segurar sua mão.

— Você me deixou! E, quando voltou... me abandonou novamente.

E agora, sim, aquela pequena gota de culpa bateu no peito de Ardan.

— Lamento que meu roubo tenha prejudicado seu posto.

Maila fungou o nariz.

— Não é só isso. — Ela apertou os olhos, fazendo força para não chorar. Prejudicou meu noivado também.

No mesmo momento, Ardan soltou a mão dela.

— Está noiva? — ele perguntou, assustado.

Ela abriu os olhos lentamente enquanto arrumava um jeito de falar.

— Quer dizer, ainda não... Por conta do acidente no templo, ele meio que terminou comigo, antes mesmo de nossa oficialização. Se eu voltar e restaurar as páginas, terei meu posto de volta e, enfim, poderei chamar Therkov de noivo.

— Therkov? — Ardan abafou uma risada. — Você quer ficar noiva daquele ridículo?

— Não fala assim dele! Já se passaram treze anos, esqueceu?

Ardan resmungou algumas palavras no idioma original de Hamare.

— O que foi que você disse? — Maila perguntou, prestes a perder a paciência de novo.

— Tem um nome para isso em Hamare.

— Como assim?

— Quando uma mulher está sendo enrolada por um cara que prometeu pedir a mão dela.

— Ele não está me enrolando! — Maila rebateu com os dentes cerrados. — Eu vou me casar!

— É claro que vai, *meponsu* — Ardan ironizou.

— O quê?

— *Meponsu* — ele repetiu.

— O que é isso?

Ele arqueou a sobrancelha e abriu um sorriso de canto.

— É como chamamos em Hamare as mulheres que são enroladas.

— Pois não me chame mais assim!

Ardan ignorou seu pedido.

— Por isso adiantaram sua iniciação, *meponsu*? Porque você ia se casar?

Ela acenou positivamente, irritada com aquele apelido.

— Que porcaria, Maila — ele exclamou, balançando a cabeça ao cruzar os braços.

Ardan se afastou por alguns segundos, enquanto Maila tentava se acalmar diante daquela discussão. Ele pensou um pouco e se voltou para ela.

— Vai se juntar a nós ou não? — soltou as palavras em tom de ultimato.

— Eu não estou entendendo aonde você quer chegar com isso, seu idiota!

— Vamos fazer um acordo, *meponsu*.

Maila arqueou a sobrancelha.

— Como assim?

— Viaje conosco durante nossa missão. Faça como Kali, fique como embaixadora de Ekrateia.

— O quê? Para quê?

— Você não pode voltar sem as páginas, certo?

— Claro que não.

— Se traduzirmos as páginas roubadas e não encontrarmos o que procuramos, eu admito minha derrota e as devolvo a você. Aí você pode voltar para sua vida de guardiã com o seu ridículo amado.

Maila tornou a franzir o cenho ao final da frase.

— Mas, se encontrarmos a falha que procuramos, você fica.

— Eu... fico?

— Você fica como uma rebelde, se junta a nós de forma oficial.

— Eu jamais aceitaria algo assim!

— Eu sei. Mas você não tem certeza de que os profetas não mentem sobre o que está escrito no Livro?

— É claro que tenho certeza! Os profetas de Ekrateia não mentem.

— Então você já sabe que vou perder.

— Com certeza vai.

— Então, o que é que *você* tem a perder?

— Pelas brasas da Chama, Ardan, o que exatamente você está procurando nessas páginas?!

— Aceita ou não meu acordo?

Maila encarou o rapaz a sua frente, pensando no que dizer.

— Jura que vai me devolver as páginas quando terminar as traduções?

— Eu juro. — Ele levantou a mão, revelando aos poucos o dedo indicador e o médio, que imitavam o formato de duas pequenas garras. — Juro dragãozinho — finalizou com um sorriso tímido.

Os olhos de Maila brilharam. Seu coração acelerou, e ela sentiu o aroma da infância acolhedora outra vez. Instantaneamente repetiu o gesto, empolgada. Eles cruzaram as garrinhas com seus dedos. O acordo estava selado. Afinal, nada mais sagrado que um "juro dragãozinho".

CAPÍTULO 7

Vai, Munnia!

Maila e Ardan andavam apressados pelos enormes corredores transparentes de Chariã. Eram tubulações extensas, compostas por todo um mecanismo para permitir que, mesmo submerso, fosse possível ficar sem se molhar. Em uma saída ao fundo, encontraram várias cabines com filhos de Chariã esperando o início da corrida. O grupo deles devia estar em alguma daquelas cabines, e não demorou muito para que o encontrassem, pois a risada alta e escandalosa de Oscar era inconfundível.

— Ele é mesmo um filho de Hamare — Maila comentou.

— Por que diz isso? — Ardan já sabia a resposta, mas queria ouvir as palavras saindo da boca dela.

— Esse jeitão dele, sabe? — ela tentou explicar gesticulando com os braços.

— Não, não sei — Ardan negou com um sorriso de canto.

— Um tanto deselegante, se me permite dizer.

— Ah, claro, é porque os filhos de Ekrateia são sempre muito cultos e educados, certo? — ele questionou com ar de deboche.

— Não tente me provocar, Ardan, pois, no que se refere aos bons modos, sempre fomos superiores. O domínio próprio de nosso clã evidencia essa característica admirável que corre em nossas veias. Somos eruditos, isso nos é ensinado desde a infância.

Ardan deixou escapar uma risada abafada.

— Do que está rindo? — ela perguntou, irritada.

— Nada. Só me admira alguém tão elegante quanto você ter avançado em meu pescoço na frente de um líder de clãs.

Maila sentiu suas bochechas ferverem; não havia justificativa para o que fizera.

— Você atrapalha meu domínio! — ela falou a primeira coisa que lhe veio à mente.

— A culpa é minha agora?

— Claro que é! Desde que você voltou para minha vida, tenho agido diferente; me rebelando, desobedecendo ordens e mentindo! Sua rebeldia é contagiosa.

— Eu que sou contagioso ou é apenas você que está revelando sua verdadeira personalidade?

A guardiã revirou os olhos, furiosa.

— Eu deveria ter desconfiado desde o início que você tinha sangue do dragão Hamare. Você sempre foi agitado e nos metia em confusão o tempo todo.

Ardan parou de caminhar ao lado dela e então a segurou pelo braço. Maila se virou para trás sem entender nada, enquanto o rapaz de cabelos dourados a encarava com o olhar travesso. Por mais rápidos que esses segundos tivessem sido, para Maila eles pareceram incontáveis.

— Mas você se divertia. Muito. Continuou se divertindo depois que parti?

Maila se soltou da mão dele e seguiu com a caminhada. Tentou distrair-se olhando para a paisagem escura e azul que a rodeava; de vez em quando, conseguia ver um peixinho dourado, parecido com as escamas do Original Chariã. Ardan se aproximou dela novamente na tentativa de mudar de assunto.

— Achei que insistiria mais com o Original.

— Logo percebi que era uma batalha perdida.

— Você nunca tinha visto outros Originais antes, não é?

Maila acenou com a cabeça negativamente.

— Achei que seria diferente; em Ekrateia a presença do Original é tão formal, mas aqui Chariã parecia próximo demais, sem autoridade alguma.

Ardan percebeu o desdém em sua voz. Eles alcançaram a entrada da cabine em que seus outros colegas aguardavam.

— Curiosa a forma como você enxerga a autoridade...

— O que quer dizer?

— Onde você encontra mais segurança? Em um chefe ou em um amigo? — ele perguntou com um sorriso de canto.

— Eu não sei, Ardan. Eu não tenho amigos, então só me restou acreditar nos chefes — a jovem respondeu com o olhar inesperadamente tristonho. O sorriso de Ardan se desfez.

Maila entrou na cabine. Os rebeldes ali presentes permaneceram em silêncio, esperando o que Ardan diria sobre ela. Pareciam curiosos. Quem era essa pessoa que desafiara Ardan e saíra viva para contar história?

— Muito bem — Ardan começou antes que os cochichos tomassem conta do ambiente. — Da mesma forma que Kali será um embaixador de Chariã, Maila será a representante de Ekrateia em nosso clã.

Ninguém disse nada, ninguém sequer se atreveu a se mexer.

— Que maravilha! — Por sorte, o líder de Chariã também estava na cabine. — Que alegria ter mais um embaixador no clã, assim me sinto mais seguro em enviar Kali. Sei que ele não estará sozinho.

Kali se levantou e timidamente se apresentou a Maila.

— Vai ser um prazer dividir meu ofício com a senhora. Quer dizer, senhorita. Não sei. É casada?

Maila soltou uma risadinha que fez Ardan torcer o nariz.

— Pode me chamar de senhorita, *por enquanto* — ela frisou, tentando deixar bem claro que estava determinada a reatar seu noivado.

Fez uma pequena reverência para cumprimentar o rapaz, que retribuiu. Todos os outros se limitaram a um aceno desconfortável, exceto Usara, que se levantou de onde estava e foi na direção dela. Tropeçou um pouco antes de chegar até Maila, mas foi salva por Ardan.

— Que braço forte, Ardan! — ela disse ao se apoiar nele em busca de equilíbrio.

Ardan soltou um risinho enquanto olhava de canto para Elliot, que se contorcia na cadeira.

— Desculpe, hã... Eu esqueci... — Usara apontou para a guardiã.

— É Maila — ela respondeu. — E você?

— Usara! Um prazer ter você temporariamente em nosso clã. E me perdoe a cena, mas sou um pouco desajeitada. Nunca olho por onde ando.

— Não precisa se preocupar — Maila respondeu com a voz mais serena do que de costume.

Usara sorriu antes de dizer:

— Como você é bonita!

— O quê? Ah... — Maila não esperava por aquilo, não estava acostumada a ouvir esse tipo de coisa. Na verdade, nem mesmo Therkov a elogiava com frequência. — Que exagero... Você que é. — Ela coçou a garganta ao mesmo tempo que forçava um sorriso. — Você que é extremamente linda.

— Você é tão gentil, espero que fique bastante tempo conosco. Senta comigo? — ela fez o convite enquanto mexia no cabelo encaracolado.

— Claro — Maila respondeu de forma meio mecânica.

Não sabia bem como agir, havia sido proibida de ter amigos depois que Ardan partira. E, por conta de sua relação com ele, as crianças de Ekrateia se afastaram dela por ordem dos pais. Os pais de Maila, com o orgulho ferido, proibiram-na de tentar fazer novas amizades. Havia sido uma vida solitária. Therkov fora o único a aproximar-se dela. Ele a tinha salvado, por isso ela precisava dele. Mas agora ele não estava ali, e uma garota fofa e graciosa a estava convidando para sentarem-se juntas, como duas colegas de escola que se achegavam para fofocar. Era uma sensação estranha e nova, mas também aliviadora. Maila a seguiu e se sentou, e Ardan tomou seu lugar ao lado dela.

— Só conseguiremos assistir à primeira rodada — Ardan avisou ao líder.

— Perdoarei essa desfeita desde que me atualizem com regularidade sobre suas missões e também sobre minha filha. Mesmo distante, gostaria de manter contato. — Terminou a frase olhando com ternura para Alba, que retribuiu o gesto.

— Compreendo, grande líder — Ardan respondeu. — Mas não temos muitos mensageiros. Na verdade, temos apenas um em nosso pequeno clã. E, no momento, ele se encontra em Ágasu.

— Não há problema, Kali pode usar as correntes das águas para me entregar as cartas de Alba.

Ardan assentiu.

— Agradeço seu cuidado, não são todos os familiares que mantêm contato com os filhos depois de eles terem se rebelado — o mestiço comentou.

— Rebelde ou não, ela sempre será uma filha de Chariã.

Maila os observou com atenção, sentindo uma pontinha de inveja. Se ela um dia se rebelasse, jamais seria recebida em Ekrateia de novo. Não havia filhos de Ekrateia sem-clã ou rebeldes: ou você obedecia às regras ou...

— Maila? — a voz de Ardan a tirou de seus pensamentos.

— Ah! — exclamou no susto. — Desculpa, eu me distraí.

O som peculiar de uma possível trombeta chamou a atenção de todos.

— Vai começar! — Kali falou, empolgado.

No meio do mar, havia muitos pontos de luz. Um filho de Chariã jovem e robusto soprava a tal trombeta, que, na verdade, era um grande concha com a ponta extensa. Na linha de partida havia seis dragões e, em cima deles, seus respectivos dramethis. Homens e mulheres das águas prontos para a primeira rodada da corrida. Maila observava o trajeto, curiosa. Parecia bastante simples.

— Acho que não vai ser difícil — pensou alto.

Calum riu do comentário.

— Calma, degoladora, esta ainda não é a pista.

De repente, os corais no fundo do mar, as algas e até as pedras começaram a tomar formas estranhas ao longo do trajeto. Não demorou muito para Maila perceber que se formavam ali os obstáculos da competição.

— Todo ano, o oceano se reconfigura em um circuito diferente para nossa corrida — Calum explicou, transbordando de orgulho.

— Incrível! — Maila murmurou, encantada. Nunca tinha visto algo parecido.

Ardan a observava de esguelha enquanto ela admirava a preparação do circuito. Havia um raro brilho no olhar dela que ele tinha esperança de ver mais vezes quando ela viajasse ao lado dos rebeldes.

— Falando nisso... — Calum se pronunciou enquanto tirava umas etiquetas do bolso e as entregava a Maila e Ardan. — Aqui estão suas apostas.

— Mas eu não... — Maila tentou recusar, mas foi impedida por Oscar, que chegou todo faceiro ao seu lado.

— Demoraram tanto que acabamos apostando por vocês — ele informou, animado. — Escolhi o mesmo dragão para nós dois. Apostei no número um, já que é nosso dia de criação.

Maila tentou disfarçar a careta, mas não conseguiu. Como um filho de Hamare tinha a audácia de se comparar com uma filha de Ekrateia? Ela apenas assentiu e pegou o papel. Não pretendia torcer; apostar era ridículo.

— Qual o seu dragão, Ardan? — Oscar perguntou, curioso.

— Pedi o número dois para ele. É o Echo, o dragão que nosso Original recomendou — Calum se adiantou em responder.

— Certo. — Ardan analisou o papel, intrigado.

O homem da trombeta agora estava com uma tocha na mão, que, com um rápido sinal, se acendeu com uma chama azul-celeste.

— O quê?! — Maila gritou de susto. — Fogo? No mar?

— As brasas da Chama Eterna não se apagam nas águas — Calum explicou.

— A... — Ela se engasgou no meio das palavras. — A Chama Eterna está aqui?

— Mas é claro que está! Ela está presente em todo evento tradicional de cada clã.

— Mas... é uma aposta — ela murmurou, contrariada.

— Achava que a Chama Eterna só se fazia presente no evento anual da bênção do templo em Ekrateia?

— Era isso mesmo que eu achava! Afinal, o templo é um lugar sagrado, já aqui...

— Maila! — Ardan a advertiu.

Calum se pôs a rir novamente.

— Não precisa brigar com ela, meu jovem. Nossa degoladora tem muito a aprender sobre as culturas além dos portões de Ekrateia. Sim, minha querida. A Chama está presente até mesmo aqui, no fundo das águas, no meio de uma corrida de dragões-marin...

— VAI COMEÇAR! — Oscar gritou alto perto de Maila, e ela precisou cobrir os ouvidos. A guardiã já percebera que se irritaria facilmente com ele durante toda a viagem com os rebeldes.

Os portões que seguravam os dragões foram abertos. Eles saíram tão depressa que Maila quase os perdeu de vista. Eram muito rápidos, pareciam até mais velozes que os dragões do ar. Claro que isso só acontecia porque eles estavam na água; tinha certeza de que no ar a história teria sido outra.

O dragão dois saiu disparado na frente, o que fez Ardan soltar um grunhido de comemoração. Seu comportamento atiçou Maila; os dois eram competitivos ao extremo. Ela se acomodou um pouco mais na cadeira, com o olhar fixo no número um. Ardan a olhou de relance e precisou segurar o riso ao notar sua ansiedade.

— Parece que seu dragão não tá com nada — ele comentou com um sussurro.

Maila não respondeu; precisava manter a boa postura, então apenas apertou os lábios e continuou observando a corrida, torcendo para que seu dragão atropelasse o número dois sem piedade.

A guardiã via seu dragão ficar cada vez mais para trás; era como se aquela criatura tivesse seu próprio tempo de fazer as coisas, e claramente a arrancada não era seu ponto forte. Maila, então, tateou os bolsos procurando o bilhete da aposta. Oscar percebeu o que ela queria.

— É Munnia o nome do nosso dragão — Oscar informou com um sorriso aberto.

— Certo. — Ela cerrou os punhos, implorando mentalmente que Munnia pelo menos não ficasse em último; não sabia se conseguiria lidar com as provocações de Ardan depois.

Os dragões alcançaram o primeiro obstáculo. As algas formaram vários círculos, e os dragões deveriam passar por dentro deles. Se pulassem apenas um, já estariam desclassificados. Echo passou com agilidade, mas quase esbarrou na última alga. Munnia, por sua vez, passou pelas algas tão graciosamente que, ao final do último arco, ultrapassou Echo.

A reviravolta fez Maila se levantar da cadeira, animada.

— VAI, MUNNIA! — ela gritou sem nem perceber.

— VOCÊ VIU AQUILO? — Oscar a acompanhou. — NEM VIMOS COMO ELA PASSOU! VAI, MUNNIA!

Ao ver a reação exagerada de Oscar, notou que ela tinha feito o mesmo. Maila, então, deslizou o olhar pelo camarote e percebeu que todos a observavam, surpresos com sua reação; ela tinha se deixado levar por um momento, então se sentou novamente, um tanto constrangida. Contudo, sem conseguir conter a euforia, ficou estralando os dedos enquanto a corrida continuava.

Ardan se segurou na cadeira, a perna agora tremia por conta da ansiedade. Um dragão foi desclassificado logo na primeira etapa, agora só restavam cinco na corrida. Não demorou muito para que chegassem ao segundo desafio da pista, um conjunto de anêmonas que obstruíam a passagem. Se encostassem nelas, os dragões poderiam se queimar, ficar presos ou até mesmo ferir seus dramethis. Precisavam atravessar o obstáculo quase rastejando pelo fundo do oceano.

Um dragão se enroscou nas anêmonas e foi possível ouvir seu rugido de dor.

— Talvez Sadraque não ganhe essa rodada — Calum resmungou, inconformado.

Munnia e Echo rastejavam um do lado do outro e às vezes até brigavam entre si. O que saísse primeiro das anêmonas certamente teria mais vantagem no último obstáculo.

Echo tomou a dianteira, e Ardan se levantou com um grito de comemoração enquanto fechava o punho no alto de sua cabeça. Maila o encarou com inveja; não seria fácil Munnia ultrapassar Echo no último desafio. As grandes estacas de corais eram irregulares, os dragões precisavam desviar com habilidade e rapidez para conseguir o primeiro lugar. Além disso, as muitas ramificações e os formatos diferentes dos corais faziam com que fosse fácil esbarrar neles. A chance de se prenderem nos ramos dos corais era gigante. E talvez essa fosse a oportunidade de Munnia tomar a dianteira, afinal, nada melhor que uma vitória de virada. Ela era um dragão leve, delicado e gracioso. A aparência doce enganava os adversários, pois sua agilidade era superior à de todos os outros dragões na corrida.

— Pelo visto temos um dragão prodígio — Calum comentou com um sorriso de canto.

— É a primeira vez dela competindo? — Maila perguntou, curiosa.

— É, sim. Sua corrida de estreia. Com certeza vai se tornar uma favorita no próximo ano. Inclusive, fiquei sabendo que nosso Original apostou nela.

— Como assim? — Ardan parecia revoltado. — Ele não falou que apostaria em Echo?

Calum soltou uma gargalhada que fez sua cabeça se inclinar para trás.

— Ele devia estar pregando uma peça em você, típico de nosso clã. Leve na brincadeira, nosso Original tem um excelentíssimo senso de humor.

Ardan se virou para a corrida e bufou. Ao longe, avistou o Original Chariã em outro camarote, mais perto da pista de corrida, encarando-o com um sorriso sarcástico e acenando para ele enquanto balançava os dedinhos finos e compridos. O mestiço acabou rindo.

— Ah, esse desgraçado — ele comentou sem conseguir tirar o sorriso do rosto.

O previsto aconteceu: Munnia ultrapassou Echo no final do último obstáculo e, por muito pouco, conseguiu o primeiro lugar na primeira rodada das corridas. A multidão foi à loucura e não parava de gritar:

— MUNNIA! MUNNIA! MUNNIA!

Maila se levantou, animada com a vitória, pulando ao lado de Oscar enquanto gritavam o nome do dragão junto com todos. Sem nem perceberem, eles se abraçaram no meio da comemoração.

— Vencemos, senhorita degoladora! — Oscar comemorou, saltitante.

— Vencemos! — Ela o apertou contra si, mas, tão logo percebeu o que estava fazendo, soltou-o de repente. — Tá me abraçando por quê?

— Foi você que me abraçou — ele a acusou enquanto ria.

Ela virou o rosto e lançou um olhar provocador para Ardan. Aproximou-se dele para sussurrar perto de seu ouvido:

— Espero que vá se acostumando com suas próximas derrotas.

Ardan virou o rosto para ficar bem próximo dela.

— Se eu fosse você, não ficaria sussurrando no meu ouvido com esse tom ofegante, *meponsu*.

Maila se afastou rapidamente. Seu estômago se embrulhou. Não entendia o que Ardan queria dizer, nem mesmo sabia se estava desconfortável.

Ao voltar para seu assento, percebeu que algo estava errado. Olhou para o lugar ao seu lado e só o que viu foram peças de roupa cor-de-rosa dobradas em cima do banco. Onde Usara fora parar?

◈◈◈

Ela está nua, ela está nua, ela está nua, ela está nua, ela está nua.

Elliot tentava não pensar, mas era inevitável. A garota à sua frente com certeza estava nua, ele tinha consciência disso, mesmo sem conseguir vê-la. Ele não sabia como agir e tinha medo de procurar sua mão e acabar tocando em outro lugar.

O rapaz estremeceu ao sentir a mão dela puxando com firmeza a sua. Ela parecia dizer algo, e ele entendeu que estava esperando que ele a guiasse até a sala dos tradutores.

Elliot respirou fundo e a puxou, segurando firme em sua mão. Suava frio. Após andarem por alguns corredores, ele achou ter encontrado a sala que buscavam. Olhou para os lados, conferindo se não havia ninguém, e abriu a porta lentamente. Mas, para sua infelicidade, ela rangeu alto. Só de sentir a vibração, ele sabia que estava com problemas. Terminou de abri-la com força e rapidez, soltando a mão de Usara. Mas não demorou muito para que dois guardas de Chariã percebessem o barulho e fossem conferir o que era.

— Ei! — Um grito soou pelo corredor. — O que está fazendo aqui?

Não obtiveram resposta.

— Não ouviu? — outro guarda perguntou, irritado. — É surdo, por acaso? Por que está tentando abrir essa porta? Veio com os rebeldes?

Elliot respondeu sinalizando os ouvidos com as mãos. Os homens se olharam e perceberam que a suposição improvável deles estava correta.

— Certo. Fala com ele aí — um disse ao outro.

— Eu? Não conheço essa língua.

— Ué, teu primo não é surdo?

— Primo de segundo grau, nem temos contato.

Eles encararam Elliot, que olhava para dentro da sala.

— Ei! — o guarda repetiu, dessa vez estalando os dedos para tentar chamar a atenção. Nada irritava Elliot mais que isso. — O... que... vo... cê... — O guarda continuou articulando as palavras de forma exagerada. — Quer... a... qui?

O rapaz respondeu de novo através de sinais. Ele poderia facilmente ter falado, mas precisava ganhar tempo para Usara, e fingir-se de mudo no momento era a melhor opção. Afinal, todos deduziam que, por ele ser surdo, também era mudo, então nada mais justo do que se aproveitar um pouco do julgamento precipitado das pessoas.

— Eu não estou entendendo o que ele quer — um dos guardas sussurrou no idioma original de Chariã.

— Não precisa falar baixo nem trocar o idioma na frente dele.

— Verdade — o guarda concordou com o outro. — Talvez ele tenha se perdido dos rebeldes, eles estão em um camarote com nosso líder.

— Vamos levá-lo para lá, então.

Elliot fez um sinal para que aguardassem e sinalizou mais palavras aleatórias enquanto esperava Usara fazer sua parte. Os guardas pareciam estar perdendo a paciência. Ele exagerou nos sinais para tentar mantê-los entretidos, até que finalmente sentiu alguém cutucá-lo nas costas. Colocou a mão para trás para pegar o que sua parceira havia conseguido e fingiu uma tosse alta enquanto escondia dentro da roupa o que precisava. Assim que sentiu Usara passar por ele, Elliot fechou a porta.

— PO... DE... MOS... TE... LE... VAR... ATÉ... SEUS... AMI... GOS? — um dos guardas propôs enquanto apontava para o corredor que levava até o camarote.

Elliot acenou positivamente com um sorriso falso, e os guardas o escoltaram de volta, enquanto Usara os seguia logo atrás, sem que ninguém a notasse.

◈◈◈

Maila se virou para trás quando viu dois guardas trazendo Elliot.

— Mas onde está...? — não terminou a frase, pois Ardan apertou sua mão com tanta força que ela se perdeu nas palavras.

— Oh! — Ardan exclamou com falsidade. — Eu já estava ficando preocupado, ainda bem que acharam ele. — Soltou a mão de Maila para se aproximar de Elliot.

Os guardas assentiram e se olharam orgulhosos por terem solucionado o problema. Por fim, retiraram-se. Elliot olhou para os assentos de forma suspeita.

“Onde está Calum?”, perguntou direto para Ardan.

“Foi conversar um pouco com Alba, provavelmente para se despedir.”

— O que vocês estão falando aí? — Maila quis saber. — Cadê Usara?

— Estou aqui! — uma voz respondeu.

— Onde? Cadê?

Então Usara estava visível de novo bem na frente de Maila, o que fez a guardiã gritar de susto.

— Seu drigon! Claro! Você é filha dos dragões do ar, tem a invisibilidade. O que é isso que você está vestindo?

Quando olhou para os lados, todos os meninos, inclusive Ardan, estavam com o rosto virado ou tampado, completamente envergonhados com a cena.

— Pessoal, ela não está nua! — Maila os alertou, mas nenhum dos garotos se atreveu a olhar.

— Eles ainda fazem isso? — Usara riu. — Infelizmente minha roupa oficial não adere ao meu drigon, e, como faz tempo que não vou a Mansal, não atualizei meu traje. Só essa segunda pele some comigo — ela comentou enquanto colocava a roupa rosa de volta. — Podem olhar agora, meninos!

Assim que Ardan e Oscar abaixaram as mãos, Elliot os seguiu. Apesar de ter achado a cena engraçada, Maila entendia o constrangimento dos meninos. A segunda pele de Usara era bem justa e um tanto reveladora; contornava muito bem seu corpo curvilíneo, o que também acabou deixando Maila com um pouco de inveja. Será que, se ela tivesse um corpo mais atraente, Therkov a amaria?

— O que vocês estavam fazendo? — Maila perguntou.

Elliot tirou algumas cartas de trás de seu colete e as entregou a Ardan.

— O que é isso? — Maila tornou a perguntar. — Vocês roubaram essas cartas?

— Não roubamos, pegamos emprestado — Ardan esclareceu.

— Não acredito nisso. — Ela lhe lançou um olhar descrente.

— Ei, Maila? — Ardan falou enquanto se levantava de seu assento. — Eu só preguei uma peça neles, considere uma brincadeira. Esse clã ama esse tipo de coisa. Tenta sorrir um pouco, que tal?

Ele se virou para o grupo e sinalizou que estava na hora de partirem. Maila arqueou de tanta raiva, mas precisou acompanhar os rebeldes na saída. Afinal de contas, tinha feito um acordo com Ardan e não estava disposta a perder. Iria até o final.

◈◈◈

Os convidados alcançaram a entrada de Chariã novamente. Elliot organizava os rebeldes para que fizessem sua próxima viagem, enquanto Ardan se despedia do líder do clã amarelo.

— Agradecemos imensamente a recepção.

— As águas estarão de olho em vocês — Calum alertou. — Que a Chama incendeie seu caminho.

— Desejo-lhe o mesmo. — O líder dos rebeldes se curvou e deu espaço para Alba dar um último abraço em seu pai.

Ardan se virou para o grupo, que o esperava. Maila estava conversando com o Oscar, que contava moedas na frente dela. Curioso, ele continuou observando a situação. Parecia que ela já estava ficando à vontade com os rebeldes. Isso era tão bom quanto preocupante.

— Um lúdrio de prata para você, degoladora — o rapaz de Hamare disse enquanto entregava a moeda a ela. — Deveriam ser duas, mas usei meu dinheiro para apostar, por isso somente o lucro é seu.

— Como funciona a aposta? O dobro ou nada?

— Isso mesmo.

— Que perigo! É assim que as pessoas perdem tudo.

Usara, que estava com os dois, soltou um risinho tímido antes de dizer:

— Maila, as apostas são simbólicas, por pura diversão. É proibido apostar mais de um lúdrio de ouro, justamente para evitar que famílias percam tudo em uma aposta ou se viciem.

— Nossa, nada aqui é levado a sério, tudo é brincadeira — Maila observou, insatisfeita.

— Basicamente — Oscar confirmou com um sorriso. — Por isso todos gostam do clã da alegria.

Um outro veículo saiu do portal de Chariã, dessa vez carregando um dragão azul.

— Lipath! — Maila exclamou enquanto corria até ela.

Lipath estava visivelmente estressada, e apenas sua drameth poderia acalmá-la depois de tudo pelo que havia passado — mesmo que o estresse tivesse sido causado pela própria. Maila a acariciava enquanto tentava diminuir seu mau humor. Não era muito fácil reconquistar Lipath depois que se chateava; a jovem sabia que precisava dar um tempo a ela.

A guardiã, então, deu uma olhada no grupo que os esperava do lado de fora. Não era grande o suficiente para ser chamado de clã, o que a fez rir do título que recebiam; ao mesmo tempo, era mais gente do que imaginava. Sempre ouvira que os rebeldes não passavam de um clã falido, mas as pessoas ali pareciam ser bastante fiéis ao seu líder. Em seguida, viu Ardan se aproximar do grupo.

— Muito bem, rebeldes, espero que nenhum dragão tenha dado problema enquanto me ausentei. Nossa missão continua, mas terá uma pausa; precisaremos acampar por alguns dias. Poderíamos ficar aqui ou ir para outro clã. Analisando a situação, decidi que precisaremos viajar, já que não seria fácil nos manter em um clã aquático quando a maioria de nós é terrestre. Pensei em irmos para Piston. Mas, antes, quero apresentar nossos novos embaixadores: teremos dois em nosso clã a partir de agora. — Ele olhou ao seu redor, procurando Maila, e quando a encontrou fez um sinal para que ela se aproximasse. — Primeiro, temos um embaixador de Chariã, Kali.

Os rebeldes aplaudiram sem muito entusiasmo; estavam cansados de tanto esperar. Kali agradeceu e acenou timidamente para todos.

— E temos também nossa primeira representante de Ekrateia, ela nos acompanhará durante toda a missão.

Maila não recebeu aplausos. Na verdade, acabou recebendo olhares de reprovação. O grupo estava claramente confuso, deu para perceber que ninguém a queria ali; ninguém gostava da cor do dragão esnobe e azul, muito menos de seus filhos. Oscar notou a situação constrangedora e tentou revertê-la da forma mais estúpida possível:

— MAILA DEU UM TAPA EM ARDAN E ELE NÃO FEZ NADA!

Todos deixaram escapar um som de choque em resposta e, na sequência, deram aplausos animados junto a assobios. Ardan o puxou pela gola com fúria e o deixou bem perto de seu rosto.

— Vai ficar mais três meses limpando merda de dragão — rosnou.

— Não me arrependo — respondeu com o rosto aparentemente neutro, tentando esconder o coração acelerado.

— Chega! — o líder gritou para os rebeldes, que lhe obedeceram sem pestanejar. — Vamos nos preparar para viajar até Piston, então...

Sua fala foi interrompida pela chegada de um dragão branco e do drameth que o conduzia. Era o mensageiro. Ele pousou perto do pequeno grupo de rebeldes. Suas vestes eram brancas, assim como a cor do seu clã; seus olhos eram de um cinza tão claro que quase pareciam inteiramente brancos; e o contraste com a pele negra retinta fazia seu cabelo crespo e grisalho se destacar. Apesar da tonalidade capilar, era um rapaz jovem.

— Nasos! — Ardan exclamou. — Não deveríamos encontrar você depois?

— Pretendiam ir a algum lugar?

— Sim, para Piston, antes que o exército de Ekrateia chegue. Lá ficaremos mais seguros.

— Temo que precisarão mudar a rota, eu não trouxe as ervas.

— Como não? — Ardan lhe lançou um olhar aflito.

Maila não sabia do que falavam, mas, pela cara de Ardan, parecia algo importante.

— Nasos, já vai chegar o período de tomarmos nossa dose.

— Compreendo, meu senhor, mas é a condição de Ágasu.

Ardan suspirou fundo enquanto coçava a ponta do nariz.

— O que eles querem?

— Que aceitem uma rebelde.

O mestiço deixou escapar uma risada abafada.

— Para se tornar um rebelde precisa passar pela minha aprovação. Ninguém entra à toa aqui, não somos bagunça, já deixei isso bem claro para Ágasu. Não entendo por que continuam insistindo.

— Foi exatamente o que eu disse a eles, por isso se recusaram a entregar as ervas.

— Cretinos! — Ardan resmungou, angustiado.

O líder dos rebeldes passou alguns minutos pensando em silêncio. Todos ficaram quietos, até que ele finalmente ergueu a cabeça e falou para Nasos em tom de derrota:

— Vamos para Ágasu, então.

CAPÍTULO 8

Vermelho, rosa e azul

A viagem até o clã da bondade era longa. Ele se alocava na floresta encantada, que fora dada pela própria Chama Eterna no terceiro dia de criação. Não era um lugar fácil de chegar, e os rebeldes com certeza teriam de descansar ao longo do caminho — e foi exatamente o que fizeram.

Os rebeldes eram um clã pequeno, não chegavam a cem membros, mas todos tinham uma história e um motivo para estarem ali. Não queriam voltar para casa nem se tornar sem-clã, então seguiam Ardan, que, apesar de ser um líder difícil, dava a eles tudo de que precisavam. A maioria não era muito ativa nas missões de Ardan, mas eles gostavam de sempre estar cientes do que acontecia; e, como eram rebeldes, não tinham escolha a não ser apoiarem as decisões do líder. Mas todos sabiam que os verdadeiros aliados de Ardan eram Elliot e Oscar.

Maila estava se segurando em Lipath enquanto procurava por Ardan no céu. Achou Elliot e seu dragão e viu Ardan em pé pendurado por uma corda presa na barriga do dragão de Elliot. Dragões não se permitiam ser montados por outras pessoas que não fossem seus dramethis. Tendo isso em mente, Maila chegou à conclusão de que as viagens eram muito mais exaustivas para Ardan do que para o restante, já que ele era o único sem dragão. Mas, se ele não tinha dragão, por que era o líder?

Imediatamente, Oscar se aproximou com o seu dragão agitado, fazendo Lipath bufar de repulsa.

— Não chega muito perto, Oscar — Maila alertou. — Lipath é temperamental.

— Ora, ora, assim como você — disse entre risos.

— Eu? De onde você tirou isso?

— De lugar nenhum — ele desconversou, revirando os olhos. — Então é Lipath o nome dela, é? Muito lindo.

— Obrigada. Como se chama seu dragão?

— É Isan.

— Oh, que curtinho.

— Pois é, mas eu gosto.

Ficaram quietos por alguns segundos constrangedores antes que Maila se pronunciasse novamente:

— Por que Ardan é o líder dos rebeldes?

— Hã? — Oscar queria entender aonde Maila queria chegar.

— Digo, quem criou os rebeldes? É um grupo ilegítimo e muito novo. Não existe nem há dez anos, e já é tão popular entre os outros clãs. Eu honestamente não entendo como isso aconteceu.

Oscar sorriu para ela antes de responder:

— Você não entende porque é filha de Ekrateia; vocês são os únicos que nos detestam.

— Qual é a serventia de um clã dissidente? — Maila perguntou ao empinar o nariz.

O rapaz respirou fundo antes de prosseguir.

— Maila, antes de nós, se alguém não se encaixava em seu clã, acabava sendo expulso e se tornando um sem-clã; lá fora, sem a proteção da Chama Eterna, a escarlate os possuía, tirando suas vidas pouco a pouco. Os sem-clã vivem pouquíssimo tempo. Nós salvamos pessoas.

— Não seria mais fácil ninguém sair de seu próprio clã?

— Fala isso para a nova rebelde que estamos indo buscar, aposto que contra a vontade dela.

— E eu aposto que, se ela seguisse as regras, não estaria sendo expulsa. É Ágasu, o clã da bondade! Não a expulsariam sem uma boa razão.

Oscar deixou escapar uma gargalhada no céu.

— É claro, afinal, somos todos clichês ambulantes de nossos Originais.

— Você está ironizando!

— É claro! Somos diferentes, Maila. Não somos cópias de nossos clãs. Mesmo que eu seja filho de Hamare, ainda pode me faltar amor. Mesmo que Usara seja filha de Mansal, ainda pode lhe faltar mansidão. — Ele fez uma pausa antes de prosseguir. — Ainda que você seja filha de Ekrateia, pode te faltar domínio.

— Impossível! — ela afirmou sem nem olhar para ele.

— E, mesmo que você não tenha o domínio, ainda será filha de Ekrateia.

— Tá, mas por que Ardan é o líder? — Ela achou melhor mudar logo de assunto.

Oscar deixou escapar um suspiro desapontado.

— Porque ele é o único que entende os idiomas originais dos clãs.

— O quê?!

— Ardan não apenas tem muitos drigons, ele os tem de forma potencializada. Eu tenho a força, ele também, mas ele é infinitamente mais forte que eu. Ele também tem o drigon da interpretação, entende um idioma muito mais rápido que qualquer outro. Com apenas cinco minutos ouvindo um idioma estrangeiro, ele já consegue entender e falar. Isso gerou confiança nos rebeldes, só ele podia entender todos em seus idiomas originais. Um grande líder é aquele que escuta e entende seus seguidores, e isso é mais valioso que ter um dragão. Ardan não é fácil, mas é um bom líder.

— Quais são os drigons dele?

— Bom, ele tem forjamento de arma, conhecimento, força, escudo, interpretação e exorcismo de escarlate.

— Eu tinha a impressão de que eram mais.

— Até onde eu sei, são só esses mesmo.

— Todos sabem disso?

— Não. Ardan é um pouco mentiroso, a maioria acha que ele só tem força ou interpretação; dependendo do clã em que está, são os únicos que ele revela.

— Eu fiquei impressionada que sabiam falar no idioma de Ekrateia em Chariã.

Oscar pareceu confuso.

— Maila, todo mundo sabe falar ekrateiano.

— O quê? — Maila perguntou, surpresa.

— Claro, alguns melhor que outros, mas é o idioma presente no nosso ensino, já que é a língua dos protetores da casa da Chama Eterna. Foi a primeira lei que Ekrateia estabeleceu centenas de anos atrás quando Hamare desapareceu. Todo mundo aqui fala pelo menos duas línguas: a do clã natal e a do clã azul.

— Nossa... eu só conheço ekrateiano mesmo.

— É, eu sei.

A nuvem diante deles se desfez quando de repente Usara apareceu com seu dragão cor-de-rosa.

— Vamos fazer uma pausa aqui! — ela informou com um sorriso aberto.

— Já?

— É um bom local, Maila — Usara prosseguiu. — Vamos conseguir descansar por algumas horas antes de seguirmos a longa viagem. Aqui na região tem água e muitas árvores para os dragões usarem como sombra; chegaremos em Ágasu ao anoitecer. Só devemos ficar atentos aos sem-clã.

— Parece bom. — Maila assentiu enquanto fazia sinal para Lipath descer. Todos os outros rebeldes desceram também.

Assim que aterrissaram, os dragões se acomodaram ao redor do riacho para se refrescarem, e alguns se aprontaram embaixo de uma árvore para tirarem uma soneca.

— Pode ir, Lipath — Maila disse para seu dragão, incentivando-a a descansar com os outros.

Em resposta, Lipath fez uma cara feia e se acomodou na sombra mais distante de onde os outros dragões estavam.

— Seu dragão é bem antissocial, não é? — Oscar caçoou.

— Ela prefere ficar sozinha.

Ardan se aproximou do trio que conversava; percebeu que eles estavam ficando cada vez mais próximos.

— Oscar, para o restante da viagem vou precisar pegar carona com Isan. Não quero cansar Dendris demais.

— Pode deixar! — O rapaz fez um sinal positivo com o dedo. — Vamos dar um descanso para o dragãozinho do Elliot.

Ardan então fez sinal para todos os rebeldes se aproximarem.

— Vamos descansar aqui por três horas. Podem aproveitar para dormir, se banhar, se alimentar ou até treinar um pouco seus drigons.

Todos assentiram e se separaram de acordo com suas panelinhas. Oscar viu Alba e Kali se refrescando nas águas e outros grupos se acomodando sob as árvores.

— Ei! O que vocês acham de treinarmos nossas habilidades? — Oscar propôs às meninas.

Usara e Maila concordaram e se afastaram um pouco para um local mais reservado. Oscar foi até uma árvore e, com seu drigon de força, arrancou-a do solo e a colocou na frente das meninas.

— Para que isso? — perguntou Maila, assustada.

— É para Usara treinar tiro ao alvo.

Maila a observou com cuidado. Sua roupa tinha várias bolsinhas.

— Mas não estou vendo um arco e flecha.

Usara se pronunciou:

— Ardan inventou uma arma de fogo para mim.

— Arma de fogo?

— Sim — ela confirmou enquanto tirava uma pistola do bolso. — Por conta da minha condição, eu demorava para me aprontar com o arco e a flecha. Precisava de uma arma leve, que não precisasse de tanta força para que eu pudesse me concentrar no alvo. A única desvantagem é que ela é um pouco barulhenta. Quando eu atiro, preciso de alguns segundos para me concentrar de novo.

— Como assim, sua condição? — Maila não estava entendendo o assunto.

— Vem, Usara! — Oscar chamou. — Vamos demonstrar a ela.

Oscar marcou um X na árvore, tirou um sininho que estava guardado em sua calça e balançou-o bem em cima da marca. Usara ficou alguns segundos parada, com a arma em mãos e a cabeça baixa.

— Precisa que eu balance de novo? — Oscar gritou de onde estava.

— Não! — Logo em seguida ela atirou, bem no alvo.

Maila deixou escapar um gritinho.

— Que incrível, Usara! E a árvore estava tão longe!

Oscar correu na direção delas.

— Usara é nossa melhor atiradora, nunca erra o alvo.

— Posso acertar uma maçã em cima da cabeça de qualquer um — ela falou, orgulhosa.

— Rá! Duvido! — Maila exclamou.

— Quer apostar?

— Filhos de Ekrateia não...

— *Não apostam* — Oscar e Usara disseram em meio aos risos.

— Já sabemos, filha do dragão azul — Usara prosseguiu enquanto colocava outra bala em sua arma. — E aí? Que tal colocar uma maçã na cabeça e me deixar atirar?

Maila não conseguiu dizer nada.

— Está com medo? — Oscar perguntou tentando segurar o riso.

— Claro que não! — exclamou. — Cadê a maçã?

— Tá na mão. — Oscar tirou uma da manga como se fosse um truque de mágica.

— É só eu me posicionar na árvore?

— Isso aí! — Oscar respondeu. — Vou prender a maçã logo acima de sua cabeça com esse fio.

— Ok, vamos lá! — Maila saiu andando com pisadas firmes no chão até a árvore.

Usara soltou um risinho travesso, e Oscar o retribuiu enquanto seguia a guardiã.

Ele amarrou a maçã em um galho da árvore e a deixou pendurada bem rente à cabeça de Maila.

— Você é alta, Maila — Oscar observou ao levantar o braço para ajeitar a fruta.

— Reparou só agora, é? Pode tirar sarro, vai.

— Por que eu faria isso?

— Eu sei que homens não gostam de mulheres altas.

— Que homens? — ele perguntou, curioso.

Ela pensou um pouco antes de responder.

— Meu futuro noivo, por exemplo.

— E você quer ser noiva dele por quê, então?

Maila não tinha resposta para aquela pergunta. Oscar tirou de novo o sininho guardado e o posicionou bem na frente da maçã.

— Posso ir, Usara? — ele gritou para a filha de Mansal.

Ao longe era possível ver Usara tomando fôlego. Parecia parte do seu processo de concentração.

— Pode! — ela gritou de volta.

Oscar balançou o sino, e Maila sentiu sua pele arrepiar. Ela havia mentido, estava com medo de verdade. Assim que Usara posicionou a arma, um vento forte passou por eles, fazendo a árvore com a maçã balançar e sair do ponto combinado. Usara atirou mesmo assim. Vendo o imprevisto, Maila gritou assustada e se agachou protegendo a cabeça, ainda sem parar de gritar. Seus gritos só cessaram quando ouviu o som da gargalhada de Oscar.

— Do que está rindo, seu imbecil?

Ele enxugou uma lágrima antes de responder.

— Olha para cima.

Maila direcionou seu olhar para a maçã logo acima de sua cabeça, e ela estava com um furo perfeito no meio.

— Uau, mesmo com o vento.

— Ela é boa, né? Nada mal para uma pessoa cega — Oscar comentou.

— Como é? — ela perguntou enquanto Usara se aproximava deles. Até então, pensava que a garota tinha apenas baixa visão; nunca imaginou que ela não enxergasse nada. — Você está me dizendo que deixou uma pessoa completamente cega atirar em mim?

Oscar deixou escapar outra gargalhada.

— Não tem graça!

— Tem graça, sim — Usara disse quando chegou perto deles.

— Mas você disse que eu era bonita quando me conheceu!

— E você é: sua voz é linda.

— O que isso tem a ver?

Oscar segurou a risada para responder:

— É a primeira impressão que ela tem de alguém. Nós, que enxergamos, consideramos alguém bonito pelo que nossos olhos veem. Para Usara, é através da voz da pessoa. Então, se a pessoa tem a voz bonita...

— Então é bonita para ela — Maila completou.

— Isso mesmo — Usara concordou com um sorriso.

Os dois voltaram ao treino, e Maila os observou por um instante. Sentiu algo novo, uma sensação de pertencimento que nunca havia experimentado antes. Os rebeldes não eram ruins como havia aprendido em Ekrateia. Isso a fazia se perguntar o que mais seria diferente em relação ao que lhe fora ensinado.

Na hora de prosseguir viagem, Ardan chamou os rebeldes para que se agrupassem novamente e organizassem seus dragões. Oscar se aproximou de Ardan segurando uma corda.

— Vamos, líder?

Ardan olhou para a corda e fez um muxoxo. Odiava pegar carona com os dragões; odiava a ideia de que jamais montaria em um dragão nem receberia a escama de um por ter sido escolhido por ele. Dragões eram tudo o que ele mais amava e, ironicamente, eram a única coisa que ele não poderia ter. Ele observou Maila se aproximando com Usara e suspirou para si.

— Vamos — ele conseguiu dizer em tom desanimado.

Oscar pareceu entender tudo que tinha passado pela cabeça do líder, mas, conhecendo-o bem, sabia que era melhor não falar nada.

Os quatro foram atrás de seus dragões, e quão grande foi a surpresa deles ao verem os três dormindo juntos, encostados um no outro. O azul, o vermelho e o rosa juntos. Maila olhou Lipath, tão confortável entre os dragões de Oscar e Usara, que custou a acreditar que era verdade. Os outros dragões não costumavam fazer isso. Todos os rebeldes olharam a cena, intrigados. Algo peculiar estava acontecendo.

◈◈◈

A viagem para Ágasu durou mais algumas horas. Ardan pegava carona com Oscar, pendurado por uma corda no dragão dele. Maila viajava ao lado de Usara, ainda pensativa sobre as habilidades dela.

— Usara, já que você é... — Maila começou, cheia de dedos.

— Cega? Não se preocupe, não precisa ter medo dessa palavra. Eu tenho olhos, eles se chamam Ranay — ela falou enquanto acariciava seu dragão rosa.

— Mas como você consegue?

— Quando nos falta algo, compensamos de outro jeito. Claro que minha condição me limita. Se o alvo está longe demais, não posso acertá-lo; só consigo ir até onde minha audição alcança. Sou melhor em lutas corpo a corpo. Consigo identificar com mais facilidade as fraquezas do oponente através da respiração, dos movimentos, do tato e até pelo cheiro.

— Onde você aprendeu tudo isso?

Usara sorriu antes de responder:

— Ardan, ele me ensinou tudo. Eu era uma fracote quando entrei para os rebeldes; ele que me fortaleceu.

Maila observou Ardan ao longe. Ele estava com a cara fechada, como sempre. Não parecia ser o tipo de homem que se importava tanto assim com os outros.

— Temos um líder forte, que tem o drigon do conhecimento. Quando ficou sabendo da minha deficiência, de início ficou muito protetor, mas logo percebeu que eu precisaria aprender a me virar sozinha caso alguma coisa acontecesse. Assim ele foi treinando meus outros sentidos, e nem preciso dizer o tanto que eu apanhei treinando combate corpo a corpo.

— Ele batia em você? — Maila perguntou, horrorizada.

— Batia — ela confirmou em meio aos risos. — Somente em treinamento, é claro. Ele não era mau, mas também não era bom. Quando lutávamos juntos, era para valer. Ele sempre dizia que, quando eu conseguisse derrotá-lo, poderia derrotar qualquer um. Era proteção. Antes eu não entendia, mas hoje não só entendo como agradeço.

— E você já o derrotou?

— Não. — Ela sorriu novamente.

Maila observou Usara por mais um tempo. O vento batia com força no cabelo cacheado dela, era uma vista agradável.

— Seu drigon... — Maila falou sem nem pensar.

— O que tem ele?

— Não é um tanto inútil para você?

— Será? — Ela imediatamente ficou invisível. — Você não está me vendo.

— Mas você também não me vê!

Usara voltou ao seu estado normal para responder.

— Em um mundo onde eu não enxergo o inimigo, não ser vista por ele é uma dádiva.

A confiança que Usara tinha era o que Maila mais desejava no mundo.

— Como você sabe que está invisível?

— Porque as pessoas param de olhar para mim.

— Mas... Como você sabe? — Maila insistiu, sem conseguir deixar o assunto de lado.

— Eu apenas sinto que aquilo para.

— Aquilo?

— Os olhares de pena, tipo aquele que você me lançou antes de me perguntar sobre meu drigon.

No mesmo instante, a guardiã ficou desconcertada. Ela tinha reparado?

— Quando essa sensação vai embora — Usara prosseguiu —, eu sei que não estou sendo vista por ninguém.

Antes que Maila pudesse dizer alguma coisa, ouviram o grito de alguém avisando que haviam chegado ao destino. Mas, para a infelicidade e a surpresa de todos, não seria tão simples passar pelo portal. Os sem-clã os esperavam na entrada.

CAPÍTULO 9

Não irrite os dragões do ar

Para que servem os dragões? São apenas métodos de transporte? Servos obedientes de seus dramethis? Não. Dragões são guardiões, protetores de seus clãs. Silenciosos à primeira vista, não apreciam confusões nem batalhas sem necessidade. Mas não se engane, eles são muito observadores; não deixam escapar nada de seu faro aguçado e sua visão ampla. Não são criaturas que agem por impulso como os humanos; são mais cautelosos do que se imagina, muitas vezes subestimados, mas são assustadoramente temperamentais quando se trata de seus dramethis. Não mexa com eles, acredite: você não vai querer presenciar a fúria de um dragão.

O portal de Ágasu era uma enorme árvore mágica, que, no momento, estava obstruída pelos sem-clã. Ardan fez sinal para que todos descessem alguns metros antes, e eles obedeceram.

— É uma armadilha — ele afirmou.

— Como assim? — um dos rebeldes perguntou ao fundo.

— Se os sem-clã estão aqui, foram enviados por alguém. Estamos sendo rastreados. Eles têm alguns dragões sem drameth, mas claramente já estão enfraquecidos. Não será difícil exorcizá-los. Quem aqui tem exorcismo de escarlate?

Um rebelde de Makothu levantou a mão com timidez.

— Muito bem, você vem comigo na frente.

— Na frente? — ele perguntou, assustado.

— Eles vão jogar os dragões em cima de nós primeiro, precisamos exorcizá-los antes que ataquem os rebeldes. O resto vai lutar contra os sem-clã.

— E nossos dragões? — Maila perguntou.

— Não usaremos eles.

Os rebeldes começaram a cochichar entre si. Sem dúvida seria uma batalha em desvantagem se não usassem seus dragões.

— Atenção! — Ardan gritou, fazendo todos se calarem. — Isso é justamente o que eles querem! Como eu disse, é uma armadilha. Eles querem que usemos nossos dragões para terem a chance de matá-los, querem nos tornar vidragos! Todos sabem que um clã sem dragões é um clã fraco. Se eles eliminarem um terço de nossos dragões, já significaria a nossa ruína. Precisamos protegê-los a todo custo. Afirmo, não será fácil derrotá-los. Eles estão em minoria, mas basta uma flecha ou uma espada com a chama escarlate para nos matar, e, como vocês viram, não temos tantos exorcistas em nosso clã para dar conta do recado.

Maila prestava atenção ao discurso sem conseguir esconder sua irritação. Achava um absurdo lutar sem os dragões.

— Quem pode ficar aqui cuidando dos dragões enquanto eliminamos os sem-clã?

A maioria dos rebeldes levantou a mão.

— Muito engraçado — Ardan comentou ao passar o olhar pelos rebeldes. — Você! — Ele apontou para um com a mão abaixada. — Cuide deles! O restante vem comigo.

Os rebeldes caminharam até mais perto da pequena aglomeração. Os dragões sem drameth estavam à frente. Assim que Ardan se aproximou, o líder dos sem-clã tomou a fala.

— Ora, ora, onde estão seus dragõezinhos?

Maila o observou, horrorizada. O rosto e o corpo do homem estavam repletos de manchas e feridas vermelhas, marcas do uso da chama escarlate. Ela já tinha visto aquilo antes, no corpo da mãe de Ardan, mas era a primeira vez que via de forma tão intensa. Até mesmo os dragões dos sem-clã tinham manchas e feridas; era difícil saber a qual clã pertenciam. Todos tinham os olhos vermelhos, muito semelhantes aos olhos dos filhos de Hamare. Maila sentiu repulsa. Claramente, todos ali estavam possuídos pela magia proibida.

— Nossos dragões vão bem, obrigado. — Ardan tomou uma postura sarcástica. — Poderiam nos dar licença? Queremos muito mesmo entrar em Ágasu. Por que não vêm com a gente?

O líder o fitou com ódio.

— Sabe que não conseguimos entrar nos clãs.

— Ah, verdade! — Ardan apontou o dedo para cima como se estivesse se lembrando de alguma coisa. — A escarlate não entra onde a Eterna está.

— Você é muito piadista, Ardan, mas não sei lidar com seu senso de humor. Acho que por isso eu saí de seu clã dissidente.

Maila cochichou no ouvido de Oscar:

— Ele já foi um rebelde?

— Sim — Oscar respondeu também com um cochicho. — É Leifert, era do clã de Chrestos. Ele se tornou um vidrago e Ardan o acolheu. Mas, depois, começou a querer os dragões dos outros para si, então Ardan teve que expulsá-lo.

O líder dos sem-clã tomou a espada e a apontou para Ardan. Todos os rebeldes se prepararam para defendê-lo.

— Nós pegamos um serviço e eu preciso cumpri-lo para aumentar nossa expectativa de vida — Leifert prosseguiu.

— Quanto mais vocês vivem assim, mais manchados ficam.

— Eu já me acostumei, é nosso padrão de beleza. Certo, pessoal? — ele perguntou a seus comparsas. Todos riram em resposta.

— Que serviço? — Ardan perguntou sem mexer um músculo.

— O boato de que os rebeldes carregam as páginas da Eternidade já circulou pelos clãs; agora tem muito líder disposto a pagar uma fortuna para ter um pedacinho dessas páginas. Eu pego as páginas e as vendo para quem pagar mais!

Ardan conseguia sentir Maila encarando-o com puro ódio, até conseguia imaginar o que ela estava pensando: *Se você tivesse me entregado as páginas, isso não estaria acontecendo.*

— Lamento, não faço acordo com os sem-clã. — Ardan sorriu.

— E eu não faço acordo com rebeldes! Agora!

No mesmo instante, os dragões sem drameth voaram na direção dos rebeldes. Eram poucos, mas o suficiente para fazerem estrago. Os sem-clã sacaram suas armas, e os rebeldes correram para a batalha. Ardan chamou o rapaz que também possuía o drigon do exorcismo de escarlate.

— Barles! — gritou. — Ataque os dragões e mate-os.

— Matar dragões? — Barles perguntou, desesperado.

— Eles parecem fortes, mas é só aparência. A escarlate os fragiliza. Faça o exorcismo e mate-os! Acredite, eles ficarão gratos.

Barles acenou com a cabeça e correu. Ardan sentiu um dragão se aproximando e imediatamente lançou o drigon exorcista. O dragão tentava lutar contra o drigon, mas Ardan o impedia, usando todas as suas forças para exorcizá-lo. Uma chama vermelha começou a sair do dragão de forma violenta. Quando a maior parte da escarlate já tinha sido liberada, Ardan conseguiu ouvir um sussurro, bem baixinho, mas de qualquer maneira arrepiante.

— *Logo será você.*

Ardan olhou para trás, assustado, mas só o que viu foram os rebeldes lutando. Quando voltou seu olhar para frente de novo, o dragão já se encontrava caído no chão, em profundo sofrimento. Era possível ver em seus olhos que estava cansado da escarlate e que sentia falta de seu drameth.

— Eu tirarei essa dor de você — disse Ardan com a voz embargada.

Rapidamente ele forjou uma adaga e a cravou na garganta da criatura. O pobre dragão não soltou nem um rugido, apenas deixou uma lágrima escapar e fechou os olhos pouco a pouco, como se enfim tivesse encontrado a paz. Ardan viu uma chama branca subir e evaporar no céu. Para onde iam as almas sofridas? Talvez o líder dos rebeldes jamais descobrisse a resposta.

Ao lado, Maila lutava com uma criança pequena, mas muito forte. Ela o chutou com potência, e o menino caiu no chão. Ele se levantou, irritado.

— Acha que minhas manchas são piores que as suas?

Maila gelou.

— Você é tão imunda quanto eu! — A voz da criança tinha engrossado, o que fez a pele de Maila se arrepiar junto a seu coração acelerado.

A guardiã foi em sua direção para prendê-lo. Tentou forjar uma arma, mas em vão. Esse processo ainda era muito demorado para ela. Nunca conseguia forjar armas de última hora, precisava se planejar com antecedência. Então, para se defender, puxou a criança para cima pela gola e, quando estava prestes a amarrá-lo, paralisou. A criança estava com os olhos azuis. Ele era um filho de Ekrateia? Ela não conseguia acreditar.

— Por favor, me salve — a criança pediu enquanto chorava. — Fui expulso de meu clã, quero voltar para casa.

— Pelas brasas! — ela murmurou, com pena.

Maila estava se preparando para soltar a pobre criança quando viu uma flecha atravessar seu peito estreito. Sangue escorreu pela boca da criança, e Maila a soltou, assustada. Ao deixá-la cair, encontrou Ardan atrás dela.

— Você matou uma criança! — Maila berrou.

— Maila, se acalme! — Ardan tentou se aproximar.

— Fique longe!

— É um sem-clã! — Ardan gritou.

— Era um filho de Ekrateia! — Maila gritou ainda mais alto.

Sem paciência alguma, Ardan pegou a criança pela gola. Ela ainda vivia.

— A qual clã você pertence? — bradou.

A criança começou a rir de forma assustadora.

— Pelo menos ele é inteligente — disse o pequeno ao olhar para Maila.

Ardan revirou os olhos e, mesmo contra a sua vontade, começou a sibilar uma canção. Era uma que havia aprendido com sua mãe. Ao ouvi-la, os olhos da criança começaram a perder a cor azul e se tornaram vermelhos como a escarlate. Ardan continuou cantarolando, até que os olhos da criança revelaram outra cor: violeta, como os olhos de Elliot. Era um filho de Piston. Maila colocou a mão na boca, desacreditada. A criança soltou uma última risada que a fez tossir mais sangue, até que, por fim, morreu. Ardan a jogou no chão sem delicadeza alguma e se virou para Maila, que chorava.

— Maila... — Ele tentou se aproximar, mas ela se afastou.

— Ainda assim. — Ela fungou em meio ao choro. — Era uma criança.

Depois disso, ela saiu correndo. O líder dos rebeldes apertou o punho, frustrado.

— É por isso que nunca voltei, Maila — ele sussurrou quando ela já estava longe. — Eu sabia que você não aprovaria o que me tornei.

Sua atenção se voltou rapidamente para a batalha. Usara estava a alguns metros, lutando contra um sem-clã dez vezes maior que ela. O homem estava agitado demais para ela se concentrar na mira da arma, por isso ela focava no combate corporal. Era habilidosa e, apesar de não ter vantagem tratando-se de força, sabia afugentar pessoas indesejadas.

— O que um anjinho de Mansal como você faz com os rebeldes?

Usara não respondeu, continuou desviando dos golpes do homem. Precisava do dobro de concentração nos outros sentidos, já que um lhe faltava. Até que inevitavelmente ele a golpeou na barriga e a derrubou no chão, segurando seu pescoço.

— Vamos, me conte. — O homem revelou um sorriso ardiloso. — Qual pecado te tirou da sua casinha cor-de-rosa?

Em resposta, Usara chutou o que ele tinha no meio das pernas, o que fez o homem grunhir de raiva e dor. Mas ele não a deixou escapar.

— O sangue dos filhos de Mansal também tem a cor dos seus olhos? Bom, só provando para saber.

O homem barbudo e coberto de feridas pegou uma adaga e fez um corte no antebraço de Usara, o que resultou em um grito estridente saindo da boca dela.

Todos ouviram. *Todos.* E Oscar, que estava ao lado de Maila no momento, só conseguiu dizer:

— Ah, não... — Ele estremeceu. — Ela gritou muito alto.

— O que foi? — Maila perguntou depois de largar um sem-clã desmaiado no chão.

— Ranay ouviu.

— Qual o problema? É um dragão da mansidão.

— Ranay é mansa — Oscar concordou. — Desde que não machuquem sua drameth.

Maila viu o homem cortando ainda mais o braço de Usara, mas, quando se preparou para ir até ela, Oscar a impediu.

— Ela precisa de ajuda! — Maila argumentou.

— Por que você acha que Usara é uma rebelde? Ela não parece boa demais para se rebelar e abandonar seu clã?

A guardiã percebeu.

— Ela foi expulsa.

— Não. — Oscar levantou um sorriso sarcástico. — Ranay foi, e Usara foi junto.

— O quê?! — ela perguntou, atordoada.

— Agora se segura! — ele alertou.

Um rugido enorme veio do céu junto a um tornado que jogou rebeldes e sem-clã para todas as direções. Um dragão pousou com força e arrancou do chão com os dentes o homem que havia esfaqueado Usara. Não deu tempo de ninguém impedir: Ranay devorou o homem tão rapidamente que o líder dos sem-clã sentiu o desespero bater.

— Atirem no dragão rosa! — o líder gritou.

Ardan, vendo o problema que isso causaria, gritou para a filha de Chariã:

— Alba! Preciso que você faça! — ele ordenou.

— Mas eu... — ela tentou argumentar com os lábios trêmulos.

— AGORA! — Ardan berrou de forma assustadora.

Alba não teve escolha e obedeceu. Abriu a palma da mão e bateu com força, causando um impacto na terra. Seus olhos ficaram completamente amarelos, e o chão estremeceu. Os sem-clã com os arcos e flechas se desequilibraram ao ver a terra se abrindo e não conseguiram acertar em Ranay. O chão engoliu alguns sem-clã, e o líder viu que não tinha outra saída.

— Recuar! — ele gritou.

Imediatamente os sem-clã que sobraram fugiram, deixando os rebeldes feridos e os seus companheiros mortos para trás. Quando a poeira da batalha se alastrou, foi possível enxergar Ranay carregando Usara, presa em sua cauda. Ela estava desmaiada e perdia muito sangue pelo corte. Elliot correu até ela. Quando foi tentar curá-la, Ranay rosnou. Elliot levantou as mãos para mostrar que estava desarmado.

— Por favor — ele pediu.

Diziam que dragões viam a sinceridade do coração. Talvez ninguém pudesse confirmar se o boato era verdadeiro, mas Ranay confiou em Elliot e o deixou se aproximar. Sem perder tempo, ele segurou Usara e colocou sua mão por cima da ferida. Uma luz violeta se acendeu de sua mão no local em que ele a curava. Poderia demorar um pouco.

— Posso? — Ele sinalizou para Ranay tentando explicar que gostaria de carregar sua mestra.

Ranay permitiu com um aceno de cabeça, e só então Elliot ergueu Usara nos braços.

— Precisamos entrar em Ágasu o quanto antes, ela precisa dos medicamentos desse clã — Elliot disse para Ardan.

Maila correu até Usara e, com raiva, virou-se para Ardan.

— Se tivéssemos usado nossos dragões desde o início, isso não teria acontecido! — ela ralhou com ele.

— Não poderíamos arriscar perder um dragão — ele respondeu, indiferente.

— Mas perder um ser humano tudo bem?

— Usara sabe se defender e temos Elliot para curá-la. Ela ficará bem! Mas Ranay poderia ter morrido se alguém a atingisse com uma flecha escarlate. Já falei que não temos muitos exorcistas.

— Você está sendo egoísta!

A afirmação fez Ardan se irritar.

— Precisamos usar nossos dragões! — Maila continuou.

— VOCÊ NÃO SABE O QUE É NÃO TER UM DRAGÃO, MAILA! — Ardan gritou, deixando todos desconfortáveis. — Eu não vou arriscar a vida de nenhum dragão aqui por uma vaidade sua, ninguém fica sem dragão dentro do meu clã. — Ele fez uma pausa incômoda. — Apenas eu.

Ardan se afastou dela, o que a deixou furiosa. Elliot se aproximou dele de novo.

— Temos que entrar — disse baixinho.

O líder dos rebeldes respirou fundo antes de responder:

— Sim, mas vamos precisar passar por ela primeiro.

Todos estavam cansados; a batalha contra os sem-clã não constava no itinerário. Porém, para se curarem e descansarem adequadamente, precisavam entrar no clã, e ninguém entrava em Ágasu sem antes passar pela Árvore Protetora.

CAPÍTULO 10

O clã da bondade

Os rebeldes se alocaram em frente à Árvore, e, como um encanto, ela começou a formar letras em seu tronco. Letra por letra, eles liam o que ela queria dizer.

— Ela está escrevendo na língua original do clã. Mais alguém conhece o idioma de Ágasu? — Ardan perguntou, mas ninguém se pronunciou dessa vez. — Bom, terão que confiar em minha tradução, então.

Todos permaneceram atentos.

— Adivinhe quem sou — Ardan começou a ler. — Sou proibido, mas livre. Cobiçado, mas viúvo. Vida, mas assassino. Sou o problema e a solução. Eu não deveria existir, mas estou aqui. Quem sou eu?

— Isso é contraditório! — um rebelde reclamou.

— Deve ser uma pegadinha — outro disse.

— Não estamos em Chariã — Oscar alertou. — Alguma resposta tem. Já viemos aqui antes; todo ano fica mais difícil, vocês sabem.

— Vamos falando o que vem em mente e eu vou escrevendo aqui, até acertarmos — Ardan sugeriu e todos concordaram.

— A chama escarlate? — alguém arriscou. — Proibido, mas livre?

— A escarlate não é vida, isso é impossível — Maila corrigiu.

— Vida, mas assassino? Profetas — outro sugeriu. Maila torceu o nariz ao ouvir.

Ardan retirou um punhal do bolso e arrastou a ponta da arma no tronco da árvore, formando a palavra. Logo as letras foram absorvidas pela casca e o portal não se abriu.

— Não funcionou — ele avisou.

— Claro que não funcionaria — Maila disse, irritada.

— Vocês precisam acertar esse enigma logo! — Elliot exclamou, preocupado.

Usara pareceu resmungar alguma coisa, e imediatamente Elliot parou de gritar e a acomodou melhor em seu colo, tentando tapar seus ouvidos.

— Ela não está te escutando, não se preocupe — Ardan tentou acalmá-lo.

Maila estava atenta aos atos de Elliot. Por que ele insistia em não falar nada quando estava com Usara?

— Talvez não seja alguém, mas um sentimento — Oscar se pronunciou. — Raiva? Amor? Tente aí várias emoções.

Nada fez o portal se abrir. Ardan observou o enigma por mais um tempo, até que sentiu um aperto no peito por ter entendido. Sem falar nada, ele apenas escreveu no idioma de Ágasu o que era. Assim que a marca foi cravada no tronco da árvore, a madeira engoliu o enigma, deixando apenas a resposta ali, e então abriu passagem para os rebeldes.

— O que está escrito? — Maila quis saber.

Ardan não respondeu e todos os rebeldes seguiram caminho, sem coragem de perguntar ao líder do que se tratava. Ardan deu uma última olhada no tronco rabiscado antes de entrar no clã. *Mestiço.* A palavra soava amarga até escrita.

◈◈◈

A trilha da entrada de Ágasu era bastante curiosa, com muita vegetação. Os animais ficavam ao redor, até mesmo os selvagens, mas não olhavam para quem estava entrando. Era como se a passagem da Árvore desse em outra dimensão.

— Acho que nunca vou me acostumar — Oscar comentou.

— Está com medo? — Maila disse com ironia.

— Dá arrepios — ele confessou.

Maila soltou um risinho.

— É o clã da bondade, Oscar.

— Sim, você já disse. Acho que só presenciando você vai entender o que eu quero dizer. Sabe o que dá mais medo que vilões?

— O quê?

— Vilões que se fingem de mocinhos.

Maila não entendia aonde Oscar queria chegar com aquela conversa, mas, antes que pudesse perguntar, uma coruja pousou na árvore bem à frente deles. Ardan fez sinal para que todos parassem. A coruja encarou Ardan com fervor, e o mestiço lhe lançou um sorriso sarcástico.

— Você está mais velha e acabada do que da última vez que te vi, Liendra.

A coruja se acomodou no chão e por fim se transformou em uma mulher não muito velha nem muito nova. Tinha idade para ser a mãe de alguns rebeldes.

— Que azar o meu, achei que minhas ervas de beleza estivessem funcionando — ela comentou.

— Então trate de mudar a fórmula — Ardan respondeu sem mudar a expressão.

A mulher nada disse, apenas fez sinal para que a seguissem pelo caminho.

— Quem é? — Maila sussurrou para Oscar.

— A líder do clã, provavelmente estava nos observando antes de entrarmos.

— Onde estão os guardas?

Oscar apontou para as folhagens atrás deles. Perto da entrada, aves pequenas voavam entre os galhos dos arbustos.

— Pássaros? — ela perguntou, levantando a sobrancelha, sem acreditar que aqueles animais teriam capacidade de proteger qualquer um.

— Não são pássaros, são transmorfos. Estão disfarçados. Se alguém passa pela Árvore Protetora, eles conseguem atacar os inimigos totalmente de surpresa, já que ninguém desconfia de que, na verdade, essas inofensivas aves são os guardas do clã.

Maila virou o rosto para observar Liendra com mais atenção. A mulher, apesar de ter mais idade, estava muito bem conservada. Tinha o cabelo ondulado e elegante. Ela caminhava ao lado de Ardan, e eles pareciam trocar farpas entre si. Maila não sabia qual era a dinâmica entre eles, mas com certeza não estava gostando do que via.

— É a primeira vez que vejo uma transmorfa pessoalmente — Maila cochichou.

— Aqui você verá muitos — Oscar respondeu. — A maioria das pessoas daqui tem esse drigon.

— Interessante — comentou consigo mesma.

Maila olhou para trás. Elliot segurava Usara com o maior cuidado. Os dragões caminhavam logo atrás deles. Por fim, adentraram a parte mais densa da floresta e encontraram o clã. Todas as casas ali eram alocadas nas árvores e totalmente de madeira. Os habitantes se locomoviam pelos galhos, sozinhos e também com seus dragões.

— Oscar, o que Ágasu solta? — Maila perguntou.

— Não entendi a pergunta.

— Acho que não me expressei bem. Vejamos... — Ela tentou explicar. — Ekrateia e Hamare são dragões do fogo. Eles soltam, ou, melhor dizendo, expelem fogo pela boca.

— Certo.

— Os dragões do ar como Mansal e Eiral expelem enormes correntes de ar; como o dragão de Usara fez quando criou aquele tornado.

— Entendi agora. Bom... Os dragões de Ágasu expelem... — ele fez uma pausa antes de responder — veneno.

Maila congelou.

— Veneno letal — ele complementou. — É por isso, também, que temos tanto medo. Não é um poder muito bondoso, não é?

Maila decidiu seguir a caminhada em silêncio.

— Então, quem é? — Ardan foi direto ao ponto com a líder do clã. Não estava de bom humor.

— Você não gosta que digam o que deve fazer, não é mesmo? — a mulher disse entre risos. — Ela está em casa, aguardando, com a mala prontinha para ir.

Ardan soltou uma gargalhada.

— Acha mesmo que viemos de uma viagem longa como essa para vir em um pé e voltar no outro? Nada disso! — Ele ajeitou a postura para começar as exigências. — Primeiro, seu povo vai ter que ajudar o meu. Muitos estão feridos. Quero que seus curandeiros com suas ervas esquisitas cuidem das feridas deles. Segundo, você separará um espaço para nossos dragões. Não quero os seus incomodando os meus. Terceiro, acamparemos aqui e descansaremos antes de prosseguir nossa viagem.

A mulher o encarou por um tempo.

— E se eu recusar?

— Então não levaremos a menina.

— E eu não te darei as ervas.

— Eu me viro sem elas, tenho outros métodos. Mas, pelo visto, você quer se livrar da garota o mais rápido possível. E então, como vai ser?

A líder de Ágasu bufou, revirou os olhos e se dirigiu a um dos guardas do clã.

— Dê a ele o que pede. Leve os enfermos para a ala da curandeira e mande organizarem um espaço para os rebeldes. Parece que temos convidados agora.

O homem obedeceu e foi realizar a tarefa. Os feridos foram levados, e Elliot acompanhou Usara. Maila e Oscar também foram. Ardan acabou ficando sozinho com a mulher.

— Vou levá-lo até a erva que deseja — a líder prosseguiu. — Terá tempo para conhecer sua nova integrante mais tarde.

A mulher os levou até uma toca feita de palha, madeira e folhas; mas, ao contrário do que se pudesse imaginar, não era nada simples ali dentro. O ambiente era muito bem estruturado e grande. Alguns anciões do clã manuseavam as ervas em um pote de madeira e amassavam as folhas com um tipo de instrumento arredondado, como um moedor.

— Os rebeldes chegaram, Urias — a líder avisou.

— Ótimo — o velho falou baixinho. — Já deixei tudo separado para eles.

Devagar e com os braços trêmulos por conta da velhice, ele pegou um pequeno saquinho cinza e o levou até Ardan. Apesar da aparência desgastada, seus olhos ainda transmitiam vitalidade. Ardan encarou aqueles olhos verdes enquanto pensava em seu plano principal.

— Essas eram suas exigências? — a mulher perguntou em tom zombeteiro.

— Por enquanto, sim. Acredite, estou tão ansioso para partir quanto você está para me ver longe daqui.

Os dois saíram da toca. A sombra de um enorme dragão passou por eles e os fez olhar para o céu. Era grande demais para um dragão comum.

— Ela está aqui — a mulher disse sem passar emoção alguma.

— A Original?

— Sim.

Ardan avistou Maila ao longe parecendo perdida. Sinalizou para que ela se aproximasse. Ela viu Ardan levantando os braços em sua direção e foi até ele. Liendra a encarava com o nariz empinado e fitando-a das pontas dos pés até seu último fio de cabelo arrepiado no topo da cabeça. Maila ficou desconfortável.

— Como todos estão, *meponsu*? — Ardan perguntou quando ela os alcançou.

— Todos bem — Maila respondeu, cansada demais para brigar com Ardan. — Usara acabou de acordar, Oscar ficou com ela.

— Por que está aqui, então?

Maila baixou o rosto, um pouco tímida, depois encarou Liendra, que mantinha os olhos fixos nela, cheios de desconfiança.

— Eu... eu vim ver como você estava — ela confessou.

O mestiço não conseguiu disfarçar a surpresa. Logo abriu um sorriso de canto e arqueou a sobrancelha ao tirar uma mecha loira da testa.

— Estava com saudades?

Maila revirou os olhos.

— Esquece! — Ela imediatamente deu as costas.

Ardan a segurou pelo pulso enquanto continha uma risada.

— Estou bem — ele respondeu com a voz mais doce dessa vez. — Acabei de pegar as ervas.

— Hum... — A guardiã olhou ao redor, depois examinou as próprias unhas e logo em seguida arrastou a ponta do sapato no chão. — Então... Eu só queria dizer... Me desculpe.

O rapaz nada respondeu, deixou que ela prosseguisse.

— Acho que fui um tanto insensível, não deveria ter brigado com você na frente de todos sobre os dragões. Sei que você, mais do que ninguém, os aprecia e os protege. Lamento de verdade que você não tenha o seu próprio.

Ardan sentiu a garganta arder.

— Tudo bem — ele conseguiu dizer.

— Ora, ora... — Liendra chamou a atenção dos dois. — Como é satisfatório ver um filho de Ekrateia se humilhar por perdão!

— Sabe, Liendra... — Ardan se virou para ela. — Acho que você precisa pausar um pouco suas transformações, porque a cada dia você fica mais animal e menos humana.

Antes que Liendra pudesse retrucar, um estrondo no chão os surpreendeu. Os três olharam para o lado, alertas. Ali estava a imagem de um belíssimo dragão verde, muito maior que todos os outros do clã. Foi fácil identificar que era a Original. Rapidamente, o dragão se transformou em sua forma humana, também maior que os outros do grupo.

— Vejam só os rebeldes — ela disse com um sorriso.

Maila a observou com extrema admiração; ela era a Original que tanto apreciava. A aparência da Original Ágasu era um pouco diferente daquela dos Originais Ekrateia e Chariã; ela parecia mais delicada, agradável e até mesmo mais convidativa. Mesmo ao franzir o cenho ou fechar a cara, irritada, sua aparência parecia mais acolhedora do que a dos outros irmãos. Ela era o próprio semblante da bondade. Talvez tivesse a ver com sua voz aveludada e seus gestos leves e fluidos ao falar. Sua versão humana não escondia as escamas de dragão que rodeavam seu corpo. As escamas, assim como seus olhos, eram tão verdes quanto os de todos os habitantes do clã. Suas unhas eram compridas e afiadas, mas não assustavam. O formato de seus olhos era fino e avantajado nas extremidades, e os cílios também eram compridos e verdes. O cabelo de Ágasu chegava a encostar no chão e, claro, era verde também. No topo de sua cabeça, havia dois chifres de madeira, mas floridos: pequenas florezinhas cor-de-rosa criavam uma tiara em sua cabeça perto dos chifres. Certamente era a mais bela Original de todos.

— Chegaram bem? — ela perguntou.

A guardiã estava em completo transe, admirando a beleza de Ágasu. Ardan a cutucou para que ela reagisse. A Original aguardava uma resposta.

— Chegamos muito bem, minha senhora. — Maila se apressou em se curvar.

A Original soltou uma risada aveludada.

— Não nos curvamos aqui.

— Certo, é que eu... — Ela não conseguia esconder o nervosismo.

Ardan, quando percebeu o que estava acontecendo, pronunciou-se:

— Ela é uma grande fã — ele falou ao apontar para Maila.

— Ardan! — Maila gritou, tentando tapar a boca dele.

— É verdade — ele continuou enquanto impedia Maila de enforcá-lo.

A Original sorriu para ela com um olhar acolhedor.

— Agradeço imensamente a admiração e o respeito. Foram bem recebidos? Imagino que tenham planejado ficar aqui por alguns dias.

— Sim! — Maila respondeu mais alto do que esperava. Logo em seguida, corrigiu a postura e soltou Ardan. — Os rebeldes vão acampar aqui até partirem para a próxima viagem.

— Qual será o próximo ponto?

— Planejamos ir para Piston — Ardan respondeu.

— Têm algum parente lá?

— Somente um dos rebeldes, mas vamos para lá porque eles têm uma boa estrutura para nos receber. Agradecemos a hospitalidade, mas sabemos que improvisaram um espaço para nós aqui, e não queremos atrapalhar.

— De forma alguma! É bom te ver de novo, mas imaginei que preferia ir para casa.

— Sim — disse, desconcertado. — Eu gostaria de ir até lá para ver minha família, mas os rebeldes estão cansados de viajar. Não sei se seria o ideal.

— Logo a Cerimônia da Centelha se aproxima. Vocês a verão em Piston, então? Dizem que é muito mais divertido em Hamare.

Ardan pôs a mão na boca como se estivesse se lembrando.

— Pela brasas! Ela vai fazer nove nessa Cerimônia — ele sussurrou.

— Quem? — disse Maila.

— Ninguém — Ardan desconversou. — Prometemos não ficar muito tempo, minha senhora.

— Por favor, fiquem até nossa festa do trovão! — a Original insistiu.

— Melhor não! — respondeu a líder, que continuava ali, ouvindo.

— Liendra, por que se opõe? — Ágasu indagou.

— Talvez não seja adequado que participem, minha senhora.

— Eles não precisam participar, nem deveriam — a Original advertiu. — Mas me agradaria muitíssimo se presenciassem nossa festa tradicional.

— Minha senhora, temo que...

— Estaremos aqui — Ardan respondeu, interrompendo o argumento da líder.

— Que maravilha! — A Original parecia animada.

Liendra respirou fundo e se virou para a Original.

— Minha senhora, devo alertá-la para que use roupas mais apropriadas na festa do trovão. Será vista por muitas mocinhas. Mais do que ninguém, a senhora deve ser o exemplo.

Ágasu usava um vestido de seda simples e fino, que contornava bem o seu corpo.

— Ah, claro. — Soltou outra risada. — A modéstia. Com certeza usarei algo que a agrade, Liendra — assegurou.

— Agradeço à Chama por termos uma Original como a senhora.

— Claro — Ágasu respondeu, não muito animada, antes de virar-se para Maila e Ardan. — Vejo vocês na festa do trovão.

Ágasu se transformou em um dragão novamente e alçou voo. Quando alcançou o alto da copa das árvores, deixou um objeto cair. O vestido de seda pousou na cabeça de Liendra, que o tirou dali rapidamente.

— Essa senhora! — ela resmungou.

Maila estava começando a entender que cada clã tinha sua própria dinâmica com seu respectivo Original. Em Ekrateia, seu Original era quase como um deus, em Chariã era um amigo, mas em Ágasu parecia apenas um símbolo. A líder do clã aparentava ter muito mais poder e influência do que a Original; Maila estranhou o comportamento.

— Ela parece ser tão boa e divertida — a guardiã disse.

A mulher soltou um riso sarcástico.

— Boazinha, não é? Pena que é tão vaidosa.

— Há algum mal nisso? — Ardan perguntou.

— Mas é claro! — Liendra ficou exaltada. — Todos sabem, nossa Original é a mais bela. As mulheres daqui se inspiram em sua beleza, e tivemos que proibir centenas de coisas por causa disso. A vaidade corrompe a bondade, e, no dia em que nossa bondade acabar, a Chama pode retirar nossa floresta.

— A Chama não faria isso, a floresta foi um presente como resposta ao singelo pedido de uma rosa.

Liendra gargalhou alto.

— Acha mesmo que Ágasu pediu uma rosa porque ela era humilde e bondosa de coração? Ela pediu uma rosa porque é vaidosa e queria ganhar da Chama a flor mais bela. Ágasu foi até a Chama para pedir beleza eterna e então recebeu a floresta como uma lição. A beleza dá trabalho e tem um preço, não é fácil administrar o que temos aqui. Com a floresta, veio a condição da Chama: a bondade acima de tudo, até de sua vaidade.

Maila olhou para Ardan, confusa. Não era bem essa a história que tinha aprendido. Ela teve de pensar um pouco antes de responder.

— O que é vaidade?

— O desejo insaciável de ser admirado pelos outros; através de sua aparência, principalmente. Ágasu sabe que é bela e ama mostrar isso, o que corrompe nossas meninas.

— Preocupar-se com a aparência é vaidade?

— Certamente.

— Se a vaidade é o desejo insaciável de ser admirado, pode-se dizer que a valorização do intelecto e do poder também são vaidades?

— Eu... — Por um momento, Liendra não soube responder. — Sim, é claro.

— Então tudo é vaidade, e de nada vale a bondade.

— O quê?

— A senhora é vaidosa em sua liderança, Ardan é vaidoso em seu poder, eu sou vaidosa em minha função e Ágasu é vaidosa em sua aparência. O que nos difere? Somos todos vaidosos sob algum aspecto. Acho que a senhora pode ter interpretado errado a condição da Chama.

— É mesmo? — ironizou ao perguntar.

— A Chama não castiga pedidos singelos. Ágasu foi até a Chama para pedir a rosa mais bela de todas, e então a Chama lhe deu a floresta mais bela de todas. Me parece mais um presente, não um castigo.

— Você não sabe do que está falando!

— A bondade acima de tudo, até de sua vaidade? A Chama estava falando de aparência ou do desejo insaciável de ser reverenciado? Porque esse parece ser o único pecado que presenciei aqui.

Liendra a fitou de cima a baixo.

— Aproveitem a estadia, e me avisem quando quiserem conhecer sua próxima integrante.

Ela se retirou sem lhes dar a chance de dizer mais nada. Maila olhou para Ardan e o viu de braços cruzados e boca aberta, perto de formar um sorriso.

— Que cara é essa?

— Nada, é só que... — Ele piscou rapidamente, ainda desacreditado. — Nem mesmo eu consigo deixar Liendra sem argumentos, e você fez isso tão facilmente.

— É porque a história dela tinha mais gosto de ressentimento do que de verdade. A Chama não erra, nunca. Essa floresta não foi um erro ou punição, foi bondade.

— Você gosta mesmo de Ágasu para defendê-la tanto assim.

— Ágasu é boa, tenho certeza. E ela ser bonita e se preocupar com sua aparência não torna mau seu coração. Eu acho que não, pelo menos.

Ele sorriu. Gostava de ouvir Maila falar. Ela era uma mulher inteligente, mas Ardan sabia que havia sido reprimida em Ekrateia. Agora que a guardiã estava com os rebeldes, ele queria que ela tivesse a experiência de ser verdadeiramente ouvida e admirada.

— Vamos ver como todos estão? — Maila perguntou.

— É claro, *meponsu*. Eles já devem ter montado o acampamento.

— Já falei para parar de me chamar assim!

— E eu já adianto que não vou obedecer.

Maila virou o rosto e acelerou o passo para se afastar de Ardan. Não percebeu que sorria um pouco mais a cada passo que dava.

CAPÍTULO 11

Hagar

Oscar trocava a faixa de Usara enquanto verificava o corte. Tinha sido uma ferida profunda e, se não fosse o drigon de Elliot, estaria muito pior. Os dois estavam na ala da curandeira de Ágasu. Era um espaço grande e muito bem iluminado, com feixes de luz que passavam por entre os galhos e as folhas. Não chovia com frequência em Ágasu. A Original tinha bastante influência no clima do clã. Todas as manhãs, o orvalho caía pela floresta regando-a com todos os nutrientes de que precisava, por isso quase todos os ambientes do clã eram abertos.

— Acabei, Usara — Oscar disse assim que prendeu a faixa.

— Obrigada, Oscar — ela respondeu sem muita animação.

— Algo te incomoda?

— Não é nada — ela murmurou após pensar um pouco.

— Usara. — Ele segurou a mão dela nas suas. — Pode me falar o que quiser, você sabe.

Ela abaixou a cabeça, envergonhada.

— Tem um menino...

Oscar abriu um sorriso de orelha a orelha. Usara não era muito de falar sobre seus sentimentos, e ele entendia a razão. Todos tinham seus traumas; muitos deles acabaram levando-os até o clã rebelde. Com Usara não era diferente.

— Quem é?

— Bom, ele nunca fala comigo, sabe? Mas sempre é muito atencioso. Eu consigo sentir o cuidado dele, o jeito como ele me toca... Gosto de sentir a pele dele na minha.

Dessa vez foi Oscar que ficou ruborizado.

— Sei... Mas?

— Mas, além de ele ser de outro clã, fico pensando se ele gosta de mim. Ele nunca fala nada. Será que ele tem vergonha de mim? — Ela deixou escapar uma lágrima.

— Oh, não, Usara. — Ele a abraçou. — Ninguém aqui, repito, ninguém aqui te vê assim! E, se for o rapaz que estou pensando, ele também não te vê dessa forma.

— Mas por que não consigo alcançá-lo? Sempre tento conversar com ele, mas é muito difícil. Ele só fica mudo. Estava fazendo cura em meu braço horas atrás, antes de me enfaixar, e foi tão... tão delicado. Os dedos dele me tocaram com tanto carinho. Nunca senti algo assim. Eu queria agradecer, mas tenho medo de falar e ele não me responder.

Oscar acariciava as mãos de Usara enquanto pensava no que dizer.

— Usara, de qualquer jeito, romance entre clãs diferentes é proibido lá fora. Ardan sempre tenta evitar que possíveis escândalos se espalhem. É arriscado. Se quiser ajuda, é melhor falar direto com ele.

— Ardan jamais me ajudaria com isso. Além do mais, me ajudar em quê, exatamente? Não temos nada.

Usara ainda não sabia do problema de comunicação que poderia enfrentar com o rapaz de que gostava.

— Ajuda para falar a língua dele.

— Como assim?

— Acredite em mim, é isso que falta para vocês se acertarem.

Usara pensou um pouco. Ardan não recomendava o romance entre os membros do clã. Mas, desde que tinha conseguido as ervas, ele ficara mais flexível.

— Tudo bem, vou tentar falar com Ardan.

— Deixarei você descansar. Quando se sentir melhor, vá até o acampamento. Precisamos tomar nossa dose de ervas.

Ela acenou com a cabeça, concordando, e se deitou na cama de folhas e palha. Por incrível que parecesse, era muito confortável.

Oscar saiu do local e se deparou com Elliot escovando as escamas de seu dragão. O rapaz fechou a cara, foi até o filho de Piston e deu um soco nas costas dele. O dragão de Elliot rosnou para Oscar.

"O que foi isso?", Elliot sinalizou a pergunta.

"Se continuar tratando Usara desse jeito, ela vai entender seus sentimentos da forma errada", Oscar respondeu.

Elliot gelou, seu semblante ficou triste.

"Não posso falar com ela."

"Tem medo de parecer feio para ela? Essa é sua preocupação?"

"Não quero que essa seja a primeira impressão que ela tem de mim."

"Então trate de arrumar uma solução, senão você a afastará totalmente."

"Não tenho para quem pedir ajuda."

"Peça para Ardan!"

Elliot riu. Oscar coçou o nariz, contrariado.

"Vocês subestimam a bondade de Ardan. Dê uma chance!"

Depois disso, Oscar saiu irritado, deixando Elliot com seu dragão e seus terríveis pensamentos sabotadores. Como alcançar alguém que não o via? Como alcançá-la sem ouvi-la?

◈◈◈

O preparo das ervas era muito simples, mas mesmo assim era necessário ter cuidado. A água da chaleira devia estar quente, mas não fervendo. Não dava para correr o risco de queimar as folhas e assim perderem as propriedades funcionais de que os rebeldes precisavam. Após colocar as ervas na água quente, tudo precisava ser coado com delicadeza em um filtro especial que Ágasu tinha disponibilizado.

Uma garota de cabelo curto, liso e lilás coava o chá de ervas para uma vasilha, tão concentrada em seu ofício que não reparou quando alguém entrou em sua tenda.

— Olá, você é a Rebeca?

A menina olhou para trás sem muito interesse.

— Ah, é a embaixadora de Ekrateia.

Maila já estava bem conhecida entre os rebeldes. Principalmente por conta da sua aparência, era fácil identificá-la de longe.

— Sim, me pediram para buscar os chás. Querem servi-los agora para todos.

— Estou quase acabando. — A voz da menina era doce e muito mansa, e ela aparentava ter seus dezesseis anos. — Poderia aguardar alguns minutos?

— Claro. — Maila se sentou ao lado dela, observando o que fazia.

Os olhos de Rebeca eram violeta. Maila deduziu que era de Piston.

— Posso perguntar uma coisa? — começou.

— O que quiser — a outra respondeu, ainda concentrada no que fazia.

— Ninguém me disse até agora para que servem essas ervas. É para força? Aumentam a vitalidade? Deixam as pessoas mais inteligentes?

A menina largou o coador e tirou da bolsa um tipo de papel colorido pequeno e comprido, como se fosse uma linha. Colocou cada pedacinho dentro de um copo com o chá coado.

— São para infertilidade — ela respondeu.

Maila franziu o cenho, achando ter entendido errado.

— Como disse?

— São ervas para nos tornar inférteis.

A boca de Maila fez um enorme O enquanto ela tentava balbuciar alguma coisa.

— Mas, mas... mas por quê? — ela enfim conseguiu perguntar.

— Você parece mesmo não entender a dinâmica daqui.

— Obviamente, não.

— Todos aqui conhecem a história do fundador dos rebeldes, menos você. Achei que ele era seu melhor amigo.

— Ele era! Quer dizer, é... eu acho — ela se corrigiu. — Somos amigos, mas ficamos tanto tempo separados que não fiquei sabendo dessa história.

— O que vocês aprendem em Ekrateia? — a menina perguntou sem nem olhar para Maila. — Todos os clãs conhecem a história do rebelde de Hamare, parece que Ekrateia vive em uma bolha onde nenhuma informação chega às pessoas. E, quando chega, é distorcida.

— Não é verdade! — Maila tentou defender seu clã.

— É mesmo? Então qual a história que você conhece sobre os rebeldes?

Maila sabia que qualquer coisa que respondesse estaria errada.

— Pode me contar a verdadeira história? Se não for atrapalhar seu ofício, é claro.

A menina deu de ombros.

— Jogue fora os chás que estiverem com o papel tingido de roxo, significa que deu errado. Os papéis tingidos de verde, você pode separar para entregarmos ao clã.

Maila obedeceu, queria ser útil durante a explicação da Rebeca.

— Ardan foi o primeiro sem-clã que sobreviveu — a menina começou.

— O quê? Ardan foi um sem-clã antes dos rebeldes?

— Sim. Ele chegou muito novo em Hamare, mas brigava muito com sua família paterna, principalmente com o pai. Foi o que Oscar nos disse.

— Sempre me perguntei o que Ardan fez depois que fugiu de Ekrateia. Eu deveria ter desconfiado que ele tinha ido para Hamare, mas não imaginei que ele sobreviveria.

— Pois é, até que um dia Ardan fugiu de casa. Ele se tornou um sem-clã. Você sabe, os sem-clã não sobrevivem muito tempo. Fora da proteção da Chama Eterna, a escarlate os consome.

— E como ele sobreviveu?

— Dizem que Ardan foi parar no meio do deserto. Hamare é uma região muito quente e árida, o deserto não fica muito longe, e Ardan foi para lá. Achou que morreria. Ele conseguia sentir a escarlate apossando-se dele. Até que ele avistou um poço, e dele saía uma chama brilhante e poderosa. Era a Eterna. Ardan foi até ela, implorando por um direcionamento. A Chama lhe deu ordens, mandou-o criar um clã para os desamparados e disse que cuidaria de nós durante a jornada. A condição foi que mais nenhum mestiço poderia nascer nesse clã, ele deveria ser o único. A Chama foi embora e deixou água no poço para que ele bebesse e retornasse a Hamare com a promessa em seu coração. Ardan chamou aquele poço de Hagar.

— O poço de Hagar — Maila sussurrou. — Ardan começou essa lenda.

— Sim, dizem que quem beber do poço de Hagar pode ser curado de qualquer enfermidade, mas que ele só aparece para os necessitados. Essa parte da história é só um boato, é claro.

— Eu aprendi que o poço de Hagar era amaldiçoado.

Rebeca a encarou sem acreditar, mas logo voltou ao normal.

— É claro que foi assim que a história chegou em Ekrateia — ela comentou.

— E depois? — Maila perguntou enquanto jogava fora um chá com o papel roxo.

— Bom, Ardan voltou para Hamare vivo e saudável. Ninguém conseguia acreditar. Afinal, após passar tanto tempo fora, ele deveria estar cheio de manchas e feridas, como se estivesse apodrecendo. E então ele anunciou sua missão e se redimiu com sua família. Oscar foi o primeiro integrante a se juntar ao clã, e assim eles passaram a viajar de clã em clã em busca dos desamparados, até se tornarem o que são hoje. Os rebeldes passaram a ser a esperança das famílias.

— Esperança?

— Quando um membro era excluído de seu clã, nada lhe restava a não ser morrer. Era questão de tempo. As exclusões eram como funerais, luto e perda. Os rebeldes deram uma esperança de que, mesmo que alguém saísse de seu clã, poderia sobreviver. Sem contar que, muitas vezes, rebeldes retornam aos seus clãs e são aceitos de volta. Ardan não fez somente um trabalho de amparo, mas também de reconciliação. Isso é uma esperança ainda maior para as famílias, a esperança de que seus filhos voltarão para casa.

Maila suspirou fundo após ouvir as palavras.

— Acho que agora entendo. Por isso todos gostam de vocês.

— Nem todos, mas nos toleram. Acabamos?

— Ah, sim — Maila confirmou enquanto jogava fora o último chá com o papel roxo. — Eu preciso beber também?

— Você não precisa. É somente uma embaixadora, não um membro oficial. Mas, se você se tornar uma, precisará tomar.

— Certo — disse, receosa.

Rebeca começou a colocar os copos em uma tábua para levá-los aos rebeldes.

— Não vai tomar? — Maila perguntou.

— Eu não preciso.

Maila sentiu que talvez tivesse perguntado algo insensível.

— Desculpa.

— Está tudo bem. Os chás são para controlar a natalidade em nosso clã. De um jeito ou de outro, é um clã de jovens e adultos. Ardan não consegue controlar quem dorme com quem aqui. Mas eu não tenho interesse nessas coisas, então estou bem.

A garota se levantou para se retirar da tenda.

— Mas você é do clã da fidelidade, Piston é extremamente fértil.

Rebeca olhou para trás e enfim ofereceu um sorriso a Maila.

— Acho que você descobriu por que sou uma rebelde.

CAPÍTULO 12

Imortais

Ardan estava sentado dentro de sua tenda com Kali à sua direita. Como ele também era um intérprete, às vezes o líder precisava da sua ajuda para entender algumas palavras contidas nas páginas rasgadas.

— E esse símbolo aqui? — Ardan apontou para um ponto específico da página.

— Poderia representar agilidade ou fluidez. E, como eu acho que está falando dos dragões do ar, pode ser qualquer um dos dois — Kali respondeu, concentrado.

— Não seria a mesma coisa?

— Ágil ou fluido... — Ele pensou. — Apesar de semelhantes, são diferentes. Nesse trecho não há problema em mantermos em aberto, mas tenho certeza de que, quando chegarmos em outra palavra que pode ter múltiplos significados, precisaremos ser certeiros. Um pequeno mal-entendido na tradução pode resultar em um grande desastre.

O mestiço coçou a cabeça com raiva.

— E só estamos no segundo dia da criação ainda, nem conseguimos traduzir o primeiro dia direito.

— O idioma da fundação do mundo é o mais antigo que existe, é normal que tenhamos dificuldade. Mesmo com as cartas de Chariã, ainda é um desafio.

— Se eu ouvisse alguém falando o idioma, seria muito mais fácil — Ardan lamentou.

— Bom, pelo que eu sei, é um idioma protegido pelos Originais, mas, lá no começo do mundo, somente os dragões do primeiro dia tinham acesso com mais frequência ao idioma da fundação. Certamente eles teriam a tradução mais fiel de todas. Mas um está desaparecido e o outro...

— ...nos detesta — concluiu.

— É... Isso. Teremos que fazer nós mesmos.

— O Original Chariã também teve bastante acesso ao idioma.

— Chariã não vai ajudar você nisso, ele já deixou bem claro que não é da conta dele.

Ardan bufou, incomodado. Não podia contar com quase ninguém.

— Precisamos ir rápido, logo Maila aparece aqui, impaciente, querendo tomar as páginas para si.

Kali ficou atento à observação do líder dos rebeldes.

— Ouvi muitas histórias a seu respeito.

— É mesmo? — Ardan indagou sem parecer muito interessado, mas estava.

— Diziam que ninguém poderia impedi-lo ou pará-lo por nada. Qualquer um que entrasse em seu caminho tinha a morte como julgamento.

— Interessantes esses boatos.

— Mas pelo visto não são verdade.

Ardan o fitou, curioso.

— Por que diz isso?

— Uma filha de Ekrateia, claramente mais fraca que você, consegue te preocupar assim? Se ela quiser as páginas de volta, não basta se livrar dela?

Antes que Ardan pudesse responder, alguém o chamou.

— Ardan, está aí? Ouvi sua voz.

— Usara. — O líder se levantou. — Como você está? Recuperou-se bem?

— Sim, estou muito melhor, mas gostaria de conversar com você.

Usara tinha os ouvidos atentos. Percebeu que mais alguém estava no local e acrescentou:

— A sós.

Ardan fez sinal para que Kali se retirasse, e ele obedeceu de imediato.

— Diga — Ardan disse ao conduzi-la para que se sentasse nas almofadas no chão.

— Muito bem, eu gostaria de ajuda com uma coisa.

— O que quer?

— Acho que tenho problemas para me comunicar.

— Você acha isso? Sempre considerei que você se comunica muito bem com todos.

— Sim, mas principalmente com...

— Ah, Elliot! — Ardan exclamou, com a chegada de outra pessoa na tenda.

No susto, Usara apertou a blusa de Ardan. Ao ver a cena, Elliot franziu o cenho.

— Estou conversando com Usara agora. Podemos falar depois?

— Não! — Usara interrompeu o pedido do líder. — Deixa para lá, já estou de saída.

Ela se levantou e foi tateando as coisas ao redor disfarçadamente para sair. Tinha medo de parecer estúpida na frente de Elliot, mas sentiu sua pele arrepiar quando ele se prontificou a ajudá-la, segurando sua mão e guiando-a até a passagem. Ela sorriu com o contato.

— Obrigada, Elliot.

O rapaz a olhou com pesar, abaixou a cabeça e nada disse. Soltou sua mão apenas quando ela chegou ao fim da tenda. Usara deixou transparecer uma reação decepcionada por conta do silêncio. Ardan, ao observar a cena, começou a entender o que estava acontecendo. Imediatamente se virou para Elliot e sinalizou:

"Sua estratégia não está funcionando."

Ardan conseguia perceber a frustração nos olhos dele.

"Não é justo", Elliot respondeu.

"O que não é justo?"

"Você consegue falar com ela, mas eu não."

"Você também consegue falar."

"É diferente, você sabe muito bem disso."

"É pura insegurança. Tem medo de que ela te ache feio por conta da sua voz? Mas é a única forma que ela tem de te entender."

"Você não entende!" Elliot bateu as mãos com mais força junto à expressão aflita. "Um primeiro encontro deve ser a melhor imagem de um homem para a mulher. Ele coloca uma roupa bonita, dá flores, a leva para um lugar legal, se arruma para ficar de boa aparência. Tudo isso são detalhes para que a moça tenha uma boa impressão dele e deseje um segundo encontro. Usara não veria nada disso. Eu só posso impressioná-la através de sons, que é a única coisa que não tenho." Ele finalizou com os olhos marejados.

Ardan não conseguiu responder, nunca tinha pensado por esse lado.

"Os chás de ervas estão prontos", Elliot sinalizou, mudando de assunto.

E então se retirou da tenda. Ardan permaneceu sozinho e olhou para as folhas rasgadas do Livro da Eternidade. Ele tinha pressa para traduzi-las, mas agora havia outra prioridade.

— *Meponsu* vai ter que esperar.

À noite, todos os rebeldes formaram uma fila para receber seus copinhos de chá. Oscar, Rebeca e Maila estavam servindo juntos para agilizar o processo. O acampamento ficava em uma área mais vazia da floresta, longe dos filhos de Ágasu. Eles não pareciam receptivos o suficiente para que os rebeldes ficassem à vontade perto deles. Maila reparou que tinha um rosto novo na fila.

— Acho que ela eu nunca vi.

— É a nova integrante — Rebeca explicou. — Ela não parece muito feliz.

A garota de olhos verdes chorava enquanto avançava na fila. As lágrimas desciam pelas bochechas redondas e vermelhas. Ela tinha o cabelo curto e escuro, com uma franja reta tampando a testa. Era mais baixinha do que estavam acostumados. Quando chegou a vez dela, Oscar a cumprimentou:

— Olá, tudo bem? — E, com um sorriso largo, ofereceu o copo com o chá. — Bem-vinda ao nosso clã.

A garota fungou o nariz, sem conseguir responder.

— Qual o seu nome? — Oscar perguntou em tom amigável.

— Samanta — ela respondeu baixinho.

— Posso te chamar de Sam?

Ela acenou positivamente com a cabeça.

— Qual o seu drigon, Sam?

A menina enxugou uma lágrima antes de responder:

— Sou transmorfa.

— Que legal! — ele exclamou.

— A maioria aqui tem esse drigon, não é tão incrível assim.

— Em nosso clã, você será uma raridade; só você terá esse drigon. Finalmente teremos uma joia rara aqui — ele complementou com um suspiro aliviado. A brincadeira arrancou um risinho em Sam. — Você pode se transformar em qualquer animal?

— Na teoria, sim, mas cada transmorfo se especializa em uma espécie. Alguns são melhores em se transformar em animais que voam; outros, nos que rastejam, em felinos e assim por diante.

— Qual sua especialidade?

— Sou boa com felinos.

— Você pode se transformar em um gatinho, então?

Samanta acenou positivamente, dessa vez com um sorriso mais aberto.

— Que fofa! Estou ansioso para ver o que você pode fazer. — Ele lhe entregou o copo. — Aqui, pode pegar.

Ela agradeceu curvando-se e se retirou. Maila o observou, orgulhosa.

— Eu queria ter esse talento — ela disse com um sorriso.

— Que talento?

— De fazer as pessoas se sentirem bem em minha presença. Você faz isso tão naturalmente! No geral, quando me veem, já querem se afastar.

— É porque sou filho de Hamare — ele respondeu levantando o nariz.

— Achei que não fôssemos clichês de nossos clãs — Maila comentou, cheia de sarcasmo.

— Isso, eu continuo defendendo, mas sou especial.

Maila riu com o comentário de Oscar e observou Ardan conversando com a novata enquanto tentava ganhar a confiança do dragão dela.

— Ardan é filho de Hamare, mas não é nem um pouco parecido com você.

— Mas é porque Ardan tem o sangue do dragão azul também, por isso ele é chato.

Maila deu um tapinha nas costas de Oscar, o que fez o rapaz soltar uma risada. Eles entregaram os copos para mais rebeldes, até que chegou a vez de Elliot. Foi Rebeca quem lhe entregou o copo.

— Está tudo bem? — ela perguntou ao rapaz. — Parece abatido.

Ele apenas acenou que sim e se retirou sem dizer nada.

— Meu irmão é muito difícil às vezes — ela pensou alto.

— Elliot é seu irmão? — Maila perguntou, surpresa, enquanto entregava outro copo para mais um rebelde. — Achei que apenas fossem do mesmo clã.

— Temos poucos irmãos nos rebeldes: eu e Elliot, e os gêmeos de Makothu.

— Vocês saíram juntos?

— Sim, ele decidiu me acompanhar. Só abandonou nosso clã por minha causa. Eu me recusei a me casar, e isso é inadmissível em um clã no qual todos foram abençoados com extrema fertilidade.

— Mas você só tem dezesseis anos.

— Meus irmãos mais velhos queriam que eu me casasse logo. Sou a caçula e a única menina. Nossa família é importante, meu casamento seria um grande evento político. Em Piston, todos os casamentos são arranjados. Nunca vi problema nisso, já que nunca me apaixonei por ninguém, mas eu não tinha interesse nas minhas obrigações como esposa. Meus irmãos enlouqueceram, e Elliot me ajudou a fugir. Quando ele achou o clã rebelde, Ardan o convenceu a ficar também. E aqui estamos.

— Todos têm mesmo uma história — Maila observou antes de se virar para Oscar, que estava em silêncio. — E você? Por que seguiu Ardan?

Oscar soltou um riso abafado, mas dessa vez Maila viu uma expressão verdadeiramente triste em seu olhar.

— Eu me apaixonei — ele respondeu.

— Se apaixonar é proibido no clã do amor? — Maila perguntou, surpresa.

— Por mulheres casadas, sim.

Maila ficou muda, não sabia nem o que dizer.

— Eu sei o que você está pensando — Oscar disse com a sobrancelha arqueada.

— Não estou pensando nada — Maila tentou se defender.

— Sei... "Só podia ser um Hamare mesmo, sempre levados pelas emoções" — ele finalizou tentando imitá-la.

— Uau — Rebeca complementou —, parece ela mesmo.

Maila colocou uma mecha atrás da orelha, constrangida.

— Desculpa, foi automático.

— Relaxa... eu sei. — A guardiã pensou um pouco se deveria fazer a pergunta que queria. — Qual o nome dela?

— Lena — ele respondeu com um sorriso discreto.

— Ela já era casada quando se conheceram?

— Não.

— Então você demorou muito?

— Fui lento para perceber e rápido para desistir... Eu a magoei.

Maila percebeu a expressão aflita de Oscar e decidiu não continuar a conversa, então finalizou o assunto como qualquer pessoa elegante faria.

— Sinto muito.

— Obrigado. Nosso clã também tem problemas — Oscar disse entre risos. — Ainda mais por não termos um Original.

— Acha que Hamare vai voltar?

Oscar olhou para Rebeca, que deu de ombros. Mesmo assim, ele pensou um pouco antes de responder:

— Não.

— Por quê? — Maila perguntou, insistente. — Perdeu toda a esperança?

— Ele não volta porque desconfio que esteja morto.

— O quê?! — Maila deixou escapar uma risada. — Oscar, Originais são imortais. São como deuses, abaixo apenas da Chama Eterna.

— Bom... — ele disse enquanto limpava a mesa. — Somente um deus pode matar outro deus.

CAPÍTULO 13

E se...

Ao fim da noite, os rebeldes já se preparavam para dormir. Todas as tendas estavam montadas, mas Maila percebeu que não havia nenhum lugar para ela repousar. Perguntou a Usara se poderia ficar em sua tenda, mas a filha de Mansal não tinha espaço suficiente.

— Me desculpe, Maila, mas já abrigarei Samanta. Não tenho cobertas suficientes para três pessoas. Como Samanta agora é uma oficial, em breve faremos uma tenda apenas para ela, mas por enquanto ela ficará comigo.

— E Oscar?

— Oscar está abrigando Kali por um tempo também.

— Compreendo — disse, pensativa. — Acho que precisarei dormir com Lipath.

— Aqui na floresta esfria um pouco à noite, e de manhã tem orvalho. Você pode ficar doente.

— Será que alguém tem alguma tenda sobrando?

— Você pode ficar com Ardan — Usara comentou enquanto ajeitava sua cama. — A tenda dele é a maior do clã, com certeza tem espaço para você.

— Verdade, vou ver com ele — respondeu.

Ela se retirou antes de presenciar o sorriso travesso no rosto de Usara.

◈◈◈

Ardan entrou em sua tenda um tanto cansado. Domar o dragão da nova integrante não havia sido nem um pouco fácil; ele estava com medo e retraído, refletia muito bem as emoções de sua mestra. O líder dos rebeldes tirou da bolsa um caderno surrado, sentou-se em sua cadeira e começou a desenhar o formato do dragão de Samanta. Fez anotações sobre ele e suas particularidades.

— O que está fazendo?

Ardan saltou da cadeira com o susto. Olhou para trás e Maila estava na entrada da tenda usando uma camiseta grande e preta que a cobria até os joelhos.

— Maila! Não chegue assim!

— Me desculpe, não sabia que atrapalhava.

— Você tem que me avi...

Não conseguiu terminar de falar. Suas bochechas de repente ficaram vermelhas e ele se virou de costas, desconcertado. Poderia ser um homem feito, mas de vez em quando ainda tinha comportamentos infantis. Não conseguiu segurar a vergonha por ver Maila com cabelo molhado e de roupa mais casual. Ainda que não fosse nada reveladora, parecia uma roupa de dormir, o que automaticamente o fez pensar em centenas de coisas.

— O-onde você pegou essa camiseta? — ele gaguejou ao perguntar.

— Aqui.

— Aqui? — Ardan se virou para ela.

— Sim, desculpa mexer nas suas coisas, mas saí tão rápido de Ekrateia que não trouxe muito, então peguei uma camiseta sua que estava solta aqui — ela disse apontando para algumas roupas pretas espalhadas em cima de um cesto — Fui tomar um banho no riacho de Ágasu, Oscar falou que era seguro.

— E você está aqui porque... — Ele deixou a frase no ar para que ela completasse a informação.

— Porque vou dormir com você — ela disse com tranquilidade.

— Maila! — O rosto pálido do líder agora estava totalmente vermelho.

A guardiã já se aprontava em cima da cama, que era grande o bastante para os dois.

— O que foi? — ela perguntou, curiosa. — Não é diferente de quando éramos crianças. Você dormia na minha casa direto, na mesma cama que eu.

— É diferente agora! — Ardan rebateu, inquieto.

— Está doente?

— O quê?

— Está vermelho. Sente-se febril? É efeito do chá de ervas?

— Aham — ele murmurou, tampando a boca, nervoso.

— Vá tomar um banho no riacho para ver se melhora.

— Eu já tomei banho!

— E por que está usando as mesmas roupas?

— Minhas roupas são todas iguais.

— Até para dormir?

— Claro que não.

— Então se troque para nos deitarmos, tenho certeza de que você terá muitas atividades amanhã. Ainda estou aguardando a tradução das páginas, não pense que me esqueci da minha missão.

E Maila se deitou e se cobriu com as cobertas. Ardan permaneceu alguns segundos parado, sem saber o que fazer.

— Posso deixar uma vela acesa? Tenho med...

— Tem medo de escuro, eu sei — Ardan respondeu no automático.

Maila sorriu de forma genuína.

— Claro que sabe. Vou me virar aqui para você se trocar.

Ardan apenas obedeceu. Ele se trocou timidamente e se deitou bem devagar ao lado de Maila, tomando todo o cuidado possível para não tocar nela. Sua respiração estava ofegante e ele tentou manter os olhos fixos no teto da tenda, até que, de repente, sua visão foi tampada pelo rosto de Maila.

— Estranho. Você não está quente, mas ainda está vermelho e com a respiração esquisita — ela disse ao colocar a palma da mão em cima da testa de Ardan.

O rosto do mestiço ficou sereno; aquela era uma vista agradável.

— Não se preocupe comigo, só estou cansado, foi um dia e tanto.

Maila se deitou de novo, virada para ele, e o observou, intrigada, até deixar Ardan com vergonha; ele sabia que ela estava encarando a cor dos seus olhos.

— É diferente — a guardiã disse.

— Eu sou diferente, *meponsu* — ele respondeu, virando o rosto para ela.

— É estranho porque não estamos acostumados. Nunca vi algo assim, mas, por alguma razão, combina com você. É bonito.

Ardan pegou na mão de Maila e começou a tocar em suas manchas. Ela sentiu o corpo estremecer.

— É o Sr. Dentuço — Ardan sussurrou.

— Oh! Você lembra! — ela exclamou com um sorriso. — Minhas manchas mudaram muito desde que você foi embora, mas o Sr. Dentuço permaneceu igual.

— É diferente. — Ardan olhou em seus olhos. — É bonito.

Maila achou ter prendido a respiração.

— Você é bonita — ele continuou.

O sorriso de Maila se desfez. Ela se recostou melhor no travesseiro e sentiu a garganta apertada.

— Eu queria que Therkov fosse gentil como você — ela disse, lamentando-se.

Instantaneamente Ardan soltou a mão dela e suspirou, irritado.

— Ele é bom — Maila continuou. — Mas eu ia gostar se me elogiasse mais.

— Posso perguntar uma coisa?

— Só se eu puder perguntar também.

— Por que ele?

Maila pensou um pouco antes de responder. Na verdade, ela reparou que começara a pensar demais para responder uma pergunta tão simples.

— Depois que você foi embora, eu fiquei sozinha. — Ela sentiu os olhos marejarem. — Nenhuma criança queria se aproximar de mim, minha família estava malfalada. Depois da minha família, a de Therkov era a mais importante do clã. Então ele começou a falar comigo, e meio que ficamos amigos. Não era como a nossa amizade, Ardan; eu sentia que pisava em ovos sempre que falava com ele. Sempre tinha que tomar cuidado com minhas palavras. Admito, não era tão divertido quanto era com você, mas pelo menos não era mais solitário. Nossa relação reergueu a moral de minha família, tanto que... — Ela fez uma pausa constrangedora. — Você e eu viramos uma pauta proibida em nosso clã. Nós crescemos e Therkov sugeriu uma união entre as famílias. Estávamos no mesmo nível social, era natural que isso acontecesse, mas acabei me apaixonando de verdade. Ele esteve comigo no meu pior momento, nunca vou esquecer.

Ardan a olhou, incrédulo. Esfregou os olhos e, por fim, conseguiu dizer:

— Então basicamente vocês só ficaram juntos porque eu fui embora.

— Nunca tinha pensado por esse lado, mas é verdade, foi isso mesmo. Viu só? Há males que vêm para o bem.

O mestiço teve a sensação de querer morrer naquele exato momento. O que teria acontecido se ele fosse um filho de Ekrateia de verdade ou se nunca tivessem descoberto sobre seu lado Hamare? E se ele tivesse crescido e se estabelecido em Ekrateia, seguindo os passos de sua mãe? Será que seria ele a pessoa que teria conquistado o coração de Maila? Esse era um "e se" que o atormentaria por toda a eternidade.

— E por que ele terminou com você? — Ardan nem percebeu que usou um tom de voz mais grosseiro.

— Porque você roubou as páginas.

— Nossa, parece que estou bastante envolvido na relação de vocês.

Maila riu, sem notar o clima pesado que Ardan tentava passar.

— Você sempre foi intrometido, não é mesmo?

— E você acha que ele vai voltar com você se você levar as páginas de volta?

— Com certeza. Eu entendo o que ele fez, afinal. Eu não protegi devidamente o Livro. E, depois do tanto que ele me ajudou, pareceu ingratidão da minha parte desrespeitar a imagem dele assim. Ele só estava nervoso, reconsiderará quando eu voltar.

— E se ele não quiser voltar com você?

Ardan percebeu que Maila estava beliscando os pulsos. Pelo visto, ela ainda mantinha velhos hábitos.

— Ele precisa, é um cavalheiro.

Ardan duvidava muito de que Therkov fosse um cavalheiro, mas os lábios trêmulos de Maila, o pulso vermelho e a testa suada entregavam que ela estava com medo. Medo de ser abandonada pelo cavalheiro.

— Por que ele precisa tanto assim?

Maila se acomodou melhor no travesseiro. Logo em seguida, notou que Ardan estava sem nenhum.

— Desculpe, você quer isso de volta? — Ela apontou para o travesseiro.

— Maila...

— Eu fui me apropriando de suas coisas sem nem pedir, não é? — ela perguntou com a voz embargada. — Acho que preciso...

Ardan segurou seu pulso para impedi-la de continuar se beliscando. Os olhos de Maila estavam marejados. Ele sabia que ela estava se esquivando do assunto porque estava prestes a explodir.

— *Meponsu* — ele falou devagar, gentilmente. — Por que precisa tanto se casar com um homem que não a quer?

Não a quer. A frase doeu tanto no peito de Maila que as lágrimas escaparam dos seus olhos, uma atrás da outra, como se fossem a nascente de um rio. Mesmo pequenas, tinham um efeito enorme no coração.

— Porque ele já me tomou — Maila disse baixinho, com a voz embargada. — Já me entreguei. Ele não pode me deixar mais. Eu sei que... — Fez uma pausa temerosa. — Ele não me desonraria assim. Não faria isso comigo. Eu sei.

A informação pegou Ardan de surpresa; ele fechou a cara sem perceber.

— Está com repulsa de mim? — Maila perguntou com medo enquanto tirava seu pulso da mão dele.

— Não! — ele respondeu rápido. — Jamais.

— Não sei ainda se o que fiz foi certo, mas... — Mais lágrimas jorraram de seus olhos. — Ele prometeu que se casaria comigo, Ardan.

— Ei... — Ardan segurou seu rosto.

— Ele me prometeu. — Ela chorou mais.

Ardan instintivamente a abraçou, tentando dar-lhe afago enquanto acariciava seu cabelo mesclado.

— Vou precisar matá-lo por tê-la feito chorar?

Maila soltou um risinho em meio ao choro.

— Que tal dar uma pausa nas mortes?

— Não posso prometer nada, *meponsu*.

A guardiã agora acomodava a cabeça nos braços de Ardan, de olhos já fechados, enquanto as últimas lágrimas desciam por suas bochechas.

— Obrigada, Ardan.

Maila o abraçou mais forte, colando seu corpo ao dele. O rapaz sentiu o coração bater acelerado, mas logo percebeu uma tristeza profunda apossar-se de si. Ele não passava de um ombro amigo, nada mais que isso.

— E você não queria me perguntar alguma coisa também?

A resposta não veio, Maila já adormecia. Ardan decidiu não se mexer para não acordá-la. Permitiu que ela permanecesse em seus braços. Ele deu um beijo em sua cabeça e a olhou com carinho.

— Você vai se casar, *meponsu*.

CAPÍTULO 14

O aroma da submissão

Maila acordou com um feixe de luz que entrara por uma abertura na tenda e batia em seus olhos. Ela se espreguiçou sem delicadeza alguma e bocejou alto.

— Não mudou nada mesmo — Ardan disse de costas para ela.

O rapaz estava sentado na cadeira, fazendo anotações e rabiscos em vários papéis. Maila notou que as páginas do Livro estavam guardadas ao lado.

— O que está fazendo? — ela perguntou.

— Uma coisa.

Maila se levantou e, mesmo com o cabelo desgrenhado, foi cambaleando um pouco até a mesa. Reparou em um caderno surrado e o pegou sem que Ardan notasse. Era um com muitos desenhos, todos de dragões, juntamente de observações sobre eles. Reparou que era sobre os dragões do clã rebelde. Ela deu uma olhada no que ele estava fazendo. Não parecia traduzir as páginas do Livro como combinado.

— Não deveria estar traduzindo as páginas que roubou?

— Apareceu outro assunto que preciso resolver.

— Estou começando a ficar sem paciência, Ardan. Você vai me arrastar por quantos clãs até perceber que não tem nada de errado nas páginas? Até onde você traduziu?

— Fui até o terceiro dia de criação — Ardan respondeu sem tirar os olhos dos rabiscos que fazia no papel.

— E encontrou alguma coisa suspeita?

Ardan suspirou, frustrado.

— Não, até agora tudo é exatamente como nos ensinaram.

— Não estou surpresa — Maila respondeu com o nariz empinado.

— Maila, estou um pouco concentrado agora, preciso de silêncio.

— Você deveria estar concentrado nas páginas sagradas. Se demorar mais, vou pegá-las para mim e vou embora.

— Descumpriria um "juro dragãozinho"?

Maila revirou os olhos e pegou suas coisas para se banhar. Quando estava saindo, viu Elliot com Usara, sentados em um tronco de árvore. A filha de Mansal falava sem parar enquanto ele usava a magia de seu drigon para acelerar o processo de cura da ferida dela. O rapaz de olhos violeta parecia tímido, enquanto Usara era a personificação da alegria. Mas parecia que, ao estar com Elliot, ela ficava um pouco mais retraída que o normal. Maila começava a entender a dinâmica dos dois.

No caminho para o riacho, ela se deparou com Oscar, com a cara fechada e aparentemente irritado, o que não era o normal dele.

— O que aconteceu? — ela perguntou, preocupada.

— Os filhos de Ágasu — ele reclamou. — Estão se transformando em animais e assustando os rebeldes no riacho. Queria poder dar uma lição neles, mas precisamos manter a paz enquanto estamos aqui. Se eu fosse você, não iria agora.

— Mas eu gosto de banho matinal — Maila lamentou com um biquinho frustrado.

— Aqui não vai rolar.

Maila tomou o caminho de volta com Oscar, já que não poderia banhar-se como planejado. Quando estava voltando para a tenda, viu Ardan entregar alguns papéis para Elliot. Eles estavam conversando na língua de sinais que Maila não entendia, mas percebeu os olhos de Elliot brilharem com o que Ardan lhe dizia. Alguma coisa estava atrasando Ardan no término da tradução do Livro, e isso irritava Maila profundamente. Ele a estava enganando? Enrolando-a mesmo sabendo de todo o sofrimento pelo qual passara por não ter protegido o Livro da forma correta? Talvez Maila estivesse prestes a descumprir seu sagrado juramento, porque, antes de Ardan, ela tinha um compromisso com o templo da Chama Eterna. Maila entrou na cabana de novo, sem Ardan perceber, e começou a procurar pelas páginas. Elas não estavam mais no lugar onde achava que estariam. Onde ele poderia tê-las guardado? Era apenas uma tenda, não teria como ele fazer um esconderijo secreto a tempo, ainda mais porque as folhas do Livro da Eternidade eram grandes e grossas. Maila se sentou no colchão, frustrada, e então sentiu uma ondulação esquisita. Olhou para baixo do colchão e lá havia uma pasta grande.

Certamente ali estavam as páginas. Maila levantou o colchão, mas, ao tentar pegar a pasta, levou um choque. Estava enfeitiçada. Ardan havia colocado um feitiço de proteção ali, o que a fez ter ainda mais certeza de que as páginas estavam lá.

— Maila?

— Ardan! — a guardiã exclamou, assustada, tirando a mão da cama rapidamente.

— Não estava tomando banho?

— Eu não consegui. Oscar falou que os filhos de Ágasu estavam lá.

Ardan resmungou alguma coisa que Maila não conseguiu entender.

— Tudo bem, você pode me ajudar com uma coisa?

— Do que precisa?

— Buscar flores na floresta.

— Hum, que donzela! — Maila levantou uma sobrancelha para provocar Ardan. — Vai cantar para os passarinhos também enquanto coloca flores na cestinha?

— Para de graça e vem comigo.

Maila não teve muita escolha; apenas seguiu pelo caminho com ele, lamentavelmente sem conseguir tomar seu tão almejado banho.

◈◈◈

— Senhor, parece que encontramos os rebeldes. Estão acampando em Ágasu no momento.

O Dragão Original Ekrateia analisou o caso sem muito interesse. Estava sentado em seu trono e segurava uma taça com líquido vermelho. Balançou o conteúdo na taça com delicadeza, bebeu o líquido e se levantou de seu trono, caminhando lentamente até o profeta.

— Nemac, não me diga que você chamou espiões clandestinos.

O profeta balbuciou um pouco antes de conseguir responder, mas sabia que, mesmo se tentasse, não poderia mentir para seu Original.

— Meu senhor, levar espiões de nosso clã poderia nos afetar gravemente e levantaria suspeitas a nosso respeito. Perdoe-me por não obedecer suas ordens, mas foi um mal necessário. Contratar espiões sem-clã para nos auxiliar nessa missão me pareceu a melhor escolha.

Ekrateia caminhou mais um pouco até Nemac, até ficar a apenas um palmo de distância dele. Seu tamanho o deixava intimidador.

— E funcionou, meu fiel profeta?

Nemac estava com medo de responder a essa pergunta.

— Temo que não exatamente como eu planejava, meu senhor. Os rebeldes venceram os sem-clã na batalha e conseguiram entrar em Ágasu com as páginas roubadas. Devemos ir até lá e exigir que devolvam as páginas?

— Não — o Original respondeu sem muito ânimo. — Não seria de boa fama se porventura se espalhasse por aí que perdemos páginas tão preciosas dadas pela Chama Eterna. Sinto que falhei como Original e infelizmente meu orgulho não permite que outras pessoas saibam de minha falha, em especial os meus irmãos — ele disse, retorcendo os dedos com as unhas pontudas.

— Então o que devemos fazer, meu senhor? Dê a ordem, que darei o meu máximo para cumprir seu desejo.

— Agradeço que agora esteja mostrando devoção. — Nemac sentiu a alfinetada. — Apesar de seu máximo ainda não ser suficiente, consigo trabalhar com isso. Portanto, primeiro de tudo: chega de sem-clã.

Nemac abaixou a cabeça, envergonhado.

— Sim, meu senhor. O que mais seria de seu desejo ou agrado?

— Mais nada, por enquanto. Agora recomendo que apenas esperemos pacientemente.

— Esperar, meu senhor? Mas por quanto tempo eles ainda precisam ficar com as páginas? Podemos recuperá-las, se quisermos.

— Já temos um infiltrado no clã rebelde. Eu confio em nossa guardiã, sei que ela trará as páginas para nós. O senhor não confia em sua aprendiz?

Antes que Nemac pudesse responder, foi interrompido por uma risada um tanto assustadora. Original e profeta se viraram na direção de onde a voz vinha e avistaram nas sombras um corpo tão grande quanto o Original Ekrateia, mas os olhos amarelos revelavam a sua origem.

— Espero que sua preciosa guardiã não o desaponte.

◈◈◈

Maila e Ardan faziam o trajeto juntos, mesmo que a guardiã não soubesse para onde estava sendo levada. Após vários minutos de caminhada em completo silêncio, ela ficou impaciente e tomou a iniciativa de perguntar qual era o objetivo de Ardan com aquilo.

— Para onde estamos indo?

Ardan simplesmente não respondeu, o que deixou Maila ainda mais enraivecida. Ela percebeu que não receberia resposta nenhuma, portanto decidiu seguir o caminho da mesma forma que Ardan, em silêncio.

Aproveitou então para observar com mais calma e tranquilidade a floresta que percorriam. A floresta de Ágasu era muito rica, verde e colorida, assim como Maila imaginava que seria. Por ter sido um presente da Chama Eterna, parecia que tudo estava vivo. Claro que ela sabia que as plantas estavam vivas, mas parecia que, além da vida, elas também possuíam consciência; como se a floresta toda estivesse observando e analisando o que faziam. Parecia que as flores esperavam que ela fizesse algo; as folhas verdes davam a impressão de aguardarem algum tipo de redenção por parte dela. Maila não sabia explicar o que estava vivenciando, mas se sentiu pressionada.

Ela estava tão concentrada ao admirar a floresta que não percebeu quando Ardan parou de caminhar. Sem querer, acabou esbarrando nas costas dele com força, fazendo-o tropeçar. Ardan a fitou enraivecido. Maila entendeu imediatamente o recado e pediu desculpa com cautela. Mas ele logo desmanchou o rosto mal-humorado; não conseguia ser cruel com Maila nem se quisesse.

— Chegamos — ele anunciou.

Maila olhou para frente e viu um grande portão dourado. Ele cercava um enorme jardim protegido por dois guardas de Ágasu, que seguravam espadas de fogo.

— Onde estamos? — Maila perguntou.

— No Jardim de Nedé.

— Nunca ouvi falar nesse lugar. É um jardim especial dentro da floresta de Ágasu?

— Basicamente isso — ele respondeu com a sobrancelha arqueada. — É um jardim enfeitiçado, onde a gente encontra frutas e flores abençoadas, mas também outras amaldiçoadas. Quero pegar algumas, acredito que serão necessárias para o meu plano futuro.

— Espero que esse plano envolva me devolver as páginas, já que claramente você não está traduzindo nada.

Ardan arfou em desapontamento.

— Maila, sei que você está impaciente, mas eu fiz uma pausa breve. Não me pressione, senão me zangarei de verdade e aí quem não cumprirá nosso acordo será eu.

A guardiã não conseguia entender o que poderia ser mais importante que as páginas do Livro da Eternidade.

— Não posso deixar de apontar minha frustração. Desabafei todos os meus problemas, falei da importância de eu conseguir as páginas de volta, você continua enrolando e demorando para me entregá-las. Já falei que não tem nada de errado na tradução de Ekrateia ou Chariã, você está procurando um problema onde não existe. Apenas me devolva as páginas e siga sua vida com seu estimado clã, enquanto eu voltarei para casa. Prometo não falar nada para ninguém sobre como funciona o clã rebelde. Eu só quero as páginas.

— Suas páginas terão que esperar — ele respondeu com o tom grosseiro.

Maila cruzou os braços, emburrada. Sabia que não poderia lutar com Ardan, ele era muito mais forte que ela. Só lhe restou aceitar e esperar, ainda mais porque as páginas estavam protegidas por um feitiço poderoso. Maila já tinha visto outros feitiços de proteção, mas tudo que Ardan fazia parecia mais forte, mais resistente, mais estável. Ardan parecia ter o poder de mil sóis, e Maila achava tanto poder um desperdício na mão de um filho de Hamare.

— Muito bem — ela falou. — Como você acha que vamos passar por dois guardiões de Ágasu? Ainda mais com suas espadas poderosas! Não sei se eu conseguiria fazer uma espada tão poderosa quanto a deles.

— Nisso, você está certa. Já pesquisei sobre a lenda do Jardim de Nedé, e as espadas de fogo foram dadas pela Chama Eterna. Não são simples artefatos mágicos que conseguiríamos vencer, mesmo sendo forjadores de armas; precisaremos usar outras artimanhas. — Ardan pensou um pouco antes de prosseguir. — Acredito que violência seja a solução.

— O quê?! — Maila perguntou, temerosa.

Mas, antes que Ardan respondesse a seu questionamento, ele se levantou e caminhou até os guardiões, que logo se aprontaram para impedi-lo de aproximar-se mais.

— O que faz aqui, líder dos rebeldes? — um dos guardas perguntou.

— Nada demais, vim apenas buscar algumas flores. Fiquei sabendo que o Jardim de Nedé possui as melhores que existem em toda Ágasu.

— Sabe muito bem que, para entrar nesse Jardim, precisa de autorização. Somente nossa Original pode dá-la. Se ela não permite, ninguém mais entra, por isso dê meia-volta e suma daqui! — o outro guarda esbravejou.

— Mas eu tenho a autorização! — Ardan argumentou com um sorriso, um que Maila conhecia muito bem: era exatamente o sorriso que ele dava antes de aprontar. — Estou com ela bem aqui, assinada.

Ele apontou para o bolso, e o guarda riu da sua presunção.

— Pois bem, então me mostre — o guarda ordenou.

— Será um prazer — Ardan sussurrou.

Ninguém viu ao certo como aconteceu; foi rápido demais para que fosse descrito em detalhes por qualquer um dos presentes. Com uma destreza que Maila nunca tinha visto na vida, Ardan forjou um chicote vermelho e, com apenas um golpe, chicoteou os dois guardas no rosto, fazendo-os desmaiar e automaticamente largar as armas de fogo. Por mais incrível ou irracional que parecesse, as chamas das armas não queimavam a floresta. Maila permaneceu ao longe, boquiaberta, sem acreditar que Ardan tivera a audácia de ferir guardiões. Só conseguia pensar no que ele seria capaz de fazer com ela. Ardan se virou e fez sinal para que ela o acompanhasse. Ela apenas obedeceu.

Ardan empurrou o portão dourado e, assim que entraram, fechou-o de novo. Ela olhou para trás, observando os guardas caídos no chão. Talvez fosse mais difícil sair do que ter entrado.

— Não gosto dos seus métodos — Maila disse, inconformada.

— Ninguém gosta — ele respondeu enquanto sumia com o chicote que tinha acabado de fazer.

Maila lhe observou por um tempo, curiosa.

— Como consegue forjar armas tão rápido? — ela conseguiu perguntar.

— Não sei, eu só penso e elas aparecem.

— Um forjador precisa se conectar com suas melhores memórias e pensamentos para forjar uma arma eficiente e soberana. Tudo isso passa por sua mente quando forja uma arma?

— Eu não tenho muitas memórias maravilhosas para usar, Maila. O que, de certa forma, acaba sendo vantajoso para mim. Não perco tempo escolhendo minha melhor memória. Penso em apenas uma coisa, porque é a única que me resta.

— No que você pensa?

Ardan apertou o maxilar e virou o rosto, deixando evidente que não queria responder.

— Ok, talvez tenha sido pessoal demais — Maila resmungou. — Então o que, para ser mais exato, devemos procurar aqui?

— Como eu disse antes, viemos pegar algumas flores bem específicas.

Maila então olhou ao seu redor. Se a floresta de Ágasu já parecia viva e consciente, o Jardim de Nedé o era muito mais. Não era só uma sensação; as flores, as árvores e as folhas de fato mostravam estar vivas. Por onde Maila e Ardan passavam, as flores se remexiam, bastante agitadas, e não escondiam o desconforto diante da invasão. Talvez o Jardim de Nedé fosse o coração de Ágasu, por isso o restante do corpo refletia o centro do Jardim.

Após passarem por algumas árvores mais fechadas, que claramente tentavam impedir que adentrassem ainda mais o Jardim, um enorme campo de flores enfileiradas se abriu com diversas espécies. Ardan sabia que cada uma tinha uma função diferente também.

— Nossa, é muito bonito — Maila sussurrou.

— De fato — Ardan concordou. — Mas cuidado, algumas são venenosas. Você pode ser tomada por elas se chegar muito perto de seus aromas.

— Tomada? Você quer dizer *controlada* pelas flores? — Maila riu ao perguntar.

— Não subestime o aroma das flores de Nedé, principalmente aquela ali — ele alertou ao apontar para uma enorme árvore no centro de todas as flores. — Aquela ali abriga o encanto da submissão. Uma vez inalado seu aroma, você se torna eternamente escrava da criatura que lhe oferecer a flor.

— Que cruel — Maila respondeu com as mãos trêmulas.

— Sim, bastante.

— E não tem mesmo como se livrar do encanto da submissão?

Ardan observou a árvore ao longe.

— Já me disseram que tem como, mas pareceu irracional para mim.

— Quais são os boatos?

— Dizem que, ao ser escravo da submissão, somente o sacrifício de um deus poderia libertá-lo desse mal.

— Os Originais?

— Não, a própria Chama Eterna precisaria trocar sua vida pela do escravo.

Maila ouviu o boato desacreditada.

— Isso é loucura.

— Bom, eu concordo, por isso pareceu irracional para mim. — Ardan suspirou. — Esquece isso, não é como se a Chama Eterna fosse se personificar na Terra pra salvar um escravo. Ela não trocaria sua eternidade fácil assim.

Maila acenou com a cabeça, concordando, mas o boato a deixou ainda mais curiosa a respeito da árvore proibida.

— Vamos por esse lado, não quero passar perto dessa árvore. Alertaram-me que ela tem um poder hipnotizante para te atrair para ela. Melhor não corrermos o risco, é muito perigoso.

— Então por que você me trouxe aqui, seu idiota?

Ardan riu com a pergunta, então eles tomaram o caminho para o lado direito do Jardim. Mas Maila estava muito curiosa, e verificou a árvore de relance enquanto caminhava. Era uma árvore muito bonita, ela entendia por que era fácil cair em tentação. Ela parecia carregar a rosa mais bela do Jardim, e seu aroma devia ser delicioso e agradável. O mestiço ofereceu a Maila uma máscara azul, em seguida tirou do bolso uma máscara preta e a colocou no rosto. Maila fez o mesmo.

— Se não viemos buscar a flor da submissão, que tipo de flor a gente está procurando? — Maila perguntou enquanto ajeitava a máscara em seu rosto.

— Estou em busca de dois aromas: o da erudição e o da inércia.

— E você sabe como são as flores que guardam esses aromas?

— Sim — Ardan respondeu, tirando um caderno do bolso; o mesmo caderno em que Maila tinha achado os desenhos dos dragões. Ele abriu algumas páginas mais ao final dele e lá tinha desenhos das flores que procuravam.

— Você é um artista, Ardan. Desenha muito bem — ela disse, impressionada com a riqueza de detalhes no traço.

Ardan viu o elogio como uma oportunidade.

— É porque você não me viu desenhando pessoas. Quer posar para mim um dia? — ele propôs lançando-lhe um sorriso de canto.

Maila fechou a cara para ele.

— Não, Ardan, eu não quero.

A guardiã se aproximou para observar os desenhos. A flor da erudição parecia um copo-de-leite, mas tinha um formato mais pontiagudo e uma cor azulada marcante. Era de um azul-royal intenso, e suas folhas ao redor eram roxas, proporcionando um degradê exótico para a planta. Já a flor da inércia nada mais era que uma simples margarida. Na verdade, talvez fosse difícil diferenciá-la de uma margarida comum, mas Maila logo percebeu que ela tinha uma pequena diferença: o seu miolo, em vez de ser amarelo como o ouro, era cinza como a prata, assim como suas folhas. Por isso, Maila chegou à conclusão de que eles basicamente estavam procurando uma margarida prateada.

— Esse campo é tão grande, talvez a gente demore muito para encontrar.

— Sim, mas temos que tentar mesmo assim, por isso te trouxe aqui. Vamos nos separar. O primeiro a encontrar uma das flores vai ao encontro do outro, pode ser?

— Tudo bem. Segue na esquerda, que irei para a direita.

Ardan concordou com a cabeça e então seguiram seus trajetos. Maila caminhava entre as flores observando tudo com muita atenção, reparando nos detalhes de cada uma. Durante sua busca, encontrou um pequeno amontoado de margaridas em um arbusto e ficou observando uma por uma para ver se encontrava a única que seria prateada. Maila ia andando passo por passo, extremamente concentrada, sem perceber para onde os seus pés a levavam. Ela parou quando a fileira de margaridas também cessou. Olhou para cima, frustrada, até perceber que estava bem na frente da árvore proibida.

CAPÍTULO 15

Cuidado para não se apaixonar por acidente

De perto, a árvore era ainda mais bonita. Seu tronco era de um marrom-avermelhado, mas, dependendo de como o sol batia na madeira, lembrava o brilho do cobre recém-forjado. Os galhos se espreguiçavam de forma arredondada ao redor de seu tronco, e as folhas se entrelaçavam ao redor desses galhos e se encontravam no topo da árvore. Todas as folhas da árvore proibida eram brancas e, apesar de se entrelaçarem, conseguiam também cair delicadamente até o solo, formando pequenas espirais que carregavam as rosas da submissão.

— Bom, não deve ter problema em apenas admirar — Maila sussurrou para si mesma enquanto conferia se Ardan não estava por perto.

Ela se atreveu a chegar mais perto da árvore, admirando suas folhas e flores. Ao tocar em uma das folhas brancas, ela se desfez como um floco de neve e no mesmo instante outra nasceu no lugar. As flores davam o contraste de que ela precisava. Tinham pétalas compridas que se encaracolavam ao final, dando um aspecto caído ainda mais bonito para a árvore. Suas pétalas se mesclavam em diferentes tons de rosa, mas o que prevalecia era o tom magenta: um rosa tão marcante e tão chamativo, que era impossível não o admirar. Maila pensou consigo mesma que, se a sua aparência era tão bonita, seu cheiro devia ser espetacular. Mas, claro, morria de medo de ser escrava de alguém. Então, após admirar a árvore pelo tempo que achou necessário, deu as costas para o perigo e continuou sua busca. Até que, de repente, o som de um miado chamou sua atenção, e ela se virou para trás. Um belo gatinho branco saiu de trás da árvore. Era um gato peludo e com a cauda ainda mais fofinha. Maila teve a impressão de que ele lhe havia oferecido um sorriso, que ela retribuiu. O gatinho subiu timidamente na temida árvore proibida e ficou passeando entre seus galhos. Ele tocou em uma das flores cor-de-rosa e começou a cheirá-las como se as estivesse investigando. Começou a brincar com as folhas brancas e parecia divertir-se com o truque da árvore ao fazê-las sumir e reaparecer. O gato ficava cada vez mais animado, o que despertou ainda mais a atenção de Maila, fazendo-a voltar para perto da árvore.

— Ei, gatinho, é perigoso ficar aí. Posso ajudar a te tirar? — Maila perguntou enquanto fazia uma voz mais aguda para chamar a atenção do felino.

O pequeno filhote lambeu uma patinha, então colocou as unhas para fora e começou a arranhar os galhos da árvore até uma flor cair no chão. Ele desceu do tronco como se estivesse seguindo a flor e, assim que ele a pegou em sua boca, Maila o tomou em seu colo.

— Infelizmente terei que tirar essa bela flor da sua boquinha. Como eu disse, ela é muito perigosa. Não sei se funciona também para animais, mas é melhor não arriscar, não é mesmo? — ela perguntou com um sorriso, mesmo sabendo que não teria resposta.

Maila aproximou o rosto do gatinho como se fosse lhe dar um beijo, e então o felino passou a pata em seu rosto um pouco mais rápido do que ela esperava, tirando levemente do lugar a máscara que a guardiã usava. Antes que Maila pudesse brigar com ele por ter aprontado, uma flecha fina atravessou o pescoço do felino. A guardiã soltou um berro desesperado e largou-o no chão com as mãos sujas de sangue. No chão, o gato ao qual ela já tinha se apegado estava morto. Ela olhou para sua direita e lá estava Ardan com um arco em mãos. Fora ele quem havia atirado aquela flecha.

— Será que você não consegue ficar um dia sem matar crianças e filhotinhos? — Maila perguntou enquanto gritava, horrorizada com a cena.

Ardan se aproximou, furioso, mas Maila se recusou a abaixar a cabeça para ele.

— O que foi que eu te falei sobre a árvore da submissão? Eu fico longe por alguns segundos e você já está se engraçando com as tentações da escarlate?

— Escarlate? Do que você está falando?

— Veja você mesma! — ele falou, apontando para o gato.

Sutilmente, do buraco da flecha saiu uma faísca vermelha. O gato fora possuído por uma escarlate. No mesmo instante Ardan utilizou seu drigon de exorcismo e aniquilou aquela faísca maligna.

— Se você tivesse inalado o aroma dessa flor, seria escrava da chama escarlate para sempre! — Ele alertou com firmeza. — Tem noção do perigo em que se colocou?

— Eu não pedi para vir até aqui, foi você que me trouxe!

Ardan revirou os olhos, irritado.

— Vamos embora, já achei o que eu queria. — Ele mostrou o bolso cheio daquelas flores que retratara em seu caderno.

Maila apenas concordou e o seguiu em direção à saída do jardim. Sabia que estava errada. De fato havia sido alertada de que não chegasse perto da árvore, mas não queria dar o braço a torcer. Sem notar, colocara a culpa no líder dos rebeldes. A guardiã interrompeu seus passos e segurou Ardan pela blusa. Ele se virou para ela, ainda incomodado.

— Me desculpe, não farei novamente — ela conseguiu dizer.

Ardan se preparou para falar alguma coisa, mas nada saiu. Ele suspirou, inconformado, mas sorriu logo em seguida.

— Às vezes você parece uma criança que não pode ganhar um pouquinho de liberdade e já começa a aprontar.

Maila baixou o rosto, envergonhada. Ardan percebeu que talvez tivesse tocado em um ponto mais sensível do que imaginava. Ekrateia era rígida. Ele não lembrava muito bem, pois era muito jovem quando partira, e sua mãe era pouco criteriosa; não costumava ter problemas quando aprontava, mas sabia muito bem como os pais de Maila reagiam.

— Está tudo bem, *meponsu* — ele disse enquanto balançava a cabeça. — Por sorte, cheguei a tempo. Imagina só ser escrava de um gato para sempre?

Maila riu do comentário e Ardan a acompanhou. Eles então continuaram caminhando para a saída ainda mais perto um do outro. Quando estavam quase no portão dourado, Maila avistou uma flor peculiar. Parecia uma rosa tradicional, chamativa e vermelha, mas suas pétalas eram diferentes. Ela se aproximou, bastante curiosa, e ao chegar mais perto percebeu que as pétalas eram de vidro. Na verdade, não sabia se de fato a flor era feita desse material, mas a aparência lembrava muito uma delicada rosa de vidro. Ela se ajoelhou na frente das flores e chamou Ardan, que fazia anotações no caderno.

— E essas rosas? São seguras? Posso levar de recordação?

Ardan, que já estava a alguns passos, olhou para trás; aquela parecia uma rosa como qualquer outra. Ele sorriu.

— Justo você querendo levar a recordação de um crime?

Maila revirou os olhos.

— Não quero mais.

— Estou só brincando, *meponsu*! Pegue sua rosa — ele falou, segurando o riso enquanto guardava o caderno no bolso.

Mesmo irritada, ela arrancou a flor do chão e apreciou rapidamente o seu aroma. O vento empurrou as nuvens que escondiam o sol e um rastro de luz bateu nas pétalas, fazendo-as refletirem seu brilho, revelando com mais precisão suas pétalas cristalizadas. Imediatamente o sorriso de Ardan se desfez; não era uma rosa qualquer.

— Maila, fique longe dessas rosas! — ele a alertou.

A guardiã fitou Ardan com as pupilas dilatadas. Ele parecia ainda mais alto que o normal. Seus fios dourados eram como os raios do sol em um dia de verão. Sua pele brilhante era como peças de cerâmicas recém-retiradas do forno, e os músculos de seus braços de repente chamaram-lhe a atenção.

— O que disse? — Maila perguntou com a voz aveludada.

— São flores do amor — ele completou. — Elas te deixam apaixonada pela primeira pessoa que aparece na sua frente.

— É mesmo? — ela perguntou, sustentando o tom de voz.

— É temporário, mas ainda pode causar situações constrangedoras, melhor escolher outra recordação.

Maila se levantou devagar de onde estava e foi na direção de Ardan com um ar sedutor.

— Eu preciso admitir que nunca tinha reparado em como o tom da sua pele combina com o do seu cabelo. Você fica muito bonito quando ajeita os fios dessa forma.

— O quê?! — Ardan deixou uma risada escapar. — Do que você está falan...? Ah! — Ele enfim percebeu o que acontecera e abriu um sorriso malicioso. — Você está enfeitiç...

A conversa do casal de amigos foi interrompida por um dragão verde e brilhoso que desceu do céu e parou bem na frente do portal. A líder de Ágasu desceu do dragão, e os guardas que tinham sido atacados por Ardan saíram de trás das árvores. O rebelde percebeu que estava duplamente encrencado.

— Conseguiu o que queria, ladrão? — a líder perguntou sem gentileza alguma.

— Na verdade, consegui, sim — Ardan respondeu sem querer mostrar nervosismo.

— Você sabe muito bem qual é a pena por roubar Ágasu, principalmente o Jardim de Nedé!

— Vai nos matar por duas florezinhas? — Ardan debochou. — Onde está sua bondade?

Liendra o olhou com desdém.

— Ela morreu — ela informou entredentes.

Os guardas se aproximaram dela e conversaram no idioma original do clã. Para o azar de Ardan, ele ainda não o entendia por completo. Mesmo assim, conseguiu pescar algumas palavras; palavras importantes, como "mate".

— Estamos encrencados, *meponsu* — ele sussurrou para Maila.

— Eu salvo você, meu amor — ela cochichou em resposta.

— Hã?!

Antes que Ardan recebesse uma resposta, Maila forjou uma foice idêntica à do dia de sua iniciação e avançou na direção dos guardas, que empunharam suas espadas de fogo. Eles cravaram a espada flamejante em sua foice, e no mesmo instante ela foi desintegrada. A espada estava prestes a tocar na pele de Maila quando uma barreira elétrica jogou os guardas para longe, e eles caíram desacordados. Ardan encarava a cena com a mão apontada para Maila. Liendra o fitou com um sorriso.

— Parece que andou mentindo sobre seu drigon — ela comentou. — Você tem a força, mas também o escudo. O que mais você tem?

Ardan não respondeu. Liendra se aproximou enquanto Maila ainda estava presa no escudo elétrico.

— Fique com as flores — ela falou. — Mas terá que participar da nossa festa do trovão hoje à noite como pagamento.

— A sua Original já nos tinha feito o convite — Ardan respondeu, aguardando uma pegadinha surgir a qualquer momento.

— Oh, não. — Liendra abriu mais o sorriso e arregalou os olhos. — Ela fez o convite como espectadores; eu os convoco como participantes.

— É uma armadilha — Ardan afirmou.

— De forma alguma, temos até um prêmio para o vencedor.

— É mesmo? E qual o prêmio de tamanho evento?

A mulher se virou de costas, ficando agora de frente para Maila.

— Uma pedra extremamente preciosa.

— Eu a pegarei para você, Ardan! — Maila gritou, tentando sair do escudo.

A líder notou as pupilas dilatadas da guardiã e avistou a rosa de vidro caída no chão. Logo entendeu o que estava acontecendo e não conseguiu disfarçar a risada, satisfeita.

— Parece que a festa vai ser mais interessante do que eu imaginava.

CAPÍTULO 16

A festa do trovão

Liendra organizou todo o grupo em posição. Já era quase meia-noite, raios e trovões logo teriam início. Todos estavam no meio da floresta ao lado de seus dragões — tratava-se de uma tradição em que suas criaturas escamosas eram necessárias. Os rebeldes estavam mais afastados, sendo empurrados para trás pelos filhos de Ágasu, que não escondiam a insatisfação com a presença deles.

Os dragões de Ágasu eram grandes, fortes, verdes e muito assustadores. Tinham chifres de rochas e escamas mais parecidas com cascas de árvores do que qualquer outra coisa. Os dragões do clã do terceiro dia da criação só eram menos robustos que os dragões dos clãs do primeiro dia.

A lua brilhava no céu, a silhueta de um dragão passou pela luz que ela irradiava. Era a Original, que se apresentava ainda mais bela do que quando a tinham visto na última vez. Estava coberta de ouro e pedras preciosas da floresta. Liendra não pareceu gostar muito do que viu. A Original se ajustou em cima de uma pilastra e se transformou em sua forma humana.

— Sejam muito bem-vindos a mais uma festa do trovão, principalmente os nossos convidados especiais: o clã rebelde! — A Original tentou puxar uma salva de palmas, mas poucos a acompanharam. — Fui informada de que nossos rebeldes também participarão. — Ela fitou Liendra, que a encarava, raivosa. A Original coçou a garganta antes de prosseguir. — Já adianto que não pegarei leve por isso, talvez só um pouco. — Ela piscou para Ardan ao acrescentar a última parte.

O mestiço sorriu e Liendra o observou, irritada. Ardan nunca tinha participado de tal celebração, nem mesmo visto a festa antes. Só sabia pelo que ouvia dos boatos que o último a sobrar ganhava... Mas ganhava o quê?

— O prêmio desse ano é aquele, o mais desejado, o mais raro. — Ela abriu a mão para revelar um cristal esverdeado. — O Anel de Jade!

A multidão ficou agitada e visivelmente animada. Ardan percebeu que era um artefato valioso. Olhou para Elliot, que entendeu o recado: eles precisavam daquele anel.

— Que comecem os trovões! — Ágasu se transformou em dragão outra vez, voou para o alto e sumiu dentro de uma nuvem.

O momento de silêncio fez todos ficarem tensos, e então começaram: luzes, raios, tremor e muito barulho.

— AGORA! — Liendra gritou. Todos os filhos de Ágasu subiram em seus dragões e voaram até o céu.

Ardan fez sinal para que todos os rebeldes fossem também. Mas, antes que Maila subisse logo atrás de Usara, ela passou por Ardan com um sorriso tímido.

— Pegarei o anel para você, Ardan. Deixará que eu o coloque no seu dedo?

O rapaz ficou com as bochechas vermelhas e avistou Oscar de boca aberta ao presenciar a cena.

— Tudo que quiser, *meponsu* — respondeu com um sorriso de canto.

Maila saiu, radiante, e Oscar se aproximou ainda boquiaberto.

— O que foi isso?

Ardan coçou a garganta, tentando segurar o riso.

— Maila foi pega pelo aroma da flor do amor.

A gargalhada que Oscar soltou foi tão alta que até assustou seu dragão.

— E você só me diz isso agora? — ele perguntou, revoltado. — Ela se lembrará de tudo isso depois?

Ardan apertou os lábios.

— Vai, sim. — E abriu o sorriso ainda mais.

Um raio irrompeu no céu, seguido de um trovão barulhento.

— Vá logo, quero aquele anel.

— Eu não preciso me esforçar, sua amada o pegará para você.

— Some daqui, Oscar — Ardan respondeu com uma risada.

— Quanto tempo o efeito vai durar?

— Pouco tempo, ela não inalou muito do aroma. Amanhã já estará normal novamente.

— Então preciso aproveitar o máximo que puder.

— Nem pense em fazer nenhuma besteira.

— Mas eu já pensei. — E então Oscar saiu voando com seu dragão.

Agora Ardan estava sozinho, era o único do clã sem um dragão. Como não podia participar, só lhe restava assistir à festa de longe; alguns dragões desviavam dos raios, outros eram atingidos e saíam da competição. Ele suspirou, cansado. Queria um também.

◈◈◈

— Para a direita, Usara! — Maila gritou.

Usara desviou de um raio com agilidade, mas percebeu que seu dragão estava se cansando.

— É muito difícil, é uma competição toda baseada na visão, é imprevisível demais para mim — Usara lamentou. Detestava ficar de fora de algumas atividades por conta de sua deficiência, mas infelizmente era algo com que ela precisava lidar em vários momentos.

Um estrondo forte as assustou; estava escuro e ventava muito. Era uma brincadeira de pega-pega: todos fugiam de serem atingidos pelos raios, e o último que resistisse venceria. Não era inovador, mas o método era diferenciado. Alguns dragões ao lado foram atingidos, automaticamente perdendo a chance de levar o grande prêmio.

Um jovem de Ágasu se aproximou das duas.

— Quem diria, uma filha de Mansal e outra de Ekrateia. Que combinação inusitada!

Lipath rosnou para o dragão do rapaz, que retribuiu com a mesma intensidade.

— É bom não provocar meu dragão — Maila alertou.

— Essa bolinha azul aí? Duvido! — ele caçoou. — Acham-se melhores porque são os únicos com o poder de fogo, é?

— Nós *somos* melhores — a guardiã respondeu com convicção.

— Maila... — Usara alertou.

O dragão do filho de Ágasu começou a soltar uma substância verde pela boca, semelhante a fumaça. Era veneno.

— É bom que seu dragão voe rápido — o homem disse com os dentes cerrados.

— Foge, Maila! — Usara gritou ao sentir um cheiro azedo e desagradável; em seguida, avançou em direção ao chão, desistindo da competição.

Lipath voava o mais rápido que podia, mas agilidade não era seu forte. Ela era muito melhor quando se tratava de resistência, mas o dragão verde estava perto de alcançá-la. Um clarão no céu, seguido de um fio branco comprido, passou raspando em Lipath. Maila gritou de medo. Os trovões e raios estavam ficando cada vez mais intensos. Alguns rebeldes tinham desistido e voltado para o solo, mas outros permaneceram firmes no objetivo. O estrondo seguido do clarão fez os ouvidos de Maila doerem. A chuva começou a ficar mais intensa, dificultando o voo. Maila percebeu que Lipath estava ficando acuada. Aquela não era uma reação normal. Se seu dragão estava assim, era porque se sentia mesmo numa situação perigosa. Outro raio seguido de um clarão iluminou de repente o que estava bem diante delas: o dragão verde em alta velocidade, pronto para espirrar seu veneno letal. Maila não teria tempo para desviar, ele estava muito próximo. Mil pensamentos passaram por sua cabeça, mas ela não conseguiria forjar uma arma tão rápido assim. Ela nem lembrava como tinha feito tão rápido antes. Acabou decidindo que encararia o inimigo. Lipath se posicionou como se soubesse o que sua drameth estava pensando.

— Fogo, Lipath — Maila bradou, sem piedade.

Uma fumaça quente e azul começou a sair por entre os dentes afiados de seu dragão. Se o veneno de Ágasu era letal, o fogo de Ekrateia era muito mais. Quando o rapaz estava prestes a tocá-las, seu dragão foi atingido por uma pancada forte que todos custaram a perceber de onde vinha. Maila olhou para cima, assustada, e viu a imagem de Oscar e seu dragão vermelho. O dragão verde cambaleou para trás; o drigon da força de Oscar era surpreendente. Antes que o filho de Ágasu conseguisse ajustar-se em seu dragão, foi atingido por um raio e excluído da disputa.

◈◈◈

Ardan notou Usara pousar de forma estranha; seu dragão parecia tonto e cansado. O líder correu até eles, já temendo o que poderia ter ocorrido.

— O que aconteceu? — ele perguntou, preocupado.

— O veneno — Usara disse com a respiração ofegante.

Ardan fitou a líder de Ágasu, que fingiu não ter visto a situação. Ele se levantou enfurecido.

— Era isso o que você queria?

— Do que está falando? — Liendra respondeu de forma arrastada.

— Me fez colocar os rebeldes na competição para nos envenenar!

— Roubos têm consequências — ela falou sem olhar para ele.

— Me dê a cura. — Não era um pedido.

— Ela ficará bem.

No mesmo instante Usara vomitou, e então seu dragão comprido e cor-de-rosa caiu no chão, desmaiado.

— Vai me dar agora! — Ardan gritou.

— Não — Liendra respondeu sem empatia alguma.

— Ela pode morrer!

— E você não deveria ter invadido Nedé — ela rebateu com um sorriso.

Ardan não hesitou: forjou um chicote com tamanha rapidez que Liendra só percebeu quando já tinha sido prensada contra uma árvore.

— Lamentaremos juntos sua morte, o que acha?

— Você não seria capaz.

— E ainda duvida do que sou capaz? — ele indagou, apertando o chicote no pescoço dela.

A mulher manteve o rosto sério. Tirou do bolso um pequeno pote de vidro fechado e o entregou na mão de Ardan.

— Você não vai ser protegido para sempre, mestiço.

A última palavra fez a pele de Ardan se arrepiar. Antes que o rebelde pudesse responder alguma coisa, Elliot se aproximou correndo, transpirando preocupação. Quando notou Usara caída ali perto, se apressou em sinalizar.

"Precisamos tirar os rebeldes lá de cima!", avisou com as mãos agitadas.

"Por quê?", Ardan perguntou, confuso.

"Os raios! Meu dragão foi atingido por um, está muito ferido. Somente os dragões de Ágasu suportam os raios da Original. Se deixarmos nossos dragões lá, eles podem morrer."

Ardan sentiu o sangue congelar. Olhou para a líder com ainda mais fúria. Era exatamente o que ela queria, tornar os rebeldes um clã de vidragos. Talvez não tivesse sido uma boa ideia invadir o Jardim de Nedé. No mesmo instante Ardan forjou uma flecha, mas ela era um pouco diferente das outras: parecia carregar um compartimento especial. Ele mirou no alto e atirou. Um clarão colorido iluminou o céu. Era um aviso.

◈◈◈

— Maila, precisamos ir — Oscar alertou.

— O que houve?

— Aquilo é o sinalizador de Ardan, significa que tem algo errado. Melhor sairmos daqui.

— Mas eu quero ganhar o anel para Ardan — ela falou com a voz murcha.

Oscar lhe lançou um sorriso arteiro.

— Ouvi dizer que a festa do trovão não tem regras, basta ser o último. Para isso, precisa se livrar dos outros.

— Não posso usar o fogo de Lipath, é muito poderoso. Só o uso como legítima defesa, não posso sair atacando assim.

Oscar precisou desviar de um raio antes de prosseguir.

— Mas eu posso. — E fez um muque com o braço. — Vamos fazer um acordo. Todos os rebeldes estão descendo, e agora restam poucos filhos de Ágasu aqui. Eu me livro deles para você e, logo em seguida, desisto para que você ganhe o anel.

Outro clarão, mas dessa vez passou perto demais, raspando no pescoço de Lipath. O dragão grunhiu, e Maila sabia que não poderia ficar ali por mais tempo. A tempestade ficava cada vez mais pesada.

— E o que você quer em troca?

— Terá que fazer uma coisinha com Ardan — ele falou, arqueando a sobrancelha.

◈◈◈

Maila desceu vitoriosa quando o último raio rompeu no céu. Os rebeldes a aplaudiam, animados; certamente ela conquistara a confiança deles. A chuva agora parecia mais um sereno. Oscar a esperava, orgulhoso e cansado por ter derrubado tantos dragões — na verdade, até um pouco machucado, porque um raio atingira seu ombro. Elliot enfaixava o braço do colega enquanto Maila era ovacionada.

— Maila! — Ardan gritou, irritado. — Por que não desceu quando mandei?

A guardiã não conseguiu responder. A Original Ágasu pousou no meio de todos, transformou-se em humana novamente e virou-se para Maila.

— É a primeira vez que o Anel de Jade será entregue a um membro de outro clã — ela disse, sorrindo.

A Original lhe entregou um anel dourado com uma pedra de jade verde no meio. Maila pegou o anel, sorridente, e correu até Ardan.

— Eu consegui! Peguei para você! — ela disse com os olhos arregalados.

A pupila dilatada entregava que ela ainda estava sob efeito do feitiço. Ardan suspirou. Estava tão preocupado com todos que não tinha ânimo para se aproveitar do feitiço no momento.

— Eu não quero. É seu, você ganhou.

Maila fez uma cara de choro e Ardan ficou desconcertado. A Original se aproximou da guardiã.

— O Anel de Jade nada mais é que um anel da verdade. Pode ser usado somente uma vez. Não importa em qual criatura seja usado; o que você perguntar será respondido com total honestidade, sem truques! Se eu fosse você, faria o que seu amigo pede. Tal artefato é valioso demais para ser entregue assim. Se você ganhou, é seu.

Maila observou o anel com interesse. Ela poderia tirar a verdade de qualquer criatura? De fato, era valioso. Ela se virou para Ardan.

— Ainda assim, gostaria de lhe dar alguma coisa.

— O quê? — ele perguntou, curioso.

A guardiã se aproximou do mestiço. Pela primeira vez, precisou ficar na ponta do pé para chegar perto do rosto de um rapaz. Antes que Ardan pudesse reagir, ela lhe deu um beijo na bochecha. Cochichos e uivos maliciosos correram entre os rebeldes. Maila olhou para Oscar, que fez um sinal positivo com os dedos. Ardan deu um passo tímido para trás, sem reação. Fora o mais próximo que os lábios dela chegaram dos dele.

CAPÍTULO 17

Todo trio tem sua dupla

Ardan, em sua tenda, tentava traduzir as páginas do Livro. Já estava no quinto dia e até então não encontrara nada que fugisse da normalidade. Ele olhava irritado para as páginas. Nem sabia o que procurava, só sentia muito forte em seu peito que algo estava errado. Logo eles teriam de partir, os filhos de Ágasu não suportavam mais a presença dos rebeldes no clã. Será que era o momento de irem para Piston? Ele não queria ir para lá sem algumas perguntas respondidas. Tudo parecia confuso. Suas traduções não estavam precisas; ele vacilava nas palavras e nas interpretações. Sozinho, não conseguia. Olhou para a vela acesa. Sabia que precisava de ajuda. Com cuidado, Ardan preparou um altar no canto da tenda. Estendeu um pequeno tapete e colocou mirra, ouro e incenso ao redor da vela. Eram os seus presentes para invocar a Chama. Na frente da vela, ele colocou um papel em branco. Ardan se ajoelhou e prostrou a cabeça ao chão.

— Chama que arde em meu peito, com humildade invoco teu santo conhecimento. Que através de tuas brasas eu queime minhas palavras e que por tuas faíscas eu escreva somente o que te agrada. Que nesta noite eu alcance a resposta que almejo. Não importa como venha, eu aceito o seu incêndio.

Ardan aguardou alguns minutos por uma revelação. Antes a Chama aparecia com muito mais frequência para ele, mas agora ela andava muito distante. Será que estava fazendo algo errado? Os pensamentos sabotadores começaram a rondar sua mente, deixando-o aflito. Até que, de súbito, a página na frente da vela começou a queimar. Ardan levantou o olhar, assustado, mas logo abriu um sorriso. A Chama ainda não estava calada para ele. Pequenos sinais de fogo no meio do papel começaram a formar letras. Ardan fitava uma por uma com atenção.

"Hamare."

O mestiço olhou para o papel, incrédulo. O que tinha no clã vermelho? Já faria um ano que ele não colocava os pés lá, nunca era fácil.

— Mas por quê? — Ardan questionou.

A chama da vela aumentou com violência. Ardan ergueu as mãos como se estivesse rendendo-se à ordem.

— Tudo bem, eu aceito o seu incêndio.

◈◈◈

Oscar caminhava pelo acampamento dos rebeldes enquanto tentava passar o tempo. Tinha acabado de voltar da tenda da curandeira, onde Elliot gastara toda a sua energia curando os dragões feridos. Ele estava se esforçando além do normal, já que queria ir embora daquele clã logo. Pelo caminho, avistou Usara lendo um papel com o dedo e, com a outra mão, dando toques na madeira. Aproximou-se, curioso.

— O que está fazendo? — perguntou, sentando-se ao lado dela.

— Ah! Que susto! — ela exclamou. — Estou estudando um novo idioma.

Oscar observou o papel, sem entender nada; as bolinhas só faziam sentido para Usara e Ardan, o único entre os rebeldes que dominava aquela escrita.

— É algo que Ardan criou — continuou Usara. — Estou impressionada. Talvez agora eu consiga me comunicar com ele.

Oscar apoiou o queixo nas mãos.

— Você não desistiu mesmo.

— Graças a você.

O silêncio se alongou, até que Oscar perguntou:

— Usara, você acha que o amor é covarde?

— Eu acredito que o amor lança para fora todo medo.

— Então por que não consegui trazer Lena comigo?

— Vocês ainda trocam cartas?

— Nos últimos meses, não. Mas ainda tenho comigo as que ela me enviou.

— E aquele problema continua?

O silêncio de Oscar deixou a resposta clara.

— Certo... — ela sussurrou, inconformada. — Acha que Lena se uniria ao nosso clã?

— É tarde demais; eu já pedi uma vez, e ela recusou.

— Isso foi mais de dez anos atrás, Oscar.

— Dez anos atrás ela era solteira.

— Mas você acha que ela teria dito "não" se soubesse como estaria agora?

Oscar não respondeu. Usara se levantou:

— Talvez valha a pena perguntar de novo. Se a resposta for a mesma, você seguirá em paz, sem arrependimentos.

Ela se retirou, deixando Oscar sozinho com seus pensamentos.

◈◈◈

Maila se banhava no rio cantarolando uma canção típica de seu clã. Ela queria estar limpa e cheirosa para surpreender Ardan naquela noite. Ao sair, notou que a escama que o Original Ekrateia lhe dera estava brilhando. Rapidamente se vestiu e chamou:

— Meu senhor?

A escama brilhou mais, revelando a imagem do Original.

— Maila, onde você está? — Ekrateia perguntou, preocupado.

— Em Ágasu, meu senhor. Infiltrada no clã rebelde.

— Já conseguiu as páginas de volta?

— Elas estão seladas por um feitiço de proteção, não consigo quebrá-lo.

— Um feitiço de proteção — o Original murmurou. — Precisamos restaurar o Livro da Eternidade o quanto antes. O rasgo desonrou tremendamente o nome da Chama Eterna e o nome de nosso clã. Quanto mais os rebeldes viajam pelos clãs com as páginas, mais fácil de a notícia das páginas roubadas se espalhar. Apenas nós podemos proteger o Livro.

— Eu entendo, meu senhor — ela disse, cabisbaixa.

— Use todas as artimanhas que precisar para descobrir como quebrar o feitiço, mesmo que sejam... — Ele fez uma pausa desconfortável. — Escandalosas.

Maila sorriu, tomada pelo feitiço da flor do amor. Ela gostou da ideia.

— Posso lhe perguntar uma coisa, meu senhor?

— Claro.

— O senhor era próximo de seu irmão Chariã?

A pergunta claramente deixou o Original incomodado.

— Já fomos muito próximos, hoje não mais.

— É verdade que ele traduzia o Livro da Eternidade junto de Hamare?

— Onde ouviu essas coisas?

— Em Chariã mesmo, o clã da alegria.

Ekrateia bufou com a informação, mas decidiu contar sua versão da história.

— Quando Hamare quis governar o Livro da Eternidade sozinho, Chariã o ajudou. Apesar de sermos um trio que trabalhava pela Chama, eles eram uma dupla. — Fez uma pausa reflexiva. — Na verdade, lembrando agora, Chariã começou a competir com Hamare. Os dois tinham o drigon da interpretação, no final das contas. De repente, começaram a brigar muito. Achei que tudo se resolveria, mas Hamare tentou roubar o Livro e, ao ser pego, fugiu. Chariã permaneceu, mas foi culpado de ser cúmplice. É por isso que seu clã serve ao meu, como penalidade por seu crime.

— É possível que Hamare esteja morto?

Ekrateia pareceu surpreso com a pergunta.

— Não, Originais não morrem.

— Ele vai voltar?

— Sendo sincero, não sei, mas me alegraria imensamente recebê-lo de volta. Mesmo que tenhamos várias questões a resolver.

Maila olhou para baixo, pensativa.

— O que a atormenta? — ele perguntou com ternura.

— Os clãs são um pouco diferentes do que eu imaginava. O clã da alegria é mais um clã da travessura, e o clã da bondade parece cruel demais para receber esse título...

O Original soltou um riso abafado.

— É por isso que somos escolhidos para proteger a Chama Eterna. Nosso clã tem domínio próprio, consistência e lealdade. Isso nos torna especiais.

Maila sorriu para a escama que ainda brilhava. Agora ela tinha ainda mais certeza: seu clã era o melhor de todos os nove.

CAPÍTULO 18

Aqui te farei homem

Era noite quando Ardan chegou à sua tenda. Estava cansado e um pouco irritado pelo conflito que tivera com a líder de Ágasu. Por sorte, poucos dragões dos rebeldes se feriram, e logo eles poderiam partir daquele maldito clã. Mas para onde iriam agora? Era o momento de irem até Piston, assim como planejado, mas a Chama havia sido bem clara: eles precisavam ir para Hamare. Mas por quê? O que havia lá que poderia ser tão importante para a missão?

Ardan tinha muitas perguntas e ficava tentado a não obedecer às ordens da Chama. Mas não podia, não conseguiria. No final das contas, o mestiço sempre obedecia à Eterna. Ele levantou o colchão e pegou a pasta com as páginas da Eternidade. Retirou o feitiço de proteção e abriu-a. Observou as páginas com um pouco mais de atenção. O que ele estava deixando escapar? Será que realmente não havia nada de errado com o Livro? Ekrateia era soberana, de fato? Ele se recusava a acreditar, mas essa recusa era orgulho ou um sentimento genuíno? Se não tivesse nada de errado com a tradução, Maila voltaria para casa e então...

— Descobriu alguma coisa? — uma voz interrompeu seus pensamentos.

— Maila! — Ele levou um susto. — Não, nada novo.

Ardan fitou Maila rapidamente; ela usava um roupão rosa e robusto, certamente tinha pego algumas roupas emprestadas de Usara. Ele, então, guardou as páginas na pasta e passou a proteção por ela novamente. Maila o observou, atenta; não conseguiria quebrar o feitiço. Encantos de proteção só eram realizados por pessoas com o drigon do escudo. Mas ela se lembrava do dia em que lutaram; o escudo que Ardan fizera para prendê-la era frágil. Não era seu melhor drigon, nem o mais forte, talvez ela conseguisse alguma coisa ali.

— Já saiu do feitiço da rosa? — ele perguntou enquanto guardava a pasta de novo.

— Feitiço? Ardan, o que sinto agora é real. Mesmo que nosso amor seja proibido, não vejo por que não podemos viver nossa paixão até eu partir.

Ardan soltou um riso abafado.

— Você vai se arrepender tanto disso amanhã — ele disse com um sorriso aberto, imaginando como Maila reagiria no dia seguinte. — Além da paixão, a rosa do amor deixa seu usuário um tanto quanto atrevido — Ardan informou enquanto se aproximava dela.

— Atrevido? O que quer dizer?

— Eu sei que você vai tentar me seduzir hoje, *meponsu*, mas não vai funcionar. — E então lhe deu as costas.

O som de um tecido pesado caindo no chão chamou a atenção de Ardan.

— Você já esteve com alguma mulher antes? — Maila perguntou com a voz arrastada.

Ardan respirou fundo; estava com vergonha.

— Não tive tempo para essas coisas e também... — Paralisou ao virar-se de novo para a guardiã. O roupão estava caído aos pés dela. Maila estava somente de camisola. Esta, sim, era um pouco reveladora.

— Nunca? — Maila disse, aproximando-se cada vez mais. Ardan não foi capaz de mover um músculo.

Maila colocou seu corpo próximo ao dele e o empurrou, fazendo-o cair sentado no colchão.

— Então aqui te farei homem — ela avisou.

A guardiã se esgueirou em cima dele.

— Me peça o que quiser, eu faço.

Ardan continuou atônito. Aquela não era Maila, era apenas seu corpo enfeitiçado. O mestiço segurou o pulso da jovem antes que ela o tocasse.

— Não — falou com firmeza.

— Vamos, Ardan. Uma coisa por outra, precisa ser justo.

— O que você quer?

— Quero ler as páginas também. Tire o feitiço de proteção para que eu leia, podemos fazer isso juntos.

Ardan bufou.

— Maila, saia daqui.

A guardiã o empurrou mais forte, fazendo-o se deitar abruptamente. Ela subiu nele enquanto puxava sua camisa.

— As páginas por uma noite comigo — ela sussurrou.

Ardan observou que as mãos de Maila tremiam e o suor escorria por sua testa. Era isso. A verdadeira Maila, lá no fundo, estava nervosa.

— Maila... — ele disse, com pena. — Nem mesmo todas as páginas desse livro pagariam o preço que você merece. É valiosa demais por uma troca tão insignificante.

— As páginas não são insignificantes.

— Muito menos você.

Antes que Maila pudesse dizer mais alguma coisa, uma voz familiar se aproximou da tenda.

— Ardan, Elliot mandou avisar que todos estão curados. Podemos partir amanhã, e depois...

A voz paralisou ao chegar à tenda e presenciar a cena.

— Oscar, não é o que você está pensando... — Ardan tentou se explicar.

— É exatamente isso que você está pensando — Maila disse por cima.

O rapaz continuou paralisado e, mesmo com a boca aberta por conta do choque, ele começou a se retirar de forma sorrateira.

— Não, Oscar! — Ardan gritou. — Me ajuda!

Oscar fez uma expressão ainda mais abismada com o pedido.

— Não é isso! Tire Maila daqui! — ele tentou explicar melhor.

— Sua mulher. Se vira. — Oscar se retirou, fingindo que não tinha visto nada.

Maila virou o rosto para Ardan de novo.

— Então, podemos continuar? — Ela se aproximou ainda mais.

— Que merda. — Agora era Ardan quem estava suando. — Maila... — Ele engoliu em seco. — Espero que não fique chateada.

— Chateada com o quê?

Ardan deu uma cabeçada nela com tanta força que a fez desmaiar. Era uma técnica de desmaio eficaz, mas um pouco dolorida. Sem dúvida ela acordaria com um pequeno galo na testa, mas pelo menos não se envergonharia de seus atos no dia seguinte. Ardan a cobriu com gentileza na cama, tomando cuidado para não puxar a camisola indevidamente. Naquela noite, ele não dormiu em sua tenda.

CAPÍTULO 19

Maldita a cor dos seus olhos

Elliot tinha passado a noite toda curando os dragões feridos. Mesmo não sendo muitos, ele gastava bastante energia de seu drigon, por serem criaturas tão grandes. A cura tinha sido um sucesso, e agora bastava monitorá-los para ter certeza de que estariam bem para a viagem que fariam em algumas horas. Ardan o havia informado de que partiriam para Hamare em vez de Piston, o que causou profundo alívio nele — odiava ter de ir para sua casa. Enquanto avaliava um dos dragões, alguém entrou na ala da curandeira.

— Olá, tem alguém aqui?

O rapaz não ouviu, continuou fazendo seu trabalho. Tirou o termômetro do dragão e verificou que sua temperatura estava aceitável. Ele teve o pressentimento de que alguém caminhava ao seu redor, então se virou, assustado. Ficou ainda mais tenso quando percebeu que era Usara andando pela ala, certamente procurando seu dragão. Elliot sentiu seu coração saltar até a boca. Começou a tatear os bolsos para procurar o que Ardan tinha feito para ele. Leu rápido algumas linhas, conferiu se tinha feito certo e o guardou de novo. Finalmente estava tomando coragem para ir até ela. Ele deu o primeiro passo em sua direção.

— É você, Elliot? — Usara perguntou.

O filho de Piston sempre tivera curiosidade para saber como seu nome soava na voz da filha de Mansal, mas só lhe restava aceitar o que ele entendia pelo movimento de seus lábios. Ele se aproximou e pegou em sua mão. Percebeu que Usara pareceu surpresa. Mesmo com medo, ele começou a tatear as pontas do dedo nos braços da garota.

"Veio procurar Ranay?"

Usara imediatamente entendeu o que ele estava dizendo e abriu um sorriso carinhoso. O rapaz sentiu seu corpo derreter por um instante. A garota agora retribuía. Ela pegou em seu braço e tateou os dedos nele também.

"Eu vim procurar você."

Os olhos de Elliot sorriram junto com seus lábios; a respiração, que antes estava agitada, de repente tinha desacelerado. O tempo tinha parado para os dois. Finalmente eles tinham um idioma! Não um idioma de seus clãs ou a língua de sinais. Ardan tinha criado um idioma exclusivo para eles, um que somente eles entenderiam. O idioma do toque.

◈◈◈

Maila estava escondida na floresta. Tinha acordado cedo e, assim que se lembrara de tudo que tinha feito no dia anterior, ela fugira da tenda, completamente envergonhada. Como olharia para Ardan de novo? Tentava preparar o emocional para quando o reencontrasse, não podia deixar de se perguntar como ele reagiria. A guardiã se acomodava encostada em uma árvore, pensando no que faria e lembrando-se da conversa com seu Original. Ainda precisava recuperar as páginas, mas com o feitiço de proteção seria impossível. Nem mesmo conseguia bolar um plano, pois estava muito ocupada relembrando a cena que protagonizou na tenda de Ardan.

— Pelas brasas da Chama... — ela se lamentou. — Eu me joguei em cima dele.

— Parece que alguém saiu do encanto da flor.

A guardiã olhou para cima, assustada, procurando de onde vinha a voz. Uma coruja estava no topo de um galho. A ave desceu e se transformou em Liendra, a líder do clã verde. Maila virou o rosto, não queria conversar com ninguém.

— Eu sei que o orgulho dos filhos do dragão azul os impedem de encarar situações constrangedoras, mas acredito que dessa você não vai conseguir escapar — a líder disse com um sorriso.

— Está se divertindo com minha humilhação, não é?

— Eu? Me alegrar vendo o clã do orgulho em completo vexame? Jamais! — ela terminou sem tirar o sorriso do rosto.

Maila se levantou para ficar na sua altura.

— É uma lástima como corromperam a bondade de seu clã. Certamente a Chama se envergonha disso em vocês — a guardiã falou, sem medo da consequência.

Agora o sorriso de Liendra se esvaiu. Seu rosto se fechou e ela se aproximou de Maila de uma forma assustadora.

— Não chegue mais perto! — Maila alertou. — Ou usarei meu drigon de forjadora.

A mulher riu.

— Que drigon? Esse em que você precisa de horas para criar uma simples espada?

— O quê?!

— Eu vi a luta de vocês contra os sem-clã. Você precisou ir para o combate corpo a corpo, já que não conseguiu forjar nada a tempo da batalha. E só conseguiu forjar uma arma em Nedé porque estava enfeitiçada. Quando você é você mesma, não consegue forjar adequadamente.

— Você nos viu e não nos ajudou? Como podem ser tão cruéis? Quando foi que se corromperam assim? Vocês deveriam ser o clã da bondade! — Maila gritou. — O clã ao qual as pessoas podem clamar por ajuda, porque são atendidas!

Liendra se aproximou, irritada.

— Sabe por que somos tão cruéis? Por culpa de seus malditos olhos azuis! — ela gritou de volta. Maila deu um passo para trás, assustada. — Porque a bondade não nos ajudou em nada! Lembra-se da bela rosa que Ágasu pediu para a Chama no terceiro dia da criação? Preciso admitir, ela existia. E não era uma rosa qualquer, era a rosa da vida; qualquer enfermidade era curada através dela. Ninguém aqui em nosso clã morria por doença alguma. Inclusive, era uma bênção tão valiosa que nos dava até anos de vida a mais, éramos o clã mais longevo de todos — Liendra estalou a língua, desdenhando da guardiã à sua frente —, vocês viviam no máximo um terço de nossas vidas. Essa era a dádiva da Chama sobre nós.

Maila não estava entendendo aonde ela queria chegar. Liendra prosseguiu.

— Um dia Ekrateia pediu a rosa emprestada para Ágasu. De início, nossa Original não queria entregar, mas maldita a nossa bondade. — A mulher riu com amargura. — Ela a entregou. Até hoje não se sabe o que foi feito com a rosa, mas Ekrateia não a devolveu mais. — Ela cerrou os dentes antes de falar o que queria. — Nunca mais!

— Ele nã... — Maila foi impedida de terminar a frase.

— Na mesma época, centenas de crianças adoeceram. Uma maldição por termos entregado nossa preciosa rosa. Sem ela, não pudemos curar os enfermos. As crianças morreram. — Ela fez uma pausa dolorida. — Inclusive meu filho. Sabe o que acontece quando você tira um filho de seu pai? Ele amarga. — Ela quase cuspiu as palavras. — Não somos cruéis, somos feridos. Ninguém nunca mais tirará proveito de nossa floresta por conta de nossa bondade.

Segundos de silêncio tomaram o ambiente.

— Ekrateia jamais faria isso — Maila afirmou com convicção.

Liendra revirou os olhos.

— É claro que não, minha querida. Você é filha do dragão do domínio próprio. Vocês são perfeitos — ela finalizou, sorrindo.

A líder se transformou em coruja outra vez e partiu, deixando Maila apenas com seus pensamentos conturbados.

CAPÍTULO 20

Duas faces... ou duas cabeças

— Está se escondendo ainda? — Oscar ria enquanto Maila ajeitava Lipath.

— Não me irrite, Oscar! — ela alertou. — Mais alguém viu aquilo?

— Todo mundo percebeu que você estava esquisita, mas só eu vi a fatídica cena. Infelizmente.

— Eu te odeio.

— Você não vai conseguir evitar Ardan para sempre, você sabe, não é?

Maila respirou fundo antes de responder:

— Eu sei.

— E a testa melhorou?

— Sim, está só um pouco dolorida — Maila falou enquanto colocava os dedos delicadamente no pequeno galo que havia crescido em sua cabeça.

— Está chateada com ele por ter batido em você?

A guardiã suspirou.

— Estou grata. Ele tinha que me impedir de alguma maneira. Além disso, ele não tirou proveito de mim naquela situação; fez o que precisava fazer.

Oscar a observou por um tempo. Ela parecia diferente.

— No que está pensando?

— No meu noivo. Quer dizer, futuro noivo.

— O tal de Therkov?

— É, ele mesmo.

— Está com saudades dele?

— Não é isso. É que se fosse ele enquanto eu estivesse enfeitiçada, eu acho... — Ela percebeu que estava se abrindo demais. — Deixa pra lá.

Oscar notou fragilidade em suas palavras.

— O que ele fez? — o rapaz perguntou, tentando dar-lhe acolhimento.

Maila sacudiu a cabeça para afastar seus pensamentos.

— Está tudo bem. Ainda bem que era Ardan, não ele.

O rapaz de Hamare arqueou a sobrancelha, confuso.

— Seu amado deveria ser seu porto seguro. Se você ficou aliviada por ele não estar presente enquanto você estava fragilizada, talvez seja a hora de repensar se ele merece o título de *seu amado*.

Maila não conseguiu responder. Detestava admitir, mas desde que saíra do feitiço da rosa, só conseguia pensar nas palavras de Ardan: "Nem mesmo todas as páginas desse livro pagariam o preço que você merece." Soaram tão doces que ela se sentiu desejada — algo que nem na cama de Therkov experimentara.

Agora estava preocupada. É claro que às vezes ficava abalada e nervosa ao lado de seu amigo mestiço, ele tinha seu charme inegável; mas, depois daquela noite, Maila percebera que Ardan havia crescido e finalmente o via como o homem que ele era. Ter seu corpo respeitado fez com que ela se sentisse protegida por alguém pela primeira vez.

A voz de Ardan fez as pernas de Maila estremecerem. Desde quando ela se sentia assim?

— Acho que Ardan vai dar um comunicado — Oscar falou.

O líder rebelde subiu em um palanque para fazer seu anúncio:

— Atenção, rebeldes! Enfim vamos partir.

Gritos de comemoração soaram pelo acampamento.

— Sei que estou prometendo Piston a vocês há muito tempo, mas infelizmente essa não será nossa próxima parada.

Cochichos de lamentação percorreram o local. Com certeza os rebeldes não aguentavam mais viajar.

— Como assim, não vamos para Piston? — Maila perguntou, desconfiada. — Lá deveria ser o ponto final.

— Que diferença faz? — Oscar perguntou.

— Acontece que Ardan está me enrolando para entregar as páginas.

O mestiço continuou:

— Nosso trajeto seguirá para Hamare.

Os gritos de comemoração voltaram.

— Eu vou conseguir ver Lena... — Oscar murmurou com o coração surpreso de alegria.

Maila fez uma cara feia em resposta à reação extravagante do grupo.

— Por que todos gostam tanto de Hamare? — ela perguntou, indignada.

— É o clã favorito de todo mundo — Oscar falou com animação. — Somos muito receptivos e acolhedores. Tem muita festividade nessa época do ano.

— Por quê?

— A próxima Cerimônia da Centelha se aproxima.

Maila olhou para Oscar de cima abaixo; ele parecia mais ansioso que o normal, ela não conseguiu conter o sorriso.

— Está animado para encontrá-la, não é?

— Sim! — ele respondeu rápido. — E nessa época será perfeito; todos sempre ficam de bom humor lá, talvez possamos ter uma última conversa sem grandes problemas.

Maila cruzou os braços.

— Se gostam tanto assim do clã, por que ele não foi o trajeto final desde o início?

Oscar coçou a cabeça antes de responder:

— Acho que falei que Ardan não se dava muito bem com o pai dele.

— Sim.

— Eu não estava exagerando, eles realmente não se dão bem. Não é só uma briguinha entre pai e filho. Eles, de fato, se detestam.

— Oscar! — uma voz o chamou.

O rapaz se virou, procurando de onde a voz vinha.

— Ah, Sam! Como está?

A menina de Ágasu parecia tímida ao falar com ele.

— Estou bem, ainda me adaptando, vai ser minha primeira viagem.

— Que brinco bonito, esse! — ele elogiou.

Samanta ficou feliz por ele ter reparado. Duas pequenas joias pendiam de suas orelhas. Elas eram verdes com um degradê em azul. Na ponta, a cor dourada prevalecia.

— Muito obrigada! Eu fiz ontem à noite com as pedras do riacho.

Maila se aproximou também para observar a joia.

— Uau, você criou isso com aquelas pedras feias?

A garota assentiu, orgulhosa.

— Eu estava tão acostumada com meu clã que, assim que terminei os brincos, tentei escondê-los, mas aí lembrei que não preciso mais — ela disse, animada.

Oscar e Maila se olharam, confusos.

— Como assim? — Oscar teve coragem de perguntar.

— Ah... — Ela abaixou o rosto. — Achei que soubessem. Fui expulsa porque não gostavam de quando eu desperdiçava materiais importantes para fazer joias. Prometi parar, mas me flagraram um dia enquanto fazia uma pulseira. Não atentei aos rótulos e acabei usando uma matéria-prima valiosa; Liendra ficou furiosa e encontrou outros ingredientes de muito valor lá em casa. Eu sei... eu errei — Ela fez uma pausa constrangedora. — Então cá estou.

— Só por causa disso? — Maila perguntou, indignada.

— Na verdade, em nosso clã isso é bem grave, mas está tudo bem — ela disse, tentando não deixá-los preocupados. — Estou ansiosa para conhecer o clã da profecia do dragão de duas faces.

Agora Samanta tinha capturado completamente a atenção de Oscar.

— Do que está falando?

— Da profecia. Achei que fosse conhecida em Hamare, porque é superpopular em todos os clãs.

— Não foi isso que o Original Chariã falou para Ardan naquele dia na corrida? — Maila questionou.

— Foi, sim — Oscar disse enquanto pensava. — O que será que ele queria dizer com aquilo?

— Você que deve saber, é a profecia do seu clã, afinal.

— Então... Estou achando estranho eu não saber sobre isso.

Samanta os observou, preocupada.

— Ekrateia não conhece essa profecia? — ela perguntou para a guardiã.

— Nada que seja de Hamare é permitido chegar até nós — lamentou Maila.

— Imaginei mesmo.

— Por quê? — Maila estava ansiosa.

— Porque a profecia é sobre o fim da soberania de Ekrateia.

Maila sentiu seu sangue gelar, e Oscar ergueu a cabeça como se tivesse entendido tudo.

— *Duósenedracon*! — exclamou, apontando para Samanta.

— Essa mesmo! — a garota concordou. — Mas, como não sei pronunciar no idioma de Hamare, disse como todos dizem mesmo.

— Do que vocês estão falando? — Maila já estava ficando irritada.

Oscar se virou para Maila ainda pensativo.

— *Duósenedracon* é o nome da profecia do último profeta de Hamare. Foi feita no dia em que nosso Original desapareceu, ou seja, há centenas de anos. E ela significa "dragão de duas faces" ou "dragão de duas cabeças".

— E o que isso tudo significa, no final das contas?

— Significa que Chariã estava tentando nos dizer alguma coisa.

CAPÍTULO 21

A profecia

"É declarado o dia em que o clã caído voltará a ser abençoado pela profecia. O profeta elegido se erguerá e então será revelado para governar. Com sua força e seu poder, dominará o primeiro dia. Ele se assentará no trono do templo e guiará os outros clãs em justiça e verdade. Todos enfim se tornarão um só dragão. Porque assim diz a voz que queima em meu coração: há profetas que assim nasceram do ventre de sua mãe, mas rejeitaram o que lhes foi concedido. Há profetas que assim escolheram viver, em glória das minhas brasas ardentes, mas se desviaram de seus puros propósitos. Porém há de surgir, no tempo em que essa voz encontrar seu malhado guardião que carrega a marca da rejeição, o profeta elegido; que, ao encontrar o dragão de duas faces, restituirá o templo em sacrifício de amor. E sob o meu domínio ele governará o único dragão. O profeta e seu guardião se unirão para restaurar este templo. Não ignorem as palavras do elegido. Aquele que o rejeitar, estará rejeitando a mim. Essas foram as palavras com as quais a Chama me incendiou e com elas faleço em suas brasas."

E, assim, morreu o último profeta de Hamare.

— É só uma lenda, Oscar — Ardan replicou. — Muito antiga, por sinal.

— Presta atenção! — O rapaz falava empolgado. — Chariã não teria dito isso sem motivo, ele estava nos avisando!

— Avisando o quê?

— Sobre a queda de Ekrateia! O profeta elegido vai surgir, junto a seu dragão.

— Oscar, a profecia só se concretiza se o drigon da profecia voltar para Hamare. Esse primeiro profeta servirá apenas e unicamente para anunciar o elegido. E não temos mais profetas em Hamare.

— E se o guardião do elegido for você?

— O quê? Não fale besteiras. Sabemos que o profeta elegido e o dragão de duas faces pertencem ao clã de Makothu ou de Chrestos.

— Por quê? — Oscar indagou.

— Porque são os únicos clãs com dragões de duas cabeças, ora!

— Então um profeta de Hamare mostrará quem são os escolhidos e onde encontrá-los?

— Exato! Por isso o guardião tem que se unir ao elegido. São necessários dois dramethis para governar um dragão de duas cabeças. — Ardan disse, franzindo a testa. — Mas nada disso faz sentido sem profetas em Hamare.

— Bom, talvez essa Cerimônia da Centelha nos surpreenda.

Antes que Ardan pudesse responder, ele gelou por inteiro ao ver Maila entrar na tenda com a cabeça baixa.

— Desculpa, acabei ouvindo o final da conversa — ela confessou sem conseguir olhar nos olhos de Ardan.

— Tudo bem, Maila. Quer dizer alguma coisa? — Ardan tentou ser gentil para deixá-la confortável.

— Esse dragão de que vocês falam, eu duvidei um pouco da veracidade dessa profecia, mas talvez... — Tinha medo de falar alguma coisa que traísse seu clã.

— O que foi?

— Crianças abençoadas com o drigon da profecia durante a Cerimônia da Centelha em nosso clã sempre são enviadas para Chrestos e Makothu.

Ardan e Oscar a olhavam interessados no que ela dizia.

— É um tipo de intercâmbio somente para profetas; alguma parceria que Ekrateia tem com esses clãs. Eles dizem que serve para o desenvolvimento das crianças, elas passam de seis meses a um ano lá e então retornam do treinamento. Sei disso porque Therkov participou quando recebeu o drigon.

Ardan quis ignorar a última informação, mas não podia.

— Ele falou o que faziam por lá?

— Ele disse que tinha sido bem chato, porque precisavam de treinamentos e contato com outros dragões. Ele não entendia a necessidade, mas fazia mesmo assim.

— Então todos os anos Ekrateia mandou profetas para os clãs de duas cabeças e os forçou a tentar uma conexão com os dragões de lá? — Ardan murmurou, pensativo. — Eles estão procurando o dragão da profecia — concluiu.

— Claro! — Oscar exclamou. — É um dragão que, de acordo com a profecia, tomará o templo; ou seja... Ekrateia. O dragão dessa profecia é a ruína do clã azul.

Maila não gostava do rumo da conversa.

— Então eles realmente acreditam nessa profecia e estão torcendo para que o profeta elegido seja de seu clã, porque assim não perderiam o posto quando o elegido fosse revelado — o mestiço acrescentou.

Oscar sorriu.

— Eles estão com medo.

Ardan sorriu de volta.

— Vamos para Hamare.

CAPÍTULO 22

O clã do amor

Hamare era muito diferente de Ekrateia, mesmo que os dois fossem os clãs do primeiro dia. Enquanto Ekrateia era fria, gélida, montanhosa e com muita neve, Hamare era quente, deserta e seca. Tão quente que era impossível não querer água a cada dez minutos. Os dragões rebeldes clamavam por água. Para o alívio de todos, eles já estavam na entrada do clã.

O portal de Hamare não era imponente e bonito como o dos outros clãs, era feito apenas de tijolos e madeira. Os soldados ficavam no topo para analisar quem chegava.

"Eles sabem que estamos aqui?", Elliot perguntou a Ardan.

"Sim, mandei nosso mensageiro para cá antes. Eles estão informados."

O grande portal se abriu e os rebeldes começaram a entrar. Ardan olhou para trás, procurando por um rosto em específico. Maila o fitou e, com o susto dos olhares cruzados, virou o rosto enquanto guiava Lipath para dentro. Ardan riu da situação; era engraçado ver Maila constrangida. Talvez não fosse errado abusar disso um pouco.

— E então, o que significa exatamente me fazer homem?

— Ardan! — ela exclamou com o rosto ruborizado. — Eu odeio você.

Ele a segurou pelo pulso e viu que Lipath o encarava com receio.

— Você sabe que não me odeia.

— Eu estava enfeitiçada.

— E estava linda vestida de feitiço, *meponsu*.

Maila revirou os olhos e se apressou para entrar em Hamare junto de Lipath. Ardan foi atrás dela.

— Vai ficar fugindo de mim, é?

— Você está se divertindo com minha cara!

— Preciso encontrar humor na situação, já que ontem eu estava quase sendo abusado sexualmente. — Ardan riu.

Maila parou de caminhar, e ele se aproximou para provocá-la mais um pouco. Estava prestes a soltar mais uma piada ácida quando viu lágrimas escorrendo pelo seu rosto ruborizado.

— Maila?

— Me desculpe, Ardan — ela falou com a voz embargada. — Me desculpe — repetiu. — Eu não deveria... Desculpe, eu...

— Calma! — ele falou, segurando seu rosto.

Lipath rosnou para ele. Sua mestra estava chorando e a culpa era do homem à sua frente. A guardiã passou a mão nas suas escamas para avisar seu dragão de que estava tudo bem.

— Acho que exagerei na brincadeira dessa vez — Ardan tentou justificar. — Não me senti assediado. Você estava enfeitiçada, está tudo certo agora.

— Eu sei como é horrível se sentir coagido a fazer algo que você não... — ela não terminou de falar, engoliu suas últimas lágrimas e as enxugou.

— Quem coagiu você? — Ardan perguntou com a voz firme. — Me diga.

— Nin... Ninguém. Estou só envergonhada ainda.

Ardan a soltou e pensou um pouco. Ele sabia muito bem de quem ela falava, mas decidiu que não era mais o momento de provocá-la por isso.

— Vamos mudar de assunto, o que acha?

Ela acenou positivamente com a cabeça, ainda sem conseguir encará-lo.

— A conversa deixou você pensativa? — Ele tentou engatar em um novo assunto.

— Que conversa? — ela perguntou, confusa.

— Sobre a profecia.

Maila tomou coragem para falar o que estava pensando enquanto voltava a caminhar lentamente.

— Sim, afinal, se Ekrateia está preocupada com essa profecia, é porque com certeza tem algo errado. Admito que estou com medo de descobrir.

Ardan soltou um suspiro cansado.

— Como eu tinha dito para Oscar, a profecia é só uma lenda. Nem temos profetas aqui; a chance de se concretizar é mínima. Mas, sim, é estranho Ekrateia estar tão preocupada com ela.

Dessa vez, a guardiã conseguiu encará-lo.

— O que você está procurando nas páginas, Ardan?

Ele sabia que não poderia mais esconder.

— Estou procurando uma mentira.

— Como assim?

— Eu acho que alguém está mentindo sobre a história da criação do mundo, só não sei quem. O Livro da Eternidade não pode ser mudado, ele está protegido pela verdade da Chama. Tudo que está escrito nele precisa ser verdade. Depois de escrito, nem mesmo um til pode ser alterado.

— O que quer dizer?

— Que somente nesse livro tem a verdade. E, se alguém estiver mentindo para nós, somente o Livro nos dirá.

— Por que essa obsessão? O que o incomoda em nosso sistema? Acha que Ekrateia não governa bem os outros clãs?

Ardan soltou um riso abafado.

— É só olhar ao redor, Maila. Veja tudo que descobriu nos clãs que visitamos. Acha mesmo que está tudo bem? Ekrateia não governa merda nenhuma, eles fingem que governam.

Maila não conseguiu responder. Concordava que os clãs não estavam bem — na verdade, desconfiava de que Ekrateia fosse negligente em sua liderança sobre os outros clãs.

— No final das contas — Ardan prosseguiu —, não importa o quanto tentemos esconder: mentiras deixam marcas.

— E você acha que alguém esconde algo?

— É o que estou tentando descobrir nas páginas.

— E o que você vai fazer se descobrir a verdade que tanto procura?

Ardan pensou um pouco.

— Para ser bem sincero, eu não faço ideia. Estou apenas indo um passo de cada vez. Primeiro criei um clã que acolhesse os desamparados, depois os liderei; então ouvi suas aflições e os problemas de cada clã; comecei a ir atrás de respostas, não as encontrei; roubei o Livro para achar o que queria, mas ainda estou procurando, depois... Depois eu vejo o que faço com a informação que conseguir.

Ardan começou a acelerar o passo para deixá-la sozinha novamente, mas ela o impediu.

— Obrigada — ela disse.

O mestiço sorriu ao entender o que ela queria dizer com aquilo.

— Não é tão ruim se apaixonar por mim, não é?

Maila sentiu seu rosto ferver com a brincadeira do amigo. Ardan percebeu que talvez tivesse sido um pouco inconveniente.

— Desculpa, não queria te constranger. Vamos só fingir que nada aconteceu, tá bom?

Ardan se retirou sem ver se Maila tinha concordado com sua proposta. O coração da guardiã acelerou; ela sentia que não queria esquecer. Coçou a cabeça, irritada. Talvez ainda estivesse sob o efeito do feitiço.

Uma multidão aguardava os rebeldes; era sempre uma festa recebê-los. Havia clãs que os recebiam com muita cortesia, como os de Piston, Hamare e Chariã. Outros eram mais hostis, como o de Ágasu. Mas, dentre todos, o clã favorito dos rebeldes era Hamare. O clã do amor não havia perdido o significado de seu nome; era, de fato, muito amoroso e receptivo. O clima quente era sufocante para alguns, mas as pessoas calorosas os faziam se esquecer da alta temperatura. Em todo canto havia postos de água e pequenos poços, e toda hora alguém respingava água na rua para ajudar a refrescar quem passava. As moças do local eram bronzeadas e muito bonitas, e os homens que chegavam amavam as roupas mais curtas e leves que elas usavam. Os rapazes de Hamare já estavam acostumados com esse tipo de vestimenta e não ligavam para o que as meninas vestiam, mas para os estrangeiros era um deleite para os olhos.

Maila puxava a gola de sua blusa enquanto suava. Ela só tinha roupas típicas de Ekrateia, feitas para cobrir o corpo e aquecer. Em Ágasu ela já tinha passado um pouco de calor, mas, como a floresta era refrescante e cheia de árvores, não a incomodara tanto. A guardiã viu Usara se aproximar e abriu um sorriso.

— Estou aqui, Usara! — Levantou a mão, acenando, mesmo sabendo que ela não a veria.

A garota ouviu a voz de Maila e foi em sua direção.

— Oh, que bom que te achei, Maila! — Usara pegou em seu braço. — Nossa, não está com calor?

— Estou morrendo — ela admitiu.

— Depois vamos a algumas barraquinhas comprar roupas para nós. Eles têm as cores de todos os clãs, não se preocupe.

— Não sei se conseguiria usar algo tão ousado quanto os habitantes daqui.

— Fique tranquila, eles têm roupas mais modestas justamente pensando nos estrangeiros. Esse é o clã tecelão, todas as roupas de todos os clãs são importadas daqui.

— É sério?

— Claro, até Ekrateia.

Maila estranhou. Nunca ouvira que Ekrateia mantinha acordos comerciais com Hamare, mas fazia sentido; não conhecia muitas costureiras em seu clã. A costura era considerada uma profissão rebaixada e inferior dentro de Ekrateia, então, era óbvio que essa função deveria pertencer ao clã sem Original. Essa reflexão fez Maila lembrar-se de outra coisa.

— Se eles não têm um Dragão Original, como os líderes são escolhidos?

— Aqui é diferente. Por terem seu Original desaparecido, precisaram se adaptar. Aqui funciona o que chamamos de democracia.

— E como é isso?

— O povo escolhe. Eles votam em candidatos para liderança, e a pessoa com mais votos vence.

— Que coisa estranha.

— Diferente, né? Mas é porque não estamos acostumados. Na verdade, não acho uma ideia ruim; afinal, somente o povo sabe o que é melhor para o povo, não acha?

— Acho que abre brechas para a manipulação e o endeusamento de um candidato corrupto.

— Sim, tem esses males, inclusive Hamare já teve problemas com isso, mas eu acredito que a vontade do povo deve prevalecer.

— E a vontade da Chama?

— Não é a Chama que escolhe seus líderes, são os Originais.

— Mas é quase a mesma coisa, os Originais são as criaturas mais semelhantes e próximas da Chama Eterna.

— Não é quase a mesma coisa, Maila. Originais podem ser tão corruptos quanto os humanos. O poder pode nos corromper, e, quando um corrompido escolhe um líder, todo o seu povo sofre nas mãos de um ditador mentiroso.

Maila abaixou a cabeça, pensativa.

— É complicado — murmurou.

— Lidar com pessoas sempre é, né? Mas se um líder, escolhido pelo povo ou pelo Original, prezar pelo cuidado de seu povo, suprindo suas necessidades básicas e dando-lhes igualdade, então o clã pode prosperar mesmo em desgraça.

— Está falando da queda de Hamare?

— Sim, o líder desse clã fez um excelente trabalho para reerguer a popularidade. Com certeza não foi um trabalho fácil.

— Quem é o líder?

Usara sorriu, um pouco incomodada.

— Harvey, o pai de Ardan.

Maila parou de caminhar com o choque da informação. Olhou para frente e lá estava Ardan cumprimentando um homem ainda mais alto que ele, com a pele escura e o cabelo penteado do mesmo jeito que Ardan usava. O homem tinha uma barba cheia e os cabelos de um castanho-claro. Mesmo com a idade, tinha o porte forte. Ardan também era forte, mas perto do seu pai ele parecia um pouco magricelo. Eles não eram parecidos, mas os olhos... Os olhos entregavam a paternidade, principalmente o olho esquerdo.

CAPÍTULO 23

Yana

Ardan se aproximou do pai sem muita empolgação, e o sentimento parecia recíproco, apesar de Harvey fazer um esforço maior para disfarçar.

— Muito obrigado por permitir que meus rebeldes descansassem em seu clã, líder Harvey.

— Vocês vieram em boa época, sempre são bem-vindos aqui. Inclusive, achei que não nos visitaria mais neste ano. — Fez-se uma pausa constrangedora. — E você pode me chamar de pai.

Ardan ignorou a última informação. Maila e Usara já estavam próximas o suficiente para terem ouvido a conversa.

— Onde poderemos acampar, então? — ele perguntou fugindo do assunto.

— No mesmo lugar de sempre: perto do poço da nossa casa, lá tem muito espaço.

— Obrigado, Harvey.

O líder soltou um suspiro desconfortável, então apenas sinalizou que os rebeldes o seguissem. Oscar correu até Maila e Usara carregando sua tenda nas costas.

— Vamos acampar juntos! — ele exclamou, empolgado.

— Quer montar as tendas pertinho uma da outra? — Usara perguntou com um sorriso brincalhão.

— Sim! Maila, fale para Ardan montar a tenda de vocês perto de nós também, assim ficamos todos juntos.

Maila riu, desconcertada.

— No-nossa tenda? — ela gaguejou um pouco. — A tenda é dele, eu só estou pegando emprestada.

— Hum — o rapaz murmurou. — Na noite passada parecia ser *de vocês*.

Imediatamente, Maila correu para tapar a boca de Oscar.

— O que ele quis dizer com isso? — Usara perguntou, curiosa.

— Nada, não é mesmo, Oscar?

O olhar furioso de Maila fez Oscar até rever todos os seus pecados.

— Acho que me enganei — ele respondeu com o sorriso duro.

Enquanto caminhavam até o local, uma mulher mais velha apareceu no meio da multidão com os olhos brilhantes e um pouco afobada.

— Ardan! — ela exclamou, chamando pelo rapaz.

Maila viu a cena bem de perto. Um sorriso genuíno se abriu nos lábios do mestiço. Aquilo era um evento raro.

— Mãe... — ele disse enquanto ia na direção da mulher.

A guardiã demorou para entender a situação. Maila conhecia a mãe de Ardan, e lembrava bem o quanto os dois se pareciam. Também se recordava da constante pressão dos líderes sobre a identidade do pai do garoto, mas Rieda sempre se recusou a revelar. Os boatos eram infindos, e, diante das suspeitas de adultério, muita gente acabou se afastando dela. Entre as mulheres, sobretudo as casadas, o desprezo era nítido. No dia da fatídica Cerimônia da Centelha, porém, as dúvidas se dissiparam: Rieda havia tido um caso com um filho de Hamare. Aos olhos daquela sociedade, ela se tornara ainda mais suja, por isso fora condenada à deserção e à execução. Como marca de sua exclusão do clã, a mãe de Ardan teve a mão direita perfurada por um golpe profundo da adaga de Nemac; tempos depois, ela foi executada em praça pública. Obviamente, os pais de Maila não permitiram que ela assistisse, mas a jovem jamais esqueceu da sensação fúnebre que tomou o clã no dia em que acenderam a fogueira. Segundo os preceitos de Ekrateia, apenas o fogo poderia purificar os pecados, de modo que, ao condenar uma pessoa àquele método de execução, acreditavam estar, na verdade, lhe oferecendo uma última chance de redenção.

A mulher que Ardan agora chamava de mãe tinha o cabelo crespo e alto, enfeitado com várias joias de cores diferentes. Parecia uma coroa imponente. Ela tinha a pele escura como Usara e os olhos vermelhos característicos de seu clã. Quem era aquela mulher?

— Senti tanto sua falta, meu filho — ela falava enquanto o abraçava.

— Eu também — ele disse ao retribuir o abraço.

Então, a mulher viu Maila de relance e soltou o rapaz.

— Você deve ser Maila! — ela falou, animada.

Maila não sabia bem como reagir. Como ela a conhecia?

— S-sim, um prazer conhecê-la — ela cumprimentou enquanto apertava a mão da mulher.

— É a menina que Ardan mandava...

— Mãe! — o mestiço exclamou, envergonhado.

— Ah, desculpe — ela se corrigiu com um risinho. — Venham para nossa casa. Eu assei alguns biscoitos, vocês podem distribuir para o restante de seu clã.

Maila olhou para Usara e Oscar, que concordaram com a ideia.

— Vamos, sim — a guardiã respondeu gentilmente.

O trio se apertava para caber no sofá. Ardan, que estava mais distante, na cozinha da casa, permaneceu em pé ao lado de sua mãe, ajudando-a com os biscoitos enquanto conversavam. Alguns minutos depois, Elliot também apareceu no recinto. Ele fitou Usara e sorriu, envergonhado. Maila e Oscar perceberam o olhar.

— Elliot está aqui — Oscar sussurrou.

Usara colocou a mão na bochecha; sentia-se quente. Os dois começaram a provocá-la, enquanto ela dava leves tapinhas neles para que parassem.

— Então... — Maila iniciou um novo assunto. — É a madrasta de Ardan?

— Isso — Usara confirmou. — É Nebit, esposa de Harvey. Ironicamente, ele se dá melhor com ela do que com o pai.

— Ardan veio muito novo para cá — Oscar prosseguiu. — Ele tinha apenas nove anos, seu pai já era casado com Nebit.

— E ela aceitou assim? — Maila perguntou, surpresa. — Eu ficaria um pouco receosa ao descobrir que meu marido tinha um filho fora do casamento.

— Quem não queria aceitar Ardan era Harvey. Eu me lembro dessa época. Éramos vizinhos, fui o primeiro amigo de Ardan no clã. Nebit tentava ter um filho havia anos, mas sem sucesso. Todos os anos ela viajava até Piston para orar ao Original, para que intercedesse por sua fertilidade. O Original lhe prometeu que ela teria filhos, engravidando ou não. Ela achou a informação confusa, mas se firmou na promessa. Então, quando Ardan apareceu, ela o viu como a resposta de suas orações. Ela fez de tudo para conquistar a confiança e o afeto dele, o que não é uma tarefa fácil, como nós bem sabemos.

Todos concordaram.

— Ardan não se esqueceu de sua mãe biológica. Nebit sempre deixou claro que ela não queria substituir sua mãe. Eles se apegaram e hoje se amam muito. Bem quando Ardan perdeu uma mãe, ganhou outra. A Chama sempre esteve ao seu lado, no final das contas.

— Mas e Harvey?

Oscar suspirou, frustrado, e abaixou um pouco mais o tom de voz para que Ardan não escutasse.

— A existência de Ardan era a comprovação do pecado de Harvey, afinal, ele tinha dormido com uma mulher do clã inimigo fora do casamento. Ele foi muito resistente a Ardan quando ele chegou, o rejeitava e maltratava. Se não fosse por Nebit... Ardan não teria um lar. Hoje ele tenta se entender com o filho, mas a mágoa de Ardan não permite que se reconciliem.

O barulho de um metal caindo no chão chamou a atenção de todos.

— Desculpa, mãe! — Ardan disse automaticamente ao recolher os biscoitos que caíram.

— Está tudo bem, tem outras fornadas de biscoito. Eu tinha feito essa a mais só para Yana.

— Então ela vai ficar chateada.

— Vai nada, ela vai comer mesmo assim.

Ardan riu enquanto terminava de recolher tudo do chão.

— Yana é demais.

Maila observou a conversa, atenta.

— Quem é Yana? — ela tomou coragem para perguntar a Oscar.

— Ah... — O rapaz abriu um sorriso travesso. — É a grande paixão de Ardan.

A guardiã sentiu o peito apertar. Por que ela estava incomodada com a informação?

— Oh, sério?

— Ardan é apaixonado por ela — Usara prosseguiu no lugar de Oscar. — Sempre que ele vem para cá, os dois não se desgrudam. Na verdade, é ela quem fica mais no pé dele, mas ele gosta.

Maila começou a estralar os dedos e sentiu a respiração mais acelerada.

— Ela é bonita? — ela indagou, mesmo sem saber por quê.

— Ela é linda! — Oscar respondeu. — E muito fofa também, mas é meio sincera demais, tem que tomar cuidado com ela.

— Pode deixar — Maila disse com um sorriso desconcertado.

Ela fitou Ardan por um tempo. Então ele já tinha se apaixonado. As pernas da guardiã tremiam, ela não conseguia esconder o desconforto. Estava preparada para ver a imagem da mulher que Ardan amava? Isso não deveria importar — afinal, quando retornasse a seu clã, teria seu futuro noivo de volta —, mas ela não conseguia parar de pensar nisso.

— Ah! — Nebit exclamou. — Falando nela...

O coração de Maila gelou.

— Ardaaaaan — gritou uma voz feminina, fofa e um pouco aguda demais do lado de fora.

O rapaz abriu um largo sorriso e se agachou com os braços estendidos. Maila estranhou o movimento. Uma garotinha pequena entrou na casa e pulou no colo do rapaz. Era muito parecida com Nebit.

— Essa é Yana — Oscar sussurrou para Maila. — Irmã de Ardan.

CAPÍTULO 24

Vaquinha malhada

Ardan tinha uma irmã? Era uma informação nova para Maila. Ela só conhecia com profundidade sua versão infantil: a versão filho único, a versão do garoto inconsequente e sem responsabilidades. Desde que se infiltrara nos rebeldes, ela passara a conhecer diversas versões do mestiço, e agora mais uma: ele era irmão mais velho. A garotinha logo saiu do abraço de Ardan para comer os biscoitos que tinham sido recolhidos do chão. Ninguém se atreveu a falar nada.

— Você veio para minha Cerimônia? — Yana perguntou, empolgada.

— Ah, claro — Ardan respondeu, mesmo que fosse mentira.

— Achei que não viria mais depois da sua última briga com o papai.

O mestiço não respondeu nem perdeu tempo em tentar mudar de assunto.

— Yana, tenho uma amiga nova para te apresentar. — Ele a levou na direção de Maila, que ainda estava com as pernas trêmulas.

— Oi, eu sou a Maila. Tudo bem? — ela se apresentou com timidez.

Yana a fitou por alguns segundos.

— Por que sua pele é manchada?

— Yana! — Ardan a repreendeu.

Maila colocou a mão no rosto; tinha se esquecido de suas manchas. Crianças normalmente se mostravam curiosas com sua condição, mas ela já estava acostumada, por isso sorriu antes de responder à menina:

— Acabou a tinta marrom enquanto a Chama Eterna me criava.

A resposta pegou todos de surpresa. Oscar segurou a risada. Yana a observou, curiosa, e então se virou para Ardan.

— Não tinha tinta marrom para você, irmão?

Ninguém conseguiu segurar a gargalhada. Ardan era o único com a pele mais clara da família. Yana era uma criança peculiar, entendia as coisas a seu próprio modo. O mestiço sorriu para Maila depois de rir da situação. A guardiã abaixou o rosto, envergonhada, enquanto Yana continuou encarando-a.

— Você é muito bonita.

A guardiã levantou o rosto, surpresa.

— Você parece a vaquinha malhada do nosso quintal — Yana completou.

No mesmo momento, Oscar cuspiu a bebida que estava tomando e soltou outra alta gargalhada. Nem mesmo Maila conseguiu segurar a risada.

— Minha barriga está doendooooo! — Usara gritou em meio ao riso.

— Para de falar, menina. — Ardan colocou a mão na boca de Yana enquanto ria. — Desculpa por isso.

— Está tudo bem — Maila falou após recuperar o fôlego.

— Parece que estão se divertindo. — Uma voz masculina e grossa tomou conta do local. Era Harvey.

Maila viu a animação de Ardan dissipar-se na hora. A sala ficou toda em silêncio.

— Que bom que voltou, amor — Nebit disse ao recebê-lo. — Ardan estava me ajudando com os biscoitos. Ele vai entregar aos rebeldes.

— Entendi... — ele murmurou. — Bom, se precisarem de algo, por favor, me avisem.

Ninguém se atreveu a dizer nada, até que Ardan se pronunciou:

— Eu preciso de uma coisa.

Harvey arregalou os olhos, surpreso. Ardan nunca lhe pedia ajuda.

— Do que precisa?

— Preciso do pergaminho com a profecia do último profeta de Hamare.

◈◈◈

Ardan abriu o pergaminho em cima da mesa. Estava empoeirado e um tanto desgastado. Era um pergaminho fino; a profecia não era muito comprida, para a surpresa de Ardan. Ela estava escrita em dois idiomas, o original de Hamare e o da fundação do mundo; estavam misturados.

— Parece que aqui — o mestiço iniciou, passando o dedo por uma parte específica — é a fala da Chama Eterna, e o resto é do profeta.

— Como assim? — Maila perguntou.

— Nessa profecia, o profeta conta o que a Chama lhe falou. Então, o que ele diz está em Hamare e o que a Chama fala está no idioma da fundação.

— Oh, entendi agora. Mas não fica meio confuso?

— Um pouco.

— E o que a profecia diz? — foi a vez de Oscar perguntar.

— Ela traz uma série de acontecimentos. O drigon da profecia primeiro voltará para Hamare e não será mais exclusivo de Ekrateia.

— Isso é impossível — Harvey interrompeu. — Não temos profetas desde que nosso Original nos deixou, e isso faz centenas de anos.

Ardan ignorou a observação do pai.

— Depois desse acontecimento, o elegido será revelado, mas ainda não entendi se vai ser junto ao seu dragão ou não. Eu acho que não, acredito que eles serão encontrados separadamente.

— Mas por quê? — Oscar continuou com as perguntas.

— Porque tem o guardião do elegido, eles terão que trabalhar juntos. Acho que o guardião é como um conselheiro para o elegido, por isso ele vai ajudá-lo a encontrar o dragão de duas faces.

— Mas por que será que o dragão do elegido precisa ser de Chrestos ou Makothu? O que a Chama queria com esses clãs?

Ardan pensou um pouco.

— Eu não sei, mas esses são os clãs do conhecimento. Eles foram abençoados juntos no quarto dia, alguma razão deve existir.

Maila se aproximou do pergaminho, mesmo sem entender nada do que estava escrito ali.

— Então o guardião e o elegido são irmãos — ela concluiu. — Dragões de duas cabeças precisam ter dois dramethis, é assim que funciona em Chrestos e Makothu. Por isso a profecia fala que o guardião e o elegido precisariam trabalhar juntos.

Oscar e Ardan se olharam, pensativos. A teoria fazia sentido. Eles ficaram um tempo calados até que Elliot lhes chamou a atenção, cutucando o ombro do líder.

"Estamos olhando um quebra-cabeça", ele sinalizou. "A Chama não colocaria todas as peças juntas, pois seria mais fácil encontrá-las e alguém com más intenções poderia destruí-las. As peças estão divididas, espalhadas."

— Então está dizendo que acha que o dragão de duas faces não estaria nem com o elegido nem com o guardião? — Ardan perguntou em voz alta.

"Exato. Essa profecia não passa de um grande enigma. Foi feita para ser difícil de entender, para que fosse difícil encontrar os eleitos. As profecias de Hamare sempre foram muito claras e objetivas, as de Ekrateia também. Mas essa é diferente, e por isso é tão popular: porque dá margem para criar várias teorias."

Ardan olhou para os outros. Precisava explicar o que Elliot havia dito.

— Elliot está certo, seria muito óbvio se eles fossem irmãos. As peças estão espalhadas, mas quem vai unir essas peças perdidas?

— O primeiro profeta, não?

Todos olharam para trás procurando de onde a voz vinha. Era Yana. Ela prosseguiu:

— Eu entendi que tudo isso vai acontecer depois que o drigon da profecia voltar para Hamare. Então não é ele que vai mostrar a próxima peça? — Ela comeu mais um biscoito antes de finalizar a fala com a boca cheia. — É isso?

O grupo todo se sentiu envergonhado por ter perdido para a menina mais nova do recinto. Maila olhou para Ardan com um sorriso torto.

— Ela é mesmo sua irmã.

Ardan sorriu de volta e voltou o olhar para o pergaminho.

— Mas o guardião da profecia está me chamando a atenção. É somente esse personagem que é mais detalhado, que dá características para o encontrarmos. Diz que "é um malhado guardião que carrega a marca da rejeição". Mas, como está no idioma da fundação, essas palavras podem significar várias coisas. Eu traduzi de forma literal, mas o malhado pode significar "forte" ou "sujo" nesse idioma.

— Ou pode significar uma vaquinha malhada — Oscar disse em tom brincalhão.

Não deu tempo de ninguém rir. Maila deu um tapão na cabeça de Oscar, que decidiu ficar quieto, segurando o riso.

— Tragam Kali para cá, vou precisar da ajuda dele para traduzir o trecho no idioma da fundação.

— Vamos eu e você, Maila? — Oscar perguntou enquanto coçava a cabeça após o tapa.

Maila se virou para chamar Usara também, mas a avistou conversando com Elliot através de toques no braço. Ela se voltou para Oscar e logo entenderam: melhor irem sem ela.

Os dois andavam pelo acampamento procurando Kali. Não o encontraram na tenda de Oscar, por isso foram até Alba para saber se estavam juntos.

Para a decepção deles, Alba estava sozinha, sem ter ideia de onde o rapaz de Chariã poderia estar. Maila e Oscar deduziram que talvez ele tivesse ido até o poço para se refrescar, já que criaturas do clã das águas tinham sede com mais frequência.

— Você e Ardan estão bem? — Oscar perguntou enquanto caminhavam até o poço.

— Ah, sim. Ele disse que fingiria que nada aconteceu.

— Gentil da parte dele.

— Foi — ela murmurou em resposta.

— Então por que você parece chateada com isso?

Maila não sabia como responder.

— Acho que ainda estou um pouco envergonhada, nem sei como vamos dormir na mesma tenda hoje.

— Acredito que Ardan vá dormir na casa dele.

— O quê?!

— Nebit nunca desmanchou o quarto de Ardan. Sempre que ele vem, Yana dorme com ele. Acho que você pode ficar tranquila esta noite.

— Oh... — Maila acenou com a cabeça.

— Você parece desapontada — Oscar observou com um sorriso.

— Claro que não, vai ser... Vai ser melhor assim.

Oscar parou de caminhar a alguns passos antes de chegarem ao poço.

— Maila, você está gostando de Ardan?

A guardiã interrompeu a caminhada para pensar na resposta, mas então olhou para o poço logo à frente e perguntou:

— Chariã?

— O quê? O que isso tem a ver? Não foge do assunto.

Maila puxou Oscar para dentro de uns arbustos secos e tampou sua boca.

— Veja, é Kali — ela cochichou.

Oscar tirou a mão de Maila de sua boca e disfarçadamente olhou entre as frestas. Kali segurava um objeto brilhante e amarelo, nele refletia a imagem do Original Chariã.

— O que é aquilo? — ele perguntou, sussurrando.

— É uma escama. — Maila percebeu. — Chariã deve ter entregado a ele antes de partir.

— Tipo como um espião?

— Não sei se seria isso.

— Claro que é, Maila! Chariã deu a escama dele para que pudesse se manter informado, nos espionando.

Maila ficou desconfortável — afinal, também carregava uma escama —, mas sabia que Ekrateia não lhe entregara a escama por isso.

— Fica quieto, vamos tentar ouvir o que falam.

Apesar de tentarem prestar atenção, não conseguiam entender a conversa. Eles estavam quase desistindo quando alguém os cutucou nas costas. Os dois seguraram o grito de susto ao perceberem que era Elliot.

— Ardan mandou procurá-los, estão demorando.

— Shhhhhh! — Oscar sinalizou.

Elliot decidiu conversar ao seu modo.

"O que estão fazendo?"

Oscar o acompanhou.

"Kali está conversando com Chariã através de sua escama de dragão, mas não conseguimos ouvir a conversa daqui. Parece suspeito."

"Dá para ver seus lábios daqui?"

"Kali está de costas. Só dá para ver Chariã, mas está muito pequeno."

"Deixe-me tentar, então."

Elliot se agachou perto deles e tirou do bolso um binóculo retrátil dourado como o ouro. Ele o ampliou e observou a conversa pelo objeto. Após alguns minutos, a conexão de Kali com Chariã se encerrou. Ele guardou a escama no bolso e saiu por outra direção.

— E então? — Oscar perguntou a Elliot.

O rapaz de Piston demorou um pouco para responder.

— Kali está planejando roubar as páginas do Livro da Eternidade, a comando de Chariã.

CAPÍTULO 25

Não cobiçarás a mulher do teu próximo

Já era noite, e Kali continuava amarrado em uma cadeira contra a sua vontade. Ardan o encarava com frieza; ele sabia que a situação não estava a seu favor. Maila, Oscar, Elliot, Usara e Alba também observavam a cena.

— Comece a falar — Ardan ordenou.

Kali encarou Alba, que claramente estava aflita.

— Não posso trair o meu Original — ele respondeu, temeroso.

— Eu não pedi espiões, eu pedi um embaixador. O que Chariã quer?

O rapaz amarrado virou o rosto, recusando-se a falar.

— Tudo bem, então. Já que você quer do jeito difícil...

Ardan puxou Alba pelo braço sem delicadeza alguma. Com seu drigon de forjador ele criou uma adaga afiada e a segurou contra o pescoço dela.

— Não! — Kali gritou.

— Ardan, calma! — Maila também gritou. Ardan não seria capaz de ir tão longe, certo? *Certo*?!

Todos ficaram tensos com a cena.

— O que Chariã quer? — Ardan indagou.

Kali manteve seu olhar em Alba, que chorava baixinho. Com o silêncio dele, Ardan passou a faca de leve pelo pescoço dela, criando um fino rastro de sangue.

— Tá bom, eu falo! — Kali exclamou.

Imediatamente Ardan tirou a adaga do pescoço de Alba.

— Estou esperando. Você conhece os boatos sobre mim, eu posso ir mais fundo se quiser.

O rapaz estava com a boca trêmula.

— Chariã quer que eu pegue as páginas, ele quer as páginas para si — ele enfim respondeu.

— Por quê?

— Ele não me disse.

Ardan aproximou a adaga do pescoço de Alba de novo.

— Eu juro! — Kali clamou, desesperado. — Ele só me deu ordens, estou apenas obedecendo!

— O que mais?

— Ele pediu que eu ficasse de olho na garota de Ekrateia, pediu que eu pegasse as páginas antes dela.

Maila gelou com a informação. Ardan soltou Alba e fez sinal para que ela desamarrasse Kali. Ela correu para obedecer. Assim que ele foi liberto, Ardan estendeu-lhe a mão.

— Me dê — ele exigiu com frieza.

— O quê? — Kali perguntou, confuso.

— Me dê a escama de Chariã.

Kali obedeceu, mesmo relutante.

— Você não pode destruir a escama de um Original.

— Eu sei, mas com ele você não fala mais.

— O que vai fazer comigo?

Ardan bufou com a pergunta.

— Eu mato espiões.

Alba apertou Kali com força. Estava com medo de perder o amigo por conta de uma imprudência.

— Mas eu vou manter meu lado do acordo com o líder de Chariã. Temos uma boa relação com o clã e não quero estragar o que construímos por conta de um espião descuidado. Mas acredite: a partir de agora estarei de olho em você, principalmente em seu Original. Já estou farto de suas travessuras.

◈◈◈

Maila se assustou com a situação que tinha acabado de presenciar. Não esperava que Ardan fosse reagir daquela maneira quando o informara do ocorrido. Ele sempre parecera tratar todos bem, mas com certeza não tolerava infidelidade. Já era noite quando ela caminhava pelo acampamento. Para sua surpresa, viu Alba perto do poço e decidiu falar com a garota.

— Oi, você está bem? — ela perguntou timidamente.

— Um pouco nervosa ainda — Alba respondeu.

— Ardan consegue ser assustador quando quer, não é?

— Sim, ele é bem rígido — ela murmurou.

A guardiã pensou um pouco.

— Não sente raiva dele?

— Não, ele me salvou.

— Mas quase te matou minutos atrás.

— Não acho que ele faria isso. Quer dizer, não sei. Eu só estava preocupada com Kali.

— Vocês são muito próximos?

— Éramos amigos de infância. Um dia eu fiz besteira e ele ficou do meu lado. Quando fui embora com os rebeldes, ele foi atrás de mim e começamos a manter contato pelas correntes das águas. Nos reencontramos pessoalmente só agora.

— Nossa, sua história parece muito a minha e de Ardan.

— Sério? Fiquei sabendo que também eram amigos de infância.

— Sim, mas no nosso caso quem partiu foi ele.

— E você foi atrás dele também?

Maila ficou muda. Nunca tinha parado para pensar, mas, quando Ardan se fora, ela jamais tomara a iniciativa de procurá-lo, apenas aceitara sua partida. Será que ele tinha ficado magoado com sua atitude? Ela deveria ter ido atrás dele e tentado manter contato? Quantas coisas teriam sido diferentes se ela tivesse conseguido trocar cartas com Ardan durante esses anos? *Que péssima amiga.*

— Que "besteira" foi essa que você fez? — Maila perguntou para mudar de assunto.

— Ah. — Alba suspirou. — Tenho o drigon azarão, destruo tudo em que toco. Meu drigon age de acordo com minhas emoções. Um dia, na corrida de dragões, eu briguei com meu pai. Estava tão furiosa que fiquei determinada a ganhar. Eu e meu dragão nadamos rápido, chegamos em primeiro. Mas, quando olhei para trás, tudo por onde eu passei estava destruído. — Ela fez uma pausa. — Alguns dragões morreram, e não existe pecado maior do que matar um dragão. Todos acharam que fiz de propósito, mas somente Kali acreditou em mim. Devo muito a ele.

Eu não sabia! Acredite em mim!

Eu acredito, Ardan!

Essas palavras passaram na mente de Maila como uma lembrança. Ardan também não tinha feito nada de propósito. Ele não pedira para nascer mestiço, ele apenas nascera. Não tinha culpa pelo pecado de seus pais, mas todos ao redor o trataram como uma aberração, e ela não fora atrás dele para ampará-lo.

— Eu poderia ter sido melhor — Maila sussurrou.

— O que disse?

— Maila! — uma voz masculina gritou.

As duas olharam para trás. Era Oscar trajando uma roupa nova e com o cabelo milagrosamente penteado — o que era uma surpresa, porque o cabelo dele sempre andava todo bagunçado e sem forma.

— Oh! — Maila exclamou, impressionada. — Para onde você vai tão arrumado?

— Me encontrar com Lena! — ele contou, animado. — Vem comigo? Eu queria que você a conhecesse.

Maila olhou para Alba, que acenou indicando que ela poderia ir. A conversa estava encerrada. Ela se despediu da filha de Chariã e seguiu Oscar.

— Não quer chamar Usara também?

— Ela já conhece Lena, só falta você conhecer meu grande amor.

— Seu grande amor é casada — ela sussurrou.

Oscar deu de ombros.

— Você não está me levando para uma encrenca, né? Morro de medo de escândalos — Maila disse, preocupada.

— Está tudo bem, nós só ficamos juntos uma vez. Depois que o pai de Ardan me pegou no flagra com ela, fui expulso e me juntei aos rebeldes com Ardan. Então, sempre que eu venho, é apenas para vê-la e conversar um pouco.

— Por que ela não foi expulsa também?

— Como a cena foi vista só por Harvey, ele prometeu guardar segredo para que o marido dela não soubesse. Mas alguém teria que sofrer consequências, então assumi o castigo e parti. Foi melhor para ela.

— Como assim?

— Divórcio é proibido aqui no clã do amor. Não importa a circunstância, divórcio acarreta a expulsão. Lena me ama, Maila. Mas ela não pode se separar para ficar comigo, então me contento com as visitas amigáveis.

— Ela poderia se divorciar e ficar com você no clã rebelde?

— Lena é medrosa demais para isso, na época o clã rebelde ainda era muito novo para se confiar. Tudo era incerto. Ela tem pavor de decepcionar os pais, que arranjaram o casamento. Ela é a filha perfeitinha, abomina a ideia de magoar sua família, mesmo que isso acarrete sua própria tristeza.

Maila sentiu a garganta arder ao ouvir a história. Quanto mais tempo passava com os rebeldes, mais se sentia à vontade para ser ela mesma — e menos sentia falta de casa. Começava a parecer uma traidora. A culpa em seu coração a corroía, mas pela primeira vez ela se sentia livre: sem pessoas colocando expectativas sobre si, sem exigências sobre sua aparência e sem cobranças. Ela não era uma guardiã ou uma forjadora com os rebeldes; ela era Maila. Ser apenas Maila era suficiente para ser amada?

— E o marido dela vai deixar você sair com ela?

— Ele nunca está em casa nesses horários; está nos bordéis e nos bares traindo ela, então vai ficar tudo bem.

— Não entendi. O divórcio não pode, mas a traição, sim?

Oscar riu.

— Eu não te falei que todos os clãs têm problemas? Até mesmo o clã do amor tem suas hipocrisias.

A observação fez Maila refletir. Era como Ardan havia dito, sem dúvida os clãs não estavam bem. Talvez Ekrateia estivesse mesmo sendo negligente em sua liderança, e essa possibilidade irritava Maila de forma profunda.

Ao chegarem à frente da casa, Oscar ajeitou sua vestimenta e respirou fundo.

— Você parece feliz — Maila notou com um sorriso.

— Sempre fico assim quando vou vê-la.

— E se ela te recusar de novo?

O rapaz apertou os lábios, e Maila teve a impressão de que seus olhos ficaram marejados; ele se virou para ela e sorriu.

— Promete me consolar?

Maila piscou algumas vezes, surpresa, mas logo retribuiu com um sorriso gentil.

— É claro.

Oscar, então, bateu à porta e esperou alguns segundos. Eles conseguiram ouvir sons de passos lentos chegarem até a porta. Uma mulher alta, loira e de pele bronzeada atendeu. Maila estava tão nervosa que acabou falando primeiro:

— O-oi! É um prazer conhecê-la e...

— Maila — Oscar a interrompeu com o semblante sério; seu sorriso ansioso tinha se esvaído. — Essa não é Lena.

A guardiã fitou a mulher com mais cuidado e então reparou que ela carregava um hematoma roxo ao redor do olho esquerdo.

— Pelas brasas da Eternidade! — ela exclamou. — Você está bem?

A mulher abaixou o olhar com medo de responder.

— Oi, Ceci — Oscar disse sem expressão alguma. — Onde está Lena?

— Quem é ela, Oscar? — Maila perguntou com medo. Nunca tinha visto Oscar daquele jeito.

— Irmã mais nova de Lena — ele falou com a voz vacilante. — Ceci, onde está Lena?

— Oscar... — a mulher falou com a voz rouca. — Lena morreu.

Maila cobriu a boca com as mãos, assustada, e viu Oscar abaixar a cabeça. Mas ele não parecia surpreso com a informação, apenas desapontado.

— Seus pais deram você no lugar dela para aquele cretino? — ele perguntou sem levantar a cabeça.

Ceci apenas assentiu, com as mãos trêmulas.

— Isso foi há muito tempo? — Uma lágrima escapou dos olhos de Oscar, e Maila quase o acompanhou. Ela conseguia sentir sua aflição.

— Já faz cinco meses, Oscar. Eu sinto muito.

Ele não conseguiu dizer nada. Apertava os lábios com força enquanto segurava outras lágrimas que insistiam em fugir. Acenou para Ceci e foi embora marchando rápido. Maila se virou para a moça e disse:

— Não o deixe tratá-la assim.

Ceci começou a chorar, desesperada.

— Ele vai me matar, igual fez com ela!

E então fechou a porta, deixando Maila atordoada. Muita coisa tinha acontecido naquele dia e estava difícil processar tudo, mas ela não abandonaria Oscar igual fizera com Ardan. Não precisava ficar remoendo seus erros do passado, só tinha de aprender com eles. Por isso, dessa vez, ela iria atrás de seu amigo.

CAPÍTULO 26

Até onde vai a justiça dos homens?

Oscar chorava amargamente dentro de sua tenda. Usara e Maila o abraçavam, tentando consolá-lo, mas em vão.

— É minha culpa! — ele gritava. — Eu sabia o que ele fazia com ela!

Usara tentou acalmá-lo:

— Não é sua culpa, Oscar.

— Não! — Ele cobriu o rosto com as mãos. — Eu deveria tê-la amado mais. Se meu amor tivesse chegado até ela, ela poderia ter se decidido. Eu não a protegi.

Ele continuou chorando. Maila segurou o rosto dele com força, obrigando-o a olhar nos olhos dela.

— Presta atenção, Oscar. Seu amor é grande demais para não a ter alcançado. Seu coração alcançou todos nós, não há ninguém nesse mundo que não seja tocado pelo seu amor.

Oscar parou de chorar e fixou os olhos no nada.

— Lena... — ele murmurou. — Eu vou matá-lo.

E finalizou a frase com o olhar raivoso.

— O quê?! — Usara perguntou, preocupada.

— A única função daquele inútil era ser um bom esposo. NÃO É TÃO DIFÍCIL ASSIM! — ele vociferou. — EU TERIA SIDO UM BOM MARIDO PARA ELA, EU TERIA!

— Não temos dúvidas, Oscar — Maila disse, preocupada ao perceber que ele estava exaltando-se demais.

— O que está acontecendo aqui?

Os três olharam para a entrada da tenda e lá estava Ardan, acompanhado de Elliot. O líder viu Oscar aos prantos e, por conhecê-lo, deduziu o que poderia ser.

— Eu vou matá-lo — Oscar repetiu.

— Você não vai matar ninguém — Ardan alertou. — Temos que agir com cautela.

Oscar se levantou, irritado.

— Não me venha com sua hipocrisia, seu imbecil! Você mata qualquer um que fique no seu caminho!

— Eu nunca disse que era exemplo para ninguém! Não é assim que se faz justiça — Ardan retrucou.

— Justiça? — Oscar riu com amargura. — Você acha que eu quero justiça? — ele perguntou, aproximando-se do rosto do líder. — Me responda, Ardan: até onde vai a justiça dos homens?

O mestiço se manteve calado.

— Eu não quero justiça — ele prosseguiu. — Eu quero vingança!

— Não posso manchar sua reputação. Você é o aliado mais importante de nosso clã, o membro que resolve conflitos e cria harmonia quando estamos com outros povos. Não posso perder isso.

— É isso que sou? Uma peça para o seu jogo?

O líder suspirou, suspeitando de que não o agradaria com sua resposta.

— Não posso deixar você se manchar, Oscar.

— Se ele não morrer, eu nunca vou perdoar você — Oscar falou, cerrando os dentes.

Ardan o encarou e respondeu sem mudar o tom de voz:

— Não sou o tipo de cara que procura perdão.

Oscar bufou em meio ao riso e então se retirou da tenda, esbarrando em Elliot, sem se desculpar. Maila se aproximou de Ardan.

— Fez a coisa certa, fico feliz que seu lado Ekrateia ainda esteja aceso. Você agiu com domínio, o que não é fácil em uma situação assim.

Ardan concordou sem conseguir olhar nos olhos de Maila. Ele de fato prezava pela boa fama de Oscar, mas não se importava muito com a sua.

CAPÍTULO 27

Somente um mestiço compreende outro

Hamare estava agitada e bastante barulhenta. Chegara o dia da Cerimônia da Centelha daquele ano. Em Hamare, a iniciação dos novos membros oficiais acontecia na praça central da cidade, e tudo se desenrolava de forma descontraída. Barraquinhas de comida já estavam montadas e espalhadas pela rua principal, ao final da cerimônia. Eles comemoravam os novos drigons através da dança da fogueira, onde todos vestiam trajes típicos de Hamare. Era uma festa animada, que deixava alguns jovens à flor da pele. Logo, os adultos precisavam ficar atentos para que ninguém fizesse besteiras em noites alegres e calorosas como aquelas.

Ardan se acomodava em sua tenda. Tentava prestar atenção em suas traduções, o que estava sendo bem difícil devido ao barulho extremo. Os dias se passaram, mas ele ainda estava empacado e não podia mais pedir ajuda para Kali. Estava ficando cada vez mais difícil. O rapaz fechou os olhos, irritado.

— Eu preciso que me ilumine aqui, Chama Eterna, senão eu não consigo.

No mesmo instante, a vela que ficava em cima da mesa caiu do lado de uma das páginas. Incrivelmente, ela se acendeu sozinha com uma chama brilhante e azul. Acabou queimando a ponta do papel, e Ardan correu desesperado para apagar o fogo antes que queimasse a página toda.

— Pelas brasas, essa foi por pouco — disse a si mesmo enquanto seu coração desacelerava após o susto.

Ardan pegou a página para verificar se não havia sofrido nenhum dano e, então, notou que, bem ao lado de onde tinha queimado, havia uma assinatura muito pequena, uma marca que não fazia parte do texto. Ele não tinha reparado nela antes, até aquele momento.

— Essa assinatura é do Original Hamare; parece que foi ele que escreveu a parte sobre a criação do mundo — ele concluiu.

Como uma ideia que tinha pairado em sua mente, ele pegou as páginas anteriores e as que estavam adiante. Todas elas tinham a assinatura de Hamare, exceto...

— Tudo até aqui foi ele que escreveu, mas aqui... Até a letra é diferente, não foi o mesmo dragão que escreveu o Livro.

E então observou que as páginas sobre a queda de Hamare estavam com outra assinatura.

— Chariã? — ele perguntou para si mesmo, sem acreditar. — Por que Chariã escreveu se Ekrateia é o dragão do primeiro dia? Assim que Hamare sumiu, era ele que deveria ter assumido a escrita do Livro, não Chariã. Então, por quê?

O mestiço ficou encarando as folhas por alguns instantes.

— Estou perdendo tempo tentando traduzir as páginas com a assinatura de Hamare, preciso focar nas que têm a assinatura de Chariã.

Ele olhou para a vela antes de perguntar:

— É isso, não é?

A vela rapidamente se acendeu e logo se apagou. Ardan abriu um sorriso largo. Bingo.

◈◇◈

— Ardaaaaan, faz trança em mim, por favor?

Yana gritava enquanto entrava na tenda do irmão.

— Por que não pede para a mãe? — Ardan perguntou, provocando-a.

— Ela está ocupada com os preparativos da Cerimônia, e eu estou...

— Atrasada, como sempre — ele disse, arqueando a sobrancelha.

— Você está proibido de me corrigir hoje. É o meu dia. Finalmente vou ganhar meu dragão, então não me deixe de mau humor.

Ardan sorriu com o comentário; ela era mesmo sua irmã. O rapaz largou o que estava fazendo na mesma hora e cruzou as pernas em cima da almofada, sinalizando para que ela se juntasse a ele. Yana sorriu e foi empolgada em sua direção enquanto segurava um pente de dentes largos e um pote pequeno com um tipo de creme específico para seu cabelo. A menina se sentou de costas para o irmão, e Ardan começou a pentear a raiz de seu cabelo.

— Que tipo de trança você quer? — Ardan perguntou enquanto separava as mechas.

— Quero doze tranças para simbolizar os drigons, mas só na raiz. O resto, eu quero solto.

— Humm — Ardan murmurou. — Está na expectativa de algum drigon?

— Sim, quero ganhar a força — ela respondeu, animada.

— Mas é o drigon que a maioria tem aqui. Não quer algo diferente?

— Mas eu quero o mesmo drigon da mamãe. Além do mais, todos os meus amigos querem também. Se tivermos o mesmo drigon, vai ser mais fácil de a gente se aventurar em novas brincadeiras.

— Drigon da força não é passe livre para fazer bobagem.

Yana riu. É óbvio que ela faria bobagem.

— Você teve sorte, Ardan. Tem tantos drigons.

— Bom, esses drigons vieram com um preço: eu não tenho nenhum dragão.

— Tudo bem. Quando meu dragão crescer, educo ele para que deixe você montá-lo.

Ardan soltou uma risada abafada, afinal, mesmo que Yana se esforçasse muito, isso seria impossível. Dragões nunca permitiam que outras pessoas, além de seus dramethis, os dominassem.

— Irmão...

— Diga.

— Se você é um mestiço, não deveria ter dois dragões? Um de Ekrateia e outro de Hamare?

A pergunta pegou Ardan de surpresa.

— Bom... Dragões de Hamare me rejeitam porque sentem o cheiro de meu sangue Ekrateia, e dragões de Ekrateia me rejeitam porque sentem o cheiro de meu sangue Hamare. Eu não sirvo para nenhum dragão. Somente um mestiço compreende outro.

— Mas não existem mais mestiços, só você.

— Exatamente.

— Quer dizer que você vai ficar sozinho para sempre?

Antes que Ardan pudesse responder, Maila entrou na tenda.

— Oh, você está aqui, Yana! — Maila exclamou, surpresa.

Maila usava um traje leve e fresco em um tom de azul escuro. Ela tinha acabado de voltar das compras com Usara. Conseguira encontrar alguns vestidos e calças para o calor de Hamare.

— Que linda a sua roupa, Maila! — Yana elogiou.

— Obrigada — a guardiã acrescentou com um sorriso. — Na verdade, não tinha muitas opções de trajes azuis nas tendas, mas fiquei feliz com esse.

Ardan observava Maila com admiração; estava acostumado a vê-la com roupas grossas e compridas. Mas seu novo traje lhe dava um ar mais livre, o que a deixou ainda mais deslumbrante. Maila se juntou a eles e se sentou em frente à Yana, com as pernas também encolhidas.

— Olha, não sabia que trançar cabelos era mais uma habilidade de Ardan!

O mestiço bufou um sorriso sem olhar para Maila. Manteve-se concentrado no penteado que a irmã exigente havia pedido.

— Quer que ele faça em você também? — Yana perguntou na inocência.

Os dois se olharam, envergonhados com a sugestão.

— Meu cabelo é liso demais para eu fazer penteados e tranças bonitas como as suas. É meio sem graça, estou sempre com o mesmo cabelo — Maila respondeu tentando contornar a situação.

— Já que não pode fazer penteados, você poderia tentar um corte novo — Yana sugeriu.

— Já pensei, mas Therkov odeia cabelo curto, então... — Ela parou de falar quando percebeu que Ardan tinha fechado a cara novamente. — Enfim, vou manter assim mesmo.

— Quem é Therkov? — Yana perguntou, confusa.

— É meu noivo. Quer dizer, futuro noivo. Está tudo acertado, na verdade; só falta oficializar na frente de todos — Maila respondeu, sem graça.

— Ué, mas cadê sua aliança de noivado?

Maila levou a mão direita ao coração enquanto pensava na pergunta.

— Eu ainda não tenho uma.

— Então ainda não está noiva.

— É, acho que não.

Yana se virou para Ardan.

— Então ainda dá tempo de dar uma aliança para ela, irmão.

Ardan puxou as tranças de Yana, fazendo-a soltar um gritinho agudo.

— Quantas vezes vou ter que dizer que você não pode ir falando tudo que vem na sua cabeça? — Ardan repreendeu, irritado.

— Chato! Só termina minha trança logo, que vou contar tudo pra mamãe.

— Vai, conta, então — disse, revirando os olhos.

Maila riu da cena. Era diferente ver Ardan naquela posição de irmão mais velho. Ainda mais por ter presenciado quando ele matou uma criança semanas antes. Parecia contraditório que ele conseguisse demonstrar amor fraternal daquela maneira. Ela não sabia se conseguia imaginá-lo sendo pai ou não.

Ardan já estava finalizando as tranças da irmã quando uma questão voltou à mente de Maila.

— Oscar ainda não está falando com você?

Ardan apenas negou com a cabeça.

— Poxa, já passaram tantos dias... — Ela suspirou. — Logo ele te perdoa por isso. Você agiu com sabedoria, fez a coisa certa.

— Lena era especial para ele, Maila. Eu estava aqui, eu os vi se amarem. Presenciei tudo. Oscar não vai me perdoar.

Maila lamentou em seu coração, mas não queria deixar seu domínio próprio de lado; precisava agir com razão para aconselhar o amigo.

— O tempo trará o perdão de que precisam.

Ardan finalizou a última trança e deu três batidinhas nas costas de Yana para que ela se levantasse. A menina correu até um pequeno espelho em cima da mesa.

— Amei, Ardan! — Ela sorriu ao ver seu reflexo. — Podemos ir agora!

— Vocês podem ir na frente, preciso resolver uma coisa antes. Pode levá-la para mim, Maila?

— Ah, claro. — A guardiã coçou a cabeça, envergonhada. — Vou guardar um lugar para você ao meu lado, então. Não demore, por favor.

Ardan arregalou os olhos com o comentário da amiga. Era possível ver Yana prestes a soltar uma gargalhada. Antes que isso acontecesse, Ardan disfarçou o olhar de espanto e sorriu gentilmente para Maila.

— Não vou demorar, acredite.

Ela sorriu de volta.

— Eu acredito, Ardan.

CAPÍTULO 28

A primeira peça do enigma

A noite estava iluminada com estrelas e completamente sem nuvens, clima perfeito para a Cerimônia da Centelha. Era um evento importante, portanto todos os bares e bordéis haviam fechado mais cedo para a celebração. Um homem um pouco bêbado e irritado voltava para casa enquanto xingava baixinho o dono do bar que o expulsara por querer encerrar suas atividades.

— Maldita cerimônia! — o homem resmungou. — Só dá os drigons logo de uma vez. Precisa de tudo isso mesmo? Odeio essa época do ano — falou ao cambalear, tentando chegar ao seu destino.

Andou mais alguns metros até avistar sua casa. Ao adentrá-la, notou que todas as luzes estavam apagadas.

— Até aquela vadia se atreveu a ir para essa cerimônia ridícula.

Ele olhou pela janela e viu que o quintal estava vazio.

— E ainda teve a audácia de levar meu dragão junto. — Ele tirou o cinto da calça e o bateu contra o tampo da mesa. — Ela vai ver quando chegar em casa.

— Ei! — uma voz o chamou pela porta.

O homem se virou para a entrada da sua residência, mas, por conta da iluminação, só conseguiu ver a silhueta de alguém que o observava.

— Quem é você? — o homem gritou com raiva. — Saia da minha casa!

A silhueta se manteve imóvel.

— Oh, não se preocupe, eu sairei. Mas, antes, percebi que você gosta de cintos. Eu também os adoro. Por favor, permita-me demonstrar o quanto eu os aprecio.

E então um cinto vermelho e brilhante surgiu da escuridão, revelando a imagem que o homem temia.

◈◈◈

— Ardan está demorando, não acha?

— Não sei, Maila. Não quero saber — Oscar respondeu friamente.

A guardiã não estava acostumada com aquela versão dele. Desde o ocorrido, o rapaz estava muito diferente, não sorria mais e estava muito menos falante. Era estranho vê-lo tão quieto, mas ela sabia que precisava dar-lhe tempo. Ao longe, ela avistou Usara e Elliot se aproximando e levantou a mão para chamar a atenção de Elliot, que começou a guiar Usara até eles.

— Detesto admitir, mas eles ficam fofos juntos — Maila comentou consigo mesma.

— Por que detesta? — Oscar perguntou sem muito interesse.

— Bom, eles são de clãs diferentes, sabe? Não é natural, entende?

— Amar não é natural? — Oscar questionou.

— Perguntando assim, percebi que foi meio tosco o que eu falei, né?

Oscar soltou um sorriso de canto. Usara e Elliot se sentaram ao lado deles e ficaram esperando a cerimônia começar.

— Ardan já chegou? — Usara perguntou a Maila.

— Ainda não — respondeu, tristonha.

Até que Elliot chamou a atenção de Maila e apontou para longe.

— Ah, lá está ele! — ela exclamou, animada, enquanto levantava os braços para que Ardan a visse.

O mestiço a viu, então foi em sua direção. Passou por Oscar sem dizer uma palavra. O clima constrangedor entre os dois persistia. Ardan se sentou ao lado de Maila após soltar um longo suspiro.

— O que foi? Parece cansado.

— Não foi nada.

— Ardan, o que aconteceu com sua mão? — ela perguntou, preocupada.

As mãos dele estavam vermelhas e cheias de marcas nas palmas. Maila também notou um pequeno rastro de sangue em sua roupa.

— Pelas brasas, onde você se meteu?

— Eu... — Ele pensou um pouco antes de responder. — Fui caçar.

— Nossa, mas precisava ir agora?

Ele olhou para Oscar, que o observava com atenção.

— Sim, precisava.

— Pegou a caça, pelo menos? — ela perguntou, indignada.

Ardan sorriu e Oscar o acompanhou no sorriso.

— Peguei, sim.

Maila acenou negativamente com a cabeça, reprovando o comportamento, mas não quis arrumar briga. Logo a cerimônia começaria. Ao se ajeitar no assento, percebeu que Oscar estava sorrindo e parecia mais animado que antes. Ela ficou feliz, talvez a celebração o tivesse deixado mais revigorado.

Alguns minutos se passaram, até que o pai de Ardan anunciou o início da Cerimônia. Como ele era o líder, era sua função falar alguns clichês — nada que o povo já não tivesse ouvido todos os anos, em toda cerimônia. Maila reparou que, ao contrário de Ekrateia, o ambiente era muito mais descontraído. Não tinha um ar de competição de quem pegaria o melhor drigon; todos só estavam ali para celebrar, não importando o que a criança ganhasse. Não havia pressão nem expectativas. Ela olhou para Yana, que estava como primeira da fila, e sorriu em seu coração. Queria ter tido uma vida tranquila como a da menina.

Minutos mais tarde, Yana foi chamada e colocada no centro das doze hastes. Todos já sabiam, a haste que acendesse revelaria seu drigon. Logo em seguida, ela pegaria seu amado dragão, seu fiel companheiro para o resto da vida. Yana ficou em pé esperando a Chama Eterna descer do céu. Uma estrela brilhante surgiu lá no alto, foi aumentando gradativamente e, como um raio, caiu em cima da garota. Um, dois, três minutos. A Chama estava nela mais tempo que o normal, mas continuaram esperando. A menina permanecia olhando para as brasas que tomavam seu corpo sem queimá-la. Até que, de repente, a Chama se apagou e uma tocha se acendeu. Ardan demorou para processar qual era o drigon, pois estava encarando a haste da força. Assim que percebeu que aquela tocha não havia acendido, correu o olhar para procurar o que a irmã ganhara. Ele sentiu o coração paralisar quando viu qual estava acesa. Harvey correu até a menina, completamente afobado, e a ergueu nos ombros.

— Meu povo! — ele pronunciou com a voz ofegante. — Com alegria e esperança eu anuncio que, depois de tantos anos, a profecia voltou para o clã Hamare!

Todos na praça gritaram tão alto que provavelmente até os clãs vizinhos conseguiram ouvi-los. Ardan se virou para Oscar, perplexo, e percebeu que Oscar o olhava da mesma forma. A profecia do último profeta não era mais uma lenda. E, mais que isso, agora era uma esperança. A primeira peça do enigma tinha sido revelada. Faltavam as outras.

CAPÍTULO 29

Eu vejo você, eu ouço você

Todas as crianças se enfileiraram para receber seus dragões. Os filhotes que foram tirados da jaula eram pequenos e avermelhados. Yana estava emburrada na frente da fila. Contrariando a animação de todos, ela não queria o drigon da profecia. Todos os seus amigos tinham ganhado a força, e agora ela era a mais fraca do grupo. Ardan ria ao ver o bico de frustração que Yana fazia.

— Só ela mesmo para ficar chateada por ganhar um drigon tão importante — ele comentou com Maila.

— Bom, eu entendo essa reação — Maila comentou. — Ela só queria ser igual a todo mundo e ter uma infância tranquila. Agora todos criarão expectativas sobre cada passo de sua vida.

— Foi assim que se sentiu ao receber o drigon de forjadora?

Maila assentiu com a cabeça.

— E, ainda por cima, descobri que nem sei usar meu drigon.

— Por quê?

— Você faz armas tão rápido que fico com vergonha de mim mesma. Às vezes, eu demoro horas para fazer uma arma mais complexa. Só fiz uma arma com alguma agilidade quando estávamos em Ágasu, e nem sei como isso aconteceu.

— Você pensa demais, Maila. Conseguiu forjar uma arma lá porque só fez, simplesmente deixou seus sentimentos fluírem. Como estava enfeitiçada, isso colaborou.

— Como assim?

— Yana vai pegar seu dragão agora! — Oscar avisou.

O grupo voltou a atenção para a menina, que caminhava para perto da jaula. Um por um, cada dragão se aproximava, cheirava sua mão e decidia se a aceitava ou rejeitava como drameth. Ardan observava a cena, aflito. De repente, o menor dragão da jaula se afeiçoou a Yana. Soltou uma faísca pelo nariz parecendo um espirro, o que a fez rir.

— É esse — Ardan murmurou com um sorriso gentil.

O pequeno dragão soltou uma pequena escama de sua cauda, pegou-a com a boca e entregou-a na mão de Yana. Ela fora escolhida, aquele era seu dragão.

— É um dragão macho, filha — Harvey disse ao se aproximar. — Qual vai ser o nome dele?

— Muri — ela respondeu enquanto o pegava em seus braços. — Obrigada por me escolher, Muri.

O filhote se acomodou ali enquanto podia — em breve, seria dez vezes maior que sua mestra. Yana acenou sorridente para Ardan, que retribuiu o aceno. Ele não percebeu quando uma lágrima escapou de seu olho. Era uma lágrima salgada e cheia de orgulho, mas, não tinha como negar, ela também tinha gosto de inveja.

◈◈◈

A fogueira já estava acesa para a dança de celebração. Os dragões de Hamare circulavam no céu jogando bolas de fogo no centro da fogueira. Eram eles que mantinham o fogo aceso durante a dança. Os músicos tocavam alto para animar a festa, e algumas crianças e adultos já dançavam com suas roupas típicas e pinturas corporais. Elliot aguardava na frente da fogueira como quem não queria nada, até que uma moça bonita, sensual e sorridente se aproximou dele.

— Está esperando uma chance para dançar?

Elliot apenas acenou com a cabeça. Não tinha prestado atenção na leitura labial, apenas concordara, mesmo sem saber do que ela falava.

— Você pode dançar comigo, querido — ela convidou ao mesmo tempo que enrolava uma mecha do cabelo nos dedos.

No mesmo instante Elliot acenou negativamente com as mãos.

— Oh... — Ela o fitou de cima a baixo. — Está esperando alguém especial?

— Ele está, sim — Usara respondeu no lugar dele quando o segurou pelo braço.

— Hum, o rapaz tem bom gosto. — A mulher ofereceu um pequeno sorriso a Usara.

Agora era Elliot quem estava com medo de perder a parceira para a mulher sedutora. Segurou Usara firme pela cintura para marcar território. A garota de Hamare riu quando percebeu a situação que criara.

— Fofos — comentou. — Aproveitem a festa, estrangeiros. — E então se retirou para dançar com outro rapaz.

Elliot se voltou para Usara, que estava vestida nos trajes de Hamare. Segurou o braço dela e bateu as pontas dos dedos nele.

"Você está muito bonita hoje."

Usara sorriu com timidez, o que fez o coração de Elliot acelerar. A garota pegou no braço dele também para responder.

"Posso ver se está bonito também?"

Elliot não entendeu seu pedido, mas disse que sim. Então, Usara começou a tocar delicadamente em seus cabelos. Ela roçou os dedos em seus óculos, desceu as mãos pelo seu pescoço, passando também por uma parte do peitoral. Desceu mais um pouco os dedos, sentindo o tecido que cobria parte do corpo dele. Cada movimento fazia a pele de Elliot arrepiar-se ainda mais. Usara finalizou quando chegou à cintura do rapaz, fazendo-o suspirar aliviado. Ela pegou em seu braço novamente.

"Você também está muito bonito."

Elliot sorriu e a puxou para dançar ao redor da fogueira.

"Pode me conduzir? Você escuta a música melhor que eu", Elliot brincou.

A filha de Mansal conduziu o filho de Piston durante a canção. O calor da fogueira aquecia o coração dos jovens, e o brilho das chamas iluminava a pele dos amantes. Elliot tomou a cintura de Usara com mais firmeza, o que a assustou um pouco. Ele estava mais ousado que o normal. Usara entendeu sua iniciativa e contornou as mãos ao redor de seu pescoço. Com as pontas dos dedos, ela deu batidinhas na nuca do rapaz. Mas, por não ser um lugar onde eles estavam acostumados a se comunicar, ele demorou para decifrar o que ela dizia. Só foi entender alguns segundos mais tarde.

"Eu vejo você."

Gentilmente, Elliot subiu seus dedos até o ombro de Usara, que estava livre de tecidos, e com lentas batidas ele a correspondeu:

"Eu ouço você."

Usara sorriu ao entender suas palavras. Poderiam parecer sem sentido nem significado para qualquer um que as recebesse, mas não para eles. Eles continuaram a dança no mesmo ritmo de seus corações, porque agora eles batiam em sincronia.

Nebit amarrava o cabelo de Maila carinhosamente. Ajeitava suas vestes e permitia que ela escolhesse seus tecidos favoritos. A guardiã não estava acostumada com aquilo; sempre diziam a ela o que vestir e como se portar. Dessa vez, estava tendo o privilégio da escolha. Sua mãe era rígida, mas Maila sabia que ela só fazia o que tinham feito com ela. Mesmo assim, estava feliz de receber um pouco de amor materno que não vinha com repreensão.

— Acho que essas joias vão prender no seu cabelo — Nebit murmurou.

— Será? Não quero correr o risco de perdê-las.

— Não se preocupe, são apenas objetos. Se desaparecerem, conquistamos outros.

Maila sorriu para ela e se ajeitou na frente do espelho. Pela primeira vez, não estava incomodada ao ver o seu reflexo. Sua pele estava ainda mais escura, e as manchas brancas, até um pouco avermelhadas por conta do contato com o sol. Sua mãe surtaria se a visse assim, mas, por incrível que pudesse parecer, Maila se sentia linda. Uma moça quase da sua idade bateu à porta da casa, que estava entreaberta. Nebit permitiu sua entrada.

— Olá, senhora. Harvey pediu que a chamasse.

— Pode dizer a ele que estou indo em alguns minutos.

— Está certo.

— Onde está Ben? — Nebit perguntou arqueando a sobrancelha.

— Ah... — A menina ficou envergonhada. — Acho que vamos nos encontrar na fogueira. Eu espero.

— Hum — a mulher murmurou. — Tudo bem. Nós nos vemos lá.

A menina acenou e se retirou do recinto.

— Pobrezinha... — ela lamentou.

— O que houve? — Maila perguntou, curiosa.

— A pobre garota está sendo enrolada por um rapaz que jura há anos pedi-la em casamento, e até agora nada. Ela deveria ter se ligado já e caído fora.

— Ah, sim. É uma *meponsu*, então — Maila respondeu, revirando os olhos ao lembrar-se das provocações de Ardan.

— É quem? — Nebit perguntou, confusa.

— *Meponsu*... — Maila repetiu com o máximo de clareza possível, achando ter pronunciado errado. — Não é assim que vocês chamam garotas que são enroladas pelos namorados?

Nebit riu.

— Acho que você se confundiu; chamamos garotas assim de *unfellicia*.

Maila franziu o cenho.

— Mas...

— *Meponsu* é como os homens chamam as mulheres com quem desejam se casar.

O coração da guardiã pareceu ter parado de bater. Seu rosto ficou completamente paralisado e ela sentiu que nem respirava mais. Nebit prosseguiu:

— *Meponsu* significa "meu amor", "minha musa". — Ela amarrou a última joia no cabelo de Maila. — "Minha noiva." — Ela finalizou a lista de significados sorrindo. — É o apelido mais romântico de nosso clã.

Maila olhou para baixo e percebeu que beliscava o pulso de novo. Ele estava vermelho, tão vermelho quanto suas bochechas.

◈◈◈

— Vamos, Ardan, por favor! — Oscar insistia.

— Oscar, a primeira peça foi revelada. É agora que não posso descansar. Nada disso pode ser coincidência! O roubo das páginas veio no momento certo. Assim que Yana tiver sua primeira visão e eu terminar de traduzir as páginas, saberemos a verdade. Será nossa chance de restaurar a paz entre os clãs.

O filho de Hamare suspirou, desapontado.

— Eu estou tão animado quanto você em relação à profecia, mas isso não precisa impedir você de se divertir. Lá fora tem uma porção daquelas barraquinhas de comida de que você tanto gosta.

— Me desculpe, não posso me distrair. Isso é realmente importante, não posso colocar nada acima disso no momento.

Oscar abaixou a cabeça, frustrado. Quando estava saindo da tenda para deixar Ardan sozinho com suas traduções, ele se deparou com uma cena maravilhosa.

— Uau, Maila!

O nome fez Ardan estremecer e parar tudo que estava fazendo para olhar para trás.

— Como você fica bonita nos trajes de Hamare!

Ardan se levantou da cadeira em um pulo. Conseguia ver a silhueta de Maila através do tecido da tenda.

— Você achou? — ela perguntou. — Nebit que me ajudou, mas não estou acostumada com tanta pele aparecendo.

— Vem aqui mostrar para Ardan — Oscar disse enquanto a puxava.

Maila entrou na tenda um pouco envergonhada, revelando os trajes vermelhos e estampados que usava. A saia tinha uma fenda comprida na perna, e seus pés estavam sem sapatos. Apenas joias contornavam seus dedos. Da cintura para cima, um tecido abraçava seu busto; e seu cabelo estava amarrado na parte da frente, com joias espalhadas por todo o comprimento.

— Sua mãe conseguiu o milagre de fazer um penteado parar no meu cabelo. — Maila riu para Ardan.

O mestiço não conseguiu responder.

— Você vem para a festa, não vem? — Maila perguntou, receosa.

— Ah, o Ardan falou que não vai porque...

— Eu vou! — o rapaz interrompeu o amigo. — Só preciso terminar de colocar meu traje típico.

Maila sorriu com a resposta e se retirou da tenda para permitir que ele se trocasse com privacidade. Oscar permaneceu ali, encarando Ardan com uma sobrancelha arqueada.

— O que foi? Não era para eu me divertir? — Ardan perguntou enquanto trocava a roupa.

Oscar suspirou.

— Vou sentir falta disso.

— Do que está falando?

— Vou sentir falta dessa sua versão, eu não sabia que ela existia.

— Como assim, falta?

— Bom, você está quase concluindo a tradução, e ela quer as páginas de volta assim que você finalizar. Logo ela vai embora, não é?

Ardan estava terminando de colocar a blusa quando parou o movimento ao perceber a veracidade da informação. Maila partiria em breve, e ele não sabia se estava pronto para deixá-la ir.

CAPÍTULO 30

O gosto da rejeição

Maila e Ardan passeavam pela rua repleta de barraquinhas de comida. Em cada lugar que passavam, Maila pegava um doce ou salgado de um dos vendedores. Ela mordia um pedaço para provar e fazia Ardan carregar a sacola cheia de guloseimas pela metade. Era uma rua larga e, mesmo sendo noite, tinha muita iluminação. Apesar de Maila ter os olhos do dragão azul, percebeu que era muito bem tratada em qualquer lugar onde parasse — o que parecia contraditório, já que tinha aprendido que a rivalidade entre Ekrateia e Hamare era gigantesca. Por que Ekrateia odiava tanto Hamare se claramente esse ódio não era recíproco? Quando falavam de Hamare em seu clã, todos fechavam a cara e faziam caretas; mas, toda vez que se apresentava como uma filha de Ekrateia em uma das barraquinhas, era recebida com um sorriso. Será que essa era uma rivalidade que só existia em seu clã?

— Acho que nunca provei tanta comida boa — ela dizia, fascinada, enquanto caminhava pela rua.

— Bem diferente de Ekrateia, não é? — Ardan provocou.

— Ok, eu admito: seria muito mais divertido se tivéssemos uma festa assim depois da cerimônia.

— Era um pouco chato mesmo, acabava a cerimônia e todos iam para casa.

— Sobraram cubinhos de queijo? — Maila perguntou enquanto procurava a comida nos braços de Ardan.

— Não, eu já comi tudo.

— Ardan! — ela reclamou. — Eram meus favoritos!

— Tudo aqui parecia ser seu favorito — ele rebateu.

— Tem razão — Maila concordou ao morder um pastel doce.

— E como tem sido sua estadia em nosso clã rebelde? — Ardan perguntou, curioso.

Maila pensou um pouco antes de responder.

— É muito diferente, mas não é ruim como achei que seria. Eu gostei muito de conhecer os outros clãs, principalmente Ágasu; você sabe que era meu sonho conhecer essa Original. Nunca saí de Ekrateia, então foi uma aventura inigualável para mim.

— Está animada para voltar para casa?

Maila sentiu o pastel descer rasgando na garganta. *Casa.* O que era sua casa?

— Estou — ela respondeu com o rosto virado para o lado oposto. — Agora que sua irmã é a nova profetisa de Hamare, imagino que você estará ocupado desvendando a profecia.

— E você não quer participar dessa busca? — Ardan perguntou enquanto deixava as comidas em cima de uma mesa. — Não está curiosa para saber o que podemos descobrir sobre Ekrateia?

— É claro que estou curiosa, mas eu preciso voltar para meu clã. — Ela o encarou. — Com as páginas, é claro. Não posso voltar sem elas. Envie-me cartas para me atualizar de sua missão e me contar se encontrar o dragão de duas faces, por favor.

— Você responderá a essas?

— Como assim?

Ardan percebeu que era um assunto que não valia a pena. Ainda.

— E se você ficasse com os rebeldes? — ele perguntou.

— Seria uma traição. Prometi retornar com as páginas.

— Mas e nosso acordo? — Ardan argumentou. — Você só volta com as páginas se eu não descobrir nada nelas.

— E você descobriu?

Ardan baixou a cabeça.

— Não.

— Pois é. Como eu imaginei, não existe mentira alguma. Ekrateia sempre nos contou a verdade. Seu tempo está acabando, Ardan. Em algum momento, eu terei que partir. Não pode me enrolar para sempre.

— Você quer mesmo voltar?

— Ardan, aonde você quer chegar com isso? — Maila perguntou, irritada.

— Muito bem. Você quer honestidade?

— Claro que quero, somos amigos.

A última palavra fez Ardan morder o lábio com raiva e soltar no chão a comida que segurava. Maila deu um passo para trás com o susto.

— Eu não quero que você vá. Sei da minha promessa, mas percebi que... — Levou um tempo até conseguir dizer. — Quero que fique.

Maila não esperava por aquilo.

— Por quê? — ela perguntou já se arrependendo da indagação.

Com cuidado, Ardan chegou mais perto dela. Havia muitas pessoas ao redor, ele não queria que nenhum boato errado se espalhasse. Mesmo assim, a aproximação delicada fez as pernas de Maila estremecerem. Ele ficou a uma distância segura e, ao mesmo tempo, muito perigosa; perto o suficiente para sentir sua respiração ofegante e longe o suficiente para desejar ardentemente uma aproximação abrupta.

— Não finja que não sabe, Maila, porque você *sabe*.

Maila continuou com os olhos vidrados nele. Agora seu coração batia acelerado.

— Eu não estou disposto a deixar você ir, *meponsu* — ele continuou.

A última palavra fez Maila engolir em seco. Agora que sabia o que ela significava de verdade, a palavra tinha um efeito diferente nela.

— Sou eu quem decide isso — ela conseguiu dizer.

— Eu sei, por isso vou fazer por merecer. Quero convencê-la a ficar.

Maila se virou de costas, ansiosa com aquela conversa.

— Se você ficar falando coisas assim, vai acabar me confundindo.

Ardan puxou seu ombro e a fez olhar para ele novamente. Agora estavam ainda mais próximos.

— Lembra quando você tentou me seduzir?

— Ardan! — Maila sentiu suas bochechas ardendo. — Você disse que esqueceria isso!

— Eu não pude esquecer, fiquei sonhando e desejando aquele momento todas as noites depois daquilo.

Antes que Maila pudesse responder, um senhor gritou:

— O show de fogos dos dragões vai começar!

Imediatamente todas as pessoas que estavam nas barraquinhas e na rua saíram correndo para assistir à apresentação. Ardan não deixou de olhar para Maila, mesmo com tanta gente se apertando entre eles. Passados alguns minutos, eles ficaram sozinhos na rua. Com a privacidade que haviam ganhado, Ardan teve coragem de dar um passo à frente e colar seu corpo ao de Maila.

— Você ficou pensando naquela noite também, não é?

— Ardan, eu tenho um noivo — ela respondeu com a boca trêmula.

— Não, você não tem — ele disse, aproximando seu rosto do dela.

Maila estava começando a ficar sem argumentos.

— Somos amigos, Ardan — ela conseguiu dizer.

— Você sabe que não somos amigos, Maila. Porque, se fôssemos, você não estaria olhando para minha boca como se fosse me beijar.

Maila levantou o olhar para Ardan. Ele estava certo.

— Você vai me perder se continuar assim — ela sussurrou.

— Eu vou te perder de qualquer jeito. Se você partir, eu te perco. Se eu te beijar agora, também. Não importa a situação, eu sempre perco.

— Então não me beije.

— Mas aí você vai embora. Preciso que fique.

— E acha que um beijo seu me fará ficar?

— Eu só vou saber se tentar.

Ardan segurou o rosto de Maila, e ela não mexeu nem um músculo sequer. Sua pele estava tão arrepiada que ela conseguia sentir os pelos do braço espigados.

— Eu ficava repassando aquela noite na minha mente — Ardan sussurrou. — Eu queria você daquele jeito, completamente despida de vergonha, com cada mancha sua aparente. Eu passaria horas admirando cada pedaço de sua pele nua. — Ele fez uma pausa. — Mas não enfeitiçada. Eu queria saber se você me desejaria daquela forma intensa mesmo fora de um feitiço. Essa dúvida estava corroendo meu coração.

— Ardan... — Maila disse, com as bochechas vermelhas.

— Diga.

— Você vai me beijar ou não?

O mestiço ficou surpreso com a pergunta, mas logo percebeu que não deveria se demorar. Então, assim que voltou para si, ele avançou seus lábios nos dela. Maila tropeçou para trás com a potência com que Ardan chegou em seu rosto. Mas, para sua surpresa, ela não caiu, pois foi segurada por ele ao mesmo tempo com delicadeza e força. Ela não fazia ideia de que isso era possível. Mas, com Ardan, foi. O beijo foi feroz, mas também quente e acolhedor. Era um beijo que carregava um desejo escondido havia muito tempo. Maila não sabia que queria esse beijo tanto assim até finalmente tê-lo. O movimento de sua boca correspondeu ao dele. Ela segurou em seu cabelo com força. Ardan a levantou para cima de uma mesa ao lado da barraquinha onde estavam. O mestiço mantinha a cintura da guardiã colada à sua como se ela fosse escapar de seus braços a qualquer momento — porque, na verdade, ele sabia que era exatamente o que ela faria. E foi o que ela fez.

Maila de repente abriu os olhos e empurrou Ardan, com a respiração ofegante. Ela colocou a mão em sua boca sem acreditar no que tinha feito.

— Isso foi um erro.

Ardan olhou para o lado, frustrado.

— Por quê? — ele perguntou, cerrando os dentes.

— Eu preciso ir.

Ardan a segurou pelo punho quando ela tentou fugir.

— Se você for agora, vou entender como uma rejeição. Sabe disso, não é?

Maila se desvencilhou de sua mão e, com os olhos marejados, saiu correndo. Ardan permaneceu sozinho na rua vazia, rejeitado e com o orgulho ferido. Não era o gosto mais agradável de todos.

O show de fogos dos dragões iluminava o céu. Harvey carregava Yana em seus ombros, e Nebit estava ao seu lado cuidando do dragão da filha. Fogo vermelho dançava acompanhado do movimento de seus dragões. Eles desciam até a fogueira e subiam novamente para as estrelas em uma coreografia ensaiada pelos seus dramethis. Não era fácil treinar dragões de Hamare, por serem muito agitados. Mesmo assim, o clã conseguia fazer o espetáculo acontecer todos os anos.

— Papai, aquele rastro de fogo parece um coração!

— E aquele ali, uma estrela! — Harvey respondeu.

— Não parece, não — Yana discordou.

Nebit riu de sua filha e continuou a observar o céu. Acabou se distraindo quando viu, ao longe, Maila correr para o acampamento. Parecia estar chorando, o que a deixou aflita. Ela olhou ao redor e notou que Ardan não estava por perto. Não podia adivinhar o que estava acontecendo, mas desconfiava de que tinha a ver com a relação dos dois.

— Vou procurar Ardan — Nebit avisou ao marido.

— O quê? No meio dos fogos? — Harvey perguntou, intrigado.

— Estou com um pressentimento ruim sobre ele.

Harvey bufou com uma risada.

— Todo pressentimento ruim vem dele, isso é normal. Não tem nada com que se preocupar.

— Harvey! — Nebit o repreendeu. — Eu já te falei, não implique nem ire o seu filho. — No mesmo instante, ela se corrigiu. — NOSSO filho! A última vez que você fez isso, ele ficou sem nos visitar por quase um ano! Está proibido de afastá-lo de mim novamente, você entendeu?

— É só ele não aprontar toda vez que vem para cá — Harvey rebateu.

— Ardan é um homem livre, você sabe muito bem que regras e ordens não o impedem de fazer o que ele quer. Não digo que concordo com tudo que ele faz, mas uma coisa ele é: leal. Ele cuida dos seus, ele os protege. Nem sempre seus métodos são louváveis, mas ele os protege sempre. E por isso você não o suporta.

— O que quer dizer?

— Ele é igual a você, Harvey; desobediente e inconsequente. Por favor, pegue mais leve com sua versão mais jovem. Não esqueça, a Chama transformou o fruto de seu pecado em bênção na minha vida. Ardan não tem culpa dos erros de seu passado, não desconte suas frustrações nele.

Harvey ficou calado enquanto pensava no que a esposa havia dito. Nebit era uma mulher de personalidade forte; eles se odiavam tanto na adolescência que demoraram a perceber quando se apaixonaram. Para seu azar, sua filha tinha puxado essa mesma personalidade difícil da mãe. Eram sempre as duas contra ele. Tempos atrás, eram três contra um, pois Ardan era muito apegado a Nebit e, quando Yana nascera, ele se tornara extremamente protetor. Tinha ficado mais fácil para Harvey depois que Ardan criara seu clã e partira. A casa tinha ficado mais silenciosa e até um pouco mais triste sem ele — embora essa última parte Harvey jamais admitisse ao seu primogênito.

— Yana? — Nebit perguntou, preocupada. — Harvey, tem algo de errado com Yana!

No mesmo instante o líder de Hamare saiu do transe de seus pensamentos e percebeu que as pernas da filha, que abraçavam seu pescoço, estavam tremendo. O homem a tirou de cima dos ombros e foi tomado pelo choque. Os olhos de Yana estavam totalmente brancos, e sua cabeça tremia com força enquanto ela tentava balbuciar algumas palavras.

— Sua primeira visão? — Harvey perguntou, aflito.

— Deveria ser assim?

— Vamos achar Ardan!

CAPÍTULO 31

A guardiã de pedras

Yana permanecia deitada na cama balbuciando palavras impossíveis de entender. Sua febre estava alta, e Nebit cobriu todo o seu corpo com panos frios. O pequeno filhote de dragão, Muri, achegava-se para perto dela nos travesseiros. Tinham acabado de se conhecer, e ele já era leal à sua mestra. Ardan chegou na casa correndo junto ao pai. Estava tão desesperado que não percebeu quando abriu a porta bruscamente.

— Cadê Yana? — ele perguntou, aflito e com o rosto suado.

— Está no quarto, Ardan — Nebit respondeu quase chorando. — Eu não sei o que está havendo, ela fica falando palavras que não entendo!

Ardan abraçou a mãe e se apressou para chegar ao quarto. Elliot apareceu logo depois e também foi chamado para o quarto de Yana.

— Tente curá-la — Ardan pediu.

Elliot pôs sua mão em cima do peito trêmulo de Yana e acendeu seu drigon curador, mas nada aconteceu.

— Não sinto energia curativa saindo de mim — Elliot disse.

— O que isso significa? — Ardan perguntou com os olhos lacrimejando e a respiração acelerada.

— Ela está mesmo tendo uma visão profética. Isso não tem cura, não dá para saber quando vai parar.

Ardan tentava raciocinar enquanto se esforçava para se acalmar também. Ouviu a irmã gemer algo e, logo em seguida, dar um grito de dor. Lágrimas de desespero escorreram dos olhos de Ardan; ele não sabia o que fazer. Não conhecia profetas, eles só existiam em Ekrateia. Seu entendimento sobre visões era escasso.

— Chame Maila! — ele gritou.

— Ela já está aqui — Nebit disse ao abrir a porta para ela, Oscar e Usara.

Maila foi até o quarto e viu uma cena que partiu seu coração: Ardan chorando no leito de Yana enquanto ela tremia sem parar.

— Maila, como são as visões dos profetas? — Ardan questionou, desesperado.

— O quê?... Eu não... — Ela ainda estava nervosa pelo que acontecera entre eles minutos antes.

— Me diga! — ele gritou mais alto.

Maila percebeu que Ardan estava nervoso. Ela não brigaria com ele por isso, provavelmente também estaria aflita se fosse sua irmã.

— Cada profeta tem uma visão diferente — ela tentou dizer com calma para não se deixar levar pela situação.

— Explique! — Ardan ordenou.

— Existem quatro classificações de profetas. Assim como todo drigon, temos classificações. Igual a...

— Igual ao drigon do transmorfo — Oscar chegou ao quarto falando. — Espécies diferentes para cada transmorfo.

— Isso mesmo — Maila concordou. — Tem o profeta dos sonhos, o profeta do passado, o profeta do futuro e o profeta da palavra. Cada um tem sua visão de forma diferente.

— E qual ela é? — Ardan perguntou, sem paciência.

— Esses sintomas... — ela disse ao se aproximar da menina. Analisou suas mãos trêmulas e os lábios que balbuciavam palavras sem sentido. — Yana é uma profetisa da palavra — afirmou com convicção.

— O que esse tipo de profeta faz?

— O profeta da palavra é como um porta-voz. A Chama Eterna fala por ele, apenas isso. Os sintomas só param depois que a profecia é entendida por um intérprete. Profetas da palavra não existem mais porque eles podem morrer depois da profecia.

Ardan sentiu o coração acelerar.

— Foi assim que o último profeta de Hamare morreu, então. Ele era um profeta da palavra — concluiu com os lábios trêmulos.

— O poder da Chama Eterna é muito grande para caber no corpo humano. Quanto maior a profecia, maior a possibilidade de morte do profeta. Yana é pequena demais para ter recebido as palavras da Chama agora.

— Me tragam um pincel e papel! — Ardan gritou. — Se é a Chama que está falando por ela, então é o idioma da fundação. Por isso não estamos entendendo. Eu vou interpretar!

Oscar correu para a tenda e logo voltou com os materiais que Ardan solicitara. O mestiço permaneceu ouvindo as palavras com atenção, mas era difícil concentrar-se vendo sua irmã esquentar cada vez mais. Se ele não interpretasse logo, ela morreria. Todos conversavam entre si, completamente aflitos. Era informação demais para ele processar.

— CALEM A BOCA, TODOS VOCÊS! — Ardan esbravejou do quarto.

Harvey tomou a frente para brigar com Ardan, mas Nebit o impediu.

— Deixe-o trabalhar. Se o que Maila falou estiver correto, a vida de Yana está nas mãos dele — ela disse com os olhos lacrimejando. — Confie em nosso filho.

Os que ainda estavam no quarto se retiraram e fecharam a porta para dar-lhe privacidade. Ardan manteve seus olhos fixos na irmã, prestando atenção em cada palavra. A sorte era que, ao ouvir o idioma, ele conseguiria interpretar muito mais rápido. O azar era que ver o sofrimento da irmã lhe tirava toda a concentração. Aos poucos, ele foi entendendo algumas palavras: azul, amarelo, traição, bênção. De uma hora para a outra, seu drigon da interpretação tomou conta por completo de seu corpo. As mãos começaram a transcrever as palavras sem seu comando. Ele fez um último rabisco e, junto à tinta que se acabara, os tremores de Yana cessaram. Ao ouvirem o silêncio, Nebit e Harvey entraram no quarto, desesperados. Ardan checava a febre de Yana e percebeu que já estava amena.

— Ela vai ficar bem — Ardan disse quando uma gota de suor caiu de seu rosto.

Nebit levou as mãos à boca, aos prantos. Era um choro de alívio. Estava tudo bem agora.

— Qual foi a visão dela? — Harvey perguntou.

Ardan se levantou com as pernas ainda bambas. Não fora fácil ter a vida de sua irmã em jogo. Todos na sala estavam atentos ao que estava escrito no papel que Ardan segurava. O mestiço o levantou até seus olhos e decidiu ler em voz alta.

— "No dia da bênção do templo, o dragão azul será traído pelo dragão amarelo, assim como sucedeu ao dragão vermelho."

— Só isso? — Oscar perguntou.

— Só isso.

Maila cambaleou para trás com a informação.

— Deuses podem morrer — ela murmurou.

— O quê? — Ardan perguntou, confuso.

— Chariã vai matar Ekrateia no dia da bênção do templo!

— O evento tradicional de Ekrateia? Acontece sempre um dia após a cerimônia, então é amanhã.

— Preciso avisá-lo!

Maila se retirou da casa correndo e Ardan foi atrás dela. A guardiã já aprontava suas coisas dentro da tenda quando ele chegou.

— O que está fazendo?

— Eu vou embora, Ardan. A viagem até Ekrateia é longa, preciso chegar a tempo de avisar meu Original para não confiar em Chariã.

— Maila, toda profecia precisa ser estudada. Talvez não seja o que parece.

— A profecia foi bem clara, ainda mais por ter vindo de um profeta da palavra: Chariã vai trair Ekrateia — ela disse enquanto vasculhava sua bolsa.

— Está procurando isso? — Ardan perguntou ao tirar do bolso uma escama azul.

— Você me roubou? — Maila perguntou, indignada.

— Você me enganou? — Ardan retrucou.

— Eu não estava espionando vocês! Ekrateia me deu essa escama muito antes do seu roubo! Estou cansada de ser roubada por você, aliás.

— Avise Ekrateia pela escama, então, aí você não precisará partir.

Maila pegou a escama, irritada, e, mesmo tentando contato, não obteve resposta.

— Pelas brasas... E se Chariã já estiver lá? Eu preciso ir.

— Maila, esse é o momento em que mais precisamos de você. Não sei se Yana terá visões de novo, só você conhece os padrões de visões proféticas. Fora isso, os boatos de que Hamare tem uma profetisa vão se espalhar. Precisaremos proteger minha irmã. Se chegar aos ouvidos de Ekrateia, não teremos tempo de agir.

— Ekrateia não fará mal a Yana.

Ardan riu.

— Você ainda está cega. Agora que ouvi o idioma da fundação, poderei terminar de traduzir as páginas. Eu prometo a você que termino nesta noite.

— Quem está cego é você! — Maila rebateu. — Cego de ódio por meu Original. Ele é bondoso, protetor e atencioso. Pode não ser perfeito, mas é melhor que você! Quando eu chegar lá e explicar todas as reclamações dos clãs, tenho certeza de que ele se pronunciará e fará algo a respeito.

— Você está maluca? — Ardan levantou o tom de voz. — Os rebeldes não se intrometem nos conflitos dos clãs! Você tem noção de que pode arruinar nossa reputação e deixar centenas de rebeldes sem lar outra vez?

— Ardan, eu não me importo! — ela gritou. — Eu sou a guardiã do templo! Foi para isso que fui criada. Minha função é proteger a casa da Chama Eterna, e ela está ameaçada. Esqueci minha missão enquanto estive com vocês, mas não posso mais me desviar de meu caminho. Vou salvar o templo de Ekrateia, mesmo que todos os outros clãs precisem cair!

— Maila, se ouça! — Ardan gritou de volta. — Preste atenção no que está dizendo! Quer proteger a casa da Chama Eterna? Aqui está a casa dela! — disse apontando para o acampamento. — Aqui está seu templo, guardiã! O povo é nosso templo! A partir do momento em que você se esquecer das pessoas e seu dever se resumir a proteger muralhas e colunas de mármore, você não será mais uma guardiã do templo; será apenas uma guardiã de pedras.

Maila se manteve calada e enfurecida pelas palavras de Ardan. Aproveitando seu silêncio, ele se aproximou dela com calma.

— Você é uma mulher livre. Faça o que quiser, as páginas continuarão comigo. Quem quebrará o acordo será você.

— Ardan...

— Mas, se você tem consideração por mim e pelas amizades que construiu nesse clã, por favor, espere só mais esta noite. Terminarei as traduções agora. Estou chegando perto de uma descoberta, eu sinto. Vamos resolver esse conflito. — Ele fez uma pausa. — Juntos.

Maila suspirou, frustrada. *Juntos.* Eles tinham muita coisa para acertar juntos. Estava claro que precisavam conversar sobre o beijo. Mas os demais acontecimentos não colaboravam para isso; a tensão entre eles se instaurava. Metade era raiva, metade era desejo. A cada segundo ao lado de Ardan, Maila sentia seu coração mais confuso. Mas, no final das contas, ela era uma filha de Ekrateia e Ardan era um mestiço. O que quer que ela estivesse sentindo, não poderia ser verdadeiro.

— Tudo bem.

— Promete que não vai para Ekrateia?

— Eu prometo.

CAPÍTULO 32

Ela foi

Maila fugiu durante a noite. Ardan não estava mais com ela na tenda, tinha sido fácil escapar sem ser vista. Trajava agora vestes azuis, as cores do seu clã. Nunca tinha reparado no quanto seus trajes eram apertados e até um pouco desconfortáveis. O tempo em Hamare a havia amolecido, ela precisava ir embora o quanto antes. Não poderia deixar-se corromper.

A viagem seria longa. Acordar Lipath em meio ao seu sono a deixara de mau humor. Mas, mais do que isso, Maila percebeu que seu dragão andava muito calado. Obviamente dragões não falavam, mas Maila conseguia sentir quando Lipath interagia com ela ou resmungava alguma coisa para se comunicar. Seu dragão parecia triste, talvez tivesse se afeiçoado demais aos dragões de Oscar e Usara. Foi então que Maila percebeu que estava um pouco triste também. O que ela vivera com os rebeldes fora a experiência mais desafiadora de sua vida e a mais bela também.

Não notou quando começou a chorar, mas percebeu que aquilo era um adeus. Rebeldes não tinham casa, estavam sempre acampando e viajando de clã em clã como estrangeiros. Não possuíam lugar fixo onde morar. Mas, mesmo em uma tenda improvisada, pela primeira vez Maila sentira que tinha um lar. Apesar da saudade, ela seguia firme na convicção de que estava fazendo a coisa certa. Proteger o templo e seu Original estavam acima de todos os seus anseios.

O sol estava nascendo quando ela chegou à entrada de Ekrateia. Tinha uma fila gigantesca no portão. Pessoas de todos os clãs vinham para receber a bênção do templo, pois o evento, que acontecia todos os anos após a Cerimônia da Centelha, era considerado o mais sagrado. Maila passou na frente de todos e se apresentou ao oficial da entrada. Ele a reconheceu de imediato. A aparência de Maila era peculiar o bastante para não ser esquecida tão facilmente. O oficial pediu que ela esperasse enquanto mandava os guardas executarem outra ação, que ela já imaginava o que era. Passados alguns minutos, depois de Maila alimentar Lipath com pedaços de carne de carneiro, ela ouviu vozes já conhecidas. Aquela familiaridade deveria trazer-lhe conforto, mas tudo que ela sentiu foi um imenso embrulho no estômago.

— Maila! Finalmente voltou! — sua mãe gritou aos prantos.

Todos na fila presenciaram a comoção, e a guardiã pediu privacidade aos pais. Assim que o oficial permitiu sua entrada, ela foi levada para casa. Lipath se acomodou no jardim, ao lado dos dragões dos pais e dos avós, mas ainda parecia mal-humorada. Não estava feliz de ter sido separada de seus amigos: Lipath sempre fora reservada e frequentemente arrumava problemas com os outros dragões da família, mas algo mudara quando o dragão azul chegara nos rebeldes; quanto mais Maila se aproximava do clã dissidente, mais Lipath se afeiçoava aos outros dragões, principalmente de Isan e Ranay, os dragões de Oscar e Usara. Era nítida a chateação da criatura. Quando Lipath ficava assim, a única coisa que restava era deixá-la em seu próprio canto.

Não demorou muito para que a mãe da guardiã começasse a reclamar de seu peso, de seu cabelo, da pele queimada e das manchas destacadas. Maila se manteve em silêncio, apenas ouvindo as reclamações, enquanto via seu pai preparar um ensopado de carne e batatas. A matriarca, ao mesmo tempo que mostrava alívio pelo retorno da filha, não conseguia deixar de falar sobre o quanto sua fuga fora uma decepção. A mãe também ressaltou que ela e o pai lutaram muito para reerguer a boa fama da família, e que aquela era a oportunidade que Maila tinha para se reconciliar com o Original.

— Você trouxe as páginas de volta? — a mãe indagou após o longo discurso.

— Sim — ela mentiu. — Nosso Original deve estar aqui por conta do dia da bênção, creio que será o momento ideal para me desculpar adequadamente.

A matriarca concordou com a cabeça. Serviu uma grande vasilha de comida e a entregou à filha.

— Eu e seu pai precisamos voltar para a guarda do templo agora. Coma e, quando retornarmos, iremos juntos pedir desculpas. Toda a família precisa se desculpar pela vergonha que fizemos o clã passar.

Maila não respondeu, apenas colocou uma colher de ensopado na boca e esperou que os pais saíssem. Seu pai a observou com o olhar caído e marejado.

Não era muito de se expor, mas não deixou de dar um último abraço na filha antes de sair. Assim que se retiraram da casa, Maila soltou o ar de uma vez. Era como se durante todos aqueles minutos ela estivesse com problemas para respirar.

Estava pouco falante agora; Nemac já tinha reclamado disso no passado, mas ninguém lhe havia apontado essa questão enquanto estava com os rebeldes. Na verdade, lá a guardiã ficara até tagarela demais, impondo sua opinião a todo custo. Por que ela conseguia fazer isso com pessoas que mal conhecia, mas não em sua própria casa? Passar pelos pais tinha sido fácil, mas agora precisava correr para localizar Ekrateia antes que Chariã o encontrasse. Torcia para que isso ainda não tivesse acontecido.

A guardiã desconfiava de que, se Chariã fosse trair seu irmão do mesmo jeito que fizera com o outro, como dizia a profecia de Yana, provavelmente ele estaria possuído pela escarlate. Seus pais, bons exorcistas que eram, guardavam seus exorcismos em objetos nada convencionais. Seus drigons permitiam materializá-los para que eles fossem selados e usados por outras pessoas em casos de emergência. E, para Maila, aquilo era uma emergência.

Ela se apressou até o quarto dos pais e vasculhou cada canto, procurando por alguma coisa que pudesse guardar seus exorcismos materializados. Olhou embaixo da cama, onde encontrou uma caixa de madeira pesada, fechada por um cadeado. Talvez aquele fosse seu maior ato de rebeldia contra os pais, mas ela não sentiu remorso algum ao arrombar o cadeado e abrir a caixa. Para sua sorte, encontrou exatamente o que procurava: ampulhetas que carregavam as areias do exorcismo. Assim que quebradas, revelariam quem a escarlate estava usando como receptor — ou seja, quem estava possuído pela magia proibida. Para funcionar, a ampulheta precisava ser quebrada no alvo, então Maila tinha de se preparar para acertá-la em Chariã.

Ela estava prestes a fechar a caixa quando notou que algumas páginas vermelhas forravam o objeto; o que era incomum, afinal cartas de Ekrateia eram azuis, sempre. Aquelas no fundo da caixa só poderiam significar uma coisa: Hamare. Uma rebeldia a mais não faria mal a ninguém. Eram muitas cartas. Ela percebeu até que o peso da caixa se dava por conta dos papéis vermelhos, e não tanto pelas ampulhetas. Ela pegou uma das cartas com as mãos trêmulas e, ao ver o nome do remetente, lembrou-se do beijo ardente que tinha recebido. A carta estava lacrada, mas, pela textura do papel, deu para perceber que não era recente. Sem dúvida, ninguém nunca se dera ao trabalho de ler o conteúdo contido naquelas mensagens. Sem delicadeza alguma, ela abriu uma das cartas.

Querida Maila,

Estou em Hamare. Achei que gostaria de saber. Aqui terei abrigo, então não precisarei mais fugir, mas agora sou um membro de Hamare. Conheci meu pai. Ele não é como eu imaginava, é muito grande e um pouco assustador, mas a esposa dele é gentil. Mesmo que eu ainda não goste muito dela, acho que é tudo o que tenho no momento. Estou com saudades de minha mãe... e de você também. Por favor, se possível, venha me visitar! Descobri que Hamare tem as portas abertas para receber qualquer clã visitante, um pouco diferente do que nos contaram, né? Eles não se importam em receber alguém de Ekrateia. Por favor, venha me ver.

Maila apertou o papel com força enquanto deixava lágrimas rolarem pelo seu rosto. Ardan fora atrás dela, ele fora. Por que ela nunca tinha recebido aquelas cartas? Ela pegou outro envelope vermelho aleatoriamente.

Querida Maila,

Ontem eu estava em uma festa de aniversário. Meu amigo Oscar completou quinze anos. Temos a mesma idade agora, eu e você. Será que você mudou muito em seis anos? Até hoje não me acostumei com o calor daqui, sinto falta de nossos momentos criando dragões de neve, mas admito que as roupas aqui são muito mais confortáveis. Eu me pergunto às vezes por que você nunca me respondeu, mas imagino que tenha seus motivos. Sei que talvez nossa amizade possa ter arruinado a reputação de sua família e compreendo seu afastamento. Obrigado por permitir que eu continue com as cartas. Não se preocupe, não as enviarei para sempre. As cartas para você viraram um diário para mim. Mesmo que você não as leia por ter vergonha da minha pessoa, gosto de pensar que ainda existe alguém nesse mundo que viu o melhor dentro de mim. Mesmo que esse melhor não exista mais. Guardarei o seu olhar bondoso para sempre, ninguém me olha como você me olhava.

Maila sentiu um formigamento nos lábios. O que ela estava fazendo aos quinze anos? Ela não se lembrava, mas Ardan se lembrara dela. A guardiã tinha feito de tudo para esquecê-lo durante todos aqueles anos, mas Ardan batalhara para mantê-la viva em sua memória. Ela se atreveu a pegar outra carta.

Querida Maila,

Essa é a última carta que lhe escrevo. Está na hora de seguir em frente. Superar o que perdi. Não tenho dragão, não tenho casa e não tenho você. Não quero mais me lamentar pelo que não tenho, quero ir atrás do que posso ter. Sou um vidrago, um órfão e um Hamare. Meus drigons foram minha proteção até aqui e os levarei comigo aonde for. Meu coração se despede nessas últimas palavras. Adeus.

Com os olhos repletos de lágrimas e as mãos trêmulas, Maila beijou aquela carta desejando estar nos braços do mestiço de novo e cheia de raiva pelo que lhe fora tirado. Ela queria ter recebido aquelas cartas que nunca chegaram às suas mãos. Quantas outras coisas ainda lhe seriam tiradas? Então se lembrou de sua missão inicial: não tirariam o Original dela. Ela não permitiria, protegeria Ekrateia com a mesma coragem com que guardava aquelas cartas em sua bolsa, sabendo que seus pais descobririam o roubo. Em sua defesa, ela havia sido roubada primeiro. Maila não perderia aquilo, leria todas as cartas que não chegaram até ela no tempo certo. Mas antes precisava salvar seu Original, mesmo indo contra a recomendação de Ardan, o que a fez sentir uma pontada de culpa.

CAPÍTULO 33

O domínio, a alegria e o amor

Ardan olhava para fora; a lua brilhava do céu. O tempo estava passando mais rápido do que ele queria; tinha prometido a Maila que terminaria a tradução naquela noite. Ele estava traduzindo com mais agilidade do que antes, mas ainda não tinha encontrado a resposta de que precisava sobre a profecia. Alguma coisa estava errada, ele podia sentir. Necessitava urgentemente descobrir o que era. Não percebeu quando seus olhos começaram a piscar de modo mais demorado; os bocejos ficaram altos e longos. Ardan se espreguiçou na cadeira, que talvez estivesse um pouco pequena para ele — e, considerando que sua mãe não mudara seu quarto desde que ele partira, a probabilidade de essa teoria ser verdadeira era enorme. Ele se apoiou na mesa de novo enquanto esfregava os olhos e, sem notar, pegou no sono em cima das páginas da Eternidade.

◈◈◈

O mestiço abriu os olhos em um ambiente claro e iluminado. Ele se sentia mais alto que o normal. Olhou à sua esquerda, e o Original Chariã estava ao seu lado, revisando papéis muito parecidos com as páginas da Eternidade. Ardan olhou para a direita, e Ekrateia estava mais afastado, de costas para ele e Chariã, enquanto conferia alguma coisa em arquivos confidenciais.

— Hamare, eu terminei — Chariã disse, ajeitando pergaminhos em um casulo. — Pode levar esses para Ágasu e fazer a leitura coletiva.

Ardan não respondeu, mas percebeu que Chariã tinha falado no idioma da fundação e que ele estava entendendo perfeitamente. Só lhe restou uma única dúvida: era com ele que Chariã estava falando?

— Hamare? — o dragão amarelo perguntou, confuso.

— Sim? — Ardan arriscou.

— Você está esquisito, aconteceu alguma coisa?

Ardan não sabia como responder. Olhou para baixo, suando frio, e através do brilho da mesa dourada enxergou vagamente seu reflexo. Sua pele estava escura, avermelhada e escamosa. Ele tinha um cabelo liso, comprido e completamente vermelho. Olhou para as mãos, e suas unhas pareciam garras. Ele observou ao redor e percebeu: a alegria, o domínio e o amor. Ele era Hamare nesse sonho.

— Vou fazer a leitura com eles, então — ele respondeu no idioma da fundação, tentando entrar no personagem.

Chariã voltou a sorrir como se tudo estivesse normal. Ardan sentiu um forte desejo de perguntar alguma coisa para Ekrateia, mas não sabia o quê. Sonhos não costumavam fazer sentido mesmo. Por isso, o mestiço tentou apenas seguir o fluxo dos acontecimentos oníricos.

— Irmão, posso levar cópias para deixar em Ágasu? Acredito que todos deveriam ter um pedaço do Livro.

Ekrateia se virou, sem paciência.

— Já falamos sobre isso, Hamare. O Livro fica com os dragões do primeiro dia. Nós traduzimos e passamos a mensagem, é o nosso dever como guardiões.

— Mas Chariã está conosco — ele disse apontando para o irmão.

— Chariã é um caso à parte, precisamos de seus talentos para agilizar as mensagens que a Chama nos envia. Ele é privilegiado por estar entre nós, mas não é especial.

Ardan se virou para o dragão amarelo, que carregava uma expressão amarga depois de ouvir aquelas palavras.

— E a Chama tem falado com você, irmão? — Chariã provocou.

Ekrateia bufou em meio a um sorriso forçado.

— A Chama se manteve calada durante os últimos tempos para mim. Mas ainda bem que temos Hamare, toda semana ele é iluminado por suas palavras. — Ele apontou para Ardan, o que o fez se sentir retraído. — Por isso meu dever é garantir que o sistema de distribuição funcione, e o seu dever é traduzir. De preferência, em silêncio. — Então, virou-se para o que estava fazendo.

Sem perceber, Ardan colocou a mão em cima da de seu irmão amarelo.

— Não ligue para ele — Ardan sussurrou. — Nosso irmão só está frustrado. Você é especial para essa tarefa, sim. Precisamos da alegria no coração para interpretar e conhecer as palavras da Chama.

Chariã suspirou, incomodado, mas logo em seguida abriu um sorriso travesso.

— Vá para Ágasu, eu me resolvo com Ekrateia.

◈◈◈

Ardan acordou com a respiração ofegante; agora estava desperto de verdade. Sua franja colava na testa de tanto suor. Pegou as páginas do Livro com as mãos trêmulas e apressadas. Não precisava mais traduzir as palavras escritas ali, agora ele as lia com fluência — o sonho lhe dera a interpretação necessária. E, ao chegar à última página que havia roubado, ele entendeu a profecia de sua irmã.

— Um deus pode matar outro deus — ele sussurrou para si.

Na mesma hora, Ardan saiu de sua casa correndo. Já não era mais noite, o sol já raiava. Chegou à sua tenda, onde Maila estava hospedada, mas não a encontrou. Correu para a tenda de Usara, mas Maila também não estava lá. Foi até Oscar e se frustrou ao perceber que Maila não se encontrava em lugar algum. Era óbvio que tinha fugido.

CAPÍTULO 34

Onde está Abel, teu irmão?

Maila deixou Lipath no pátio com outros dragões; não poderia entrar no templo com ela. A guardiã esbarrava nas pessoas enquanto procurava espaço para alcançar a entrada do local. Ao longe, avistou Chariã, e seu coração acelerou com a ansiedade. Viu Ekrateia recebendo-o e fechando a porta dos fundos do templo. Ela precisava ir mais depressa. Mas, apesar de sua determinação, uma voz familiar fez todo o seu corpo estremecer e a fez esquecer por um pequeno instante qual era sua missão.

— Maila?

Ela se virou já sabendo quem era. Therkov empurrou todos que estavam em seu caminho para alcançá-la e a abraçou.

— Achei que estivesse morta.

O coração da guardiã agora batia desesperadamente. Os braços de Therkov estavam quentes, apesar do frio característico de seu clã. Estar envolta por ele era calmante, e Maila se esquecera dessa sensação. Ela retribuiu ao abraço; não poderia ignorar todos os sentimentos que cultivara por ele.

— Therkov, não posso ficar. Preciso falar com Ekrateia.

— Não! — Ele a impediu de avançar. — Eu tive uma visão. Você estava presa em um porão escuro, e alguém estava morrendo. Acho que era você. Não posso deixar que nada de ruim lhe aconteça!

Maila percebeu que as palavras do rapaz eram sinceras, mas ela não seria capaz de deixar Ekrateia morrendo quando sabia que isso estava prestes a acontecer. Falhara na proteção das páginas, mas se recusaria a falhar com seu Original.

— Agradeço o seu cuidado, mas eu sou a guardiã. Se eu demorar muito, vá atrás de mim.

Ela se soltou dele e correu até o templo. Ao chegar à porta, ela a abriu devagar, e um barulho estridente em meio ao eco a deixou alerta. Estava tudo escuro. As tochas estavam apagadas, o que não era comum no dia da bênção. Assim que Maila entrou, uma tocha se acendeu; mas, para sua surpresa, eram chamas vermelhas, não azuis. Era a escarlate. Maila bateu em seus bolsos, procurando a ampulheta com o exorcismo, mas, antes que conseguisse encontrá-la, a chama vermelha se apagou e a imagem de Ekrateia apareceu em sua frente.

— Maila, finalmente você voltou! — ele respondeu com um sorriso aberto.

— Meu senhor. — Ela se curvou. — Por que tem vestígios da escarlate aqui?

Ekrateia se virou, incomodado.

— É exatamente isso que estou tentando descobrir, eles estão aparecendo desde esta manhã. Seus pais tiveram que fazer uma limpa no recinto, mas parece que não eliminamos por completo.

— Compreendo — Maila murmurou, temerosa.

— Bom, se está aqui, acredito que esteja com as páginas.

Maila abaixou a cabeça, envergonhada.

— Não, meu senhor. Eu precisei abandonar minha primeira missão para completar outra.

Ekrateia levantou a sobrancelha, abismado.

— Nenhuma missão era mais importante que essa.

— Sua vida, meu senhor. Essa é minha missão mais importante, e ela está em perigo.

— Minha vida?

— Estive em Hamare na época da Cerimônia da Centelha. Uma profetisa nasceu lá.

A informação fez a expressão autoritária do Original desmanchar-se em segundos. Ekrateia cambaleou para trás e se apoiou em uma bancada que carregava uma tocha.

— Então já começou — ele sussurrou, amedrontado.

— Ela teve uma visão, é uma profetisa da palavra. Chariã vai traí-lo, assim como traiu Hamare. Foi ele que matou seu irmão do primeiro dia. Ele vai matar o senhor também, vim aqui para salvá-lo.

Ekrateia permaneceu calado diante da mensagem; parecia cansado. Maila entendia que não deveria ser fácil descobrir a infidelidade de seu irmão. Mas logo ele se recompôs e ajeitou a postura.

— Maila, eu aprecio de verdade seu esforço em me alertar, e me alegra imensamente que tenha voltado, mesmo sem as páginas. Tudo que me importa é sua segurança. Conseguiremos recuperá-las. — Ele fez uma pausa. — Mas Originais não morrem, Chariã jamais faria isso. Tivemos nossos problemas no passado, eu admito, mas ele não seria capaz. Eu confio em meu irmão.

— Por favor, meu senhor, acredite no que lhe digo. Onde está Hamare? Por que ele nunca mais voltou? Ele está morto!

— Hamare não voltou porque é um covarde. Traiu nossa confiança, e precisei carregar o fardo de proteger o Livro sozinho. Ele me abandonou — ele falou com as sobrancelhas caídas numa expressão de profunda mágoa.

Maila negou com a cabeça.

— O amor não é covarde, meu senhor. Hamare foi morto. Chame Chariã! Ele confessará — ela disse enquanto pegava o Anel de Jade do bolso.

— Chariã não está aqui — Ekrateia falou.

— Mas eu o vi entrando no templo.

Ekrateia abriu a boca, mas logo a fechou de novo.

— Certo — conseguiu dizer. — Ele esteve aqui, mas já se retirou, e veja! — Ele ergueu os braços. — Não me fez mal algum. Aliás, é uma acusação muito grave, essa sua. Acusar um Original de assassinato? Tem certeza de que quer comprar essa briga?

— Se for para proteger sua vida, sim!

Uma tocha ao fundo, atrás de Ekrateia, se acendeu, mas dessa vez a Chama era azul. A tocha estava perto de um corredor e, quando Maila olhou na direção do fogo celeste, viu mais nitidamente marcas de garra pela parede. Ekrateia se virou.

— Ah! — ele exclamou, sorridente. — Parece que eliminamos a escarlate por completo. A Chama Eterna enfim está voltando ao templo.

Maila permaneceu com o olhar fixo nas marcas e, de repente, ficou com medo.

— Meu senhor — ela falou com os lábios trêmulos —, onde está Chariã?

— Ele saiu, minha querida — Ekrateia respondeu enquanto ia em direção à tocha acesa.

A resposta não a convenceu.

— Mas eu não o vi sair. E a única saída desse lado do templo é pela porta por onde eu entrei.

Ekrateia olhou para a porta com a sobrancelha arqueada.

— Tem razão. Pelo visto, ele me pregou uma peça. Não aguento mais essas travessuras dele.

Maila fechou os olhos com força.

— Meu senhor... — Ela fez uma pausa temerosa. — O que houve com Hamare?

O silêncio se apossou do lugar. Ekrateia então apagou a tocha com a chama azul, deixando-os na completa escuridão novamente. Maila tirou do bolso o Anel de Jade e começou a se aproximar devagar, com a respiração acelerada.

— Não se atreva a usar isso comigo, minha querida — Ekrateia falou, ainda de costas para ela. — Confiei em você e a defendi por todo esse tempo. Vai mesmo se voltar contra mim agora?

— O que houve com Hamare? — Maila perguntou, com os olhos marejados, enquanto apontava o anel para seu Original.

Ekrateia contorceu o pescoço. Era evidente que estava tentando lutar contra a joia, que agora brilhava mais forte. Maila deu mais dois passos à frente em um ato de coragem e até de rebeldia.

— Onde ele está? — ela perguntou cerrando os dentes, em completo pavor.

— Pare com isso! — Ekrateia ordenou enquanto se contorcia.

— ONDE ESTÁ HAMARE, SEU IRMÃO? — Maila gritou.

— EU NÃO SEI! — Ekrateia gritou de volta para ela com os olhos completamente vermelhos. — POR ACASO SOU EU O GUARDIÃO DE MEU IRMÃO?

Maila deu um passo para trás com o susto das palavras. O anel brilhava mais forte. Ela sabia, Ekrateia estava mentindo.

— Você matou seu irmão — ela afirmou com mais lágrimas no rosto.

De repente, Ekrateia parou de se contorcer. Não lutaria mais contra o Anel de Jade. A garganta do Original ardia; nunca a verdade havia sido arrancada dele de tal maneira. Era doloroso.

— Eu o matei.

O anel não brilhava mais. O encanto havia acabado, junto às esperanças de Maila. De repente, todas as tochas se acenderam com fogo azul, iluminando o salão por completo. Marcas de garras e sangue estavam espalhadas por todas as paredes. Maila fitou seu senhor de cima a baixo, e uma mancha escura contornava seu pescoço, exatamente igual às manchas que tinha visto nos sem-clã. O Original a encarou com raiva, e Maila só conseguiu sentir decepção — por si mesma e por aquele à sua frente. Enfim entendera tudo, e era exatamente do que Ardan tinha tentado alertá-la. Fora precipitada, mas agora sabia: Ekrateia tinha matado Hamare e, provavelmente, tinha matado Chariã também.

CAPÍTULO 35

Nada mais que a verdade

Maila foi jogada em um porão escuro, assim como Therkov havia previsto. A porta que a separava da liberdade era de cobre e muito pesada. Ela tentou arrombá-la, mas em vão. A guardiã avistou uma fechadura e tirou de sua bota uma adaga pequena. Tentou enfiar a ponta naquele buraco minúsculo, mas sem sucesso. Bufou de frustração e sentiu que estava prestes a começar a chorar, quando ouviu um murmúrio vindo da escuridão do porão.

— Você deveria tentar abrir essa porta com um grampo de cabelo.

Ela se virou, assustada. Manteve firme a adaga em sua mão e foi na direção da voz. Quando seus olhos se acostumaram com o escuro, ela conseguiu avistar uma silhueta grande claramente ferida.

— Chariã! — Maila exclamou, aproximando-se dele com o passo apressado.

O Original da alegria estava deitado no chão com uma ferida grande no peito. Tinha uma única marca de garra, mas profunda o suficiente para sufocá-lo.

— Pelas brasas da Eternidade! — Maila murmurou. — O que aconteceu?

A guardiã retirou seu casco e tentou pressioná-lo contra a ferida. Em resposta, o Original gemeu de dor.

— Meu irmão não estava de bom humor hoje. — Ele riu até tossir sangue e começar a agonizar.

Maila o fitou com lágrimas nos olhos.

— Chariã, eu preciso saber. Por favor, chega de brincadeiras.

— Meu tempo está acabando, degoladora. Não posso responder muitas perguntas.

— Eu só quero a verdade! — ela pediu. — Nada mais que a verdade.

— A verdade. — Ele pensou um pouco. — Eu traí meu irmão. De novo.

— Traiu Hamare?

— Eu mereci isso. Meu irmão morreu por conta de minha infidelidade, e agora estou pagando o preço dessa morte.

Maila viu suas mãos cobertas de sangue. O assunto fúnebre combinava com o cenário.

— O que aconteceu entre vocês?

Chariã respirou fundo.

— Ekrateia ficou com inveja e perdeu seu domínio.

Maila estava prestes a dizer que isso era impossível, mas percebeu que não poderia mais dizer isso. Tudo de que ela tinha certeza em sua vida havia se quebrado.

— Conte-me sobre Hamare — ela pediu gentilmente.

— Hamare era ouvido pela Chama, nós o chamávamos de "O Eterno Favorito". Ekrateia e Hamare eram os Originais do primeiro dia. Juntos, deveriam trabalhar pelo Livro da Eternidade. Eles se completavam. Amor sem domínio vira obsessão, e domínio sem amor...

— Vira orgulho — Maila completou.

— Você é inteligente. — Chariã sorriu para ela com os olhos marejados. — Eles precisavam um do outro, mas Hamare queria ir além. Ele era criativo e sempre tinha ideias novas. Começaram as traduções, e Hamare teve a ideia de me chamar para ajudar, já que sou intérprete assim como ele era. Ekrateia foi contra no início, mas cedeu. Logo depois, Hamare quis iniciar um novo projeto: enviar cópias do Livro da Eternidade no idioma original de cada clã. Ekrateia foi profundamente contra, alegando que diversas e distintas interpretações poderiam separar os clãs, mas Hamare acreditava na liberdade e no compartilhamento do ensino. Foi depois daquele dia que as coisas começaram a desandar.

— O que houve?

— A Chama falava de forma direta apenas com os dragões do primeiro dia, mas um dia se calou para Ekrateia e manteve contato apenas com Hamare. Isso enfureceu o dragão azul. Um dia, depois de uma pequena discussão, Ekrateia me ofereceu a oportunidade de ser o gerente das interpretações. Ele me ofereceu o cargo de Hamare.

— Ele podia fazer isso?

— Não. — Chariã abriu um sorriso largo para ela.

— Então essa foi a sua traição — Maila concluiu.

— Fui tomado pela cobiça, pelo desejo de ser maior. Eu estava cansado de viver à sombra dos dragões do primeiro dia. Coloquei esse desejo acima de meu irmão e o perdi.

— Você não sabia que Ekrateia mataria Hamare — Maila tentou consolá-lo.

— Sabe, menina... — Uma lágrima escapou de seu olho esquerdo. — Eu dizia isso todos os dias depois do que aconteceu, mas um dia percebi que estava mentindo para mim mesmo. Eu sabia, sim. No fundo, eu sabia, mesmo me negando a acreditar.

— Mas como?

— Ekrateia estava sendo tomado pela escarlate. Costumamos achar que a magia da escarlate vem de forma arrebatadora, forte e do nada. Não. A escarlate é sutil, doce, gentil, aparentemente amiga. Ela acolhe seus pensamentos mais obscuros e os alimenta dentro de seu coração. Lá ela floresce e, quando você vê, está totalmente tomado por ela. Ela vem aos poucos e vai alimentando você como uma droga, por isso é tão difícil se livrar desse mal. Foi Ekrateia que tentou roubar o Livro. Quando Hamare percebeu que seu irmão estava tomado pela escarlate, tentou exorcizá-lo. Foi quando Ekrateia o atacou e o matou. Eu presenciei tudo. A Chama condenou Ekrateia naquele dia e o marcou com uma ferida vermelha no pescoço, a prova de seu assassinato. O dragão azul precisava esconder aquela marca a todo custo, então pediu ajuda para...

— Para Ágasu! — Maila interrompeu. — Por isso ele nunca devolveu a rosa — ela murmurou para si.

— Parece que você andou ouvindo as histórias. A rosa foi destruída assim que Ekrateia a usou. Ele conseguiu se livrar da mancha, mas quanto mais as pessoas se aproximavam da verdade, mais a mancha voltava a aparecer.

— E a profecia do dragão de duas faces?

— Ah... — Ele tossiu mais sangue antes de prosseguir. — Essa profecia foi selada por um profeta da palavra, no dia em que Hamare morreu. *Duósenedracon* nada mais é do que a consequência do pecado de Ekrateia. Ele tentou tirar o posto do irmão, e agora, com o profeta elegido e seu dragão, Ekrateia perderá seu posto também.

— Então essa profecia não passa de um castigo?

— Trata-se de vingança, degoladora! — Chariã explicou. — Não haverá mais solo fértil para Ekrateia plantar seu pecado. Ele será marcado e perderá seu lugar!

— Sem chance de redenção? — Maila perguntou, amedrontada.

— Uma vez tomado pela escarlate... — ele comentou, desacreditado. — Quanto mais tarde o exorcismo for realizado, mais difícil será remover essa magia doentia. É tarde demais para seu Original. Sinto muito.

Maila abaixou o olhar enquanto mantinha as mãos no peito ensanguentado de Chariã. Tudo em que tinha acreditado a vida toda era mentira.

— Quem escreveu o Livro se Hamare morreu? — Maila perguntou com a voz firme.

— Fui eu. Ekrateia foi proibido de escrever no Livro, e eu tomei o lugar de Hamare. A Chama falava para mim, e eu escrevia. É impossível mentir no Livro da Eternidade, então Ekrateia precisou esconder e mentir nas traduções sobre a queda de seu irmão. Apenas eu sabia a verdade; e o Livro, é claro.

— Então era essa mentira que Ardan estava procurando — ela percebeu.

— Que todos estavam.

— Por que você mandou Kali roubar as páginas?

— Para você não pegá-las de volta — ele respondeu rápido.

— Mas...

— Você devolveria as páginas para Ekrateia, e Ardan estava demonstrando ser mole com você. Eu não poderia arriscar.

— Então você quer dizer que estava traindo Ekrateia, não a nós.

— Uma hora a verdade precisaria ser revelada. Ekrateia descobriu o que eu estava fazendo, é por isso que estou aqui com as tripas para fora. Ridículo.

Maila se lembrou da profecia: "No dia da bênção do templo, o dragão azul será traído pelo dragão amarelo, assim como sucedeu ao dragão vermelho."

— Yana estava certa — ela sussurrou.

— Quem?

— A nova profetisa de Hamare.

Os olhos de Chariã brilharam com a informação.

— Hamare tem uma profetisa?

Maila acenou com a cabeça. O Original fechou os olhos com força, e mais lágrimas escorreram de seu rosto.

— Eu sabia que a vingança estava próxima. Vocês precisam achar o dragão de duas faces antes de Ekrateia. Agora que Hamare tem uma profetisa de novo, Ekrateia fará de tudo para que a vingança não se cumpra.

— Mas é uma vingança tão cruel — Maila disse com a voz embargada.

— Cruel? Olhe para nós, cobertos de sangue e sem termos para onde fugir. Ações têm consequências, e Ekrateia precisa sofrer as dele.

Maila fungou um pouco, mas logo concordou. Os clãs mereciam saber a verdade, principalmente Hamare.

— Vamos escapar daqui — ela disse. — Vou tentar chamar Lipath.

— Este porão está selado por um feitiço. Mesmo que use a escama de seu dragão, ela não a ouvirá.

Maila encarava a ferida, que não parava de sangrar.

— Para onde vão os Originais quando morrem?

— Por favor... — Ele chorou baixinho. — Se tiver a resposta, precisa me dizer agora, porque é para lá que eu vou.

— Não... — Maila falou, aproximando-se de seu rosto e acariciando-o. — Você foi perdoado, a Chama o perdoou. Caso contrário, ela jamais teria falado com você. Ela viu seu arrependimento.

Chariã agora parecia chorar como uma criança. Maila nunca tinha visto algo assim em um Dragão Original.

— Eu preciso me unir ao meu irmão e conseguir o perdão dele — ele falou em meio às lágrimas.

— Escute, meu senhor, você vai viver — Maila falou suavemente enquanto lhe enxugava a face. — Não podemos perder o último dragão intérprete. Precisamos da alegria, já que o amor foi tirado de nós.

Chariã parecia estar se acalmando quando, de repente, um barulho vindo do chão os surpreendeu. Therkov saiu de um bueiro escondido e, em meio às tralhas, ele olhou ao redor. Assim que avistou Maila, abriu um sorriso aliviado.

— Eu sabia que estaria aqui!

Logo em seguida, a mãe de Maila e seu pai também saíram do bueiro. Maila olhava para Therkov como a um herói. A paixão que estivera apagada e esquecida tinha se acendido novamente.

— Maila, vamos embora — a mãe dela a chamou.

Ela estava prestes a se levantar quando percebeu que não poderia.

— Desculpe, mas não vou deixar Chariã aqui, e ele claramente não vai conseguir passar pelo bueiro.

— Maila... — o Original tentou falar.

Ela se manteve firme.

— Eu só saio daqui com Chariã ao meu lado.

A mãe dela se aproximou, irritada.

— Pare de teimar. Se Chariã está assim, é porque traiu Ekrateia.

— Já parou para pensar que talvez Ekrateia seja o vilão da história?

A mulher se enfureceu e a segurou pelos braços.

— Jamais diga algo assim de novo! Olhe para você! Indo contra seu próprio Original? Nem te reconheço mais! Suas manchas parecem maiores, você parece mais magra e agora está respondona! Viu como não consegue manter seu domínio próprio sem nós?

O pai de Maila se aproximou, preocupado, e tentou afastar a esposa da menina. Therkov tomou a vez para tentar convencê-la.

— Maila, nosso clã não é perfeito, mas podemos mudá-lo juntos — ele disse, pegando sua mão ensanguentada. — Não devemos nos meter nos assuntos dos Originais, somos apenas humanos.

— Therkov, não podemos fingir que não estamos vendo o que está acontecendo. Se Ekrateia continuar assim...

— Ainda assim ficaremos juntos — ele a interrompeu.

Maila olhou para Chariã, que parecia aflito com a situação.

— Não posso deixá-lo — ela murmurou.

Therkov soltou suas mãos e então respirou fundo antes de prosseguir:

— Muito bem. — Seu tom de voz mudou. — Maila, se você não vier comigo, acabará arruinando minha vida!

— O quê? — ela perguntou, surpresa com a mudança de comportamento.

— Os boatos sobre nós se espalharam, nenhuma outra família quis entregar a filha em casamento para mim. Se você não se casar comigo, estarei arruinado!

— Você tentou se casar enquanto estive fora? — Maila perguntou com o tom de voz baixo e desacreditado.

— Maila, esse não é o ponto! Pare de tentar fazer tudo ser sobre você! Se nos casarmos, poderemos recuperar nossa boa fama na vizinhança e nos tornarmos um bom casal no ministério do templo. Consigo até fazer com que Ekrateia te perdoe pela sua traição. Mas, se você continuar assim, minha fama só vai piorar. Quer mesmo me prejudicar? Achei que me amasse.

— Só quer ficar comigo porque sou a única opção que lhe resta?

— Maila, eu vou *salvar* você! Acha mesmo que vai conseguir se casar com alguém? Você está tão na merda quanto eu! Só temos um ao outro agora.

Chariã então estendeu a mão e segurou a de Maila. Ela olhou para trás com a expressão desiludida, e ele sinalizou negativamente para ela. A guardiã voltou seu olhar para Therkov.

— Não — disse com frieza. — Não quero que me salve. Nunca mais.

— Só eu posso fazer isso por você — ele disse entredentes.

— Não, Therkov. Ele vai me salvar.

— Ele?

— O mestiço de Hamare.

Antes que Therkov pudesse perguntar qualquer coisa, um estrondo tomou o templo. O tremor foi tão grande que todos que estavam em pé caíram no chão. Maila levantou o olhar e sorriu.

— Ele chegou.

CAPÍTULO 36

O mestiço de Hamare

Ardan pulou da corda que o segurava. Sua mão estava vermelha e repleta de calos. Normalmente ele fazia viagens tranquilas e lentas por precisar pegar carona com os dragões dos outros; mas, como aquela era uma viagem de resgate, ele precisara aguentar a dor do atrito. O templo, que ainda não tinha acabado de ser reconstruído, continuava com o teto comprometido. Os dragões de Usara, Elliot e Oscar não foram gentis ao invadir a construção, destruindo ainda mais o pouco que restara.

O caos se instaurou. Pessoas corriam para todos os lados, procurando seus familiares e tentando fugir dos escombros. Ardan sabia que não seria fácil melhorar a fama dos rebeldes depois daquilo, mas, no momento, não tinha tempo a perder. Logo os guardas chegariam com seus dragões e seria difícil lutar contra tantas criaturas de fogo. Ele se posicionou no meio do salão, iluminado por feixes de luz vindos do teto desmantelado, e ficou aguardando. Usara o acompanhou com a arma em punho. Todos estavam em completo silêncio. Um pequeno ruído chamou a atenção e imediatamente Usara atirou na direção do som agudo. Um grunhido seguido de uma risada soou pelo salão.

— Acha mesmo que isso pode me matar? — a voz falou.

— Ekrateia, onde está Maila? — Ardan perguntou, cerrando os dentes.

O Original desceu de onde se escondia e pousou suavemente com suas asas azuis e pontudas.

— Acreditem, vocês não querem me ver em minha forma original.

Ninguém respondeu. De todos os Originais, sem dúvida Ekrateia era o mais assustador. Ele tinha uma forma imponente que poderia facilmente ser confundida com capacidade de liderança, mas nada mais era que autoritarismo.

— Entregue-nos Maila e iremos embora — Ardan continuou.

— A profecia não se cumprirá, mestiço.

Ardan sorriu enquanto arqueava as sobrancelhas.

— Vai, sim.

O Original fechou o rosto e encarou o grupo que o encurralava.

— Peculiar, essa sua equipe. Deficientes, adúlteros e filhos do pecado. Acham mesmo que têm alguma moral contra mim?

Elliot deu um passo à frente, mas Ardan o impediu. Sabia que era impossível vencer um Original; nenhum dragão ou ser humano teria poder para isso. Mas eles tinham um plano. Estavam ali para resgatar, não lutar; portanto, bastava distraí-lo. Ardan sinalizou para Usara com um assovio e ela estalou os dedos para Ranay. O dragão do ar cor-de-rosa soprou com força, e um tornado poderoso conseguiu empurrar Ekrateia para trás e tombá-lo contra a parede. O Original se levantou nada contente e então iniciou sua transformação.

Dragões Originais eram muito maiores que os submissos de sua espécie. Já tinham presenciado a diferença de tamanho em Ágasu, quando a Original tomara sua forma de dragão. Mas Ekrateia era diferente, parecia ainda maior. As escamas foram tomando forma em seu braço, e sua cauda conseguiu derrubar uma coluna de mármore, causando ainda mais estrago ao templo — se é que ainda havia um. Ekrateia terminou de tomar sua forma bestial e aterrorizadora quando suspirou fundo.

— Fujam! — Ardan gritou.

Ekrateia soltou fogo de sua boca e começou a tomar todo o salão. Para a surpresa de todos, o fogo, que deveria ser azul, era vermelho; mais vermelho que o fogo de Hamare. Ardan percebeu na hora que era fogo escarlate. Os dragões de seus colegas voaram para o céu junto a seus dramethis, e Ekrateia voou atrás. Agora o espetáculo de horror estava visível a todos, mesmo de longe. Ardan permaneceu no chão, atordoado. Precisava fazer alguma coisa, os dragões submissos poderiam morrer com o poder de fogo do Original. Também precisava encontrar Maila o mais rápido possível, mas quem seria capaz de farejar seu cheiro em meio àquele caos? Ele se lembrou: tinha alguém.

O mestiço saiu correndo do templo. Ele esbarrava na multidão, que assistia ao Original no céu. Chegou até o campo onde os dramethis deixavam seus dragões. Havia muitos parados por lá. Não era sábio perambular no meio de dragões mortais que não lhes pertencia, mas ele não tinha escolha. Ardan andava entre eles enquanto o encaravam com suspeita. Eles sentiam o cheiro de sangue mestiço, e isso os desagradava de imediato. Era uma infinidade de dragões azuis. Como saber qual era o certo? Ele resolveu arriscar.

— Lipath! — gritou com a voz trêmula.

Os dragões ao redor rosnaram e se prepararam para atacá-lo. Ardan fechou os olhos, pronto para a morte, quando um rugido impediu seu trágico fim. Lipath rosnou para os dragões de sua espécie, e todos se afastaram do mestiço. Ficaram apenas ele e o dragão de Maila, encarando um ao outro. Ardan sentia que seu coração poderia sair pela boca, ainda mais porque agora faria um pedido inusitado.

— Lipath, Maila está em perigo — ele falou pausadamente.

O dragão azul pareceu entender o nome de sua drameth, mas não conseguiu compreender a gravidade da situação.

— Eu preciso de sua ajuda para encontrá-la — ele continuou.

Lipath o encarava com um olhar vazio. Não o compreendia.

— Maila — ele repetiu. — Perigo.

O dragão pareceu incomodar-se com as palavras. Tinha entendido de certa forma que havia algo de errado com sua drameth. No mesmo instante, ela rosnou para o homem à sua frente como se ele fosse o culpado. Ardan, em completo desespero, prostrou-se ao chão e enfiou a cabeça na terra.

— Lipath, por favor! — ele implorou enquanto deixava uma lágrima fugir. — Por favor — repetiu. — Só dessa vez, me permita. Eu te suplico.

As mãos do mestiço tremiam em cima da terra úmida. O dragão bufou e se virou de costas. Ardan levantou o rosto devagar, sujo de barro. Ela o fitou, determinada, e sinalizou suas costas com o olhar. Em completo alívio, Ardan obedeceu.

◈◈◈

Oscar desviou do fogo vermelho. Seu dragão estava incomodado com a presença do Original azul. Ele sentia o fedor da rivalidade, mas também tinha noção do seu tamanho. Estava mais medroso do que corajoso.

— Uma amiga minha disse que o amor não é covarde — Ekrateia falou com a voz mais grossa. — Não é o que vejo em seu dragãozinho.

O rapaz não conseguiu responder. No momento, só torcia para que Ardan voltasse logo. Eles não conseguiriam enrolar Ekrateia por muito tempo e poderiam ser mortos por ele a qualquer instante. Oscar olhou para baixo, e uma multidão lhes assistia. Em seguida, virou-se para sua esquerda e avistou soldados de Ekrateia vindo na direção deles. Estavam encurralados. Ranay soprou o Original novamente, e o vento chegou até os soldados, que desaceleraram o voo.

— Lipath? — Usara perguntou.

— O quê? — Oscar perguntou um pouco mais acima.

— Acho que estou ouvindo Lipath. Maila está com ela?

Oscar olhou em volta e viu Lipath chegando, mas sem qualquer sinal da guardiã.

— Não pode ser... — ele murmurou. — Lipath permitiu que Ardan montasse nela.

O dragão azul chegou com a mesma fúria que seu drameth temporário. Soltou fogo azul pela boca e pelas narinas e atacou o enorme Original, o que não o agradou nem um pouco. Ardan levantou a mão esquerda para a direção dos soldados e os colocou dentro de uma redoma protetora. Provavelmente tinha sido seu maior escudo até então, e ele não percebeu quando uma gota de sangue escorreu de sua orelha. Lipath encarou o templo e então rugiu. Ardan entendeu o recado.

— Maila está lá dentro! — ele avisou aos outros. — Procurem em todas as portas, ela pode estar escondida em um porão ou algo do tipo.

Eles assentiram e avançaram em direção ao templo, deixando Ardan sozinho com o Original Ekrateia, que o encarava com frieza. O povo parecia ansioso com o que aconteceria em seguida. Com certeza seria o evento que mais causaria rumores pelos clãs.

— Você conseguiu mesmo arruinar nosso dia da bênção — Ekrateia começou.

— Não pode abençoar os outros pela mentira.

O Original abriu um sorriso ardiloso.

— Parece que alguém conseguiu ler as páginas.

— Sim, e vim devolvê-las — Ardan falou tirando de sua bolsa os papéis arrancados. — Já tenho toda a informação de que preciso, obrigado pelo empréstimo.

Ekrateia bufou uma risada.

— Eu chamaria isso de roubo.

— E eu o chamaria de assassino.

O Original rosnou para ele, perdendo a paciência.

— Somos iguais, mestiço de Hamare.

— Tem razão, sou um assassino, um ladrão, um imundo. Mas não vou mais alimentar a sua hipocrisia. Não sou apenas um mestiço de Hamare, sou um mestiço de Ekrateia também.

Antes que Ekrateia pudesse dizer alguma coisa, Ardan ficou em pé em cima de Lipath, retirou do bolso cartazes que continham traduções do Livro da Eternidade e jogou para a multidão.

— EKRATEIA MATOU HAMARE! — ele gritou do céu.

O espanto da multidão foi unânime; tinham ouvido direito? Um Original foi morto? Por outro Original? Os papéis começaram a alcançar o povo, que conferia a tradução com espanto e indignação. Ardan não apenas traduziu, mas colocou a explicação de sua tradução nas palavras para que ficasse mais convincente e tivesse valor para quem lesse. Tinha funcionado. Era possível ouvir algumas pessoas afirmando "eu sabia" e outros murmúrios de revolta. Era certamente o maior dos escândalos. Ekrateia rugiu tão alto para Ardan que até Lipath se sentiu assustada. O mestiço se posicionou de novo em seu lugar em meio a tropeços, sentado nas costas dela, antes de virar-se para o Original e informar:

— A verdade agora está revelada a todos, e continuarei a espalhar essa mensagem.

— Então não tenho nada a perder.

A afirmação fez Ardan estremecer. Ekrateia voou sobre a multidão e ateou fogo escarlate em todos. Mulheres, homens e crianças.

CAPÍTULO 37

Fogo

Um escudo de proteção conseguiu cobrir metade das pessoas. Era o maior escudo que já tinha feito em toda sua vida; sem treino ou preparo, seu corpo não reagiu bem ao ato repentino. Sangue escorria dos olhos de Ardan, sua energia espiritual se esgotava. Ele não teria força para ativar seus outros drigons. O choro e o clamor das pessoas que corriam queimadas era desesperador. Ardan não aguentava mais presenciar tamanha matança. Voltou o olhar para Ekrateia, que, ao longe, preparava-se para atacar a todos novamente. Com suas últimas forças, Ardan forjou um arco e flecha.

— Preciso de seu fogo — ele sussurrou após tossir sangue.

Uma chama azul incandescente se acendeu na ponta da flecha e no mesmo instante Ardan atirou na direção de Ekrateia. Ele foi atingido em cheio no ombro e rugiu de dor. O Original mirou Lipath e, de repente, os olhos dela ficaram completamente azuis.

— Merda — Ardan murmurou, temeroso.

— Deixe-o cair — Ekrateia ordenou.

Lipath obedeceu sem pestanejar. No final das contas, Ardan sabia dos riscos — Originais eram como *alphas* para os dragões submissos de sua espécie. Lipath faria tudo que ele ordenasse; assim, deixou que Ardan caísse no meio do fogo que consumia a todos.

◈◈◈

— Eu achei! — Oscar gritou.

Elliot e Usara correram na direção dele e o encontraram diante de uma porta fechada.

— Maila? — Usara gritou.

— Estou aqui! — a voz dela respondeu.

— Certo, afastem-se — Usara disse enquanto tirava duas armas de seu bolso.

Sem dar tempo de ninguém dizer nada, ela atirou ao longo da pesada estrutura de cobre, criando fissuras ao redor dela. Bastava um empurrão para derrubá-la.

— Isso é comigo — Oscar disse preparando-se para golpear a porta com seu drigon de força.

O golpe foi certeiro e afastou o que separava sua amiga da liberdade. Os três correram até ela e se surpreenderam quando viram que ela não estava sozinha: estava acompanhada de um Original e mais três pessoas.

— Elliot! — Maila o chamou, desesperada. — Consegue curar Chariã? — ela falou enquanto sinalizava algumas palavras que tinha aprendido na língua dele.

O rapaz de Piston se apressou, ignorando totalmente as pessoas que estavam com ela. Em seguida, Oscar se aproximou, assustado com tanto sangue, e não reparou como os outros filhos de Ekrateia o encaravam com repulsa. Usara captou esse sentimento e se colocou ao lado do amigo. Elliot, então, posicionou as mãos em cima de Chariã, que respirava com dificuldade. No mesmo instante ele sentiu uma grande energia sair de si e tombou um pouco a cabeça.

"É mais grave do que você pensa, Maila", ele disse a ela.

— Grave? Isso? — ela perguntou para confirmar.

Ele acenou em confirmação.

"Vou continuar tentando."

— Por favor.

Mas, antes que Elliot posicionasse suas mãos novamente, Chariã o impediu.

— Meu senhor? — Maila perguntou, preocupada.

— Se ele usar sua energia curativa para curar um Original, pode morrer.

— Mas quem poderá curá-lo, então?

— Somente meu irmão.

— Piston? — Oscar perguntou, aproximando-se.

Chariã confirmou a hipótese do rapaz.

— Precisamos ir para Piston, então — Maila falou, apressada.

— Ninguém vai a lugar algum! — Therkov gritou.

Oscar se virou para o homem que saía das sombras. Ele viu outras duas pessoas encarando-o. Pela aparência dos dois, notou que provavelmente eram os pais de Maila e que estavam irritados, assim como o homem que gritara.

— Se Maila falou que quer ir a algum lugar, então ela vai.

— Não mesmo.

— Quem é você, cara? — Oscar perguntou já querendo socar o rosto do homem.

— Sou o noivo dela!

Oscar se virou para Maila, que lhe ofereceu um sorriso torto, e então se voltou para ele de novo.

— Não vejo aliança.

Therkov o agarrou pela blusa, tentando intimidá-lo. Oscar riu da audácia.

— Você não vai querer medir força comigo, acredite.

— Ah, eu quero, sim.

O homem levantou o braço e fechou o punho. Oscar não moveu um músculo; aguardava tranquilo até onde a imbecilidade do homem iria. Um tiro os afastou da tensão, e um grito de dor tomou o lugar. A ponta da orelha de Therkov agora estava sangrando. Ele colocou a mão sobre o lóbulo, assustado, e viu que Usara mantinha a arma apontada para ele com um rastro de fumaça escapando do cano.

— Você errou — ele disse entredentes.

— Não, eu acertei — ela respondeu. — Mas, se tocar em Oscar novamente, garanto que na próxima eu vou errar.

Therkov se afastou, irritado, enquanto Elliot a observava encantado. Oscar tomou a iniciativa e carregou Chariã para fora dali. Ao chegarem no meio do salão, ficaram aterrorizados ao perceber que tudo pegava fogo.

— Onde está Ardan? — Maila perguntou, assustada.

— Ele estava com Lipath — Usara respondeu.

— O quê?!

— Sim, montado nela.

Maila então apertou seu anel e gritou o nome de seu dragão. Não demorou muito para que Lipath a encontrasse, mas seus olhos ainda estavam completamente azuis.

— O que está havendo? — Maila se perguntou, confusa. — Lipath!

A guardiã deu leves batidas no rosto de seu dragão. Após alguns segundos, a cor de seus olhos se dissolveu, e ela voltou ao normal outra vez.

— Lipath, onde está Ardan? — Maila questionou.

Lipath ainda parecia recuperar-se do transe, mas apontou o rosto na direção do fogo. Maila sentiu seu coração aflito e se preparou para tentar salvá-lo, mas seu pai a impediu.

— Não pode ir até lá! — ele advertiu.

— Seu pai tem razão! — sua mãe concordou.

Maila os ignorou completamente e se soltou deles correndo na direção das chamas. Se Ardan estava no fogo, ela queimaria com ele.

CAPÍTULO 38

Minha família

O rosto de Ardan estava coberto de sangue. A fumaça tomava seu pulmão, desesperado por ar puro. Ele cerrou os olhos e avistou pessoas mortas ao seu redor. Sabia que se juntaria a elas em alguns instantes se não fugisse dali. Tentou se levantar, mas logo grunhiu com a dor latejante que tomava conta da sua perna. Inclinou-se para ver o que estava acontecendo e percebeu que um pedaço da sua coxa estava bastante ferido.

— Então é isso — ele sussurrou. — Espero que exista um paraíso para imundos como eu.

O mestiço fechou os olhos devagar, esperando a morte vir buscá-lo, até que ouviu uma voz familiar.

— Ardan?

Ele abriu os olhos novamente, um tanto devagar, e viu o rosto de Maila coberto por um tecido que protegia seu nariz e sua boca da fumaça.

— Eu cheguei ao paraíso — ele murmurou para si com um sorriso.

— Pelas brasas da Eternidade, já está delirando — ela falou enquanto analisava a situação ao seu redor.

Maila pegou um outro tecido e cobriu o rosto de Ardan. Ela reparou que uma parte de seu cabelo estava queimada e lamentou por saber que ele teria de cortá-lo um pouco. Posicionou-o em suas costas e, mesmo com um pouco de dificuldade, conseguiu erguê-lo.

— Você é forte — ele falou com os olhos fechados.

— Claro que sou.

Uma árvore envolta em fogo caiu bem do lado deles. Para passar, Maila teria que protegê-los das chamas que aumentavam a cada segundo; o desespero começara a bater no peito da guardiã.

— Consegue criar um escudo protetor? — ela perguntou, temerosa.

— Não — Ardan respondeu com sinceridade. — Crie um escudo de verdade com seu drigon de forjadora.

— Não consigo fazer isso tão rápido.

— Consegue, sim — ele afirmou após uma tosse seca.

Maila suspirou, já cansada de carregá-lo, e tentou ativar seu drigon. Faíscas saíram de seus dedos, mas nada concreto.

— Não consigo — ela lamentou.

— É só não fugir dos seus pensamentos, igual quando estava apaixonada por mim.

A guardiã vacilou por um tempo, mas logo fechou os olhos e desejou com toda sua força um escudo que os protegesse. Dessa vez, ela não hesitou em buscar dentro de si os momentos mais felizes e genuínos. Antes ela só tinha memórias da infância para resgatar, o que dificultava seu processo, já que algumas lembranças já não estavam mais tão frescas em sua mente, mas agora ela tinha memórias novas, histórias incríveis cravadas em seu coração com todo o aprendizado que teve ao lado do clã rebelde. Agora era claro e fácil de imaginar, ela se sentia protegida com todos os clãs. A Chama estava em todo lugar. Um escudo protetor na cor azul se formou em sua mão, e nele estavam cravejados os símbolos dos nove dragões. Ela olhou para aquela arma que contava a história do mundo, mas que agora contava a história dela também, e se emocionou, orgulhosa de si mesma. Ardan sorriu, e ela tomou coragem para enfrentar o fogo. Tinha aprendido algo novo ali.

◈◈◈

Ardan foi colocado no chão, ao lado de Chariã. Os dois pareciam prestes a morrer. Elliot correu para curar a ferida de seu amigo. Posicionou sua mão, mas a queimadura não cicatrizava por nada.

— O que está havendo? — Maila perguntou, desesperada.

“Não é só uma queimadura, é fogo escarlate”, ele respondeu.

— O quê?! — A guardiã estava tão nervosa que não conseguiu compreender.

— Ele precisa, primeiro, ser exorcizado — Oscar respondeu.

Maila se voltou para os pais, que logo viraram o rosto.

— Exorcizem ele — ela ordenou.

— Olhe como fala conosco, menina — a mãe rebateu.

— Eu sei que não querem, mas vocês vão, sim!

— Isso pode ser considerado traição.

Maila estava prestes a gritar com os pais quando Nemac chegou ao templo coberto de cinzas e tossindo muito. Ele arregalou os olhos ao ver sua pupila.

— Maila! — ele exclamou. — O que faz aqui?

— Vim tentar salvar Ekrateia.

O homem olhou a situação: Chariã jogado no chão, Ardan com a perna queimada, membros do clã rebelde em volta...

— Você provocou isso? — ele perguntou, decepcionado.

— Não! — ela tentou se defender. — Ekrateia provocou.

— Não diga tal blasfêmia.

— Foi ele! — ela gritou sem paciência — Ekrateia está tomado pela escarlate, foi ele que matou... — Maila, então, lembrou-se do desespero de Nemac quando as páginas foram roubadas. — Você sabia.

O profeta abriu a boca para falar, mas se calou em seguida.

— Abaixe a gola — Maila falou com firmeza.

— Como? — ele perguntou, confuso.

— Abaixe a gola de seu manto, Nemac.

O homem desviou o olhar, envergonhado. Ele puxou um pouco da gola, revelando manchas de uso da magia escarlate.

— Seu filho de uma...! — Ardan cuspiu.

— Foi necessário! — Nemac disse com firmeza.

— Matou minha mãe porque ela usava magia escarlate — Ardan continuou. — Seu hipócrita desgraçado.

— Sua mãe foi morta porque agiu como uma prostituta e dormiu com alguém de outro clã.

Ardan tentou se levantar com fúria nos olhos, mas a dor da queimadura o impediu.

— Você está morto — o mestiço finalizou.

Maila o olhava, horrorizada.

— Tudo em que acreditei até agora... — lamentou. — Todas as tradições, todos esses costumes, todas essas regras de comportamento... serviam apenas como tapete para esconder o pecado que crescia bem aqui na casa da Chama Eterna?

A guardiã se sentia traída; nada mais dilacerante do que ter seus valores e princípios violados. Tudo era mentira? Talvez nem tudo, mas ela sentia que sim.

— Maila — Usara a chamou. — Ardan precisa ser exorcizado agora e precisamos levar Chariã daqui.

Maila encarou os pais novamente. Eles não davam nenhum indício de que cederiam. Depois fitou Therkov, que a olhava de canto enquanto estancava o sangue da orelha.

— Vocês todos sabiam também?

Ninguém respondeu. Seus olhos lacrimejaram de tanta decepção e raiva.

— Podem ao menos exorcizar Ardan?

Mais uma vez não obteve resposta.

— Tudo bem, era só um teste mesmo.

Os pais a olharam incrédulos quando a viram segurar a pequena ampulheta com areia exorcista.

— Onde você...? — A mãe interrompeu sua fala quando percebeu que a conversa não seria boa.

— Sim, na caixa com as cartas.

Maila, então, quebrou a ampulheta perto da perna de Ardan, e a areia prateada se espalhou rapidamente até encontrar a ferida do mestiço. Ela sentiu o fogo escarlate e agiu como havia sido programada: atacou a chama proibida. Não demorou para que Maila notasse que uma ampulheta apenas não seria suficiente; logo ela foi quebrando uma a uma em desespero até perceber que a magia escarlate fora exorcizada por completo. Livre do fogo, Elliot curou a queimadura, que acabou deixando uma cicatriz significativa. O mestiço se virou para Chariã, ainda se recuperando da dor de cabeça gerada pela ferida. Isso ainda demoraria um pouco para passar.

— Agora você. Vamos levá-lo para Piston.

Chariã agradeceu por meio da lágrima que escorria de seu rosto. Ardan, então, se voltou para Maila novamente, fazendo um esforço para conseguir se sentar.

— Não precisa cumprir o acordo, pode ficar com sua família — ele falou, com a respiração ofegante.

Maila olhou para os pais e depois para Therkov.

— Minha família?

— Vamos, Maila — seu pai a chamou, mas ela não se moveu.

A guardiã olhou para seus colegas e percebeu que não deveria mais chamá-los assim. Eles eram seus amigos. Mais que isso, eram *sua família*. O que aconteceria se ela ficasse? Compactuaria com as mentiras de um assassinato para sempre? Inventaria desculpas para a matança daquele povo que agonizava nas chamas? Ela se casaria... com Therkov?

Seu destino estava certo. Ela voltaria a ser a guardiã do templo e teria a vida que todos planejaram para ela. Mas por que ela sentia que só estava protegendo pedras? Com os rebeldes, Maila tinha aprendido uma coisa: não precisava de um lugar físico para receber a Chama Eterna. Onde houvesse um ou mais em nome dela, então lá a Chama estaria. O templo era o povo e, se ela era a guardiã do templo, então o protegeria.

— *Vocês* são a minha família — ela disse, enfim.

— Maila! — sua mãe gritou.

— Estou desertando de Ekrateia! — a guardiã anunciou em alto e bom som.

Todos permaneceram em silêncio, sem acreditar no que Maila havia dito. Sua mãe desmaiou nos braços do marido, que mantinha a boca aberta, em choque. Uma vez dito, não poderia mais voltar atrás. Ardan nunca teria imaginado que ela um dia chegaria a renegar seu próprio clã. Nemac se aproximou de Maila com um misto de sensações e tirou uma adaga do bolso.

— Não! — Chariã gritou.

Os amigos se posicionaram para defendê-la, mas ela levantou a mão sinalizando que não era necessário.

— Está tudo bem — ela disse, mansamente. — É a lei.

Nemac encostou a adaga na palma da mão direita de Maila e sorriu para ela.

— Hoje você se tornou a mulher que eu sempre quis que você fosse: livre.

Uma lágrima escorreu pelo rosto da guardiã. Afinal, mesmo após tantas mentiras e segredos, Nemac sempre seria o seu tutor. Talvez Maila nunca fosse entendê-lo de verdade, mas ela sabia que era amada por ele, o que tornava aquela situação ainda mais dolorosa.

— Obrigada.

Com um golpe rápido, Nemac cortou sua mão. Ela grunhiu tentando conter a dor que acabara de sentir.

— Maila, a desertora — o profeta anunciou, assim como na lei, levantando a mão dela, da qual escorria sangue pelo braço. — Sua casa não está mais em Ekrateia. Você não será mais protegida por seu Original. Viverá agora como uma andarilha, renegada pelo seu povo, já que o renegou primeiro. Rejeitou os ensinos do domínio próprio, portanto, o domínio a rejeitará também. Dessa forma, para que todos saibam e vejam sua desgraça, para sempre você carregará em sua mão... a marca da rejeição.

Chariã arregalou os olhos quando ouviu a lei dos desertores de Ekrateia, e então apontou para Maila com as garras trêmulas.

— É ela! — ele falou, extasiado.

Maila se virou para o Original, assustada com o fato, enquanto sangue pingava pelo piso do templo destruído. Em meio à tensão, Oscar deixou escapar uma risada, o que fez todos o encararem, incrédulos.

— Quem diria! — ele disse, aliviado. — Era mesmo a vaquinha malhada.

CAPÍTULO 39

A segunda peça do enigma

A notícia sobre o incêndio em Ekrateia se espalhou tão rápido quanto o fogo. Em todos os cantos, pessoas choravam pela perda de seus entes queridos. Nem o clã rebelde, nem Ekrateia estavam com boa fama pela população. Muitos tinham absoluta certeza de que tudo fora causado por um desentendimento entre o Original e o líder dos rebeldes; portanto, culpavam principalmente Ardan. A sorte era que muitos também presenciaram-no tentando salvar os feridos com seu escudo e estavam do seu lado no meio daquela guerra de argumentos e luto.

Maila e Ardan esperavam do lado de fora do aposento dos enfermos; ela batia o pé com pressa e visivelmente estava mais agitada do que o normal.

— Por que está assim? — Ardan perguntou, curioso.

— Tenho medo do que possa acontecer com Chariã — ela respondeu, aflita.

— Não se preocupe, Piston está com ele.

— Sim... — Ela pensou um pouco. — Sim, claro.

— Mas algo me diz que não é só isso.

Maila tinha as mãos trêmulas e a voz vacilante.

— Ele falou com muita certeza que eu era a guardiã da profecia.

— Entendi. E isso te incomoda?

Ela apertou os dedos, tentando encontrar as palavras certas.

— Bom, e se não for eu?

Ardan deixou escapar uma risada.

— Maila, é você.

— Como tem tanta certeza?

O mestiço deu de ombros.

— Desde que você entrou para os rebeldes, tudo começou a se encaixar naturalmente; a Chama Eterna até voltou a falar comigo. Eu sei, é você.

— Como assim, voltou?

Ardan cruzou os braços, pensando em como responder.

— Acho que às vezes minha rebeldia estressava até a Chama; ela se calou para mim por um tempo... Isso até você aparecer em minha vida de novo.

Maila não sabia como responder.

— Essas coisas não acontecem por acaso. Ela estava nos mostrando sua vontade esse tempo todo; parece que ela realmente aprecia sua devoção. Você é uma das chaves mais importantes para encontrarmos o profeta elegido.

Antes que Maila pudesse responder, o Original Piston saiu do aposento, chamando a atenção deles; ela foi imediatamente em sua direção.

— Como ele está?

— Ele vai ficar bem — Piston respondeu após um longo suspiro.

Maila soltou o ar, aliviada. Agora que estava mais tranquila, conseguiu reparar melhor no Original à sua frente. Ele tinha uma aparência muito semelhante à de seus irmãos do primeiro dia, com o cabelo liso e escorrido preso com um rabo de cavalo e a pele roxa e brilhante. Apesar das semelhanças, ele tinha mais pelos no peito do que os outros, e uma barba cheia que chamava atenção. Mesmo sendo o irmão mais novo, parecia ser o mais alto dos Originais.

— Elliot está com ele? — Ardan indagou, curioso.

— Sim, apenas para mantê-lo estável. A parte pesada foi comigo e, adianto, não foi fácil. Gastei muita energia espiritual, preciso ir para minha caverna descansar.

Piston começou a caminhar para retirar-se do local quando parou de repente e se virou para Ardan.

— Não será fácil reconquistar a confiança de todos de novo; também perdi um membro do meu clã no incêndio — ele falou com pouca emoção.

Ardan abaixou a cabeça, envergonhado.

— Eu sei. Não imaginei que ele faria o que fez.

— Esperava o quê? Confrontar um assassino em um evento com uma enorme quantidade de pessoas?! Não parece o tipo de coisa inteligente que você faria.

O Original, então, encarou Maila, que abaixou a cabeça no mesmo instante.

— Eu... — ela tentou falar, mas foi interrompida por Ardan.

— Foi ingenuidade da minha parte. Sei que não recuperarei os mortos daquele dia, mas ainda continuarei lutando pela verdade. Eu me redimirei.

— Espero que sua verdade seja convincente. — Ele fitou os olhos de Ardan outra vez. — Mas eu sei muito bem que você não é ingênuo. Está cobrindo a merda que outra pessoa fez.

Maila sentia as mãos trêmulas e o suor escorrendo pelo rosto.

— Os boatos de que foi Ekrateia quem matou Hamare estão chegando a todos os clãs também. Pelo menos com essa informação vocês conseguem se safar.

— Como assim? — Ardan questionou.

— Argumentem que foram tentar salvar Chariã; isso comoverá o público e talvez eles os perdoem pelo estrago.

Ardan apenas acenou com a cabeça para deixar claro que faria exatamente o que o Original sugerira.

— Você é esperto. E o restante dos rebeldes virá para cá também?

— Não, eles já viajaram demais. Eu os deixarei descansando em Hamare por enquanto.

— E não irá até eles?

— Acho melhor evitar meu pai no momento, a vida dele deve estar um pouco agitada agora.

— Certamente, todos vão querer saber a história dos seus pais.

— Quem sabe, um dia.

— Como está sua energia espiritual?

— Melhor, muito melhor. Já consigo usar meus drigons de novo.

— Poderá parar de mentir sobre eles também. Você se tornará uma celebridade por ter tantos drigons.

— Alguns deles ainda são um mistério para mim.

— É mesmo? Qual você domina melhor?

— O de forjador, com certeza.

— Ah, você tem esse também. — Ele se virou para Maila, que estava calada. — E você, menina de Ekrateia? Tem um drigon especial?

Maila levantou o rosto, surpresa por ele ter dirigido a palavra a ela.

— Ah, eu também sou uma forjadora. Mas só isso.

— Dois forjadores no mesmo lugar? Que raro. Quem treinou vocês?

— Ninguém — Maila respondeu timidamente. — Não existiam forjadores vivos em nosso clã, nem em Ekrateia, nem em Hamare. Tem muitas coisas que são desconhecidas para nós.

— Vocês deram sorte, temos um forjador em Piston.

— O quê?! — Dessa vez foi Ardan quem perguntou. — Por que não me disse da última vez em que estivemos aqui?

— Não achei que fosse importante. Quando veio para cá você disse que tinha o drigon da força apenas. Para que falar sobre o velho forjador rabugento?

— Será que poderíamos falar com ele e tentar esclarecer algumas dúvidas?

O Original sorriu.

— É claro, mas sejam pacientes, ele não gosta muito de visitas.

— Sim, meu senhor — Ardan assentiu.

— Muito bem. Descansarei agora para fazer a minha viagem.

— Sairá de Piston? — Maila perguntou, surpresa.

— Tenho uma reunião com todos os Originais em Eiral.

— O clã da paz?

— Sim, todos foram chamados, até Ekrateia. Provavelmente vamos deliberar sobre o rumor da morte de Hamare e a tentativa de assassinato de Chariã. Assim que meu irmão amarelo melhorar, avisem-no de que ele deve partir imediatamente para Eiral. Precisaremos do testemunho dele para o julgamento.

— E se Ekrateia não comparecer?

— Então ele será considerado automaticamente culpado.

— O que acontece com Originais criminosos?

Piston não abriu a boca, apenas sorriu e se retirou, deixando os dois sozinhos e sem resposta.

— Ótimo, agora como vamos encontrar o velho forjador? — Maila perguntou, irritada.

— Elliot com certeza deve saber.

◈◈◈

Piston era um clã alocado no campo, com espaço suficiente para famílias tão numerosas. As ruas eram largas e bastante agitadas. Crianças corriam para todos os lados e encaravam Ardan sem conseguirem disfarçar o semblante de curiosidade com seus olhos coloridos.

— Acho que é aqui — Maila falou ao conferir no papel o endereço que Elliot tinha escrito para eles. — Por que viemos com uma carroça e não com Lipath?

— É proibido voar com os dragões ao redor das casas. Como as famílias aqui são muito grandes, os dragões têm seus próprios espaços separados delas.

— Faz sentido — ela concordou ao sair da carroça.

Antes que colocasse o pé no chão, Ardan segurou seu braço.

— O que foi?

— Não vamos falar sobre... — Ele olhou para sua mão.

— Ah, isso. Eu estou bem.

— Você está muito quieta. Está arrependida de sua decisão?

— Acho que não posso me dar ao luxo de me arrepender. Uma vez feito, é para sempre.

— Foi muito corajoso de sua parte.

— Minha coragem matou centenas de pessoas — ela falou com a voz trêmula.

— Não foi culpa sua.

— Foi, sim. — Os olhos lacrimejaram, mas ela estava determinada a não chorar. — Você me alertou e ignorei completamente.

— Se não fosse você, Chariã estaria morto.

— A vida de um Original é maior que a de cem pessoas?

— Não, porque não é uma competição, Maila. Você o salvou. Quem matou as pessoas foi Ekrateia. Não dava para ter salvado cem vidas, mas você salvou uma. Chariã está vivo.

Maila olhou para os lados, apreensiva.

— O que vamos fazer agora, Ardan? Estou com medo.

— Agora vamos procurar o profeta e o dragão de duas faces. A profecia da queda de Ekrateia está se cumprindo, todas as peças estão se encaixando. Temos minha irmã, depois você, só falta...

— O profeta e o dragão — ela falou, temerosa. — O que a profecia queria dizer na parte sobre o guardião se unir ao profeta?

Ardan ficou desconfortável com a pergunta.

— Bom, a palavra união na profecia pode simbolizar muitas coisas, mas naquela interpretação... — Ele fez uma pausa temerosa. — Parecia significar casamento.

— Pelas brasas...

— Mas também pode significar outra coisa! — ele tentou acalmá-la.

— Certo — ela disse, receosa. — Vamos ver se o rabugento está em casa.

Ardan sorriu para ela e também desceu da carroça, mas não estava conseguindo esconder muito bem seu incômodo. Sabia o que a profecia queria dizer e não estava aceitando de bom grado a ideia de Maila já estar prometida a outro homem, principalmente depois de ela ter acabado de romper com Therkov. Parecia que, sempre que ele estava prestes a alcançá-la, ela escapava entre seus dedos. Apesar de ter sido um alívio ver a segunda peça do enigma aparecer bem na sua frente, com a perspectiva do cumprimento da profecia, logo ele percebera que seu coração ficaria despedaçado. E, se assim a Chama Eterna estabelecera, só lhe restava obedecer.

A guardiã bateu à porta, mas não obteve resposta. Esperou mais um pouco e bateu de novo. Não demorou muito para eles começarem a ouvir passos lentos de alguém se aproximando. Um homem velho, corcunda e de barba branca os atendeu com uma expressão nada receptiva.

CAPÍTULO 40

Em quem você pensa?

O homem tirou o cachimbo da boca e se sentou na poltrona surrada. A casa era grande, mas parecia ser preenchida por vazio e silêncio. Pelas marcas e pelos riscos nas paredes, dava a impressão de que os cômodos foram bastante usados em algum momento no passado, mas pareciam sem vida agora.

— Então vocês não tiveram tutores — o velho comentou com a voz rouca.

— Não, senhor — Ardan falou tomando a frente da conversa. — Como podemos chamá-lo?

— Estevão — ele resmungou.

— Senhor Estevão — Maila comentou enquanto se sentava no sofá em frente à poltrona —, o senhor teve um tutor?

— Sim, meu avô.

— Consegue nos ajudar?

O homem fungou sem delicadeza e olhou para Maila com desgosto.

— Eu não posso treinar vocês, crianças. Estou velho demais para isso.

— Compreendo, mas talvez possa tirar algumas dúvidas que temos sobre nosso drigon.

— Qual sua especialidade? — ele perguntou enquanto esticava as pernas no banquinho da frente.

— Como assim?

— Está surda?

— Uhn... — Maila juntou as mãos em cima das pernas enquanto pensava. — Faço armas pontiagudas, como espadas, adagas e foices.

— E você, mestiço? — Estevão rosnou para Ardan.

— Armas elásticas — ele respondeu prontamente. — Chicotes, arco e flecha, cordas... Mas consigo fazer armas pontiagudas às vezes também.

O velho se manteve atento às informações e ficou um tempo sem dizer nada.

— E o senhor? — Maila perguntou, curiosa.

Ele suspirou devagar antes de responder.

— Armas esmagadoras, como martelos e bolas de aço.

— São armas bem difíceis de fazer — Ardan observou.

— Certamente, afinal, exigem muita matéria e densidade. Você precisa de muitas boas memórias e bons pensamentos para fazer armas assim.

Maila e Ardan se olharam, confusos. Um homem rabugento como ele já tinha vivido bons momentos? Por que parecia tão amargo, então?

— E vocês vão ficar aqui enrolando na minha casa ou vão me dizer o que querem? — Estevão perguntou, deixando bem claro que queria que eles fossem embora o quanto antes.

— Muito bem — Maila se prontificou. — Tenho dificuldade em forjar armas. Ardan as faz muito rápido, mas às vezes eu preciso de horas para criar algo mais complexo. Consegui forjar um escudo sem demora recentemente, o que me deixou muito orgulho...

— Escudos são fáceis de fazer para qualquer forjador, é o básico desse drigon. É o mínimo, não deveria se orgulhar por ter conseguido forjar algo tão pífio.

Maila abaixou a cabeça, envergonhada. Ardan tomou a frente da conversa outra vez.

— Por que ela não consegue apressar suas confecções?

— Tem três possibilidades — ele falou, levantando os dedos. — Ou ela é só uma incompetente mesmo, ou não tem memórias boas o bastante, ou está fugindo.

— A primeira não é, tenho absoluta certeza — Ardan respondeu com firmeza.

O velho riu no meio de uma tosse.

— Forjar uma arma é como forjar a si mesmo, nossas armas são reflexos de nós. Você faz armas pontiagudas. — Ele se virou para Maila. — Não duvido que tenha tido uma infância afiada, disciplinada e exigente. — Em seguida, voltou-se para Ardan. — Você é elástico, se adapta, se molda, mas às vezes arrebenta.

Ardan engoliu em seco.

— Não podemos fugir de quem somos. Você pode até tentar mentir para si, mas não para suas armas. Quanto antes entender isso, mais ágil será para confeccioná-las. Se tentar relutar contra seus bons pensamentos, a arma vai lutar contra você. Vai ser uma guerra, e isso demora. No final, a arma sempre vence.

Maila ouviu tudo com atenção. Nunca tinha parado para pensar que as memórias poderiam lutar contra ela. Estivera fugindo esse tempo todo e não percebera?

— As armas podem se recusar a ferir alguém? — ela perguntou, ofegante.

— Do que você está falando? — Estevão perguntou, antes de levar o cachimbo mais uma vez à boca.

Maila olhou para Ardan, receosa, mas decidiu contar uma breve versão dos acontecimentos:

— Uma vez ataquei uma pessoa, mas minha arma se recusou a machucá-la.

O homem abriu um sorriso e riu lentamente.

— Armas não ferem suas origens.

— O que isso significa? — Ardan perguntou.

— Armas nascem de memórias e pensamentos. Se eu tiver uma boa lembrança com o pássaro do meu vizinho, usar essa boa memória para criar uma arma e em seguida tentar matar o pássaro, não vai funcionar porque...

— A arma foi feita pela memória do pássaro — Maila completou.

— É uma pergunta simples a se fazer. Em quem você precisou pensar para forjar sua arma? Qual memória precisou desenterrar para criar sua espada? Achou? Então aí está sua resposta. Não pode ferir a origem da arma.

Maila olhou para o lado e reparou que Ardan a encarava. Ela fingiu uma tosse e começou a estalar os dedos. Colocou o cabelo atrás das orelhas e se levantou, ansiosa.

— Obrigada por seu tempo, senhor Estevão. Isso era tudo, preciso voltar agora.

— Finalmente! — O homem suspirou.

Maila se retirou correndo da casa, deixando Ardan sozinho com o homem. Ele se levantou assustado com a atitude repentina, mas, antes de sair, também decidiu perguntar mais uma coisa:

— E você?

— Como?

— Faz armas esmagadoras. Foi muito pressionado na infância?

O homem soltou uma fumaça da boca, e de repente seu olhar ficou vazio, enquanto fitava o corredor escuro de sua casa espaçosa.

— Fui esmagado e sufocado por quem deveria me amar, então esmaguei e sufoquei quem amei.

Estevão não olhou para Ardan quando finalizou sua frase. O mestiço aceitou a resposta e se retirou, sem conseguir presenciar a lágrima que escorreu entre as rugas dos olhos daquele homem solitário e amargo.

◈◈◈

— Maila! Espere! — ele gritava enquanto corria.

A guardiã mantinha o passo apressado, tentando escapar da conversa que certamente Ardan queria ter com ela.

— Não pode fugir para sempre! — ele gritou mais uma vez.

Maila parou de caminhar e olhou para o céu. Já era noite e a lua brilhava com intensidade. Ela se recostou na parede de um comércio e olhou para Ardan com a expressão aflita.

— Não estou fugindo — ela enfim falou. — Estou processando.

— Certo — Ardan disse enquanto se aproximava. — Está incomodada com alguma coisa?

— Com muitas coisas, na verdade. Meu coração está angustiado.

— Por quê?

— Ardan, eu ainda tenho sentimentos por Therkov. Não é fácil apagar isso de repente... Para ser sincera, eu nem sei exatamente o que sinto por ele agora, mas tem um sentimento vivo aqui e ainda estou tentando entender o que é.

O mestiço se manteve atento, mas não conseguiu disfarçar o desconforto.

— E então me descubro como a peça de uma profecia e que talvez eu precise me casar com alguém que ainda nem conheço — ela continuou. — Será que também serei capaz de amar essa pessoa?

— Mas, Maila...

— E aí tem você! — ela exclamou.

Ardan tomou um passo à frente, prensando-a contra a parede.

— O que tem eu, *meponsu*?

A palavra deixou Maila ainda mais angustiada.

— Você me confunde!

— Em relação a quê? Eu que fui rejeitado, esqueceu?

— Não é assim que funciona.

— Ah, não?

— Não.

Ardan deu um passo a mais e colocou o braço por cima da cabeça de Maila, aproximando seu rosto do dela.

— Me diga, guardiã, em quem você pensa quando forja uma arma?

Maila não conseguiu responder.

— Quais são as boas memórias que você não pôde apagar e, mesmo relutando, precisou usá-las para confeccionar suas adagas e foices?

— Ardan, eu...

— Eu direi, então — ele falou em um sussurro. — Eu penso em você. Cada pedaço, cada engrenagem, cada estrutura que me forja vem de você. Você é a origem de tudo de belo que eu já criei ou almejei. Você é o pensamento que me aflige e a memória que insiste em me atormentar em cada minuto de minha vida. Porque, mesmo que eu já tenha tentado com todas as forças esquecer você durante todos esses anos, foi impossível. Meu coração já estava ligado ao seu. E, de todas as coisas que eu já fiz, a única que eu não consegui fazer foi ligar o seu coração ao meu também. Acho que é o risco que aceitei quando me apaixonei por minha melhor amiga. Aceitei que talvez nunca fosse correspondido. Mas eu não poderia esconder meus sentimentos por medo de ser rejeitado ou por medo de estragar o que tínhamos, porque, assim que me vi apaixonado, já sabia que tinha estragado tudo. Então, admito, para mim não é difícil forjar uma arma, de forma alguma, porque é muito fácil forjar o esplêndido quando dentro de minhas boas memórias eu vejo você.

Maila não tirou os olhos de Ardan nem por um segundo. Ela podia sentir suas bochechas quentes, e as pernas pareciam prestes a desabar a qualquer momento. Ela levantou a mão com delicadeza e tocou no rosto de Ardan.

— Estou interrompendo?

Os dois se viraram para a voz que os chamava e avistaram Oscar em cima de um cavalo. Ele os encarava com um olhar malicioso.

— Já é a segunda vez, hein! — ele alertou.

— O que foi, Oscar? — Ardan perguntou, cerrando os dentes.

— Só vim passar um recado, mas se eu estiver incomodando então irei...

— Fala logo!

Oscar se virou para eles com um sorriso de canto.

— Chariã acordou.

CAPÍTULO 41

A agulha no palheiro

Elliot terminava de enfaixar o peito de Chariã quando Maila e Ardan chegaram, apressados. O Original olhou para trás e sorriu ao vê-los entrar. Seus olhos, porém, não refletiam esse sorriso; as olheiras estavam fundas e as sobrancelhas, caídas. A arte de sorrir mesmo na tristeza era algo que somente o Original da alegria poderia fazer.

— O amigo de vocês é muito bom — ele falou referindo-se a Elliot.

— Não sei o que seria de nós sem ele — Ardan concordou.

O rapaz apertou um pouco mais a faixa em volta do peito do Original enquanto sorria e se virou para o paciente com as instruções em mãos.

— Assim que estiver se sentindo mais disposto, poderá viajar para Eiral — ele falou. — Como é um clã situado no céu, o ar pode ficar rarefeito para o senhor após seu acidente. Por isso, aconselho que só parta quando estiver se sentindo totalmente curado.

Após ele dar a informação, Chariã agradeceu os cuidados, e Elliot se retirou do ambiente, deixando Ardan e Maila a sós com o Original amarelo.

— Certo — ele falou, reflexivo. — Eles estão em Eiral, então.

— Isso é um problema? — Maila perguntou.

— Teremos que discutir o que fazer a respeito de Ekrateia, e certamente eu também serei punido. Espero que peguem leve.

— São seus irmãos — Maila tentou acalmá-lo. — Serão gentis, tenho certeza.

— Ah, degoladora... — ele falou com uma risada nervosa. — Sua afirmação só mostra que não sabe nada sobre os Originais. Podemos ser família, mas todo mundo se odeia.

— Isso é novo até para mim — Ardan comentou. — Os Originais não se dão bem?

— Nós nos detestamos — Chariã respondeu. — Somos completamente desunidos, cada um faz o que quer com seu clã. Não compartilhamos ideias, apenas interesses. Eles precisam de mim para enviar mensagens, eu preciso de Ágasu para conseguir plantas exóticas, eles precisam de Chrestos para ter ouro, e assim por diante. Qualquer contato é estritamente profissional. Só existia um Original capaz de unir todos os irmãos.

— Hamare — Maila concluiu.

— O amor é a única força capaz de unir a origem. Todos gostavam de Hamare, as reuniões dos Originais antes eram em seu clã. Hamare era o irmão mais velho e cuidava de todos nós.

— Eu achava que Ekrateia era o mais velho, junto de Hamare.

Chariã balançou a cabeça negando.

— Os dois podem ter nascido no primeiro dia, mas Hamare chegou primeiro. Quando ele desapareceu, todos acharam que Ekrateia assumiria o lugar de comandar as reuniões. Ele também achou, mas, para seu azar, Hamare deixou uma carta avisando que o responsável pelos julgamentos dos clãs, caso algo acontecesse com ele, seria Eiral.

— Era como se ele soubesse que tinha algo errado.

— Exatamente. Foi uma surpresa para todos, até para Eiral. Mas, desde então, os julgamentos são realizados lá, no clã da paz.

— Ekrateia não deve ter gostado nem um pouco disso — Ardan concluiu.

— De fato, por isso estabeleceu o dia da bênção do templo, onde todos os clãs deveriam ir até o seu para recebê-la. Foi o jeito que ele encontrou de ficar por cima.

Ardan e Maila se olharam, apreensivos, e Chariã se virou para ela com um sorriso mais sincero e aberto.

— Mas o que realmente importa aqui é que agora temos nossa guardiã.

Maila, então, se lembrou da marca em sua mão e a apertou enquanto pensava nisso.

— Eu sempre soube que era uma guardiã, só não sabia que seria a *guardiã de um profeta* — ela falou com um sorriso nervoso.

— Temos que achar o profeta e o dragão agora — Ardan comentou. — São as últimas peças do enigma.

— A profecia dizia que é um dragão de duas cabeças — Chariã falou enquanto pensava.

— Isso explica os intercâmbios de membros de Ekrateia para Chrestos e Makothu; são os únicos clãs com dragões dessa espécie.

— São dois clãs enormes. Como achar um dragão específico no meio deles? É como procurar agulha num palheiro — Maila lamentou.

— A Chama Eterna levará as peças até nós, ela fez isso durante todo esse tempo — Ardan lembrou Maila. — Você apareceu quando precisava, os acontecimentos estão ocorrendo um atrás do outro. Acredito que estamos muito perto de encontrá-lo.

— E o que vocês pretendem fazer? — o Original perguntou.

— Não sei o que devemos procurar primeiro, o dragão ou o profeta.

Chariã pensou um pouco.

— Se vocês acharem primeiro o profeta, terão que viajar com ele para os clãs e analisar cada dragão. Isso pode levar anos. Se acharem o dragão primeiro, existe a possibilidade de os profetas irem até o dragão. Assim talvez seja mais rápido.

— Mas achar o dragão também pode levar anos — Maila argumentou.

— Precisamos lembrar de que estamos procurando um dragão solitário — Ardan salientou. — A profecia diz que o profeta achará seu dragão, ou seja, eles não estão no mesmo lugar.

— Isso mesmo — Chariã aponta. — Os chamados "dragões sem drameth", ou dragões solitários, não ficam em seus clãs. Todos eles são enviados para um clã específico, onde viram dragões de carga e são cuidados até a morte. Dragões sem drameth não vivem muito tempo.

Ardan arregalou os olhos ao entender o que Chariã falava.

— Então encontrar o dragão de duas faces será muito mais fácil do que imaginávamos: basta ir até o clã onde os dragões solitários ficam.

— E onde ficam os dragões sem drameth? — Maila perguntou.

Chariã sorriu.

— Em Piston.

Maila abriu a boca, chocada.

— O quê?! — Ardan perguntou, extasiado. — Bem aqui?

— Foi meu irmão Piston que pediu à Chama Eterna, no dia da criação, que nenhum dragão ficasse sozinho. Ele ficou responsável por cuidar dos dragões que perderam seus dramethis. Todo dragão solitário vive aqui, em Piston. Até os de duas cabeças.

— Fomos enviados exatamente para onde deveríamos estar — Ardan concluiu.

— Achou o seu palheiro, só falta a agulha.

CAPÍTULO 42

O olhar da saudade

Maila, Oscar e Usara estavam no campo escovando as escamas de seus dragões. Lipath parecia mais tranquila por estar com seus amigos de novo, mesmo que claramente ela fosse a mais antissocial entre os três.

— Lipath está sempre com essa cara carrancuda, né? — Oscar comentou.

O dragão azul o fitou com desdém. Maila riu.

— Ela não tem culpa se Isan está sempre com essa cara de abobalhado. Do lado dele, ela fica parecendo mais carrancuda mesmo.

Isan olhou para Maila como se estivesse ofendido e fosse chorar a qualquer momento.

— É brincadeira, Isan — Maila falou, acariciando seu queixo.

Ranay se aproximou pedindo carinho também, e Maila prontamente atendeu a seu pedido.

— Eles parecem calmos hoje — Usara observou.

— É mesmo, devem estar cansados e assustados pelos últimos acontecimentos. O emocional deles deve estar sensível, ainda mais depois de enfrentarem um Dragão Original — Oscar complementou.

— Parece que no centro de Piston está tendo um funeral simbólico para todos os mortos no dia da bênção.

— Deve estar acontecendo em todos os clãs.

— É Ardan ali? — Maila perguntou ao avistá-lo ao longe.

— É, e acho que Elliot está com ele.

Imediatamente Usara afofou os cabelos e abriu um sorriso. Ardan e Elliot se aproximaram do trio e de seus dragões, que já brincavam de novo entre si.

— Aconteceu alguma coisa? — Oscar perguntou.

Ardan respirou fundo antes de responder.

— O general de Piston falou que recebeu ordens do Original para nos ajudar no que precisássemos. Parece que, após todo o acidente em Ekrateia, os boatos sobre um profeta libertador aumentaram. Todos estão com grandes expectativas e desejando a vingança contra o dragão azul.

— A ruína de Ekrateia de fato começou — Oscar murmurou com um sorriso.

— Já estão comentando em todo lugar que Maila é a grande heroína.

— Eu? — ela perguntou, confusa. — Por quê?

— A primeira cidadã a renegar Ekrateia! Sua marca está ficando popular, já estão contando histórias sobre a guardiã que salvou um Original de um assassino.

— E por que você parece aflito com isso?

— Porque agora as expectativas estão altas, precisamos encontrar o dragão de duas faces antes de Ekrateia. Tenho certeza de que eles não vão descansar até conseguirem o que querem.

— Então qual o próximo passo?

— Vamos até o estábulo dos dragões sem drameth, nosso dragão tem que estar lá.

◈◈◈

— Esses são todos os nossos dragões refugiados, temos em torno de trezentos deles — o general de Piston informou.

— Achei que seriam muito mais — Usara comentou ao ouvir a informação.

— Seriam mesmo, se dragões sem drameth tivessem a mesma expectativa de vida que um dragão comum, mas a dor do luto por perderem seu amado drameth os adoece. Nosso trabalho aqui é dar uma vida tranquila e acolhedora a eles até que... Vocês sabem, se vão.

— Que triste.

— É mesmo. A escama de um dragão é ligada à pele de seu drameth como se fossem um só corpo. A diferença é que os humanos conseguem viver normalmente sem eles, mas os dragões são muito sentimentais. A dor os dilacera, eles preferem morrer do que viver sem seus dramethis.

O general abriu outra porta do enorme estábulo. Ele era um homem alto e barbudo, mas claramente tinha a mesma idade de todos ali.

— Então, Elliot, como está Rebeca? — o homem perguntou, virando-se para ele.

“Ela está bem, ficou em Hamare”, ele respondeu.

— Que pena, eu estava na expectativa de talvez impressioná-la quando viesse para cá. Até comprei flores.

“Você sabe muito bem que qualquer homem pode tentar fazer o que quiser, que não vai conseguir impressioná-la. Ela já ganhou muitas flores. Por que as suas seriam especiais?”

“Ela é muito exigente!”, o general respondeu, acompanhando Elliot.

“A Rebeca é só a Rebeca. Que tal apenas deixá-la em paz?”

O general soltou um pequeno sorriso ao aceitar a derrota.

— Onde ficam os dragões de duas cabeças? — Ardan perguntou, tentando mudar de assunto e diminuir o clima constrangedor.

— No último setor. São os dragões mais difíceis.

— Por quê?

— Porque você pode virar uma estátua de ouro ou prata se um deles não gostar de você. Apenas por isso, coisa pouca — ele ironizou.

O grupo trocou olhares apreensivos. A missão seria mais difícil do que achavam. O general abriu a última porta, onde os dragões de duas cabeças ficavam presos em jaulas de vidro bastante espaçosas.

— Esse vidro vai proteger vocês de qualquer acidente. Importamos de Makothu, o drigon do conhecimento é predominante nos clãs do quarto dia.

Havia em torno de vinte dragões no recinto; alguns acinzentados, outros alaranjados, acompanhando a cor de seus clãs. O grupo observava os dragões com calma, mas como saber qual era o escolhido pela Chama?

— Então é verdade? — o general perguntou. — Existe mesmo um dragão que derrotará Ekrateia?

— Tudo tem mostrado que sim — Ardan respondeu ao observar os detalhes de cada dragão.

— E seus pais?

Ardan se virou para o homem com o rosto fechado.

— O que tem eles?

O general apontou para os olhos com os dois dedos.

— Eles conversam sobre você?

— Minha mãe morreu pelo que fez.

— Seu pai não?

O mestiço ainda não tinha parado para pensar que seu pai poderia estar sofrendo consequências naquele exato momento; com certeza ele estava furioso por, mais uma vez, seu filho inconsequente ter se metido em mais um problema catastrófico. Ele coçou a garganta antes de responder:

— Hamare só condena adúlteros, e meu pai era solteiro quando esteve com minha mãe. Mas Ekrateia condena indisciplina, por isso com ela foi diferente.

Ardan se afastou do general deixando claro que não queria prosseguir com o assunto. Elliot descrevia para Usara as características de cada dragão, enquanto Maila e Oscar permaneciam encarando um dragão idoso e prateado. As duas cabeças se apoiavam uma na outra enquanto ele dormia.

— Isso seria um dragão ou dois? — Maila perguntou.

— São duas cabeças pensantes diferentes, mas presas em um só corpo. É um dragão, mas com dois cérebros comandando.

— Dragões de duas cabeças têm dois dramethis, certo?

— Sim. Como os Originais deles são gêmeos, os membros dos clãs também são. Todos os nascidos nos clãs do quarto dia são gêmeos, e o dragão de duas cabeças escolhe o par que será seu drameth. São os únicos clãs que dividem dragões.

— Então, se eles têm dois dramethis e estão aqui, significa que eles perderam seus dois dramethis? Ou se perdem um automaticamente também perdem o outro?

Oscar pensou um pouco antes de responder.

— Essa é uma boa pergunta, nunca tinha parado para pensar nisso. Só temos um casal de gêmeos em nosso clã, mas eles são meio isolados. Nunca perguntei isso a eles.

Maila suspirou enquanto encarava o grande corredor cheio de dragões.

— Como saber qual deles é o certo?

— Eu não faço ideia, Maila. Talvez estejamos observando demais as cabeças e pouco o olhar.

— O que você quer dizer?

— É um olhar de luto e saudade ou um olhar que reflete a falta de alguém?

— Não tem como saber isso pelos olhos.

— Ah, tem, sim. Nenhum dragão deveria ficar sem seu drameth.

Maila, então, mirou sorrateiramente seu amigo de infância, que ainda observava os dragões, atento a todas as suas características.

— E nenhum drameth deveria ficar sem seu dragão — ela murmurou.

Ardan já estava ficando sem esperança quando percebeu que nenhum dragão tinha o que ele procurava.

— Tem algo errado — ele falou, irritado. — Deveria ser mais óbvio.

Elliot foi até Ardan ao vê-lo aflito.

"A profecia não fala mais nada sobre o dragão? Talvez a gente esteja deixando passar alguma coisa."

"Será um dragão que restituirá o templo, nada mais", Ardan respondeu.

"O templo antes pertencia a Hamare, que morreu. Depois pertenceu a Ekrateia, que se corrompeu. Precisamos encontrar um conceito a partir disso."

"Não é fácil identificar um conceito, porque não é visível. Precisamos de algo físico, assim como a marca na mão de Maila. Precisamos de provas, coisas que as pessoas possam ver e acreditar! Se apenas mostrarmos um dragão sem nada de especial ou diferente, quem acreditará em nós? Elas precisam tocar na marca para crer, mas não temos nada aqui."

Elliot o observou por um tempo.

"São as pessoas que precisam tocar para crer, ou é você?"

Ardan não respondeu. Ele apenas abaixou a cabeça, aceitando que encontrar o dragão de duas faces não seria nem um pouco fácil. A atenção de todos foi tomada quando um rapaz entrou no salão.

— O que foi, Joel? — o general perguntou.

Era um rapaz pequeno e magricelo. Ele entrou no recinto envergonhado ao ver tantas pessoas de clãs diferentes.

— Quem vai alimentar o esquisito? — ele perguntou. — Todos estão no funeral agora.

— Já que está aqui, encarrego você dessa função.

— Eu? — ele exclamou, assustado. — Por favor, não tem mais ninguém que possa fazer isso?

O general coçou os olhos, pensando em uma alternativa. Ardan acabou se intrometendo no meio da conversa.

— Do que vocês estão falando?

— Temos um dragão difícil aqui. Ele não conseguiu ficar com os outros, foi o único que não conseguimos domesticar.

A informação fez todos se virarem para o homem.

— Por quê? — Ardan perguntou tentando conter a afobação.

— Ele é muito desobediente e sensível. Apareceu aqui há muitos anos e do nada, sem drameth nem registros de onde vinha, completamente perdido. Tão ferido e manchado pela escarlate que era impossível até saber a qual clã ele pertencia. Já matou algumas pessoas que tentaram alimentá-lo, então a gente precisou prendê-lo em uma caverna. Ele já deve estar melhor agora, mas nunca ninguém teve coragem de ir lá para examiná-lo com cautela e conferir. Somente homens muito bem treinados conseguem levar alimento para ele com agilidade suficiente para fechar a caverna antes que sejam pegos.

Nas últimas semanas, ele tem ficado cada vez mais agressivo, não sabemos mais o que fazer.

— Um dragão sem drameth que viveu por tantos anos? — Ardan perguntou, confuso.

— Esquisito, não é? Por isso o chamamos assim. Acho que ele nunca aceitou a morte de seu drameth, por isso age dessa forma.

— Talvez ele nunca tenha tido um — Ardan sussurrou baixinho.

— O quê?

— Podemos alimentar seu dragão! — ele se ofereceu. — Eu sei lidar muito bem com dragões teimosos.

O general quis contestar, mas se viu sem opções, já que não tinha mais ninguém disponível para a tarefa, e claramente Joel era medroso demais para executá-la.

— Tudo bem, aceitarei essa ajuda. Joel levará vocês até ele.

Ardan agradeceu, e o general se retirou. O mestiço se virou para o resto do grupo com um sorriso esperançoso, incapaz de esconder como estava animado.

— Acho que encontramos nosso dragão.

CAPÍTULO 43

O dragão de duas faces

Ardan abriu o caderno com suas anotações e foi explicar o plano para todos. Joel já os tinha levado até a caverna e deixado o pedaço de carne de ovelha com eles.

— Vejam aqui. — Ele apontou para a página com o desenho de um dragão de duas cabeças. — Dragões dessa espécie são muito inteligentes e astutos, não são fáceis de controlar. A cabeça de um dragão expele um veneno paralisante e a outra solta um líquido que transforma você em ouro ou prata; depende se são de Chrestos ou de Makothu. Não sabemos de qual dos dois clãs esse dragão é, mas precisaremos ter atenção dobrada, já que as duas cabeças nos observarão.

— Como vamos saber que é ele? — Maila perguntou, temerosa.

— Eu não sei, mas precisamos arriscar — Ardan falou, confiante.

— E como vamos prendê-lo caso ele seja mesmo o dragão escolhido?

— Vamos chamar sua atenção com o pedaço da carne e então vou atirar isso aqui nele — ele explicou ao tirar um dardo do bolso.

— O que é isso? — Oscar indagou.

— Uma coisinha que peguei em Ágasu, isso o derrubará em segundos.

— Você fez com a flor da inércia? — Maila perguntou.

Ardan acenou positivamente.

— E depois? — Maila insistiu, levantando as sobrancelhas.

Ardan não tinha resposta.

— Isso é ridículo — ela comentou, revoltada. — Precisamos do profeta primeiro, ele é o único que poderá controlar o dragão. O que faremos com ele quando acordar? Não podemos sedá-lo para sempre, precisamos do profeta.

Ardan olhou para Maila com os olhos arregalados.

— Não, precisamos apenas de você.

— O quê?!

— A profecia é bem clara: o guardião e o profeta governarão o templo restaurado, *juntos*. Talvez você também tenha controle sobre o dragão. Se ele se mostrar tranquilo e obediente em sua presença, pode ser um bom sinal. Ele é um rebelde, ninguém consegue controlá-lo. Se você conseguir, é porque vocês têm uma conexão. E, se vocês tiverem uma conexão, o profeta também terá.

— Ardan, não está me parecendo um plano muito inteligente. Parece que você está dando voltas e desculpas para justificar o que quer fazer, mas no fundo sabe que não faz sentido nenhum.

— Maila, preciso que acredite em mim! — ele exclamou. — Não sei explicar, mas estou sentindo que é ele. Essa sensação nunca esteve tão forte dentro de meu peito. Preciso que acredite nesse plano, mesmo que pareça completamente louco.

Maila fechou os olhos com força e, ao abri-los, encarou Oscar, que levantou os ombros sem saber o que fazer. A guardiã não confiava naquele plano nem um pouco, mas precisava admitir que a intuição de Ardan era invejável. Foi nela que Maila decidiu confiar.

— Ok, eu acredito. Mas, para isso funcionar, vocês terão que me deixar frente a frente com o dragão assassino.

— Sim, tem isso.

Maila puxou Ardan pela camisa e o deixou bem próximo de seu rosto.

— Eu juro que se eu morrer por essa besteira eu volto dos mortos só para te matar! — ela falou em tom de ameaça.

Ardan abriu um sorriso de canto. Ela ficava incrivelmente atraente quando brigava com ele.

— Ficarei esperando.

◈◈◈

A caverna foi aberta, e o grupo entrou. Ardan deixou Elliot e Usara encarregados da segurança de Maila, e Oscar responsável pela carne. O mestiço foi na frente para conferir que tipo de dragão os aguardava.

— Fiquem atentos ao chão. Se acharmos vestígios de ouro, talvez seja um dragão de Chrestos — ele sussurrou.

Todos concordaram silenciosamente. Passos agressivos foram ouvidos ao longe.

— Ele deve estar sentindo o cheiro da refeição.

— Que, no caso, deve ser eu! — Oscar reclamou enquanto ajeitava o pedaço de carne no ombro, imaginando que o cheiro já tinha se alastrado por todo o seu corpo.

Maila segurou uma risada.

— Não é hoje que você vai morrer, Oscar — ela falou só para provocá-lo.

Oscar revirou os olhos enquanto tampava o nariz para evitar o cheiro forte da carne. Ardan correu mais um pouco pela caverna e forjou uma corda.

"Vou tentar prender a cabeça que paralisa", sinalizou para Elliot.

"E qual cabeça é?", ele perguntou.

"A direita paralisa, a esquerda transforma. A transformação só funciona se ele paralisar a pessoa primeiro, então é melhor conter a cabeça da direita antes."

Elliot assentiu e foi até Maila.

— Fique de frente para a cabeça da esquerda, você vai correr menos risco com ela — ele sussurrou.

— A minha esquerda ou a sua? — ela perguntou, nervosa.

— A minha.

— A minha?

— Não a sua, a minha.

— Pelas brasas, vou morrer hoje com certeza.

— Assim que ficar de frente para a cabeça certa, tente conquistá-la. Se conseguir a confiança de uma, conseguirá também a da outra.

Maila estava com o coração acelerado. Já era difícil controlar Lipath, que tinha apenas uma cabeça. Como ela controlaria um dragão desconhecido que tinha duas? Usara chegou logo atrás de Elliot; eles ficaram na escolta da guardiã. Ardan sinalizou para que Oscar se aproximasse com a refeição. Ele tomou impulso e jogou a comida para o meio da caverna, iluminada por um feixe de luz. Os passos retumbantes ficaram mais audíveis, o dragão estava próximo. A iluminação revelou uma sombra difusa.

— Uma cabeça apareceu, só falta a outra — Ardan sussurrou para si ao preparar a corda para prendê-lo.

Quando o dragão estava mais próximo da carne, Maila tropeçou em uma pedra e bateu o joelho no chão com força. E, apesar de ter conseguido conter o grito, não teve o que fazer sobre o barulho da pedra. O dragão rebelde rugiu com força e todos se esconderam. Não era mais possível vê-lo, apenas ouvi-lo. O grupo segurava a respiração; estavam tremendo de tanto medo. Até Ardan sentia suas mãos suarem por conta do pavor. Conseguiram ouvir a criatura se alimentando, até que de repente tudo ficou em silêncio de novo. Ardan fechou os olhos; sabia que ela tinha sentido a presença deles. O barulho de um pedregulho caindo no chão assustou o dragão, que rugiu alto outra vez.

"Ele vai soltar veneno agora, protejam-se", Ardan sinalizou para todos. Elliot e Oscar entenderam imediatamente, Maila só entendeu o "protejam-se", o que já fora o bastante para ela se esconder. O filho de Piston protegeu Usara puxando-a para atrás de pedras, e Oscar se jogou no chão para que ficasse abaixo do veneno.

Fogo ardente fluiu do dragão, seguido de muita fumaça, com o calor quase queimando o grupo, que se escondia. Oscar encarou Ardan, apavorado.

— Dragões de duas cabeças não soltam fogo! — ele gritou.

— Abortar! — Ardan gritou de volta. — Não é nosso dragão!

Todos começaram a correr desesperados enquanto tentavam alcançar a saída. Ardan, que antes estava na frente, agora tinha ficado para trás. A corda se enroscou em seu pé e ele caiu desajeitado. Uma garra saiu do meio da fumaça, segurando a corda e impedindo-o de fugir. Maila, ao notar a situação, sem nem pensar duas vezes, voltou para tentar salvá-lo. A fumaça começara a se dissipar, revelando o olhar azul da fera.

— É um dragão Ekrateia — Ardan murmurou. — Estou morto.

Sem nem pensar no que estava fazendo, Maila forjou uma lança. Nunca tinha feito algo tão rápido em toda a sua vida. Com calma, ela a mirou no dragão. Quando estava prestes a acertá-lo, a fumaça se dissipou por completo, revelando o rosto inteiro da fera. Maila deixou a lança cair, junto de seu queixo. O dragão encarou o homem à sua frente com curiosidade e fascínio. De uma hora pra outra, perdeu toda a sua agressividade.

— Ardan... — Maila falou com a voz embargada. — O dragão de duas faces não é um dragão de duas cabeças. É um dragão mestiço.

Ardan, que estava tomado pelo medo e não tinha prestado atenção, reparou com cuidado no olho esquerdo da fera. Viu um vermelho rubi brilhante e outro azul da cor do céu. Era um mestiço, assim como ele. A respiração dele foi desacelerando vagarosamente. A fera tinha um olhar cansado, mas também de alívio. Com calma, o dragão tirou uma escama de sua cauda e a entregou nas mãos de Ardan.

Finalmente, o dragão solitário tinha encontrado seu drameth.

— O-o quê? — Ardan gaguejou — Eu... eu tenho um dragão?

Maila se aproximou dos dois mestiços. Eles se encaravam, incrédulos por terem se encontrado depois de tanto tempo.

— Ardan — Maila murmurou, tocando em seu ombro —, você é o profeta elegido.

CAPÍTULO 44

Os noivos

O dia estava nublado. Ardan olhou pela janela rapidamente e voltou a escrever as cartas para os clãs no escritório do Original Piston, que ainda estava na reunião em Eiral. Chariã aguardava o mestiço terminar sua escrita.

— Você consegue escrever em todos os idiomas originais? — Chariã perguntou, surpreso.

— Não, mas consigo aprender rápido — Ardan respondeu ao assinar a última carta.

— Uau, o profeta elegido estava na nossa cara o tempo todo.

— Não tínhamos como saber, fui lento em perceber que meus sonhos eram, na verdade, profecias; eu não conhecia bem os padrões proféticos. Poderia ter evitado muito problema se estivesse mais atento — ele falou tentando não se aprofundar muito no assunto. Chariã percebeu que algo o afligia.

— Está nervoso com alguma coisa?

Ardan parou de guardar as cartas nos envelopes.

— Sim, bastante.

O barulho de batidas à porta chamou a atenção deles. Era Maila.

— Desculpa, estou interrompendo? — ela perguntou antes de entrar.

— Não! — Ardan respondeu de imediato.

Chariã analisou bem a situação e pegou os envelopes com um sorriso.

— Bom, levarei as cartas até Eiral agora que estou melhor. E atualizarei meus irmãos sobre os últimos acontecimentos.

O Original se retirou, deixando Maila e Ardan sozinhos. Os dois ficaram se encarando por um tempo em completo silêncio.

— Como você está? — ela perguntou, tentando puxar assunto.

— Estou bem — ele falou coçando a cabeça. — E você?

— Estou bem também.

Silêncio total novamente.

— Quer me falar alguma coisa? — Ardan indagou.

— Ah, sim! O líder de Piston quer se reunir com você para acertar seu anúncio. Coisas de profeta elegido, pelo visto — ela tentou brincar.

— Certo.

— Está nervoso?

— Um pouco, nunca me imaginei como parte de uma profecia desse tipo. Parece que terei que governar pessoas.

— Você já liderava os rebeldes.

— É diferente, Maila. Os rebeldes nunca tiveram expectativa alguma sobre mim, essas pessoas têm.

— Sua função será restaurar o templo, não é bem liderar os clãs.

— E o que restaurar o templo significa exatamente?

— Acho que é o que vamos descobrir. — Ela fez uma pausa. — Juntos.

Ardan a encarava pensando na palavra *juntos*.

— Vou na frente, espero você lá...

— Espera, Maila! — Ardan a interrompeu.

Ela parou de caminhar e olhou para Ardan. Ele se aproximou dela com as mãos trêmulas.

— Sabe... — ele tentou falar. — De acordo com a profecia...

— Sim, precisamos nos casar — ela disse por cima dele. — Tem certeza de que a tradução não significa outra coisa? Tipo, uma união de exércitos ou algo do tipo?

Maila presenciou os ombros de Ardan caírem e seu semblante ficar desapontado.

— Eu não mentiria para você, já tinha te alertado sobre isso antes de saber que eu era o profeta. Não estou te enganando — ele reforçou. — Sinceramente, estou cansado de ser rejeitado por você, mas entendo que está no seu direito. É apenas uma frustração minha, apesar de eu ter me sentido iludido por você em alguns momentos.

— Ardan...

— Para seu azar — ele prosseguiu —, eu tenho mania de teimosia.

— O que quer dizer?

— Vamos nos casar — ele falou, enfim. — Você é a guardiã, eu sou o profeta, nosso casamento foi destinado no dia em que aquela profecia foi selada. Nada até aqui foi por acaso, e, por isso, não vou desistir de você.

— Você quer se casar comigo só por causa da profecia? — ela perguntou, lembrando-se da sua última conversa com Therkov.

— Eu quero me casar com você, Maila, porque eu amo você — ele falou sem vacilar. — A profecia veio apenas como uma grata vantagem pro meu lado.

— E se eu não fosse a guardiã da profecia? Você se casaria com outra?

— Se você não fosse a guardiã, eu não seria o profeta, porque não existe profecia nesse mundo que me faria pensar em me casar com qualquer outra pessoa que não fosse você. Você sempre foi a minha única opção.

Maila baixou a guarda. Ela tinha sentimentos conturbados por Ardan, mas ainda não sabia se era amor romântico.

— Pode ser um casamento de fachada, é claro — ela comentou.

— O quê?

— Sim. Nós nos casamos para seguir nossos papéis como líderes do templo, não precisamos ir além disso. Eu aceito sua proposta — ela finalizou, confiante.

Ardan se recostou na mesa atrás de si. Pensou um pouco e então percebeu que precisava mudar a postura.

— Não — ele se recusou com firmeza.

— O que você quer dizer com isso? — Maila perguntou, assustada.

— Se eu terei você, será por completo. Não quero metade nem uma parte, eu quero tudo que um casamento oferece.

— Ardan, você não pode me obrigar a...

— Não vou obrigar você a nada! — ele a corrigiu. — Será no seu tempo e respeitarei seus limites, afinal, você tem mais experiência que eu nessas coisas.

— Não me orgulho disso — ela falou, abaixando a cabeça.

— Eu não a julgo por isso, e você não precisa se envergonhar do que já fez. Não enquanto estiver comigo, pode ter certeza. Mas, se formos nos casar, quero que seja minha esposa de verdade. Nada de apenas formalidades, teremos intimidade também.

Maila estalava os dedos, nervosa.

— E se eu nunca amar você desse jeito? — ela perguntou. — Eu ainda estou aprendendo a lidar com esses novos sentimentos, não sei o que eles significam. Vai se casar com alguém confuso e incerto?

Ardan se aproximou dela novamente e pegou uma mecha de seu cabelo.

— Escute com atenção, Maila de Ekrateia — ele sussurrou. — Eu ainda vou fazer você implorar por meu amor.

A afirmação não deveria ter feito a pele de Maila arrepiar tão depressa, mas foi o que aconteceu. Ela coçou a garganta e deu um passo para trás.

— Está bem — ela falou, por fim.

A postura firme do mestiço de repente amoleceu.

— Sério?

Ela acenou positivamente.

— Posso anunciar nosso noivado para todos?

Ela acenou de novo sem falar nada. Ardan abriu um sorriso largo e começou a tatear os bolsos procurando alguma coisa. Foi até a escrivaninha e tirou da gaveta o que procurava. Ele se voltou para Maila enquanto segurava uma caixinha aveludada e vermelha e se ajoelhou na frente dela.

— O que é isso? — ela perguntou, assustada, sem entender o ato repentino.

— Uma noiva merece uma aliança — ele disse, abrindo a caixa e revelando o anel mais lindo que Maila tinha visto na vida. Uma pedra azul e brilhante assim como um céu estrelado se alocava no centro da aliança dourada, completamente ornamentada. Pedras de diamante enfeitavam o objeto e o faziam brilhar ainda mais.

— Quando você fez isso? — ela perguntou, sem acreditar.

— Pedi para a Samanta fazer essa joia para mim.

— Está me dizendo que essa aliança está pronta desde quando estávamos em Ágasu?

Ardan apenas acenou com a cabeça. A guardiã sentiu seu corpo cambalear, mas, por sorte, tinha uma cadeira bem ao lado, onde ela se apoiou.

— *Meponsu*... — Ardan falou tentando conter a aflição. — Casa comigo?

— Sim! — ela respondeu de imediato.

Ele sorriu, então colocou a aliança com delicadeza em seu dedo e beijou sua mão. Maila o encarou com os olhos marejados e o abraçou forte. Ela ainda não sabia se o amava como deveria, mas aquele sentimento de completa felicidade lhe parecia perfeitamente genuíno.

— *Meponsu* — ela sussurrou. — Posso me acostumar com isso.

CAPÍTULO 45

Como agradar uma mulher

A notícia do noivado de Maila e Ardan se espalhou por todos os clãs em poucos meses. A profecia não era mais uma lenda, era real, e todos estavam vendo a concretização dela bem diante de seus olhos. Muitos estavam felizes com a notícia; certamente era o início de uma nova era. Todos tinham certa expectativa e estavam ansiosos sobre qual seria o futuro da casa da Chama Eterna. Agora que o templo tinha sido destruído, onde adorariam a Chama? Continuariam recebendo partes do Livro da Eternidade? Tinham muitas dúvidas, mas, mesmo assim, tentavam manter-se confiantes com o casamento mais aguardado da história. Não seria um casamento qualquer, era a união de um profeta e sua guardiã.

A profecia fora traduzida e enviada para cada Original, e eles compartilharam a mensagem com seus povos. Mesmo com alguns não aceitando muito bem as mudanças que viriam, muitos outros estavam aliviados por a verdade ter sido revelada. Porém um medo obscuro ainda os afligia: o Original Ekrateia. Ele não comparecera à reunião dos Originais e estava desaparecido desde o incidente; muitos tinham certeza de que em algum momento ele planejaria uma vingança contra o elegido. Ele era o Original mais forte, nada poderia vencer seu poder de fogo. Era natural que muitos temessem por suas vidas. Aliarem-se ao elegido era a solução ou uma sentença de morte?

Ardan estava ajeitando suas vestes e seu cabelo, que estava levemente mais curto. Em instantes faria seu primeiro discurso oficial. Começaria por Piston, o lugar onde o dragão de duas faces fora encontrado. O Original entrou pela porta. No mesmo momento, Ardan parou o que estava fazendo e se curvou.

— Não é necessário — Piston falou com tranquilidade. — Está pronto?

— Espero que sim.

— Você está popular, sua pintura está circulando por todos os lugares. Já é o solteiro mais cobiçado pelas garotas de todos os clãs.

— Não serei solteiro por muito tempo — ele falou sem conseguir esconder a satisfação.

O Original sorriu para ele.

— São poucos os que encontram na amizade seu verdadeiro amor. Você tem sorte.

— Obrigado, meu senhor.

— Estou ansioso por seu discurso — ele falou já se retirando do ambiente. — Ah, antes que eu me esqueça, um intercambista chegou aqui e pediu para falar com você.

Ardan não entendeu muito bem, mas deu permissão para que entrasse. Quando estava terminando de ajeitar a gola de sua camisa, viu Therkov passar pela porta e parou o que estava fazendo.

— Eu os deixarei conversar. Não se atrase, mestiço — o Original alertou.

— Sim, senhor — Ardan respondeu.

A porta se fechou. Therkov se sentou na cadeira à sua frente e empurrou o cabelo para trás.

— Parabéns pelo noivado — ele disse.

— O que você quer, Therkov? — Ardan perguntou sem paciência.

— Só vim participar do treinamento especial de verão com o exército de Piston, muitos outros clãs vieram também. Parece que agora precisamos estar sempre preparados para uma possível guerra.

— Está correto. Só espero que esteja do lado certo da guerra.

— Que seria o seu?

Ardan apenas sorriu sem nenhum pingo de alegria e se virou de costas, colocando no pescoço o colar da escama de seu dragão.

— Ela é bem tímida na cama, né? — Therkov perguntou.

O mestiço virou o rosto lentamente para ele.

— O que disse? — perguntou quase sem abrir a boca.

— Mas reparou que é só usar a mão do jeito certo que ela começa a se soltar? — ele falou ao fazer movimentos circulares com os dedos.

Ardan trancou o maxilar e encarou Therkov com raiva.

— Espera, ela ainda não dormiu com você? — ele falou, fingindo indignação. — Que cretina, querendo se fazer de santa agora. *Tsc, tsc.*

O mestiço continuou calado e começou a caminhar na direção dele. Therkov entendeu como um recado para prosseguir a provocação.

— Sabe, eu posso te dar dicas de como agradá-la na cama.

Ardan bufou uma risada.

— Eu não sei — ele ponderou. — Até onde fui informado, ela não era muito agradada, não.

Therkov fechou a cara só de imaginar Maila falando mal dele e de seu desempenho sexual. Tentou disfarçar o incômodo, mas sem sucesso.

— Pelo visto, você gosta de artefatos usados — ele comentou. — Já aproveitei o suficiente, pode ficar com o resto.

Um chicote foi forjado tão rápido que Therkov não viu quando seu pescoço foi preso por ele. Só conseguiu sentir a dor dilacerante de um enforcamento, sem nem ter chance de pedir por ajuda.

— Você me subestimou demais se achou que eu era o cara bonzinho — Ardan falou enquanto abria um sorriso assustador para o rosto vermelho e sem ar de Therkov. — Eu não sou o mocinho da sua história e não sinto remorso algum em matar babacas.

Therkov começou a se debater, pedindo por oxigênio, e então Ardan o libertou. O homem respirava em um ritmo ofegante. Olhou-se no reflexo do vidro do seu lado e percebeu que ficaria com a marca do chicote no pescoço por um bom tempo.

— Refira-se mais uma vez à minha mulher como um artefato usado, e eu não garanto que você sairá daqui com todos os membros, um em especial — Ardan finalizou com os dentes cerrados.

Sem outra escolha, Therkov se levantou para deixar o recinto enquanto tossia e ainda recuperava o fôlego.

— Therkov — Ardan o chamou antes que se retirasse. — Você pode ter conquistado o coração dela primeiro, mas fui eu que conquistei a sua mão.

O homem o fitou com puro ódio e, por fim, fechou a porta, deixando Ardan sozinho e completamente satisfeito.

CAPÍTULO 46

O profeta elegido e seu dragão

Maila ajeitava um púlpito improvisado no meio do campo cerimonial de Piston. Ardan diria suas primeiras palavras como elegido naquele lugar, e ela estava preocupada em deixar tudo perfeito. Oscar se aproximou, animado, segurando flores de todos os tipos e cores.

— Podemos enfeitar, o que acha? — ele perguntou com um sorriso.

— Será que não é demais? — Maila se questionou, receosa.

— Acho que as flores podem disfarçar a cara feia de Ardan, o coitado não sabe dar um sorriso sem parecer que vai matar alguém.

Maila riu e concordou enquanto pegava algumas flores para colocar nos pés do púlpito. Oscar a ajudou a separar as que estavam mais frescas e vibrantes.

— Você leu o discurso dele? — ele perguntou, receoso.

— Li, sim.

— E como é?

A guardiã pensou um pouco.

— É bem... Não sei, ele quer o progresso dos clãs, entende? Unir os Originais de novo para que eles possam alcançar o Único Dragão. A última vez que todos os Originais estiveram juntos foi quando Hamare ainda vivia. Agora Ekrateia fugiu. Não vejo como esse Único Dragão pode acontecer, parece utópico. E Ardan tende a ficar obcecado com o que se propõe a fazer, tenho medo de ele se frustrar se as coisas não acontecerem como ele planeja.

Oscar sorriu para ela.

— É por isso que ele tem você. A Chama sabia do peso que o título de elegido poderia causar nele; você será o bom senso de que ele precisará nos tempos difíceis. Essa missão, restaurar o templo e restituir a paz entre os clãs, não é trabalho para um só. Você está na profecia tanto quanto ele, foi escolhida assim como ele foi. Ele não é mais importante que você, não o deixe se esquecer disso.

— Eu nem sei ainda o que restaurar a paz significa exatamente.

— Vamos descobrir, mas continuar como estava antes não dava mais. Os clãs estavam morrendo por dentro, apodrecendo em suas próprias hipocrisias e segredos. Vocês darão o direcionamento para a paz e talvez encontrarão a de vocês também.

Maila deu um suspiro cansado enquanto colocava uma última margarida no púlpito.

— Queria que Hamare estivesse vivo.

O comentário pegou Oscar de surpresa.

— Nosso Original?

— Acho que ele saberia o que fazer. Eu vejo como você consegue conciliar as pessoas e se aproximar delas rapidamente, e você é só uma fração de Hamare. Imagina então o que o Original do amor poderia fazer. Seria bom ser aconselhada por ele nesses momentos.

Oscar baixou a cabeça, pensativo.

— É esquisito, mas eu sinto falta dele mesmo sem nunca tê-lo conhecido — ele comentou. — Parece que a ausência desse líder deixou um buraco que mais ninguém conseguirá preencher.

Maila engoliu em seco.

— Espero que Ardan não ache que sua função seja preencher o lugar de Hamare.

— Não, Maila, a função de Ardan é pior: ele precisa preencher o lugar de Hamare *e* o de Ekrateia.

— Eles não aceitarão Ardan muito bem em Ekrateia. Ele já não era popular quando éramos crianças, mas, depois de ter invadido o templo, ficou bem menos.

— Vocês vão conseguir, um problema de cada vez. Vamos, agora, focar no primeiro discurso dele — Oscar tentou acalmá-la. — Depois disso, você precisará começar a planejar seu casamento.

Maila esperava ficar nervosa, mas se viu sorrindo ao olhar sua aliança. Oscar percebeu que ela estava mais animada que o normal.

— Você está mesmo ansiosa! — ele falou, sorrindo.

— Acho que estou — ela concordou. — Mas também não quero apressar as coisas, preciso colocar meus pensamentos e sentimentos no lugar. Acima de tudo, preciso apoiar Ardan. Essa é minha prioridade no momento.

— Ainda pensa nele? — Ele se referia a Therkov.

— Não, acho que ele não significa mais nada para mim, mas... — Ela tropeçou nas palavras. — Uma parte de mim ficou com ele, não é tão simples assim seguir em frente.

Oscar colocou a mão em cima da dela.

— Ardan pode ser um idiota às vezes, mas ele não vai falhar com você.

Maila sorriu, acenando a cabeça. Poucos meses tinham-se passado desde o pedido de casamento de Ardan, e ele a tratava como uma noiva, sempre se esforçando para conquistar ainda mais a afeição dela. Mas a guardiã se comportava de modo relutante, seu único beijo com ele tinha sido em Hamare. Ela tentava esconder a chateação por Ardan não ter tentado beijá-la novamente, o que era culpa dela também.

— Onde quer se casar? — Oscar emendou uma pergunta.

— Ah... — Maila ficou envergonhada ao falar. — É besteira eu falar que estou sonhando em me casar em Mansal?

— Oh... o clã da mansidão. Usara vai gostar de saber. Realmente, os casamentos lá são muito bonitos. Lena sonhava em conhecer Mansal também.

O sorriso de Maila se desfez.

— E como você está?

Oscar lhe lançou um sorriso triste.

— Estou bem, não se preocupe comigo. No fundo, eu sempre soube o destino da nossa história. Acho que na hora eu fiquei mais irritado com os pais dela quando vi Ceci também naquela situação. Não sei, fico tentando voltar no tempo e rever minhas emoções, mas é tudo confuso. Muitas pessoas para odiar, até a mim; já cheguei a odiá-la por não ter vindo comigo, e então me pego me odiando ainda mais por ter esse sentimento. Já chorei muito anos atrás quando me despedi dela pela primeira vez; acho que vivi o luto naquela época. Agora só me resta seguir em frente.

Maila não sabia o que dizer para consolá-lo, então só segurou em sua mão e lhe ofereceu conforto amigo. Oscar percebeu que tinha deixado o clima pesado e tentou reverter a situação.

— Bom, o que importa é que agora você é uma noiva de verdade.

Maila entendeu que ele não queria mais falar no assunto; apertou a mão com o anel junto ao peito e deu um sorriso sincero. Não conseguia esconder a alegria de carregar aquela joia em seu dedo. Ardan a colocara ali, e ela jamais se esqueceria disso.

— Oscar, se chamam as mulheres que amam de *meponsu*, como chamam os rapazes?

— Não existe nenhum termo com o mesmo significado de *meponsu*. Mas tem um outro igualmente importante.

Maila levantou o rosto, curiosa, e Oscar sorriu.

— *Mefanse*. Significa: meu prometido. Enquanto *meponsu* oferece amor, *mefanse* oferece promessa. É como se juntos eles prometessem se amar eternamente. Os apelidos se complementam.

— Uau, isso é lindo...

Maila passou o polegar sobre o anel, sentindo o metal frio sob a pele. Então percebeu um movimento ao fundo e ergueu o olhar. Ardan se aproximava, impecável no traje e no penteado, pronto para seu primeiro discurso. Ela sorriu e foi ao encontro dele.

◈◈◈

Ardan suava frio. Era noite, e ele se escondia atrás de algumas árvores enquanto observava uma multidão achegar-se nas cadeiras alocadas em frente ao púlpito onde ele falaria em segundos. Maila ajeitava suas vestes; sentia-o tremer.

— Está nervoso? — ela perguntou, preocupada.

— Um pouco, nunca falei como autoridade.

— Você falava bem para os rebeldes.

— É diferente agora. Os rebeldes foram pessoas que escolheram estar no meu clã, e aqui eu vou ter que falar com gente que talvez não concorde com tudo que eu diga. Isso me apavora um pouco.

— O progresso se conquista aos poucos. Se você jogar todas as suas ideias de uma vez, talvez assuste as pessoas. Seja sábio, coerente e gentil. O povo protegerá você, assim como a Chama já te protege.

Ardan a observou com um sorriso terno. Ele acariciou a ferida em sua mão e a fez olhar para ele.

— Obrigado por estar comigo. Eu não conseguiria sem você, *meponsu*.

Maila sorriu e avistou o Original Piston sinalizando que Ardan já deveria começar seu discurso.

— Deve ir agora.

O mestiço respirou fundo e aprontou-se para dar o primeiro passo quando Maila segurou a manga de sua blusa, impedindo-o.

— Só uma última coisa.

Ela lhe deu um beijo em sua bochecha esquerda.

— Para dar sorte — ela falou, envergonhada.

Os olhos de Ardan sorriram junto de seus lábios.

— Quando essa fase de apresentação nos clãs acabar, começaremos a planejar nosso casamento — ele falou, determinado. — Eu prometo.

Maila acenou positivamente com um sorriso tímido, e ele foi até o púlpito.

◈◈◈

Ardan subiu no púlpito improvisado; muitas pessoas aguardavam suas palavras. Ele olhou para a primeira fileira, onde Oscar, Usara e Elliot lhe assistiam orgulhosos; Maila chegou alguns momentos depois no espaço reservado para ela. Ele realmente era um homem de sorte, ou muito abençoado. Pegou a escama que pendia em seu colar e sussurrou para ela. Um rugido alto veio do campo; o dragão mestiço se aproximou, causando grande comoção. Ele parecia ainda maior fora da caverna — maior até que os dragões de Ekrateia e Hamare. Claramente a junção dessas duas espécies o fizera um dragão gigantesco, até um pouco parecido com os Originais. O vento de suas asas fez todos se segurarem nas cadeiras e ficarem extasiados com sua grandeza imponente.

O dragão pousou ao lado de seu drameth. O general o observava, surpreso, nunca tinha visto o dragão tão obediente. Era óbvio que Ardan era seu drameth, mas vê-los lado a lado tornava tudo mais real — ainda mais pela singularidade de seus olhos mesclados. Ardan olhou para o Original Piston, que fez sinal para que ele iniciasse seu discurso.

— Agradeço imensamente pela recepção. E agradeço principalmente por terem cuidado de meu dragão por todos esses anos. Graças a vocês, este encontro pôde se realizar. — Fez uma pausa. — Lamento todas as mortes no grande incêndio; não consigo imaginar a dor dos familiares.

Algumas pessoas de vestes pretas enxugavam as lágrimas. Ardan se compadecia.

— Fui designado para uma função que nem eu compreendo totalmente, mas sei que certos erros não podem se repetir. Começamos perdendo o amor e quase perdemos a alegria. Deixaremos chegar a um ponto em que perderemos até a fidelidade? Não. Hamare foi morto e Ekrateia foi corrompido. Eu vim para tentar preencher esse vazio, sendo um pedaço de cada um. Reergueri o templo, tornando-o um espaço de acolhimento, não de julgamento. Continuarei o projeto de Hamare: todos os clãs terão uma versão do Livro da Eternidade em seus idiomas originais.

Murmúrios alegres e surpresos tomaram o ambiente.

— O templo não será mais exclusivo de Ekrateia — ele prosseguiu. — A Chama Eterna está onde o povo está. Cada clã construirá seu próprio templo, para que todos recebam a bênção da Chama. Todos, sem exceção, são dignos dela. Por isso, minha primeira declaração como eleito é que os rebeldes se dissolverão.

Os cochichos aumentaram, mas Ardan continuou:

— Os clãs devem aceitar e guiar seus membros, mesmo que sejam diferentes. Chega de expulsões! — exclamou. — A família deve ser nossa casa, nosso porto seguro. Qualquer problema com um membro deve ser acertado primeiro com o líder, depois com o Original e, por último, comigo. Tudo que digo aqui tem o consentimento de todos os Originais.

Piston olhou para ele com aprovação. Pela primeira vez em muitos anos, os Originais participaram ativamente das decisões e dos comportamentos dos clãs.

— Casamentos entre clãs diferentes precisarão da aprovação da Original Mansal. Todos os Originais trabalharão juntos para que nos tornemos não nove dragões, mas um só: garras, chifres, peito, cauda, escamas e coração, guiados por uma única Chama.

Os membros o aplaudiram com entusiasmo. Logo seu discurso seria disseminado por todos os outros clãs.

— Não será uma tarefa fácil nem mesmo rápida. Provavelmente o caminho para o Único Dragão ultrapassará gerações, mas hoje fazemos história ao iniciar essa caminhada.

Os aplausos encerraram seu discurso. Todos estavam satisfeitos com a nova liderança que se erguera naquele palanque. As pessoas estavam cientes dos desafios que viriam a seguir, mas muitos estavam dispostos a encará-los.

— Alguma dúvida? — ele perguntou antes de finalizar sua apresentação.

Para sua surpresa, todos levantaram as mãos. Ele riu e escolheu de forma aleatória ao apontar para uma criança no colo de sua mãe.

— Pode falar — ele disse com gentileza.

A criança se levantou timidamente.

— Qual o nome dele? — Apontou para o dragão mestiço.

Ardan sorriu com a pergunta.

— Bom, na verdade é ela, um dragão fêmea.

O menino arregalou os olhos, surpreso, e então sorriu ao ajeitar a postura.

— Então qual o nome dela? — ele perguntou, animado.

Ardan acariciou o seu dragão e então olhou para o público outra vez, com a resposta na ponta da língua àquela pergunta inocente. Enfim diria em alto e bom som o nome que tinha guardado desde seus nove anos de idade.

— Gênesis — respondeu com os olhos marejados. — O nome dela é Gênesis.

Agradecimentos

Agradeço primeiramente ao meu bom Deus, por sempre me lembrar que "até aqui nos ajudou o Senhor". Desde a escrita, até a publicação deste livro, pude sentir sua mão protetora me guiando. Obrigada por ser paciente com sua filha impaciente; esperar o seu agir foi um dos desafios mais recompensadores da minha jornada como escritora. Obrigada por cuidar de meu caminho com tanto carinho.

Quero agradecer também à minha casa editorial, Thomas Nelson, e à minha editora, Brunna Prado, que acreditou nessa história e me ajudou a lapidá-la para que eu pudesse trazer mais excelência aos meus leitores. Obrigada, de coração, por abraçarem meus dragões.

Agradeço também aos meus pais, aos quais dediquei este livro; sem o apoio deles essa história jamais teria sido publicada. Cada palavra nestas páginas refletiu seus ensinamentos. Eles inculcaram em meu coração princípios valiosos, e não poderei mais viver sem eles.

Agradeço ao meu marido, que acompanhou de pertinho os meus surtos com essa história; não apenas isso, ele viu cada etapa desse sonho se concretizando, do primeiro e-mail apresentando minha obra para a editora dos sonhos, até a resposta positiva de que meus dragões agora tinham uma casa. Obrigada por não permitir que eu desistisse.

Por último, obrigada a cada leitor que me acompanha. Cada mensagem, cada resenha, cada avaliação, cada foto compartilhada mostrando a alegria de vocês ao lerem essa história me deram mais confiança para levar meu trabalho adiante. Toda essa experiência não seria a mesma sem vocês. Espero trazer ainda mais histórias que os cativem e que sejam um alento nos dias difíceis.

Muito obrigada!